U0450667

南方离火

庸人 —— 著

作家出版社

图书在版编目（CIP）数据

南方离火 / 庸人著 .—北京：作家出版社，2024.3
ISBN 978-7-5212-2481-8

Ⅰ.①南…　Ⅱ.①庸…　Ⅲ.①长篇小说—中国—当代
Ⅳ.① I247.5

中国国家版本馆 CIP 数据核字（2023）第 169330 号

南方离火

作　　者：庸　人
责任编辑：杨新月
装帧设计：孙惟静
出版发行：作家出版社有限公司
社　　址：北京农展馆南里 10 号　　邮　　编：100125
电话传真：86-10-65067186（发行中心及邮购部）
　　　　　86-10-65004079（总编室）
E-mail:zuojia@zuojia.net.cn
http://www.zuojiachubanshe.com
印　　刷：河北鹏润印刷有限公司
成品尺寸：145×210
字　　数：310 千
印　　张：13
版　　次：2024 年 3 月第 1 版
印　　次：2024 年 3 月第 1 次印刷
ISBN 978-7-5212-2481-8
定　　价：49.00 元

作家版图书，版权所有，侵权必究。
作家版图书，印装错误可随时退换。

八卦为离，五行属火，炙热的南方是离火最近的地方。

　　火中可以取栗，烈火也会焚心!

目 录

第一部：隐秘王国

一　　丙烯颜料　／003

二　　杀气　／009

三　　鱼米寨　／014

四　　公象魏东来　／018

五　　死于非命　／024

六　　罂粟花区　／030

七　　机器猫　／035

八　　砖窑　／041

九　　灭霸　／047

十　　暴躁的山羊　／054

十一　冷血机器猫　／060

十二　第二次交手　／066

十三　六王山　／071

十四　玉麒麟的痛点　／077

十五　公象的讲述　／083

十六　突然出现的山羊　/ 088

十七　替代种植　/ 094

十八　魏东来的错误　/ 101

十九　垃圾组合　/ 107

二十　荣军司令部　/ 113

二十一　隐秘王国　/ 119

第二部：盘根错节

二十二　围猎陈炯民　/ 129

二十三　蒙砂撒的狐狸　/ 135

二十四　咖啡收购款　/ 141

二十五　机器猫与山羊　/ 147

二十六　路西法效应　/ 152

二十七　无腿狮　/ 158

二十八　无腿狮的要塞　/ 165

二十九　肾上腺素　/ 171

三十　录音　/ 177

三十一　初入六王山　/ 184

三十二　突袭蒙砂撒　/ 190

三十三　烧人的价格　/ 197

三十四　束手就擒　/ 202

三十五　风萧萧兮　/ 210

三十六　蛇女　／ 215

三十七　一个交代　／ 221

三十八　瘾君子山羊　／ 227

三十九　公象的影子　／ 233

四十　弹壳　／ 239

四十一　热带鱼　／ 246

四十二　尾随而来的水蚺　／ 252

四十三　战友　／ 258

第三部：改朝换代

四十四　山羊与机器猫　／ 267

四十五　二八法则　／ 273

四十六　机器猫的本事　／ 280

四十七　年轻人的心理感应　／ 286

四十八　四眼蛤蟆的心事　／ 292

四十九　父与子　／ 297

五十　长腰丰臀　／ 303

五十一　第一次棋盘寨会议　／ 310

五十二　焚化炉　／ 317

五十三　第二次棋盘寨会议　／ 323

五十四　救命之恩　／ 329

五十五　凛然机器猫　／ 335

五十六　游戏规则　/ 341

五十七　孟工渡口　/ 348

五十八　白衣渡江　/ 354

五十九　进攻要塞　/ 361

六十　　攻陷要塞　/ 366

六十一　扩张　/ 371

六十二　不同的计划不同的人生　/ 377

六十三　孤军奋战　/ 383

六十四　归去来兮　/ 391

六十五　再不回头　/ 397

后　记　/ 405

第一部

隐秘王国

一　丙烯颜料

灭霸是典型的东南亚人，籍贯是泰国，这家伙身材粗壮，皮肤黝黑。

据说这灭霸的精力极其旺盛，每天都需要女人，阑槛所有的妓女全跟他上过床，结果都让他给灭了。最近灭霸迷上了越南玫瑰花青蛙，万千的宠爱都集中在花青蛙一人身上。

那天晚上，灭霸迈进花青蛙的小屋时便感觉到了一丝异样，梳妆台前花青蛙的背影似乎比往日挺拔些，难道这女人刚刚溜过大药？灭霸向来喜欢从后面霸王硬上弓，他一把抓住了花青蛙的肩头。不承想花青蛙明显地抗拒了一下，灭霸猝不及防，就在这家伙愣神的工夫，后脑勺重重地挨了一棒子。灭霸彪悍至极，倒下之前依然向身后恶毒地踹出一脚，但偷袭他的坏蛋却在灭霸的支撑腿上横着挑了一下，灭霸即刻便不省人事了。

天亮了，阑槛的西街出人意料地喧闹起来。

商户们拥上街头，大家奔走相告，都说西街小广场的旗杆上挂着个怪物。

西街的尽头是一片小广场，相当于国内南方城镇的四方街。每逢特定的日子，进城的山民们在这里经营土产品，平时没什么人。

今天一早便有散步的老人发现，广场边缘高耸的旗杆上吊着个色彩缤纷的怪物。大家搞不清是什么，指指点点，议论纷纷，不一会儿旗杆下便聚集了数百名看客。最后总算有视力出众者看出些门道，旗杆上垂钓着的怪物是个秃脑袋的赤身裸体的人。赤身裸体的男人，身上连一块布毛都没有的男人。

大家之所以给闹得云里雾里的，原因有三，其一，这个赤身男子被人四马倒攒蹄地绑成了一个粽子，高高地吊在大家的头顶之上，从哪个角度看都不太像人。其二便是那人身上斑斓得可以反射阳光的色彩，人们难以确定这家伙到底是什么颜色组成的，绝对的五颜六色，阳光下晶晶闪亮的色块让下面的人难以确定他的轮廓。最后一点则是这家伙嘴里被人塞了东西，他不能出声，无法提醒大家他原本是个人。

既然断定旗杆上吊着的是人，大家自然不能让人继续遭受如此非人的待遇。众人齐心协力将那家伙放了下来，有人顺手将他嘴里的烂袜子掏出来。不想袜子刚刚离开他的嘴，这家伙便连珠炮般地咒骂起来，喷薄而出的都是阆槛当地最最恶毒的脏话。西街的商户们立刻如尾巴被踩住的猫一样，惊叫着四散奔跑。

所有人都听出来了，这色彩纷呈的怪物是灭霸！

绑得肉球一般的灭霸，孤零零一动不动地仰面躺在广场中央，他眼望苍天，语无伦次地高声咒骂着，发自肺腑地怒吼着。众人则全部站在十几米开外，没人帮他松绑，也没人上前追问原委，更没人打算清洗掉灭霸身上的艳丽迷彩，所有人脸上都呈现着一种表情——幸灾乐祸。

广场旁的小巷中，躲在角落里的机器猫扭脸盯着陈炯民：我觉得没什么用，顶多也就是让他出出丑。

陈炯民笑呵呵地说：他已经完蛋了，不信你就看着。

机器猫刚要说什么却看到几条大汉从小巷外跑了过去，直奔广场。

机器猫说：英雄联盟的人来了，带头的叫雷神，后面那家伙就是钢铁侠。

陈炯民哼了一声，雷神？钢铁侠？罂粟花区的这群疯子！陈炯民追问，除了灭霸，英雄联盟中谁的威胁最大？

机器猫说：黑寡妇和雷神。

陈炯民暗暗记下。

广场上的众人发现英雄联盟的成员来了，立刻让开了一条路。雷神带着几名神头鬼脸的成员冲到灭霸身边就站住了。

灭霸怒道：他妈的赶紧给我解开！

雷神与兄弟们尴尬地相互看着，谁也没动，最终还是年龄最小的成员心软，拿出刀子割断了捆绑住灭霸的绳索。

灭霸的身体如怒放的鲜花瞬间便绽放了，他伸展开四肢，在地面扭动了几下，然后腾地跳了起来，手指着雷神痛骂道：你他娘的干什么去了？害得老子给人家吊了一夜。赶紧去，把花青蛙给我找来，看老子不扒了那烂女人的皮！

令灭霸无地自容的一幕出现了，雷神挺直腰板后退了几步，与西街的商户们站到了一起，脸上出现了灭霸完全不熟悉的表情——蔑视。而其他几个地位比较低的兄弟则干脆低下头，似乎没有听到灭霸的咆哮。

　　灭霸冲天的怒火立刻被点燃了，他揪住给自己割断绳索的小兄弟，一脚踹翻，指着他的脸：给我找点水去，给老子冲一冲。

　　小兄弟连滚带爬、跌跌撞撞地冲进人群，竟然直接跑了。

　　灭霸意识到不对劲，他把自己的五官尽量展开，恶狠狠地盯着雷神：哟，不把我的话当回事了，打算上位吗？就凭你，也配！

　　雷神则无可无不可地说：大哥，你还是先把自己洗干净了再说吧。

　　"好，你等着，你们等着！"灭霸怒不可遏地冲出人群，跑进路边杂货铺，不由分说地抄起一大桶矿泉水，兜头便给自己浇了下去。不承想，一桶水冲下去，灭霸身上的斑斓色块不仅没有给冲掉，反而越发鲜艳起来。

　　小巷中的机器猫捂着嘴笑道：热带鱼要是看见得气疯，哈哈！

　　陈炯民瞪了她一眼，机器猫只好闭嘴，但依然是满脸的笑容。陈炯民并不清楚，热带鱼也是本地的名人，女名人，以穿着艳丽闻名，一直被机器猫这样的女孩仰慕着。

　　这时雷神、英雄联盟的其他兄弟，西街的商户全都聚集到了杂货铺门口，似乎在观赏某种离经叛道的行为艺术。

　　杂货铺里的灭霸已经快要疯掉了，他先后用掉了好几桶纯净水，依然毫无效果。后来他从货架上找出沐浴液，用浴球在身上使劲抹着，然后继续用水冲。但所有的人都能看真切，灭霸的努力全然是徒劳的。他身上的颜料呈现出明显的立体感，应该不是清水就能冲下去的。最后灭霸吼叫着张开双手，死命地在身上来回拍打，来回抓，妄想着把身上的颜料抠下去，但几把抓下去，光溜溜的躯干便鲜血淋漓了。远远望去，五颜六色的色块随着奔流的鲜血在皮肤上流动起来，此刻的灭霸简直怪异到了极点。

忽然门外看热闹的雷神捧着肚子哈哈笑起来,接着不仅是英雄联盟的成员,连商户们都笑得前仰后合了!大家扶肩搭背,笑语连声,有些人不得不扶着墙,否则一定笑得趴到地上。

在阆槛称雄多年的灭霸几曾遭遇过如此羞辱!他抄起一把菜刀就要跟众人拼命。大家如躲野狗一样哄笑着四散奔逃,有人边跑边指着灭霸丁零当啷的下身做下流手势。灭霸低头一看,哎哟,那东西居然被染成了白的,与他身上的彩色基调形成了巨大的反差。灭霸恼怒至极,他甚至希望一刀把那东西剁下来。

在砖窑中讨论如何对付英雄联盟的时候,陈炯民曾说过一番话:即使打断了灭霸的双腿,打折他的脊柱又当如何?他可以坐在轮椅上继续指挥他的英雄联盟,只要威风还在就没有人敢招惹他。全世界所有的街头组织唯一信奉的原则是头可断,脸皮不可丢,如果脸皮被人揭下来就再无翻身之日了。陈炯民的计划是,机器猫控制住花青蛙,然后自己来假扮她,引灭霸上钩。他陈炯民的任务则是在化工原料商店购买几桶丙烯,打昏灭霸后,就全刷在他身上。

丙烯属于化工颜料,大量运用在油画创作里,一旦干透了,几乎无法清理。如果把丙烯刷在人体上,几小时后就跟生在皮肤上差不多了。

在决定谁来对付灭霸时,大家产生了分歧。慑于灭霸对银河护卫队成员的精神压力,居然没人敢对灭霸下手。最终陈炯民只得将打闷棍的任务安排给自己。

这便是灭霸遭遇的美人丙烯计划。

机器猫进入花青蛙的小屋,将这倒霉的女人打昏,藏到床下,然后换上了花青蛙的衣服，坐等灭霸到来。进门时灭霸的注意力全在机器猫身上，陈炯民便趁这个机会给了他一棍子。灭霸失去知觉后，众人先将他衣服脱光，剃光了头发，然后在灭霸身上刷满了五颜六色的丙烯颜料，还专门把他的命根子涂成了白的。

此后陈炯民拿出吹风机，热风吹了十分钟丙烯颜料便干透了。

再之后大家将捆成肉球的灭霸挂到旗杆上，天亮后阑槛人便在小广场的旗杆上发现了一个彩色怪物。

在阑槛，做过社团老大的狠角色不胜枚举，伟大的无腿狮便是其中之一，但被人刷成一只彩色蛤蟆吊在旗杆公示的，却只此一人！在今后的若干年里，灭霸会停留在街头巷尾，停留在人们的嘴里，灭霸的遭遇可以用来下饭就酒打发时间，谁让他如此"出色"呢？

当天灭霸便失踪了。有人说那家伙离开阑槛了，是哭着走的，走的时候连件衣服都没混上，好在正常人一时也难以察觉他裸露的躯体。有人说他去了荣军司令部，做了一名大头兵。还有人说灭霸跳河自杀了，因为实在没脸见人。

此事最大的影响自然是英雄联盟内部，联盟需要重组。如果灭霸继续留在组织中，威猛的英雄联盟也便成了全阑槛最大的笑柄。当夜，在灭霸不知死活的情况下，英雄联盟剩下的大佬们决定召开一次重要会议，会议的内容是推举新的带头人。

银河护卫队的四眼蛤蟆及时地将英雄联盟开会的消息传递给机器猫和陈炯民。陈炯民决定，上门谈合作。机器猫迷信武力，当下就在身上藏了六把尖刀、砍刀和军用匕首，后背还背了一把三尺长的日本战刀。陈炯民却认为这事有的谈，既然阑槛不能动枪，不如空手。

机器猫嗤之以鼻：空手去，人家砍死你。

二 杀气

杀气是个魔幻的概念，陈炯民从不相信此类的虚无缥缈，虽然他确实杀过人。

那天下午，陈炯民正在营房门口投喂流浪猫。那流浪猫与陈炯民早就亲如一家了，见了面便用硕大的脑袋磨蹭他的手背和衣服。陈炯民将撒娇的流浪猫抱起来，此时紧急集合的警笛骤然响起。陈炯民浑身一紧，忽然他竟在流浪猫眼里看到自己双目中爆射出的精光，流浪猫如被开水烫了一般嚎叫着挣脱开来，蹿上屋顶，从此竟再没敢进入过营房。

那一刻陈炯民信了，自己身上或许真的有股子杀气。

一旦杀气凝结，露珠就会变成冰凌。

此时的陈炯民透过狙击步枪的瞄准镜瞭望，丛林边缘的木质院落尽收眼底，透过污渍遍布的玻璃窗可以看到室内晃动着的人影，大约有三四个人。陈炯民没有感到应该在体内蓬勃而出的杀气，他觉得不太对劲。原来副支队长刘树边为他选择的狙击点存在射击死角，如果敌人从二楼的后窗中逃出，结果只能是一枪毙命，而陈炯民接到的命令是活捉。

无法完成任务，就算一枪毙命又有什么意义呢？

战友们几分钟前就开始行动了，此刻他们将院落团团包围，进攻迫在眉睫。

狙击位置是刘树边给陈炯民选的，他们用手势和眼神就可以完成交流，一切都在悄无声息中进行。现在陈炯民决定更换射击位置，他向左调整了几米，重新校正距离。刚刚调整好焦距，他忽然在右前方浓密的植被里发现了一截铁管。虽然仅仅露出一寸，但绝对是一根枪管。陈炯民大为惊愕，难道刘树边安排了其他狙击手？他努力地把狙击手的轮廓从密不透风的植被中分离出来，但除了那截枪管，什么也看不清。

此时刘树边带领弟兄们发动了攻击，他们破门而入。随着断断续续的呼喝声，二楼后窗中跃出一条身影，那人五短身材，极其壮硕但落地却甚轻，如一只肥大的猴子。陈炯民的手指搭上扳机，眼睛却盯住了右前方的枪管，到底是什么人？

射击教练说过，狙击手扣动扳机的力度跟手指轻轻滑过丝绸表面的力道差不多，指尖与丝绸触碰的刹那，对手必须应声而倒。

不能让敌人从眼皮底下逃跑，陈炯民准备触碰那柔软的丝绸，先处理掉逃跑的毒贩。此刻瞄准镜中的矮胖男子居然向狙击位置瞄了一眼，陈炯民当下愣住了，不想矮胖男子忽然就地一滚，从瞄准镜中消失了。陈炯民惊得汗毛倒竖，这家伙难道预知了自己的狙击位置？

就在此时右前方的枪管抖动了一下，正由于矮胖男子的就地一滚，鬼使神差躲过了蓄谋已久的一枪。

陈炯民立刻照着狙击手的藏身地开了一枪。惨叫声后，一条人影从植被中滚了出来，那人翻滚着向陈炯民的方向连续射击。陈炯民不得不躲闪，就在他躲闪的时候，人影突然跳上了一辆电动车，在茂密的树林里穿行起来。陈炯民几次瞄准都没有成功，此刻他意识到根本追不上了。

陈炯民扭脸寻找，那条晃动着的矮胖的人影刚刚冲进浓密的丛林。陈炯民放下狙击步枪，迈开双腿便追了下去。

陈炯民之所以向神秘的狙击手射击，因为他断定对方不是自己人。缉毒支队向来以活捉毒贩为目标，那家伙射击的角度却是矮胖男子的脑袋。毒贩之间的关系错综复杂，搞不好是其他派别的枪手想要那人的命！

此刻陈炯民只有一个念头，决不能让矮胖男人跑掉。如果行动中有人漏网，缉毒支队在罂粟花区的情报网都可能受到威胁。这座木屋距离边境只有十公里，刻不容缓。陈炯民冲进丛林，数不清的带刺枝条迎面抽来，抽得脸面生疼，双颊如同抹上了辣椒酱。此时耳机里传出刘树边的声音：生擒两人，缴获六王牌海洛因二十公斤，务必肃清顽敌。陈炯民的脑子轰了一声，二十公斤！这将是缉毒支队今年最大的收获，怪不得刘树边要亲自带队，果然是条大鱼！陈炯民对着麦克风叫着：树丛中有个受伤的，我在追公象！

陈炯民加快脚步，双脚风火轮一般旋转着，他甚至借助树上的藤蔓完成了飞跃溪流的壮举。这一刻，陈炯民把自己当成了人猿泰山，他无所不能，他彻地通天，雨林植物锋利的树叶边缘扯破了他的作战服，刮破了他的脸，但陈炯民义无反顾地前进着。不一会儿毒贩的背影出现在视野中，那家伙也听到动静，回头看了一眼，目光中流露出几许惊讶。陈炯民立刻意识到自己有问题，边跑边在脸上抹了一把，都是血！

陈炯民今年二十八岁，九年老兵，缉毒支队里资格最老的志愿兵，经常单独执行任务。今天副支队长亲自带队，出发前刘树边再三强调战斗纪律，据说毒贩随身携带武器，出手就要做到万无一失。

刘树边是缉毒支队的副支队长，北方人，喜欢骂人。陈炯民是广西河池人，平时不大说话，说出来就噎人。数年磨合，陈炯民和刘树边产生了一种深入骨髓的默契，这一点只有他们俩清楚。最近刘树边正为他申请军校的入学资格，之所以要陈炯民承担狙击任务，明摆着想让他立功。陈炯民是省缉毒支队排名第一的狙击手，曾吹嘘说可以在三百米外打中蚊子的生殖器。当然，九年老兵的本事绝不仅仅是出众的枪法，格斗擒拿，负重越野，极限挑战，陈炯民都是个中好手。

路上，刘树边交代了任务细节，毒贩一共是五人，公象是管事的，还有个秃顶的家伙叫乌贼，是玉麒麟的助手。除了乌贼，其他四人全是癞皮狗的下属。癞皮狗是玉麒麟的侄子，也有人说是义子。四人中为首的叫公象，是癞皮狗的军师，此人的特点是身材肥硕。这些人把一批海洛因运到芒卡，数量不详。从体形上判断逃脱陈炯民狙击的毒贩应该是公象，这家伙的体重至少有二百斤。在骨瘦如柴的罂粟花区，这样的体形绝对出类拔萃。

公象身手敏捷，与那肥大的体形极不相称。

此刻公象正在穿过一片林中空地，冲到了另一片丛林的边缘。冲入丛林的刹那公象回头看了一眼，脸上闪现出狡黠的笑容。陈炯民大怒，这个又矮又胖的家伙难道在嘲笑自己吗？转念间陈炯民也就明白了，如果背着这身装备，用不了多久体力就会耗光。作战条例中规定，危急时刻可以抛弃装备，轻装前进。陈炯民干脆将护具、头盔全部摘下来，藏在空地的草丛里，随身只带了手枪、耳麦和匕首，然后再次踏上追击之路。

南方属火，奇热难耐，道路崎岖。

在夏天，热带丛林中又湿又燥的空气如同毒气，每吸一口气，呼吸道中似乎有一条烧红的炭条在做活塞运动。在这样的环境中奔跑，一个小时之内体内的水分就会挥发完毕，然后脱水而死，医学术语叫热辐射。

虽然陈炯民受过严格的系统训练，但几公里下来同样汗流浃背，心跳达到了二百四十下以上。

此时他已经能看到前方山顶的铁丝网了。

边境线的铁丝网是这几年新建的，由于野生动物和偷渡者的不懈努力，破损不可避免。如果公象穿越边界，这次行动就要打折扣了。陈炯民有些恼羞成怒，一个毒贩子哪儿来这么好的体力？简直匪夷所思！看老子不累死你！想到此，陈炯民狠狠地提了口气，调动出体内所有的肾上腺素，速度立刻加快了一倍！

铁丝网和公象之间只剩下最后三百米了，而陈炯民依然远在几百米之外。

陈炯民心灰意冷，已经打算放弃了。突然奔跑着的公象面口袋似的栽倒在地，那家伙挣扎着用胳膊撑了几下，还是没有站起来。陈炯民大喜，欢快地呼喝着冲到公象身后，拔出手枪，一枪托砸到公象后脑上。公象肥厚的肩膀颤动了几下，身体纹丝未动。陈炯民发现地面上有一块凸出的尖利的岩石，公象绊在这块石头上，摔昏过去了。

此刻一辆电动车刚好冲出丛林，骑车人发现了边境线上的陈炯民和公象，电动车急忙转向，沿着丛林边缘逃窜。陈炯民大惊，什么人？那人没有头发，难道是乌贼？难道他就是差点打死公象的狙击手？

三 鱼米寨

　　曾经有位领导说：打开窗户，把新鲜空气放进来，苍蝇蚊子也同样不可避免。在西南地区生活成长的陈炯民对于苍蝇蚊子的体会尤深。

　　放开国门后，西南数省便成了毒品泛滥的重灾区，陈炯民的老家也不能例外。刘树边说过不止一次：学好不容易，人学坏可就是一出溜儿的事。陈炯民的老家在广西河池，九十年代末这一带就深受毒品的困扰，其中也包括他的家族。

　　陈炯民的家族是客家人，家族所在的鱼米寨行政上属于广西，与云南只有一水之隔。客家人往往有着极强的宗族观念，这也是中国南方社会维系的根基之一。陈炯民没有见过母亲，据说在他吃奶的时候母亲偷偷跑了。是啊，当时的鱼米寨非常穷，寨子中的女人大多都跑了。陈家兄弟三人，陈炯民的父亲是老三，大伯有两个女儿，据说还有个二伯，但陈炯民从没有见过，仅有的照片也是二十几年前的。大家说二伯参了军，开始干得还不错但没几年就下落不明了，家里因此还得到了一份抚恤金。陈炯民是家中唯一的男丁，自然成了这笔钱的继承人。

　　偏远的鱼米寨虽然困顿贫穷，但陈炯民的童年却并不凄苦，几乎可以用岁月静好来形容。大伯和父亲全力培养他，两个姐姐也表现出母亲般的体贴，陈炯民就是陈家的未来，他身上担负着全家人的希望。陈炯民的童年是在呵护中度过的，考上初中那年，陈家出现了些许变化，两个姐姐进城打工了。

对于偏僻山寨的年轻人来说，学业没有指望，进城打工便成了唯一的出路。不少人也自此就留在城里了，这就是中国民间社会自发的城镇化进程。进了城的姐姐们对陈炯民的疼爱照样无以复加，头两年她们往家里汇钱，收款人的名字都是陈炯民，她们期盼着这个唯一的弟弟能考上大学，光宗耀祖。

两年后大姐的汇款情况没什么变化，但二姐汇到家里的钱却越来越少，不久二姐竟以城里生活困难为名向家里要钱。大伯和大伯母是老实巴交的农民，除了责怪二丫头不知节俭之外，也没琢磨别的。直到有一天大姐慌慌张张地跑回来，谜底才真正揭开，二姐溜"大药"了。

在云南，大药是海洛因的民间叫法，溜大药基本上就到了注射阶段。大伯当下就气出了心脏病。父亲只身跑到楚雄，以叔叔的身份强行将二姐带回鱼米寨。

那天陈炯民放学回家，在堂屋里见到了一个妖精。直到妖精张嘴说话，他才意识到这妖精便是疼他爱他的二姐！

大伯做主，父亲动手，二人合力将二姐关在竹楼的二层上。他们担心二姐逃跑，便用铁丝将窗户彻底封死。当夜陈家响起了二姐鬼号般的哭声，那哭声撕肝裂胆，让人浑身的毛孔炸裂。后半夜二姐开始撞击封住窗户的铁丝，哐哐之声响彻整座山寨。大伯耐不住性子，拎着棍子上了楼，然后就是二姐哭爹喊妈的讨饶声。陈炯民则一夜没睡，二姐在求饶，求大伯放过自己，就当自己死了。大伯不为所动，棍棒敲击身体的声音让陈炯民不寒而栗。

那年陈炯民刚上初二，对毒品一知半解，但由于滥情影视剧的影响，陈炯民本能地认为大伯、父亲如此虐待二姐有违天地良心。二姐生性淳朴而且对自己也很好，陈炯民打算要扶危济困。第二天深夜，他带着钳子和手电悄悄潜入二楼，小英雄准备把二姐救出火坑。

陈炯民摸着黑进入二楼，一时无法适应楼上惨淡的光线。摸索手电的开关时，他的胳膊突然被人抓住，然后尖利的牙齿就咬住了小臂。陈炯民惊叫着将那人推开，黑暗中披头散发的二姐愣愣地看着他。

陈炯民捂着胳膊，小声道：二姐，是我，是我！

二姐似乎认出了弟弟，哭着说：炯民，炯民！快，快！

陈炯民问：快什么？

二姐：快帮我弄点药！

说着二姐咕咚一声躺在地上，抱着头原地翻滚起来，口中胡乱叫着：快呀，给我弄点药，我求你，我求求你啦！

陈炯民自然清楚二姐口中的药就是毒品，他急忙打开手电，小声说：二姐，咱们寨子没有那东西，你还是忍忍吧！

手电光照亮了二姐的脸，陈炯民吓得差点瘫坐在地上。如果说昨天的二姐像个妖精，那现在的二姐完全就是个吊死鬼。她衣衫破烂，浑不遮体，脸上则是一道道血肉模糊的伤痕，充血的眼睛在冒着红色的幽光。二姐毫无节制地在地上翻滚着，滚过的楼板上则出现了一层黏糊糊的液体，仔细闻闻，那液体居然泛着一股恶臭。

陈炯民抓住二姐的手，哭着说：二姐，寨子里没你要的东西，要不我带你走？

说着话的陈炯民觉得二姐的手臂上全是沙粒，粗重的沙粒将他稚嫩的手心刺得生疼。陈炯民仔细一看，二姐胳膊上布满了密密麻麻的针眼，黑色的针眼，流着脓血的针眼，令人作呕的针眼！

二姐将陈炯民甩开，猛地撕开衣衫露出下垂干瘪的乳房，她狠狠地在自己乳房上拍了两巴掌，啪啪之声异常清脆。

二姐几乎狞笑着说：你带我走有什么用？你有钱吗？你有大药吗？你个小孩子，你能懂什么？

陈炯民确实不太懂，他只是觉得被关起来的二姐太过可怜。

二姐猛然将陈炯民手中的钳子抢过去，咔吧咔吧地剪铁丝。

陈炯民叫道：二姐，你去哪儿？

二姐回头看了他一眼，泪水立刻罩满了整个面颊：炯民，听姐一句话。长大了千万不能碰大药，姐求你了。

陈炯民啊啊地应和着。

二姐见他答应，欣慰地笑笑，然后纵身从窗户跳了出去。陈炯民冲到窗前，只见二姐歪歪斜斜地向寨子外跑去。可能是腿上没劲，每跑几步二姐便会摔上一跤，然后爬起来继续跑，最终二姐的身影隐没在茫茫的夜色里。陈炯民万万没有意识到，那仓皇逃窜的背影竟是二姐留在他记忆中最后的样子。

第二天，村民们在寨外三里的山沟里发现了二姐的尸体。她摔到山下，头撞在石头上，死了。没人清楚二姐是自杀还是失足，反正是死了。陈炯民记得，那年二姐只有二十二岁。

根据大姐的描述，二姐吸毒的轮廓大致是清晰的。两人进城后就在楚雄的工厂里打工，二姐觉得打工来钱太慢了，便仗着年轻跑到夜总会去卖酒。一来二去的便与几个当地的小混混熟了，之后的事情就和所有新闻中吸毒者的遭遇差不多。偶尔的尝试变成了不可或缺的生活，再之后用锡纸吸食毒品变成了针头注射，人逐渐地也就废掉了。二姐花光了所有积蓄，甚至偷走了大姐的存折。最近两个月她开始做小姐了，可能是嫖客们嫌弃二姐身上的针眼太多，初做小姐便沦落到站街。大姐真害怕了，只得冒着挨骂的风险跑回来报信。

二姐摔死了，大伯没哭，大伯母也没有哭。大伯母只是狠狠地说：白白养了二十年，结果臭了一块地！第二年大伯母便去世了，村民们都说大伯母是给二姐气死的。也就在那一年，大伯父似乎一下子就老了十岁。

二姐的遭遇在陈炯民心中刻下了不可磨灭的烙印，他痛恨毒品，希望铲除毒害也是从那时开始的。就在那时，六王山的地名第一次出现在他的记忆中。据说那里出产罂粟花区最纯的大药，六王牌海洛因，二姐溜的就是那个牌子！

高中毕业后，陈炯民没有参加高考，而是在父亲不知情的情况下报名参了军。走入军营的那一刻，陈炯民的理想便是加入缉毒支队，抓几个毒贩子解解恨。在和平时期，也只有成为缉毒支队的一员战士才能赢得参与战斗的机会。

两年后，刘树边发现陈炯民确实是个好苗子，将他调进缉毒支队，而且为陈炯民申请了志愿兵的编制，从此陈炯民就成了一名缉毒战士。

九年的服役期，陈炯民参与过九十四次缉毒行动，击毙六人，抓获过四十七名毒贩，立功无数。

这次刘树边打算让他上军校深造，也有希望他将来接班的打算。

四　公象魏东来

陈炯民用小刀将鞋带截下一段，把公象双手拢到背后，将他的两根拇指用鞋带死死地捆到一起。

完了事,陈炯民便想到了那辆电动车,乌贼跑了,支队的这次行动并不完美!奇怪啊,乌贼是事先埋伏好的,他的射击角度完全可以直接击中窗内的人,难道他和公象不是一伙的?

太阳高照,又渴又累,随身水壶丢了。陈炯民在周围地面上敲敲,然后拔出匕首在地面上刨着,地表下果然出现了竹笋。陈炯民将竹笋挖出来,剥开皮,露出嫩心。新鲜的竹笋水分充足,是甜的。两根竹笋入口,顿觉神清气爽。

精神恢复的陈炯民开始审视自己的俘虏。

壮硕的公象趴在地上,面色苍白但呼吸均匀,估计这家伙快醒过来了,没准正在养神呢。虽然现在的公象狼狈至极,但陈炯民确实真心钦佩这样的对手,如果这家伙再跑五百米,倒下的人就是自己。

刘树边战前动员时说,公象是癞皮狗的军师,癞皮狗是六王山的军事首脑。在陈炯民心目中,军师应该是诸葛亮那样羽扇纶巾的文人,但公象这个军师却体力超群,如果不是老天长眼,这家伙没准已经跑了,这样的人怎么会成为军师?

对于罂粟花区的历史沿革,陈炯民早摸得精熟。军师的职位在罂粟花区居民的心目中有着崇高的地位,被绝大多数人仰望着膜拜着甚至模仿着。罂粟花区里的人崇拜军师,完全是受国民党残军军官张苏泉的影响。

张苏泉就是大毒枭坤沙的军师,很多人认为坤沙不过是张苏泉手中的提线木偶,他才是真正的缅北毒枭。

张苏泉是东北锦州人,跟着国民党部队败退到罂粟花区后便成了残军。当年的罂粟花区虽然也种植鸦片,但不成规模。由于当地人的文化水平太低，也没有掌握提炼技术，出产的仅仅是最为廉价的鸦片膏。残军的进入让罂粟花区鸦片的生产规模和工艺迅速提高了几个层次，精纯的海洛因便是他们的杰作。残军装备精良，战斗经验丰富，不仅自己种植提炼，而且还进行武装押运。周边三国的政府军软弱无能，被这些久经沙场的败兵打得丢盔弃甲。几年后罂粟花区蹿升为全世界最重要的毒品产区，这其中的功臣之一便是少校张苏泉。

1961年，张苏泉带领几十名残军与刚刚崛起的坤沙武装合流，他不愿意抛头露面，便低调地做了坤沙的军师。坤沙是当地小土司的后裔，有一定群众基础。这家伙具有华人血统，本来姓张，粗通中文。据说这家伙早年曾是传奇的大烟帮帮主温义的干儿子（温义的故事详见《大烟帮》），叱咤风云的温义让他佩服得五体投地。出于对中国谋略的崇拜，坤沙对张苏泉言听计从。在张苏泉的谋划下，几年后坤沙竟然成了与果敢陈星汉、残军段司令分庭抗礼的第三股势力。甚至在坤沙被政府军扣押的几年里，张苏泉独自扛起大旗，屡次打败政府军，创造了军师主政的神话。后来他谋划了绑架苏联专家的恐怖行动，逼得政府不得不释放坤沙。再之后在张苏泉的指点下，坤沙竟然打出了民族解放的政治旗号，在国际上起到了混淆视听的作用。当时全世界的民族独立运动风起云涌，很多国家的白左团体搞不清坤沙的毒枭底细，纷纷站脚助威。弄得当地的政府极其被动，而坤沙武装的规模也越来越大。

八十年代末，年老体衰的张苏泉退休去了台湾，据说享受了少将待遇，这时很多人才意识到张苏泉或许是受台湾当局控制的，目的可能是反攻大陆，当然也可能是为当时孱弱的台湾经济输血。张苏泉离开后，坤沙的数万武装便失去了灵魂，没有几年便败落了，坤沙本人也成了阶下囚。

无论张苏泉做坤沙的军师出于什么目的，但他本人不贪财不好色，也没有贪恋权柄，事实上他足智多谋，无私奉献，为坤沙打下了一片将近几万平方公里的江山，是罂粟花区最为不朽的传奇。

在罂粟花区内部，人们对张苏泉的追忆远远超过了残暴的坤沙，如果某支毒贩武装聘请某人做军师，那便是对此人最高的礼遇和信任。

此时，趴在地上的公象忽然开口了：小子，把我掀过来，这么趴着憋得慌。我要是憋死了，你就得复员回家！

陈炯民立刻听出了西北口音。

陈炯民哼了一声：真他娘的给中国人丢脸！

公象怒道：废什么话？罂粟花区的中国人少吗？赶紧掀过来！我上不来气！

陈炯民干脆将他拽起来：走！下山！

公象喘了几口气，忽然嘿嘿嘿地笑起来：体力不错，你是你们支队的重点培养对象吧？不过你那一枪打得太差劲了，错过机会的狙击手是不会开枪的。

陈炯民有些恼怒，那一枪根本不是他打的。陈炯民当然没必要跟毒贩子解释，愤恨地说：再废话我就给你一枪托！

公象拖着两条短腿，一瘸一拐地走，嘴里却没闲着：如果不是那块石头，你小子追不上我！

陈炯民本来还打算挖苦他几句，仔细一想，这家伙说得不无道理，只得冷冷地道：我要是你，我就想想临死前该说点什么。二十公斤海洛因，你们死定了。

公象笑了笑：从干这行开始我就有个预感，早晚会栽在你这种生瓜蛋子手里！倒霉！

说完体力恢复的公象大踏步地走了。

十分钟后，二人碰上追踪而来的刘树边和其他战友。

陈炯民本打算报功，刘树边却怒吼起来：你的耳麦呢？你的装备呢？

陈炯民指着自己的耳朵说：在呢？

刘树边的眼珠子瞪得溜圆：哪儿呢？

陈炯民伸手一摸，耳麦竟然给跑丢了，尴尬地说：我马上去找回来。报告副支队长，这人是公象，交给你们了。

刘树边瞟了公象一眼：赶紧去。

陈炯民沿着山路跑了。

刘树边命令手下人将越野车开到山下，然后带领众人押送公象下山。

来到山脚，改装过的越野车正在下面等着他们。刘树边拉开车门：你，上车。公象钻进车内。刘树边命令战士与越野车保持距离，严密警戒。

刘树边也上了车，车内的公象竟然大马金刀地坐在那里，面带微笑地看着他。这种车是经过缉毒支队特殊改装的，马力强劲，车身异常坚固，即便从悬崖上摔下去，里面的人照样能活蹦乱跳。另外车窗玻璃也是特制的，从外面根本看不到车内的情况，即使是前面的风挡玻璃。

刘树边坐到公象身边，小声说：不能松开，每个人打结的手法都不一样，别让那愣头青看出来。

公象靠在座位上，扬起下巴，刘树边摸出香烟，塞到他嘴里，然后给他点上。

公象抽了一口烟，笑着说：抓我的是什么人？

刘树边无奈：支队最好的士官。你们跑得太快，半路上我不得不通知他，命令他马上回来，谁想到那小子把装备给跑丢了。

公象颇为感慨：长江后浪推前浪，咱们是前浪，现在已经被人家拍在沙滩上了，不是那块石头我也跑不动了。

刘树边忽然笑起来：那小子是我们支队最好的兵。

公象怒道：我当年也是武警部队的尖子。

刘树边得意地给自己也点了一支烟。

公象是缉毒支队在罂粟花区的卧底，他的真实姓名叫魏东来，从其他部队调过来的，在罂粟花区已经做了五年卧底，如今是小毒枭癞皮狗的军师。这次刘树边得到的情报也是公象传递过来的，他之所以能从后窗逃跑，自然是刘树边故意网开一面，乌贼之所以也能跑掉，多少是沾了公象的光。

刘树边说：那个乌贼呢？

公象说：有一阵儿没看见那小子了，没抓到？

刘树边摇摇头：没人看到你被抓住吧？

公象也有点拿不准了：应该没有。

刘树边与公象在车里闲聊时，陈炯民回到了林中空地，他在草丛里找到了自己的水壶、护具和迷彩外套，耳麦就在不远处却已经被踩成了碎渣。陈炯民意外地在附近的地面上发现了几块血迹。他精通丛林追踪术，便沿着断断续续的血迹跟了下去，一直来到了盘桓江边，一辆破旧的电动车躺在泥泽里。

陈炯民意识到，那个狙击手跑了！

盘桓江是界河，对面是著名的罂粟花区。罂粟花区名义上属于三个国家，但三个政府都难以对那里实行有效治理。

陈炯民断定，狙击手是秃头，应该就是乌贼，那家伙一定是游过去了。陈炯民想破脑袋也无法理解，乌贼明明被自己击中受伤了，居然能逃到这里！陈炯民更想不明白的是，乌贼为什么要狙击公象？他们之间到底是什么关系呢？

陈炯民大致勾勒出乌贼逃跑的过程，这家伙受伤后骑上电动车穿越丛林。可能是道路不熟或者故意绕路，逃出丛林时看到自己正在边境线上抓捕公象，于是改道盘桓江，泗水渡河。陈炯民估摸着，那辆电动车是乌贼事先藏好的，准备完事之后直接逃跑用，难道他们这次越境的任务不是送货？

无论怎么说，陈炯民不得不钦佩乌贼的耐受力，这家伙受了伤还能泗水渡江，和公象一样，都是狠角色！

五　死于非命

有些事只有哲学家才能给出答案，常人想破脑袋也搞不明白。

自从加入缉毒支队，陈炯民便目睹了太多的穷凶极恶，毒贩们个个不要命，个个视死如归，个个无义而凛然。有个毒贩眼看着要被抓住了，为了不透露同伙的消息，竟然将电钻塞到嘴里然后按下了开关，整个口腔被打成了骨肉相连。还有一个运毒者，胃里的海洛因塑料包装破裂，这家伙在车站里大口大口地吐血，最终一头撞死在厕所中。所以无论公象、乌贼，他们的凶悍坚韧虽然令人钦佩，但与众多彪悍的毒贩比起来也算不得什么。

陈炯民无法理解毒贩的心理，他清楚自己在做什么，他出生入死是为了给二姐报仇，为了尽一个公民的义务、战士的责任，但那些无惧生死的毒贩又是为了什么呢？难道仅仅是为了钱吗？但挣钱的门路有千百条，何必偏要在这棵最危险的树上吊死？还有一点让他百思不解，罂粟花区产毒贩毒的历史将近百年，一代代的毒枭要么身首异处要么监狱中孤独终老，用上脚指头都数不出几个得到好结果的，但罂粟花区的下一代年轻人依然前仆后继，勇往直前，为什么他们就不能干点别的呢？

天色擦黑，垂头丧气的陈炯民回到营地，刘树边随便骂了两句也没深究。搞坏了装备虽然不光彩，却算不得什么不可饶恕的过失，何况陈炯民的战绩有目共睹。陈炯民将乌贼狙击公象以及逃跑的过程报告了，刘树边的眼睛足足眨巴了半分钟，最后说：知道了。接着陈炯民问起公象的情况，刘树边说：明天送检察院。陈炯民想看看自己的俘虏。刘树边让他明天去，猎人检查自己的猎物当然属人之常情。

第二天一早，精神饱满的陈炯民在羁押室门外被战友大声叫住，战友说你爸爸让你回个电话。

陈炯民答应了一声，也没往心里去。父亲陈康让自己回电话，没别的事。最近父亲在催他赶紧复员，赶紧回家娶老婆，为他们老陈家传宗接代。陈炯民二十八岁，在鱼米寨绝对属于大龄青年。上次回家探亲，父亲和大伯为他精心准备了四个姑娘，随便一个，只要陈炯民点头马上就能谈彩礼领证。陈炯民的心早就野了,也看不上那些寨子中矫揉造作的姑娘,假期没结束便跑了回来。自此父亲就每天一个电话,老人动之以情,晓之以理,核心内容就是退役、回家、娶老婆、传递香火。如今陈炯民的服役期很快就满了,父亲却不清楚儿子的目标是军校。陈炯民懒得多想,径直走进羁押室。

公象坐在铁条围成的笼子里,面目阴沉地盯着他,与昨天被抓时笑容可掬的样子完全判若两人。

陈炯民来到公象面前:从窗户里跳出来后,为什么突然打滚?

公象说:难道等着你打我?

陈炯民说:你怎么知道我的位置?

公象冷笑着:如果对方配备了狙击手,合格的狙击手一定会选择你的位置,奇怪吗?

陈炯民说:你受过军事训练?

公象说:罂粟花区很多人都受过军事训练,只有你这种傻子才觉得奇怪。

陈炯民怒道:是我这个傻子把你抓住的。

公象挑衅地说:就算抓住我,你还是个傻子!你叫陈炯民,通过这个名字就可以找到你的老家。

陈炯民不自觉地后退一步,他怎么知道的?

公象的笑异常恐怖:缉毒人员最担心的就是家里的情况被毒贩子摸到。刚才他们在外面喊你的名字,我听见了,泄底啦!说着公象抓住铁栏杆,狠狠地抖了几下。

"混蛋!"陈炯民怒吼着一脚踹在铁栏杆上。

公象没有被他吓住,大声怒斥:心浮气躁,你这人太没用了!

陈炯民打算冲进笼子教训教训他，到处找钥匙。此时几名听到动静的战友冲了进来，死活将满嘴脏话的陈炯民拉了出去。即便在门外，陈炯民依然能听到公象的笑声。

公象说得没错，掌握了缉毒人员的名字就可以顺藤摸瓜地掌握他的家庭情况。家庭隐私虽然是机密，但在这个信息几乎透明的世界里，什么事能保密呢？好在贩卖五十克毒品就可以判死刑，公象等人携带了二十公斤的海洛因被抓，这些人活不成了，陈炯民没什么可担心的，他的气愤主要来自公象挑衅的态度。可能公象认为，自己被抓并不是因为陈炯民有本事。

第二天，随着公象等人被检察院带走，一切似乎也风平浪静了。

缉毒支队的生活就是一次出勤接着另一次出勤。没两天，陈炯民便把公象的笑声抛到脑后了。在刘树边的指导下，他填好了军校入学的申请表，全力准备文化考试。陈炯民不打算回鱼米寨，除了缉毒，他什么都不会。

五天后，陈炯民忽然接到了鱼米寨的电话，一个惊人的消息彻底击垮了陈炯民。他们家着火了，父亲陈康、大伯和伯母都给烧死了。这消息如晴天霹雳，陈炯民当下昏了过去。村委会的同志说，大家在茶园施肥时，老远就看到村里着火了，跑回去一看，是你们老陈家，一家人都没能出来！

陈炯民的痛苦简直无法言说。整整半天，一个字都没说。

刘树边担心陈炯民想不开，向上级打报告休假，亲自开车送爱徒回家奔丧。从支队的基地到广西鱼米寨有七百公里，即使大部分路是高速，越野车也要开上一天。

路上刘树边说了不少开导人的话，陈炯民却一言不发。

进入广西界时，陈炯民突然开口：公象在什么地方？刘树边愣了一下，陈炯民为什么突然要问魏东来？沉吟半晌，刘树边只得说：那家伙在押送检察院的半路上逃走了，真狡猾。

刘树边明显感觉到陈炯民脸上的肌肉跳动了几下。刘树边没再说什么，但一种不祥的预感瞬间便将他吞没了，陈炯民在想什么？其实魏东来是刘树边亲自送到边境的。刘树边早已将乌贼的事告诉公象了，公象说：那家伙是玉麒麟的人，一路都在找机会杀我。我还以为第一枪是陈炯民打的呢。刘树边说：乌贼目睹了你被捕，如果回去就没人相信你了。魏东来怒道：陈炯民那混蛋，该抓的不抓，倒盯上我了。这也是第二天他对陈炯民态度恶劣的原因。刘树边希望魏东来留下来，他却认为卧底五年殊为不易，如今罂粟花区的各派势力的平衡似乎出现了松动迹象，不能前功尽弃。乌贼虽然受伤了，回去就找机会做掉他也并不难。

军用越野车在跨越天际的西南高速公路上行驶着，车内再没人开口。

这些年，偏远的鱼米寨成了广西著名的茶叶产地，省里为贫困山区引来了优良的茶叶品种，种植糯稻的梯田改种了茶树。国内茶叶价格高涨，鱼米寨的日子也蒸蒸日上了。如今鱼米寨一半的家庭配备了汽车，大姐结婚生子，大伯父和父亲之所以逼着陈炯民尽快成亲，也是看到日子越来越红火，又能生二胎，希望赶紧抱几个孙子。

如今父亲、伯父和伯母全部死于非命，整个鱼米寨沉浸在悲痛中。大姐回来了，邻居腾出房子让大姐一家住。陈炯民回来时，灵堂摆好了，就等孝子回来发丧。陈炯民按照客家人的规矩选择了风水之地下葬，做七。其间他回家仔细在废墟里探寻过，到派出所和消防队也询问过，所有证据和当地派出所都表明，属于意外失火，陈炯民没说什么。

丧事完毕，陈炯民跟着刘树边返回部队。

路上，刘树边告诉他军校的考试就在下个月。

陈炯民斩钉截铁地回应：我想回家，不当兵了。

刘树边诧异地看着他，半晌未语。陈炯民也不说话。

刘树边握着方向盘的手有点抖：你想好啦？进了军校就不一样了。

陈炯民坚定地点点头。

刘树边不得不将车停下，蹲在路边连抽了三根烟。他的心在疼，铁打的营盘，流水的兵，但卓越的人永远稀缺，真正的好兵永远是凤毛麟角。每次有出色的战士退役或者牺牲，刘树边就如同被人抽走了一千毫升的血！几年来，缉毒支队浴血奋战，收获累累，但罂粟花区却坚如磐石，竟还出现了发展壮大的势头，流入境内的毒品只多不少。刘树边每每感到力不从心，但偏偏在这个节骨眼上，自己培养的接班人主动要求退役！他又能说什么呢？人家的父亲去世了，人家打算回家顶梁立柱，这是天经地义的！当兵，不是所有人的梦想。

心态平复后，刘树边回到车上，轻松地说：上次的行动缴获了二十公斤毒品，是重大胜利，本来要给你们分队记集体三等功。我做主，你个人三等功，毕竟首犯是你抓回来的。

陈炯民点点头，这是刘树边在为他的退役做安排。加上这个三等功，陈炯民一共有四枚奖章。凭这些奖章，退役后完全可以在当地武装部混个公务员。当然陈炯民有自己的打算，他不相信烧死父亲、伯父是意外，鬼才信！

六　罂粟花区

离开便是离开。

退役手续办完的第二天，陈炯民起了个大早，趁战友做早操的空当离开军营。不需要催人泪下的送别场景，不需要感天动地的临别赠言，那是电视剧。

回到鱼米寨，大姐已经得到陈炯民复员的消息，决定召开家庭会议。会议的主要议程是尽快完成三位老人的遗愿，陈炯民马上找个女孩，结婚生孩子。但陈炯民的一席话当下就把会议的性质变了。陈炯民将抓捕公象的过程毫无隐瞒地讲给了大家，公象完全可以通过自己的名字和部队番号找到老家，而且没两天，那家伙竟然跑了。

鱼米寨虽然地处偏远，但乡亲们对毒贩的凶恶还是有所认知的。

大姐当下便问：难道火灾是人为的？

陈炯民恶狠狠地说：是公象，那家伙要报仇，所以就找到咱们家下手。

大姐说：派出所的警察说，是电线短路。

陈炯民说：大姐，高明的罪犯可以把犯罪做得天衣无缝，这种事我见得多了。

可能鱼米寨的生活太过平静了，也可能是陈家人的惨死确实令人惋惜。当然，乡亲们对陈炯民的信任也是原因之一，这孩子终归当了九年兵，是山寨唯一见过世面的人。当晚消息在寨子里沸腾了，陈家是毒贩子放火烧的，三名老者都是毒贩子害死的，鱼米寨必须与贩毒分子不共戴天。

大姐是自家人，脑筋还算清醒，便追问陈炯民作何打算。

陈炯民说：我不上军校就是想赶紧回家，给我爸，给伯父、伯母报仇，公象必须死，杀人偿命，欠债还钱。

听说要杀人，大姐的两条腿都站不稳了：炯民，行吗？杀人？那是大事啊！就算你杀了他，那也是犯罪啊。

陈炯民说：大姐，我在部队上干掉过六名毒贩，我杀过人。公象回罂粟花区了，就算杀人我也不在国内杀！在国外干掉毒贩，不犯中国的法。

大姐的担忧之情溢于言表：你一个人啊，行吗？

陈炯民说：姐，九年的兵不是白当的，一般的毒贩在我手里就跟小鸡子一样。今天收拾收拾，明天我就走。

大姐清楚弟弟的脾气，知道多说无益，另外对人民军队大姐也是充分信任的，最后一点就是客家人素有杀人偿命、报仇雪恨的传统。

当晚大姐挨家挨户地告知邻里，炯民打算去报仇，穷家富路，大家帮衬帮衬。鱼米寨民风淳朴，平时就亲如一家，当下乡亲们给陈炯民凑了几万块的路费。大姐拎着现金找陈炯民时，发现这位弟弟已然不知去向了。

陈炯民留下张纸条，说手里有钱，不劳大家费心，一定提着公象的人头回来。

陈炯民是战士，是一名优秀的战士，是身怀绝技的战士，是军队塑造了他的自信，但长久的军事生涯也养成了陈炯民直线型的思维方式。陈炯民痴迷于武力，相信没有武力不能解决的问题。罂粟花的信息大多是他从资料和罪犯的口述中得到的，但身临其境能否应付就另当别论了，这些事陈炯民明白，所以他认为太多的事先设计纯属徒劳，想太多了就什么事都做不成了。

第三天，陈炯民到了盘桓江。

盘桓江是界河，乌贼就是从这里泅水逃回去的。江的东岸是缉毒支队经常巡逻的地方，不远处有个孟工渡口，三国交界。陈炯民熟悉这里的一草一木，盘桓江西南岸就是著名的罂粟花区，百年来，那是正常人类的禁区。

没人能说得清罂粟花区的面积有多大，从十几万平方公里到一两万平方公里，说法不等，这里出产着全世界80%的鸦片和海洛因，就是说世界三分之一的毒品来自罂粟花区。这里还生活着世界上最狡猾最残忍的毒贩，他们有着强大的贩毒武装，密如蛛网的情报网络，以及所在国盘根错节的社会关系。在这里每年都有成百上千的人为生产、运输、贩卖毒品而丧生，但很少有人会离开罂粟花区。实际上很多国家的禁毒机构在罂粟花区都有自己的卧底，很多人过了盘桓江便再无音信了，有的死了，也有的干脆就做了毒贩。

罂粟花区是一座熔炉，铁人进去了也能变成铁水。

前些年随着冰毒、摇头丸、迷幻剂这类复合毒品的出现，罂粟花区的毒品交易呈现萎缩的状态。后来不知什么原因，常年为市场份额斗争不止的各派武装突然就不打了。据说毒枭们齐心协力地从南美引进提炼技术，制造出纯度更高的海洛因，而且还趁着各国政府打击复合毒品的时机招商引资，将复合毒品的生产引入罂粟花区，扩大了产品的品种，致使各国毒贩子对罂粟花区的依赖更甚。这几年罂粟花区财源广进，生意兴隆，大有完爆南美毒枭的劲头。据说实力最强大的东西联合军已经购买了装甲车和无人机，其发展趋势直逼当年的坤沙。

陈炯民在江边丛林里坐等天黑，他带着一把砍刀、一把军用匕首、五千元现金，以及少量的测量装备。陈炯民把手机留在鱼米寨了，虽然罂粟花区可以接收中国的电信信号，但多年缉毒经验告诉他，手机就是定位器。

下午四点，一队巡逻的武警官兵从江边经过，陈炯民看到了几个熟人。他算计着，这是他们今天的最后一次巡逻，天黑之后可以下河。

国际军界有个共识，中国军队训练的严苛程度是无与伦比的，什么法国外籍军团，美国海军陆战队，其训练强度都无法与中国军人相提并论。国外那些部队的高大威猛的形象更多的是来自于电影塑造。由于中国的自然和人文环境太过复杂，各地部队的训练课目也存在着很大区别，比如丛林求生就是西南驻军的基本课目。陈炯民就是这一课目的佼佼者，他创造过徒手在丛林中生存半个月而体重不减的纪录。所以渡过盘桓江，穿越盘桓江到阑槛的丛林对于陈炯民来说，就是张飞吃豆腐，小菜一碟。就拿丛林穿越最大的挑战生火来说，在不用打火机的情况下，陈炯民至少掌握十四种取火方法。食用菌，陈炯民能认出三十种。至于如何驱赶大型动物那就更简单了，他就算闭着眼睛野兽也不敢近身。

陈炯民不愿意走孟工渡口，担心碰上熟人。当夜他泅渡盘桓江，摸着黑在热带丛林中步行三十公里，穿越了被称为死亡地带的热带丛林。

第二天下午陈炯民便到了传说中的城市——阑槛。

罂粟花区的传说大多与阑槛这座城市有关。

虽然这一带面积广大，人口也不少，但人口的分布却异常分散，阑槛是罂粟花区里唯一像样的城市，可以说就是罂粟花区的花花世界。罂粟花区的人口构成极其复杂，如果算上在这里混日子的中国人，光种族就有十几个，其中大部分人住在自然形成的山寨中，是农民，一小部分从属于不同的武装派别。出于对当地政府表面上的尊重，各派武装的住地和毒品加工基地都设在山里，罂粟花区的毒贩子们虽然有钱却没有地方消费，所以阑槛就莫名其妙地繁荣起来了。

陈炯民抵达阑槛已是傍晚时分，夕阳的余晖将山谷中升腾的迷雾镀成了金色。在金色的迷雾中，一座毫无章法的城市随着河谷蜿蜒向远方。陈炯民站在山顶上，脚下的阑槛如一条盘踞在山脚下的大蛇，层层叠叠的建筑就如大蛇的鳞片，参差鳞片不同方向的反光让这座城市平添无尽的神秘感。

初来乍到，陈炯民不敢贸然进城，他先是在阑槛的外围转了一圈。阑槛与陈炯民熟识的中国南方城镇差不多，杂乱无章，肥水横流。实际上现在的中国城镇早不这样了，阑槛完全可以作为九十年代中国南方城镇的标本。它们唯一的区别是，阑槛很多建筑的外墙上可以看到坑坑洼洼的麻点，外行觉不出什么，但陈炯民一眼便看出那是子弹留下的痕迹，是枪眼。就是说这地方曾经是战场，而且就在不久之前。

傍晚时分，陈炯民走上阑槛的大街，迷离的灯光掩饰了很多细节，阑槛的繁荣让人有股迷幻感。

没多久，陈炯民便发现，自己的打扮与当地人差别太大，走在人群中太显眼。

阑槛的店铺都有中文标识，从相貌和肤色就可以看出，这里的中国人非常多。阑槛路边商店的橱窗里可以发现英国威士忌、法国红酒、意大利时装和当地名牌六王牌海洛因。街面上遍布着妓院和赌场，花枝招展的姑娘中甚至有白种人，陈炯民老远便能闻到白种人身上特有的狐臊味。

天黑透了，陈炯民找了家中国人开的饭店吃东西，向老板咨询哪里有住处。老板向他推荐了黄钻俱乐部，号称黄钻俱乐部24小时不打烊，有吃有喝，困了还有睡觉的地方，想出火，姑娘随便挑。

陈炯民早就听说过黄钻俱乐部，那是家赌场，也是罂粟花区最豪华的赌场。毒贩们在此一掷千金、醉生梦死，也是国内的赌徒向往的蟠桃盛会。在阑槛混日子的中国人，大部分是在黄钻俱乐部输光了而走不掉的赌徒。据说，有些赌徒欠了债，被赌场剁去双手，然后逼着家里拿钱领人，如果实在榨不出油水就往街上一扔，任其自生自灭。最近还听说，有些输得精光的赌徒竟然被卖给犯罪集团了，让人家割了腰子。

陈炯民谢了老板的好意，说应该先找住处，明天再去。老板又推荐了一家便宜的旅馆。

陈炯民背着行囊在街上寻找旅馆的时候，总觉得有人暗中盯着自己。有几次他打算把对方引出来，但街上人潮汹涌，几次努力都以失败告终。陈炯民莫名其妙地紧张起来，自己是第一次来阑槛，什么人会注意到他呢？

难道是公象？

七　机器猫

人类最深刻的荒芜便是无所事事，而无所事事往往表现出病态的忙碌。

　　阑槛的繁荣就是一种病态。

　　罂粟花区唯一的产业是鸦片的种植、加工、运送和交易，除此之外都是配套产业。按说这里应该是个充斥着毒贩的地方，但实际上在阑槛的常住人口里从事贩毒的非常少，大部分从事的是在毒贩身上揩点儿油的行业。

　　阑槛街上充斥着无所事事的人，说这些人无所事事或许有些冤枉，准确地说，这些家伙全是猎人，如同懒散的猫科动物，一旦发现猎物就会奋不顾身地扑上去，平时只能四仰八叉地晒太阳。

　　陈炯民寻找旅馆的路线是阑槛的主要街道，往来人员众多，几乎摩肩接踵，这也是他难以识别跟踪者的原因。十分钟后陈炯民总算在街边找到了一家肮脏的旅馆，正打算推门就觉得背后蹿上来几条人影。陈炯民本能地低头躬身，准备反击。但就在他即将出手的时候，脑子里却灵光一闪，用军用搏击术对付几个袭击者或许轻而易举，但现在是众目睽睽，明天阑槛的居民就会晓得一个精通军用搏击术的家伙到了。

　　就在陈炯民转念之际，几条人影冲到身后，陈炯民猛一转身，面前竟然出现了几张罩着劣质丝袜的圆脑袋。丝袜面孔们先是愣了一下，继而再次扑了上来。从他们笨拙的动作中可以看出，这几个家伙无法对他形成威胁。陈炯民不愿意显露身手，仅仅是挥拳猛击，双方打到一处。

　　这种无聊的街头斗殴根本无法引起当地人的兴致，短暂的躁动后，就再没有人关注这个角落了。

　　陈炯民力气大，先后打倒两人，但对方人多势众，最终他还是被众人压在下面了。此时一个沙哑的略带稚嫩的声音喊道：拿了东西就赶紧走！众人三把两把地抢下陈炯民的背包，然后便消失在旅馆旁边的小巷中。陈炯民愤愤地咒骂几句，并没有追击。逢林不入，遇巷不追。幽暗的小巷都是虎口，搞不好还会有机关埋伏在前面等着。

不知为什么，那沙哑的声音让他感到了一丝异样，没错，女的。

背包里装着他的大部分现金、换洗衣服，还有一些随身的工具，此刻的陈炯民身上只剩了几百块钱。鼻青脸肿的陈炯民走进旅馆，旅馆老板看到了门口的斗殴，饶有兴致地盯着他。

陈炯民问：知道那些家伙是谁吗？

老板答非所问：来住店？还有钱吗？

陈炯民摸出几张人民币，在老板眼前晃着：说，那帮家伙是什么人？

老板笑道：有钱就住店，没钱就走人。

陈炯民骂骂咧咧地说：奶奶的，算个屁，老子明天就从黄钻那边捞回来。

老板说：这就对了。

罂粟花区颇具国际化的风范，在这里美元、人民币、泰铢、当地货币和海洛因通用，这里的生意人精通汇率，全是金融高手。陈炯民以每天八十元人民币的价格包了间不足十平米的小房间。阑槛地处河谷，人多地少，房价也堪比国内的三线城市。

进了屋陈炯民便躺下了，四十八小时以来这是他第一次放平身体，陈炯民感到一股彻骨的疲惫。就运动量来说，两天的奔波本不算什么，但孤独和无助感却来自四面八方。以前执行任务，就算是单独行动，他也清楚战友们无处不在，那是可以依赖的后援，只要需要，随时可以联络他们。如今的罂粟花区只有他一个人，而且举步维艰，人地两生。

路上陈炯民就在思索，如何能找到公象？他没有经历过卧底培训，也不清楚用什么方法可以在罂粟花区坚持下去，报仇的欲望驱使着陈炯民一往无前。灭家之仇，不共戴天！根据常识，公象刚刚丢失了二十公斤海洛因，就按五十元一克计算也是一笔巨款，何况根本不止这个价。贩毒集团蒙受如此损失，公象等人是不敢贸然回六王山的，即便他是癞皮狗的军师。

如今的罂粟花区与二十年前已经大相径庭了，九十年代以前是坤沙一家独大，那家伙不仅占据着世界新闻的头版头条，也的确实力雄厚。随着坤沙集团的败落，当今的罂粟花区出现了四支相互牵制的贩毒集团。

六王山仅仅是其中一支，首领叫玉麒麟，据说是纯正的中国人。六王山的地盘控制着罂粟花区通往中国大陆的通道。几十年前这条路并不重要，那时候罂粟花区出产的吗啡、海洛因主要销往日本和北美，大多走海路。但随着国内的经济腾飞，中国瘾君子的口袋也充实了。如今销往中国的毒品成了大头儿，于是六王山的重要性便凸显出来。癞皮狗是玉麒麟的干儿子，是六王山的实权人物，手下有好几百训练有素的武装人员，那是玉麒麟的本钱。据说玉麒麟本人足智多谋，颇受部下爱戴，即便癞皮狗也不敢造次，更何况他的军师？丢失二十公斤海洛因属于重大失误，公象必须想办法弥补或者为自己找到开脱的理由，所以公象躲在阑槛摆脱困境便成了情理中事。阑槛是罂粟花区的情报交易中心，各方人等交换利益的地方，也是落难者暂时躲避的避风港。

出于这个判断，陈炯民决定在阑槛住下来。他相信，迟早会发现公象的踪迹。

初来乍到，两眼一抹黑，陈炯民想不到该如何下手，如今又被一帮毛孩子抢劫了，真是祸不单行！

第二天早上，陈炯民来到当地警察局报案。警察连他的证件都懒得检查，听说仅仅是抢劫，警察冷笑着说：我们这儿每天还要死一个呢！陈炯民当然清楚报警没用，但他希望体验体验无政府状态下的感觉。

吃过早饭，陈炯民便躲在街边偏僻的角落晒太阳，目的是近距离地观察当地人的生活。陈炯民清楚，在阑珊绝对不能引人注目。坐了一个小时，当地居民标准的穿着打扮也便搞清楚了。中午过后陈炯民花五十块钱买了件花衬衫，然后在地摊上买了条狗都嫌沉的假佛牌吊在脖子上。之后他在裤子上掏了几个洞，配了一双色彩艳丽的拖鞋。一番操作下来，陈炯民即使走在当地人中间也不会产生丝毫的违和感。

陈炯民读书不多，武侠小说是他唯一熟悉的文学形式，小说中的乞丐往往能通晓各种门道。傍晚陈炯民在肮脏的小巷中发现了几名乞丐，从模样上判断，这些乞丐可能是中国人，是在黄钻俱乐部输了钱流落在此的。

陈炯民向乞丐们询问有谁听说过公象，当下便有七八只手伸到面前。陈炯民在每只手上放了五十块钱，结果得到了几个截然相反的信息。有人说，公象正在六王山上吃香喝辣呢，有人说公象和癞皮狗合着伙把玉麒麟干掉了，成了六王山的军师。还有人说，公象在蒙砂撒和癞皮狗一起开荒种鸦片。最后的一个乞丐则说，公象在黄钻俱乐部有个相好的，每天上午都会过来打一炮。陈炯民差点被气晕，这帮家伙就是满嘴里跑火车，他当下就打算把人民币拿回来。不想乞丐们早有准备，陈炯民的眼珠子往上一翻，乞丐们便跟商量好似的，顿时逃向四面八方,陈炯民连追谁都没搞清楚,五六个乞丐便无影无踪了。陈炯民恼怒不已,仅剩的这点钱居然又被乞丐们骗光了。

陈炯民不担心钱的问题。被洗劫后他就打定了主意,一旦穷途末路就把那几个丝袜劫匪当榜样。半夜出来抢几个,保证神不知鬼不觉。

回到旅馆,老板索要第二天的房费。陈炯民说明天再付,老板二话不说便把他的东西扔了出去。

在罂粟花区,有钱有药就是爷,没有,连当孙子的资格都不具备,但生意人如此豪横也确实让人寒心。陈炯民没心思跟老板赌气,干脆今天晚上就实施抢劫计划。之后陈炯民便找了个小巷藏了起来,专等天黑。

天倒是黑了,但雨也下来了,电闪雷鸣,风雨交加。转瞬间忙碌的大街便空无一人。陈炯民虽然身处陋巷,但依然被淋成了落汤鸡,更可恨的是连抢劫的对象都找不到了。平心而论,陈炯民还真的难以适应无政府状态下的生存状况,他甚至担心,一旦对方求饶自己没准就下不了手了。

入夜后,瓢泼大雨毫无停歇的迹象。陈炯民在雨中熬到后半夜,失温症的苗头便显现了,他的牙齿开始相互撞击,人也哆嗦成了一团。热带的雨夜同样阴冷,陈炯民连找了几个躲雨的地方都不理想,最后只好在一处房檐蹲下来,但半个身体依然在狂风骤雨里煎熬。

没一会儿,两条流浪狗便跑了过来,流浪狗组团冲着陈炯民狂吠,看来房檐下是它们的地盘!陈炯民没吃晚饭,又被吵得心烦意乱,当下便萌生了杀狗吃肉的念头。不知好歹的流浪狗红着眼睛冲着他吼叫,陈炯民则盯着狗脸,思索着如何一击致命。就在陈炯民准备痛击流浪狗时,身后的小巷里传来脚步声,两块砖头当空砸了过去,流浪狗被击中,嗷嗷叫着逃跑了。

陈炯民扭脸观察,只见一名身穿雨衣、头上扎着一堆小辫子的青年女子站在面前。她冷冷地说:这地方的雨一下就是两三天,在雨里淋上三天,你就死定了。陈炯民不置可否地看着她。女孩冷笑着说:想避雨就跟我走。

陈炯民问:你谁啊?

女孩脸上出现俏皮的笑容:我机器猫!

陈炯民说:我还大雄呢。

机器猫立着眉毛说:想避雨就跟我走,哪儿那么多废话?

八 砖窑

穿过雨巷,陈炯民跟着机器猫走向城镇边缘。

可能是受了寒,陈炯民感到一阵阵的晕眩,但他强打精神,随时准备给机器猫来个致命一击。

最终机器猫钻进一座废弃的厂房,根据厂房的烟囱判断,可能是砖窑。

砖窑里伸手不见五指,机器猫取出打火机,蹲在地上点燃了一小堆篝火。

漆黑的砖窑逐渐亮堂起来,这里面空间巨大,墙壁上画满了稀奇古怪的图案,地面上堆放着各种垃圾和木材,墙角里摆着简易床铺和些许生活用品,估计偶尔有人居住。

篝火越来越旺，陈炯民终于感到了一丝暖意。借着火光，陈炯民偷偷瞟了机器猫几眼。这时机器猫已经将雨衣脱了，露出一身破烂的牛仔装。这丫头虽然眉目如画，但皮肤黝黑，肌肉饱满。机器猫让人印象深刻的是她的眼睛，那眼神极其凌厉，眼中似乎随时会升腾出烈焰。陈炯民确定机器猫眼睛里冒出来的绝对是邪气，对，是邪气，不是杀气。此时他想到昨夜被抢时其中那名女劫匪发出的吼声。陈炯民断定，那声音便是机器猫的。陈炯民大惑不解，昨天她带着一帮人将自己洗劫了，今天居然又帮着他找避雨的地方，这丫头到底是什么人？陈炯民不愿意把昨天的事点明，决定等机器猫先开口。

机器猫在砖窑的进火口中取出一个小锅，倒上水，放在篝火上煮着。之后又变魔术般地找出米粉和调料包，扔进锅里。不一会儿砖窑中就充满了汤粉的浓郁香气，机器猫扭脸看着他：吃吗？

陈炯民说：有就吃。

陈炯民将小锅端到面前，机器猫又神奇地变出一双筷子，看来这机器猫确实名不虚传！陈炯民三口两口地将米粉吃了，热汤下肚，出了一身汗，神志也清醒了，这一刻他几乎有点困。

机器猫冷笑着说：吃得跟猪似的，不怕我下毒毒死你啊？

陈炯民说：我又没钱，你毒死我连毒药的本钱都拿不回来。

机器猫哼了一声：这碗米粉不能白吃。

陈炯民干脆躺到墙角的床铺上，伸着懒腰：反正没钱。

机器猫继续问：说，你来罂粟花区做什么？

陈炯民：我想去黄钻碰碰运气，结果昨晚上一帮土狗把我的钱给抢跑了。

"什么土狗？"机器猫忽然想明白了，陈炯民在骂自己。她脸上闪过一丝怒色，但很快平静下来。机器猫从怀里摸出一张照片，举到陈炯民眼前：来赌钱的？嘿嘿，你这骗子！你他娘的是缉毒的。说，你跑到罂粟花区做什么？找死吗？

照片上是一名身穿散打装、浑身腱子肉的军队运动员，就是陈炯民。陈炯民当下就想起来了，那是自己获得全省武警系统搏击冠军的留影。

机器猫得意洋洋地抖搂着照片，煞有介事地说：后面有名字，我，陈炯民！你还真够自恋的。

陈炯民：练过散打的就是缉毒的？

机器猫说：我在网上查过了，缉毒支队有个叫陈炯民的，拿过散打、狙击的全省冠军。

陈炯民猛然跳了起来，怒吼着：军队网站是内部局域网，你怎么进去的？

机器猫得意洋洋地来回溜达着：我是机器猫！你们国防部、国防科工委的网站我当然进不去，但县武装部的网站我还进不去吗？你退役了，你们县的武装部把你的消息都挂出来了。告诉你，在罂粟花区我是第一网络高手！凭网络挣钱我可能挣不到，但人肉一个退伍军人，难吗？

陈炯民差点把刘树边的名字嘟囔出来。退伍时，刘树边再三叮嘱他去县武装部报到，武装部是优秀退伍军人的最好去处。陈炯民并没有当面回绝，刘树边便认为这事大局已定，于是将他的资料传给了所在地的武装部。武装部的领导大喜过望，陈炯民这样的人才正是他们需要的，他们也认为这事板上钉钉，于是便把陈炯民的资料挂到自己的网站上，就等着他来报到了。县武装部虽然也属于军事部门，但隶属关系复杂，保密程度没那么高。

这次来罂粟花区，陈炯民将所有的证件全都扔在鱼米寨了，就是担心暴露身份。但陈炯民有个随身携带笔记本的习惯，狙击手经常要计算弹道和风速，笔记本就是做这个用的。那张散打冠军的照片就夹在笔记本的塑料皮里，这事他早就忘了。是啊，谁能想到照片会落到机器猫手里，机器猫竟顺藤摸瓜地查到了他的底细。

陈炯民假装平静地说：几年前的照片，我退役了，不是来缉毒的。

机器猫晃着脑袋刚要说什么，忽然看到陈炯民伸出右臂，胳膊的长度陡然间便增长了一倍，手掌已经伸到面前了。机器猫没来得及做出任何反应，肩头就被陈炯民抓住，接着机器猫眼前一黑，咣当一声栽倒在地。

陈炯民用膝盖顶住机器猫的腰眼，小声道：如果坏我的事，老子现在就弄死你。

机器猫怒道：你个臭混蛋，有本事你直接弄死姑奶奶，吓唬人算什么东西？

昨天刚刚抵达阑槛便被抢了个精光，一肚子火本来就无处发泄。此时的陈炯民怒从心头起，一拳打在机器猫后心上。机器猫嘴里噗的一声，旋即人就趴在地上不动了。陈炯民起身，然后将机器猫的身体翻过来。机器猫紧闭双眼，人确实被打昏了。陈炯民忽然觉得机器猫的话有些道理，既然这丫头搞明白自己的底细了，不如干脆做掉她。陈炯民从地上抄起来一块砖头，对准机器猫的脑袋狠狠砸了下去。

砖头挂着风声一击而下，眼看着机器猫的脑袋要被砸瘪了。陈炯民突然鬼使神差地收了力，砖头在机器猫的鼻子前停了下来。

天人交战！

就因为这丫头抢了几千块钱，就因为她查到了自己的底细，难道就该死吗？弄死这么个人畜无害的雌性动物是不是过于残忍了？陈炯民不止一次地杀过人，用枪杀过，也用匕首割过喉，但丧命他手的都是些神头鬼脸的毒贩子！在国内，机器猫这样的顶多也就算个失足青年，如此杀掉未免有些过分！

忽然陈炯民感到一块冰贴在自己脖子上，低头一看，一把明晃晃的砍刀架在他肩膀上了。被按在身下的机器猫冷冷地盯着他，鬼知道，这丫头从哪里抽出的砍刀！陈炯民的鼻子差点被气歪了，这把砍刀竟然是他的，进阑槛后就一直藏在背包里。

机器猫阴阳怪气地说：不忍心下手？是不是看我长得漂亮？你这个色鬼！

陈炯民朝地上啐了一口。

机器猫站了起来，但手上的砍刀却没有丝毫怠慢。她转到陈炯民背后，砍刀顶在他后心上：坐下。

陈炯民只得坐下。

机器猫怒斥着：你这臭混蛋，一拳就把我打昏了。刚刚吃了我的米粉，就是为了有力气打我？你说你还算个人吗？

陈炯民在思考对策，没心思跟她斗嘴。

机器猫继续喋喋不休：有人说你不是来卧底的。说，你到底干什么来了？

电光石火之间，陈炯民忽然就萌生出了一个计划，机器猫能不能帮他找到公象的下落呢？一念至此，陈炯民眼前竟然出现了一片开阔地。

陈炯民冷冷地说：你的心眼为什么那么好呢！无缘无故地给我煮

米粉？无缘无故地带我来这里避雨？你简直就是全阑槛最好最好的人啊！干脆明说吧，是不是有什么事要我出手？能不能交易？我想找个人，只要帮我找到那人的下落，你的事就是我的事。

"呸，我还没说话呢你就打算做交易？你的命还在我手里呢。"身后机器猫忽然沉默了一会儿，然后陈炯民便听到了窸窸窣窣的金属摩擦声。他回头一看，只见机器猫刚好将砍刀插进砖缝，墙面上只露出刀柄。原来这把砍刀一直插在砖缝里，机器猫趁着他犹豫的机会拔刀相向。机器猫藏好砍刀便走回陈炯民面前：你这人还不算太傻，确实有事找你。不过你得先把你来罂粟花区的目的告诉我，否则一切免谈。

陈炯民也不打算隐瞒，大大方方地说：我来找个人，叫公象。

机器猫愣了一下：公象？你找他干什么？

陈炯民说：在边境那边我把公象抓住了。

机器猫有些轻蔑：听说公象身手了得，你们几个人抓的他？

陈炯民傲然道：就我一个人！

机器猫愣了一下，然后狠狠地道：吹！

陈炯民说：是不是吹以后再说。公象那家伙送检察院的时候跑掉了，按说他跑也就跑了，跟我没关系。可恨的是那家伙去了我的老家，把我们家放火烧了，三个老人都给烧死了。我来罂粟花区就是找那家伙报仇的！

机器猫惊讶地说：三个老人？

陈炯民：其中一个是我爸爸！

机器猫道：你爸爸让他烧死啦？

陈炯民点头：没错。

机器猫思索着：怪不得他说你不像卧底的，原来是报私仇的。

陈炯民问：谁说我不是卧底？

机器猫不耐烦地说：这事你管不着。我可以告诉你公象的身份，他是癞皮狗的军师，绝对是个有本事的人。你想杀他报仇，完全不可能。如果我是你，我就在街上随便找个老头，问他有没有儿子，如果有，你就把他杀了。

陈炯民惊道：为什么？

机器猫说：你把他杀了，他的儿子就没有父亲了，你也就等于报仇了。冤冤相报何时了？谁的爸爸都可以杀，没什么大不了的。

陈炯民震惊地望着满脸天真的机器猫，简直不知道说什么好。

机器猫在他肩膀上打了一拳：我的话你听见没有？

陈炯民只得捏着嗓子说：只要帮我找到公象的下落就行，我杀谁是我的事。现在轮到你说了，为什么给我煮米粉？

机器猫满脸的不怀好意：我看你长得帅，爱听吗？

九　灭霸

墨西哥毒枭的行事风格，陈炯民在电影里见过，根本不信。但机器猫的做派却代表着罂粟花区不折不扣的价值取向。

随便找个老头杀了就等于报仇了？

陈炯民脑子里跳出一个词：丛林法则！

在部队的时候，他无意间从杂志上读过这个词，明了其中的含义，自己陷身的罂粟花区绝对就是个丛林。

几分钟后，机器猫社团的成员出现了，全是些十七八岁的孩子，其中还有个戴眼镜的瘦高个，叫四眼蛤蟆。他们的社团有个响亮的名字，叫银河护卫队。望着这些稚气未脱的面孔，陈炯民的牙根几乎快咬出血了，自己竟然被这么一帮孩子给洗劫了！

机器猫搞清楚陈炯民不是中国方面的卧底后，索性便不再隐瞒什么。抢劫陈炯民后，他们在背包中的笔记本里发现了照片，机器猫在网上转了几圈，竟然发现陈炯民原来是个人才。于是胸怀大志的银河护卫队首领打算利用陈炯民的职业技能，干掉阑槛的另一个帮会，条件是归还昨夜被抢走的东西。

陈炯民则赌着气说：那些东西要不要本来也不打紧，扭脸我也到街上抢几次就全有了。

机器猫说：那我就告诉大家，你以前是缉毒的，到时候看阑槛人怎么收拾你。

陈炯民说：如果我被搞死，你什么也得不到。我可以帮你们，条件是帮我把公象找出来。

机器猫怒道：你在我手里捏着呢，还敢跟我谈条件？

陈炯民不愿意跟这个蛮横无理的丫头一般见识，于是询问为什么要除掉另一个帮会。

机器猫说：我们人少，人少就打不过他们，打不过他们就没有地盘，没有地盘就没有钱，这个还用解释吗？你个木头脑袋！

陈炯民问：除掉是什么意思？

机器猫潇洒地做了个斩首的手势：全弄死。

陈炯民心里咯噔一下：这事我不能答应。

机器猫怒道：现在你连饭都吃不上，你连避雨的地方都没有，跩什么跩?

陈炯民说：如果我想吃饭，难道真的吃不上吗？

或许是清楚陈炯民有能力，机器猫决定不再啰嗦：那你说，你想怎么样？

陈炯民说：必须帮我找到公象的下落。

"可以帮你找公象。"机器猫逼视着陈炯民的眼睛：但英雄联盟有二十多人，还有枪，所以你要掂量掂量，死了可不关我们的事。

机器猫的死对头竟然叫英雄联盟！怪不得他们打不过人家，他们仅仅是个银河护卫队啊！

陈炯民淡淡地说：四个大佬是有协议的，阑槛不能随便动枪。

阑槛有十万居民，号称是罂粟花区的首府，也是方圆几万平方公里中受政府势力控制最严密的地区。从社会架构上看，罂粟花区与其他社会的区别似乎也不大。即使公认的四大贩毒集团也没有人敢公然打出毒枭的旗号，集团的首领或多或少地还担任着公职。本质上，贩毒集团与当地政府猫狗一家，但至少表面上罂粟花区还维持着一个正常社会的架构。几年前各派武装曾在阑槛爆发过剧烈冲突，政府急了眼。后来四名大佬也觉得这样下去不是办法，由水蚺出面召开会议，制定了停战协议，其中一条规定在阑槛市内不能发生冲突，阑槛市内不动枪便成了一条约定。如果有人敢肆意破坏，立刻就会成为所有人的公敌。当地的小社团如果敢在阑槛动枪，的确是在冒天下之大不韪，也就等于活够了。陈炯民相信，无论是机器猫还是她所谓的英雄联盟，都没有胆量挑战这个底线！

机器猫抬腿踏在砖窑中央的石头桌上，目光凶狠地审视着陈炯民：你知道的还挺多！

陈炯民的视野顿时被两条肌肉棱角的腿占据了，女人的腿，健康的小麦色的腿，又细又长的年轻的泛着油光的腿，陈炯民竟然产生了摸一把的愿望，他不得不使劲咽了两口唾沫。

机器猫继续说：不怕死就好办。我答应你，只要干掉灭霸，公象的事我负责。

陈炯民差点笑出来，对方的头儿叫灭霸？难道真的是英雄联盟？难道那家伙打个响指，宇宙中一半的生命就会死掉？

来到罂粟花区仅仅一天，陈炯民发现这地方完全超乎了他的想象。他原先以为罂粟花区贫穷落后，愚昧野蛮，处于半封闭状态，这里的居民也过着与世隔绝的贫苦生活，应该也没什么见识，满脑子不过是毒品那点事。但走在阑槛大街上，他看到了各种电影海报和游戏的广告画，机器猫的名字当然来自日本动漫，现在又出了个灭霸！当代流行文化的渗透绝对是无处不在的，罂粟花区绝非域外人预料中的那样封闭。

此后狂暴的机器猫将灭霸社团的成员挨个骂了个狗血喷头，什么该死的钢铁侠，不男不女的奇异博士，屎壳郎一样肮脏的雷神，比发情的蠢猪还要淫邪万倍的黑寡妇！看得出，机器猫的痛恨是发自内心的。当然，她最痛恨的还是灭霸。

灭霸社团打出的旗号是英雄联盟，机器猫社团的名称叫银河护卫队，名字是机器猫自己起的。灭霸社团大多是阑槛土生土长的年轻人，十八九岁，无事可做便团结在灭霸周围组成了社团，他们抢劫初来乍到的外地人，也收保护费。银河护卫队的成员则大多是外来者的后代，平时只能吃些英雄联盟的残羹冷炙，还经常挨打。

罂粟花区的毒贩子最有钱，但这些人的实力也最强劲，没有社团胆敢对毒贩们下手。当然，来到罂粟花区的外地人并不少，从边境那边过来的大多是赌徒，这些人梦想着一夜暴富，听过黄钻俱乐部的名头便偷偷跑了过来。大多刚到阑槛就成了当地社团的下酒菜，罂粟花区的所在国也有人过来，大多是做小买卖的。前者大多是银河护卫队的抢劫对象，后者才是灭霸社团的菜。昨天机器猫的银河护卫队把陈炯民当成了越境的赌徒，但外来人终归人数有限，抢一次也就完了。在阑槛收保护费才是社团收入的大头，保护费一定会牵扯到地盘的范围。

灭霸的社团大约有二十来个人，年轻力壮，灭霸本人已经三十岁了，原名叫鲇鱼。据说他是乌贼的堂弟，也是个心狠手黑的家伙，机器猫本人曾经三次被他打得半死。

乌贼的堂弟？这个信息在陈炯民心里掀起了波澜：六王山的乌贼？

四眼蛤蟆说：六王山的规矩太大，不抽烟不喝酒不赌博不能用手机，鲇鱼本来也是六王山的，后来受不了他们的规矩，给从山上赶下来了。

机器猫的眼神中再度出现钦佩：你对我们这儿是真挺了解的，乌贼不会也是你的仇人吧？

陈炯民说：听说过。

本来陈炯民没打算参与阑槛社团之间的恩怨，只是想通过这些地头蛇了解阑槛的情况，至于指望机器猫他们帮忙找到公象，他并没有信心。但听到乌贼的名字，陈炯民下决心要参与，即便能找到乌贼也是好的，他也想干掉公象，通过他或许就能找到罪魁祸首。

之后，陈炯民开始详细了解灭霸社团的行动规律，这些人主要的活动范围在阑槛的西街。西街是阑槛的商业区，集中着大量的服装批发和日用品商店。灭霸社团虽然也抢劫外来的赌徒,但他们把主要精力放在收取保护费上。当地的生意人除非有靠山,否则就是敢怒不敢言。一般来说生意人的靠山便是贩毒集团,但毒枭们对这样的小买卖显然没有兴趣。据说灭霸本人好色,与几个暗门子打得火热,还经常不给钱,其他的倒也没什么。

全世界城市社团的规则都差不多,作威之后才能作福,一旦威风破灭,就如被拔掉毛的孔雀,一钱不值。

陈炯民提出对付灭霸社团应该以打脸为目标,不必杀人,如果大家听他的,三天之内就能干掉灭霸。机器猫挖苦他是胡扯,陈炯民则以退出做威胁,不听他的,他抬腿就走。

机器猫思虑再三,最终决定暂时放弃主权。

陈炯民要求所有社团成员从现在开始,必须盯住鲇鱼的一举一动,前提是自己不能暴露。布置完毕,他告诉机器猫,不信你就等着,三天之后见分晓。

雨过天晴,天色渐亮。

陈炯民从砖窑里出来,一个清丽的世界展现在面前。

朝霞灿烂,山峰间云雾缭绕,河谷里静谧的阑槛小城在七彩霞光中如同待嫁的少女。那蜿蜒曲折的街道古老而韵味十足,东南角的镀金佛塔在朝阳中泛着粉红色的光芒。平心而论,阑槛风光绮丽,景色如画,完全可以匹配国内的5A级风景区。是啊,如果在中国,阑槛人凭借这座城市,靠旅游就能过得风生水起。但在罂粟花区,阑槛唯一的作用是藏污纳垢,粉饰毒枭们的罪恶,发泄毒贩们的多余精力和金钱。陈炯民忽然想起一个故事,秦朝的李斯无意中发现粮仓鼠和厕所鼠天壤之别的境遇,于是得出不同环境可以催生不同命运的结论。其实一座城市同样如此!想到这儿,陈炯民扭脸看看机器猫,砖窑门外的机器猫正在叮嘱大家如何跟踪鲇鱼。

机器猫知道陈炯民身上没有钱,便给了他五百块。陈炯民则希望把自己的背包拿回来,机器猫说:给了背包,你就跑了。陈炯民拿这精灵古怪的丫头毫无办法。直觉告诉他,机器猫表面上成熟,但实际年龄应该不到二十。

当天陈炯民走访了阑槛所有的化学品商店,买到了自己需要的东西。然后他又来到阑槛的西街,以打算租门脸做生意的名义逐个与店主们攀谈。刚刚走到第三家,他便收获了成筐的怨言和诅咒,主要是针对英雄联盟的。

贩毒集团对收保护费这种小生意没兴趣,但灭霸却仰仗着堂兄乌贼的名号,在西街收取高额保护费,俨然成了这一带的大佬。陈炯民不动声色,悄悄找到了机器猫社团的四眼蛤蟆,让社团兄弟在街面上散布消息,就说鲇鱼打算将保护费再上涨百分之五十,谁要不交钱就烧谁的房子。

谣言往往拥有比核弹更恐怖的杀伤力,仅仅两天,整个西街便怨声载道、民怨沸腾了。每次灭霸社团的人出现在街上,四面八方射来的都是仇恨的目光。陈炯民利用谣言将西街变成了随时会爆炸的弹药库,差的仅仅是一颗火星,而坐在弹药库房顶的英雄联盟以及他们的首领竟然毫不知情。

三天后,机器猫和她的手下终于将灭霸的行动规律全部摸清了,众人在砖窑碰头。

陈炯民将自己的计划讲给大家,机器猫立刻就急眼了,号称绝不出卖色相。

陈炯民则轻蔑地说：您也有色相？你倒给我钱我还得考虑考虑呢。

机器猫愤怒地将水壶砸了过去。

陈炯民接住水壶，严肃地说：没让你跟他上床，不过是冒充花青蛙。

机器猫权衡再三，最后不情不愿地接受了陈炯民的方案，但号称完了事便把花青蛙打个半死出气。

军旅出身的人都是制订计划、执行计划的行家里手。

计划宣布之后，陈炯民又做出了具体分工，然后向大家发布命令，当晚动手！

十　暴躁的山羊

英雄联盟的首领灭霸遭到了莫名其妙的羞辱，从此消失。英雄联盟决定召开全体会，推举领导人，会议时间是晚上十点，地点是黄钻俱乐部二层的多功能厅。

陈炯民在砖窑吃了晚饭，刚刚放下筷子，机器猫便进来了。她以命令的口吻说：跟我走！陈炯民说时间还早。机器猫说：他要见你！陈炯民的脑子立刻便炸开了，难道是公象？难道机器猫找到公象的下落啦？陈炯民慢慢地站起来，回手将砍刀从墙缝里拽了出来。

机器猫吃惊地说：你不是要空手去吗？陈炯民追问是不是有了公象的消息。机器猫艰难地说：他，他是——他是我爸！

陈炯民先是顿了一下，随即便笑出了声，机器猫这样的人居然也有爸爸？老机器猫？

路上，机器猫再三提醒：他脾气不好，一句话不顺耳就急眼，跟他说话的时候注意点。

陈炯民在脑海中立刻勾勒出国内失足青年的标准轮廓，于是说：你爸脾气不好，天天揍你，所以你才跑出来混社团？

机器猫无可奈何地说：你懂什么你？他脾气好坏跟我出来搞银河护卫队有什么关系？不出来混，能有出息吗？

陈炯民哑口无言了。

后来机器猫索性告诉他，这个爸爸不是亲的，小时候她被人扔在垃圾堆旁边，这个爸爸将她捡了回来，有一口没一口地养大了。

陈炯民猛然想起一件事。小时候，好奇心爆棚的他一再追问父亲，自己是从哪儿来的？父亲嘴笨，答不上来，最后大伯母则解围似的说：你是你爸爸从垃圾堆里捡来的。长大后陈炯民才搞清楚，那不过是大伯母糊弄小孩的托词。万万没想到，组建了银河护卫队的机器猫居然真是从垃圾堆里捡来的。

在罂粟花区，不正常是事物的基本面，任何正常的希冀都会落空。

机器猫伙同陈炯民走向郊外一座孤零零的建筑，那建筑的顶部耸立着又高又细的烟囱，一台奇形怪状的机器大部分露天堆放着，只有入口部分才设在建筑之内。陈炯民惊奇不已，这地方竟跟国内落后地区的火化场差不多！没错，那就是火化场，阑槛唯一的火化场，骨灰遍地、火气冲天的水泥厂一样的火化场。

罂粟花区地处东南亚内陆，佛教、印度教在这一带的影响极大，罂粟花区的居民大多实行火葬。如同在西藏为社会高层实行天葬的人，因其贱民身份而无法轮回转世一样，罂粟花区同样存在类似的观念，火化场的活儿从来就没人愿意干。

机器猫的养父居然是经营火化场的!

火化场里面倒也不脏,就是灰尘太大,呛鼻子,进了门陈炯民就连打了十几个喷嚏,鼻涕都喷出来了。他清楚,空中弥漫的刺鼻灰尘都是骨灰。机器猫的养父不在,陈炯民便提议到外面等他。

机器猫意识到火化场可能对陈炯民的心理产生了影响,轻蔑地说:我是在这地方长大的,服吗?

陈炯民指天画地:不扶墙,我就服你!

陈炯民和机器猫在火化场门外的凉棚里等人,凉棚里有一台落满灰尘的电脑,破旧的桌子上全是国产电视剧的光盘,也有动漫的。陈炯民无可无不可地询问机器猫养父的情况。机器猫说她养父也是中国人,叫山羊,在罂粟花区住了二十多年,无亲无故,由于生活没有着落就帮人经营火化场。至于山羊是如何来的罂粟花区,机器猫则推测说:应该是赌博输了个精光,回不去了。

正说着,一个下巴上挂着山羊胡子的瘦猴出现了。这家伙大约五十来岁,骨瘦如柴,身似纸片,眼珠子是灰色的。瘦猴晃晃悠悠地来到陈炯民面前,市场上挑牲口似的扫了他几眼,然后一屁股坐到火化场门口的台阶上,毫无顾忌地拿出针管,在胳膊上狠狠地戳了一针。随着针管中的白色液体逐渐被抽干,山羊慢慢躺下来,他夸张地舒展着四肢,口中呼噜呼噜地喘息着。

机器猫恶狠狠地说:量越来越大,早晚你得死在这上面。

山羊闭着眼睛说:死就死了,你管得着吗?

机器猫说:反正你死了没人烧,这地方除了你就没人会烧死人。

山羊猛然坐起来,嘶吼着:我死不死的关你什么事?我盼着今天晚上就死！死了舒坦！

机器猫吼叫着：跟你说话就是多余。你不是要见他吗？那小子来啦！你自己看着办。

陈炯民的下巴差一点砸中自己的脚面，果然是一只脾气暴躁的山羊！机器猫碰上山羊瞬间就变成了一只暴躁猫。

山羊那双灰色而浑浊的眼睛死死盯着陈炯民的脸：兔崽子你给我过来！

陈炯民怒道：你个老王八蛋才兔崽子呢！

山羊随手抓起一块石头，狠狠砸了过来：敢跟我犯横！

陈炯民单手凭空一抓，居然将那块石头抓住了。他高举着石头走到山羊面前，居高临下地说：信不信我拍你脑袋上！

山羊的眼中闪过一道光：小王八蛋，身手还不错。

陈炯民真的怒了：你再骂我一句试试！

山羊猛然伸出手，死死地抓住陈炯民的睾丸：在罂粟花区，老子想骂谁就骂谁！

陈炯民疼得差点叫出声来：老王八蛋你撒手，你给我松开，我真的拍死你，信不信！

山羊冷笑：信你个屁！

机器猫暴怒起来：你们两个都给我老实点儿，老东西，你要不听我的，我一年都不回来看你。还有你，再举着你的烂石头，我让你永远见不到公象！

山羊突然松开手，冷冷地说：公象？你找公象做什么？

陈炯民尴尬地将石头扔掉，学着山羊的语气说：我找公象关你什么事？你管得着吗？

山羊狠狠地瞪了他两眼，指着机器猫：你说，他找公象干什么？

机器猫：都跟你说了，他是来报仇的！

山羊咬着干瘪的似是挂着一层霜的破败嘴唇说：难道他的仇人是公象？

陈炯民说：少操没用的心。说，为什么要见我？

山羊恶毒地诅咒着：小王八蛋，敢跟我这么厉害！当心死了没人烧你，他们把你往野地里一扔，半天疯狗就把你啃成一堆骨头！不信你就等着！陈炯民气得浑身冒火，转身要走！山羊怒道：站住，老子的话还没说完呢！

陈炯民指着火化场门内的汽油炉：你要是再敢骂我，我现在就把你扔到炉子里去！我先烧了你信不信？

山羊高傲地笑着：把我弄死？把我弄死阑槛人就能把你剁成肉泥！

事后很久陈炯民总算搞清楚了，脾气暴躁的山羊在罂粟花区绝对是赫赫有名。有一次荣军司令部的副司令在阑槛请朋友喝酒，山羊正好也在那家饭馆吃饭。二人发生了口角，山羊一酒瓶子把副司令给打昏了。事后，拥有两千名武装的荣军司令部就跟没这回事一样。还有一次，山羊和水蚺的副手发生了矛盾，竟然跑到棋盘寨，对着山门叫骂，水蚺的人居然把寨门关了，让他足足骂了半天。

山羊在阑槛招摇过市，见人就骂，抬手就打，无所顾忌。当地人解嘲似的说山羊的嘴就是粪坑，正经人谁会跟他一般见识？究其原因，竟然是山羊职业的特殊性造成的。根据当地的宗教传统，在罂粟花区，死人被火化是高规格的殡葬仪式，尸体被烧成了灰，灵魂即刻就能投胎转世。土葬则是地位低下，无人尊敬的象征。人死后埋入地下，要等到身体彻底腐朽后才能获得重新投胎的机会。

民风崇尚火化，以前的火化都是在空场上堆柴火，直接烧，跟印度的状况差不多。这二三十年火化场被引进罂粟花区，并得以推广。但这个行业又是正常人避之而不及的，因为从事殡葬业的人无法托生。整个罂粟花区只有山羊不当回事，所以在罂粟花区越有地位的人越担心，万一山羊死了，火化业搞不好会就此消失，真那样大家就全不得好死了。山羊本来就脾气火暴，经营火化场后更加有恃无恐，几乎是打遍街骂遍巷，如同泼妇。

或许是很久没有被人骂过了，缓了好一会儿，山羊才继续说：找你小子来是想告诉你，别打我闺女的主意，你小子要是敢泡她，我就发动全阑槛的人跟你作对，啊不，不是作对，是直接把你弄死。不信你就等着。

机器猫急眼了：你说什么呢？

山羊怒道：你少废话，你懂个屁啊！他是中国来的。

机器猫说：你也是！

山羊仇恨地盯着陈炯民：跑到这地方来的就没有正经人！他这样的，哼，能活到明年春节就不错了！那话怎么说的，在电视剧里，你这样的活不了两集。

陈炯民被气得原地转了一圈：就跟你老不死的是个正经人似的，就好像你们罂粟花区还有正经人似的，呸！

山羊的牙缝间发出嘶嘶的声音：一眼就知道你是什么东西！我闺女的心不能被你这样的货捏碎！

机器猫怒道：我的事跟你们没关系，就他？他这样的也想泡我？他做梦！

陈炯民对机器猫的判断毫无兴趣，不知为什么他在山羊刀削般的面孔上发现了一股熟悉的神情，那表情是入伍离家时，送行的父亲脸上出现过的。这老瘦猴般的大烟鬼是在关心机器猫还是别的什么？

半小时后，机器猫、陈炯民走进了黄钻俱乐部的大门。

进门之前，陈炯民脑子里浮现了山羊斩钉截铁的断言：在电视剧里，你这样的活不了两集！

十一　冷血机器猫

银河护卫队的排场仅仅限于砖窑和地摊，但财大气粗的英雄联盟就不一样了，即使灭霸不知所终，首领们开会的场所依然选在黄钻俱乐部二层的多功能厅，那是阆槛最为富丽堂皇的所在。

在部队上，陈炯民就听说过黄钻俱乐部的名头。据说不少中国赌徒从内地慕名而来，从此就再没能回去。前两年，网上闹出过中国赌徒还不起赌债，被当地黑帮砍手剁脚扔进猪圈的风波。有传闻说，让那些人输掉底裤的赌场之一便有黄钻俱乐部。机器猫则说，砍手剁脚是俱乐部的女老板蛇女买通英雄联盟的人做的，准确地说就是黑寡妇做的，她最喜欢把活人搞成残废。这是陈炯民第一次听说蛇女其人，这个名字让他的后背起了一层鸡皮疙瘩。

黄钻俱乐部声名远播，从正街的各个角度都可以瞻仰到俱乐部巍峨的建筑。与阆槛街巷的凋敝破败不同，俱乐部的宏伟富庶无与伦比。二人刚刚走上正街，陈炯民就看到了五彩斑斓的激光射灯在俱乐部外墙上变幻出各种画面，最引人注目的片段是电影《赌王》里周润发掷骰子的桥段。伴着魔性的音乐，招揽顾客的短裙女人近乎半裸地在楼顶边缘尽情地舞蹈着跳跃着。机器猫说老板蛇女为了这套激光发射器，专门派人从深圳请来了专业团队，堪称亚洲顶级科技打造！

晚上十点的赌场已经开始热身了，门外车水马龙，人如潮涌，赌场内则亮如白昼，金碧辉煌。陈炯民跟着机器猫进入赌场，眼里立刻便充斥着各种中文标识，耳朵里则塞满来自中国各地的口音，陈炯民恍惚间觉得回到了国内。

阑槛居然有这么多的中国人，不，是中国的赌徒！

二人穿越热闹非凡的大厅。机器猫进入楼梯间，回身指着大厅的另一侧说：那就是蛇女。

陈炯民转身望过去，只见一名盛装美女正站在舞台中央致欢迎词，意思是大家吃好玩好，黄钻俱乐部里要什么有什么，有要求你们就随便提，千万别客气。让陈炯民意外的是，这位蛇女皮肤白皙、丰姿妩媚、谈吐文雅，笑眯眯的样子极具亲切感。

机器猫不满地说：再看下去就要跟她上床了，走吧！

陈炯民在后面跟着，没几步他们就上到了二层。

多功能厅其实是赌场二层里最大的雅间，阑槛很多重要会议都是在这儿举行的，平时也是赌场的一部分。机器猫曾经介绍说，灭霸手下有四大干将，雷神、钢铁侠、奇异博士和黑寡妇，这四人中以黑寡妇行事最为凶残，阑槛街头的很多残废都是她的杰作。机器猫说，只要把这四个人控制住，英雄联盟也就完了。

四名英雄联盟的成员守在多功能厅门外，这些人认识机器猫。机器猫上前说自己打算参加会议，看守们颇是诧异。为首成员冷笑着说：你算什么东西？机器猫猛地从后背抽出日本战刀，一刀劈了下去。那家伙惨叫一声,半边耳朵旋即不见了,战刀也不轻不重地落到他肩膀上。

此前,陈炯民从来没把机器猫放在眼里,机器猫纠集的银河护卫队就是一群年轻的废柴,他们喜欢舞刀弄枪的也不过是小猫小狗自娱自乐而已。一刀劈掉看守耳朵的壮举,让陈炯民暗暗地为机器猫叫了声好,果然是有些身手呢。

门外的惨叫声引发了门内与会者的愤怒,一名身高超过一米八的肥壮女人拉开门吼道:你们吃多啦!找死啊!

机器猫反手将三尺长的战刀抽了回来,毫无征兆地一刀刺了出去,刀尖正好顶在肥壮女人的肚子上。陈炯民只听得噗嗤一声,他还没来得及做出任何反应,机器猫竟然握着刀柄,用身体将肥壮女人硬生生地推进了房间。此后房间里便充斥着桌椅倒地、人声嘶吼的混乱。

陈炯民的脑子有些错乱,为什么机器猫捅个人比捅一头猪还利索呢?陈炯民是缉毒支队的狙击手,曾经击毙过不少毒贩。但远距离射杀与近距离搏杀完全是两个概念。机器猫刺中肥壮女人的时候,陈炯民头皮发麻,连意识都有些恍惚,黑寡妇就这么让她给杀了?

被机器猫捅破肚皮的正是英雄联盟四大金刚之一的黑寡妇,战刀将她的身体捅穿,机器猫则不依不饶地用身体将这女人推到房间尽头,刀尖咚地钉入墙内,黑寡妇被她生生地钉在墙上了。房间内的其他人当即傻了眼,机器猫腾出一只手拔出短刀,用刀尖指着雷神等人骂道:头年我在西街偷了几袋米粉,这女人打折了我三根肋骨,今天我要她的命!说着机器猫单手一抖,战刀连同黑寡妇的部分内脏一起被拔了出来。黑寡妇啊啊地惨叫着,踉跄几步便栽倒了。

雷神的手悄悄揣进口袋,阴冷地说:烂猫,你还出得去吗?

陈炯民从机器猫手刃黑寡妇的惊骇中挣脱出来,他喘息着说:手里有枪啊?好,那就开枪,在阑槛开枪你会死得很惨。

雷神咽了口唾沫:你们,你们要干什么?

机器猫高举着血淋淋的战刀:从今往后,西街我说了算,阑槛我说了算,英雄联盟解散,你们要么跟着我干要么就给我滚蛋!

一名手腕、脚腕、膝盖上都裹着护甲的壮汉怒道:你算什么东西?老子在阑槛耍威风的时候还没你呢!

陈炯民断定这家伙就是钢铁侠。

机器猫的眼睛一直挂在雷神身上,但肩膀一抖,战刀竟奔着侧面的钢铁侠斩了下去。由于完全出乎意料,钢铁侠毫无反应。这时旁边一名戴眼镜的男子大叫不好,伸手推了钢铁侠一把,钢铁侠倒退一步,战刀从面前划过,但嗖的一声,钢铁侠的四根手指头竟齐刷刷地落到地上。

眼镜男应该是英雄联盟的奇异博士了。

陈炯民已经看明白机器猫的路数了,她的确是练过刀,但刀法并不精奇,之所以能两次得手,其原因是机器猫不做任何准备,动手前也没有任何预兆,甚至能指东打西,让对方完全猝不及防。陈炯民的心沉到了脚底,瘦弱的机器猫居然蕴藏着这么大的能量!就算与英雄联盟有仇,如此下手也太过凶狠了。三刀下去,一个耳朵,四根手指,一条人命!

此时钢铁侠惊恐地叫嚷着:捡起来,把我的手指头捡起来,快啊!

奇异博士便要弯腰,机器猫则伸脚将四根手指头踩住:谈完事再说!

雷神愤怒吼着:我一声令下,外面的兄弟们就能把你剁了。

机器猫回手一刀：谁剁谁还不一定呢。

刀光闪烁中，雷神情不自禁地后退了两步。

机器猫笑着：害怕啦？

雷神：就算我能答应你，外面的兄弟不服，管用吗？

机器猫说：谁不服就让他们来找我，找他也行，来一个砍一个！机器猫的后一句话是用刀尖指着陈炯民说的。

雷神：好，我们几个可以答应你，别人的事你自己处理。

机器猫：要的就是这句话。

说着机器猫抬起脚，将四根血肉模糊的手指踢给钢铁侠。

奇异博士急忙将活蹦乱跳的手指头捡了起来。

钢铁侠叫着：走，走，走，带我去医院！找中国医生给我接上，快，快啊！

钢铁侠慌慌张张地拉着奇异博士跑了。

"医院"两个字猛然挑动了陈炯民的神经。几秒钟后，懊悔的情绪差点让陈炯民从窗口直接跳出去。

陈炯民在缉毒支队受过系统训练，其中却没有在敌后追踪和卧底的内容。训练中确实有敌后渗透这一项，但那是在丛林战斗的准备或者延续。这次陈炯民只身来到罂粟花区，身陷于神魔乱舞的阑槛，几乎成了瞎子摸象。陈炯民的目标是公象，但公象是六王山的人，他不能贸然上山，只得寄希望于公象因为丢失毒品，藏身阑槛。但陈炯民却忽略了另一条线索，乌贼！狙击公象的乌贼被自己打伤了，后来又经过长途逃窜，泅水过江，那家伙的伤势一定非常严重。罂粟花区只有阑槛这一座城市，只有阑槛才有医院，据说医院里驻守着中国的医疗援助队，似乎水平不低。就是说乌贼极可能在阑槛的医院里。如果能找到乌贼，公象还会远吗？由此陈炯民又想到了灭霸，那家伙是乌贼的堂弟，昨天怎么就没想到从他身上下手呢？难道——，陈炯民抬眼看到了机器猫。

此时雷神已经召集了英雄联盟的其他兄弟，机器猫把银河护卫队的成员都找了来。雷神告诉大家，机器猫想当老大，众人先是一阵骚动，而后听说四大金刚已经被机器猫干翻了三个。此时大部分人全都想明白了，估计灭霸是中了机器猫的暗算！江湖社团虽然具备强烈的江湖色彩，但总体上还是经济单位。

于是有人站出来说：灭霸每个月给我两千人民币，你呢？

机器猫说：我给你两千五，每人加五百，有了功劳我就重赏，干不干？

大家相互看着，估计是觉得机器猫太过年轻，还是个女的，嘴上没毛办事不牢，头发长见识短，不可轻信。机器猫看出了这些人的彷徨，跳到桌子上挥刀在自己胳膊上划了个口子，举着鲜血奔流的胳膊说：如果我说话不算数，这条胳膊你们随便砍！

房间里爆发出一阵欢呼，雷神首先向机器猫敬酒了。

此刻陈炯民已经走到门口，他必须离开。

陈炯民的心里五味杂陈，这几天他一直被机器猫牵着鼻子，几乎丧失了独立思考的能力。如果能早一点想到医院的环节，没准已经找到公象了。陈炯民离开房间前回头看了一眼，机器猫正举着酒杯打算与众人豪饮呢。机器猫刚好也看到了默然离开的陈炯民，眼里居然闪过了一丝失落，不，如果用哀怨来形容或许更准确。

陈炯民的心被那道眼神烫到了，他急忙打开房门，冲进大厅。

十二　第二次交手

安静的医院随着钢铁侠、奇异博士等人的到来，立刻喧闹起来。

陈炯民假装病人，在急诊室里进进出出地转了两圈。从医护人员的口音就能判断，这里的确有不少中国医生。一名医生安慰钢铁侠说可以把他的手指接上，希望伤员少安毋躁云云。

阑槛是罂粟花区的首府，也是当地政府的办公地，因此形成了两套生态系统。

社团操控着底层社会的运行，社会的经济运作则为贩毒集团服务，二者相互依托，相互渗透，以贩毒集团为主导。政府部门和少量政府军则负责装点门面，由此也派生出一些国际合作，比如医疗系统，比如国际组织。由于所在国的执行力过于低下，联合国响应所在国的请求，希望由该地区最大的国家援建医院和学校，大国响应，派出了医疗队。除此，阑槛还在联合国相关机构的协调下成立了水利开发机构、替代种植机构等。

阑槛的两套系统虽然互不隶属，但他们合作默契，协调发展，至少在表面上大家都希望能在阑槛维持一幅现代社会的图景。

趁着急诊室为钢铁侠忙碌着，陈炯民逐个探查病房，最终在二楼发现了蛛丝马迹。一间病房门板的牌子上，用中文写着：温坎，腿部枪伤！温这个姓在中南半岛上非常普遍，集中在泰国，乌贼就姓温。陈炯民终于搞清楚了，乌贼被自己打中了腿。

陈炯民透过门上的玻璃窗向里面观察，只见病人的右腿裹满纱布，吊在架子上。病人的身材和亮丽的秃顶表明，那家伙就是乌贼。

当代枪械威力巨大，远不是影视剧描绘的那样，只要挨上一枪，非死即残！好在陈炯民当初使用的是小口径狙击步枪，乌贼应该有痊愈的可能。

陈炯民本打算直接进去，此时楼道里却传来了脚步声，他只好躲进对面的卫生间。一名身材粗壮、戴着医用口罩、衣领高竖的黑衣人端着饭盆走过来，这人熟门熟路地开门进了病房。陈炯民大吃一惊，黑衣人的身影他是熟悉的，是灭霸！原来这家伙在照顾乌贼。想来这事的逻辑倒也简单，灭霸被羞辱了，团队也抛弃了他，自然要找堂兄帮忙。背靠六王山的乌贼恰好受了伤，照顾堂兄尽快康复便成了当务之急，唯如此灭霸才有东山再起的可能。

两个小时后，夜色逐渐阴沉，医院内的光线也暗了下来。陈炯民来到楼外，戴上口罩，身藏短刀，趁着黑爬上了二楼的窗户。陈炯民的计划是先干昏灭霸，然后从乌贼嘴里挖出公象的下落，如果乌贼不说就让他好好吃些苦头。

策划这次行动时，陈炯民竟萌生了与机器猫一决高下的念头。一个小丫头居然能制服英雄联盟的四大金刚，九年的缉毒战士难道还对付不了乌贼和灭霸？

病房的窗户开着，陈炯民并不奇怪，罂粟花区气候炎热，大部分人家晚上不关窗户，反正一般人家也没什么可偷的。陈炯民悄无声息地翻身跃进病房，房间内漆黑一片，陈炯民刚刚迈出一步便绊在了什么物体上。幸亏他小心翼翼，重心颇稳。之后他用脚尖在那物体上试了试，那软塌塌的东西一动不动，一时也搞不清是什么。必须快刀斩乱麻，陈炯民拔出短刀，凭着感觉走到病床边。此时，一缕月光突破云层从窗外射了进来，那张病床竟然是空的！

陈炯民的惊愕还未及释放便听到了身后的风声，他侧身躲避，回手一刀便递了出去。陈炯民速度非常快，刀身率先刺中了偷袭者的躯体，同时肩头一酸，一股火辣辣的感觉涌上脑门，糟糕，受伤了。

陈炯民获得过全省武警的散打冠军，是军用搏斗术的高手。他清楚，在实战中如果以死相搏，即便对方实施偷袭也绝对不能退缩，否则便是毙命。陈炯民躲闪的同时进行还击，多少也有以死相拼的意思。对方显然没有预料到陈炯民的绝地反击，先行中了招。可贵的是偷袭者同样没有被本能的恐惧吓退，而是继续进攻，双方都给敌人造成了重大伤害。此后二人再快速疯狂地交换了几刀，黑暗中火星四射！如果偷袭者因为受伤而退缩，陈炯民的进攻就会源源不断，结果可知。这说明，偷袭者也是个精通军用搏斗的高手！

借着短暂的停歇，陈炯民就地滚了出去。他冲到角落，背靠墙壁，用短刀护住周身要害。刚刚站定，陈炯民便看到一条庞大的身影翻窗跃了出去。陈炯民追到窗口，楼下已经空无一人了。窗口永远是最危险的，观察后陈炯民便缩身蹲下，忍着疼在肩头上抹了一把，全是血。偷袭者刺中了他的肩头，拔刀时还划开了一道口子。陈炯民拿出微型手电，打算在病房中寻找止血药品，手电一打开他就看到了血汪汪的地面和床前躺着的一具尸体。那尸体的面孔竟然花花绿绿的，不经意间陈炯民竟被吓了一跳。很快他也就想明白了，这人是灭霸！猴屁股一样的面孔正是丙烯颜料的残留。陈炯民检查了灭霸的尸体，动脉被割，一刀毙命！

之后他又举着手电在房间里寻找，却没有乌贼的影子。灭霸是什么人杀死的？袭击自己的人又是谁？乌贼跑到哪里去了？无数的疑问将陈炯民团团包围。不能耽误时间,陈炯民急忙在抽屉找了几卷纱布,按着伤口,跳窗走掉。

陈炯民刚刚离开房间,卫生间的门便开了。

拄着拐的乌贼站在漆黑的卫生间中,房间里的一切尽收眼底。

陈炯民忍着伤痛从二楼的窗户一跃而下。

刚刚落地,一只手从旁边伸过来,扶在他的腋下。陈炯民本能地要还击,耳边却传来略带嘲讽的女声:呵,受伤啦!是机器猫。

陈炯民说:有个人刚跳下来的,人呢?

机器猫说:我刚到,正好看见你跳下来。

陈炯民指了指对面,机器猫扶着他进入医院旁边的椰树林。

陈炯民咬着牙停下来:等一等。

机器猫惊讶地说:还等什么?你身上全是血。

陈炯民回眼望着医院的建筑:那家伙就在附近,他走不远!说着陈炯民拽着机器猫躲到树后。

陈炯民的个子高,机器猫整个人几乎被压在腋下,她一侧的乳房紧紧贴着陈炯民的肋骨。恍惚间,一股温暖的感觉让陈炯民的腿有点软。渐渐地他感到机器猫心跳开始加速,呼吸也有些急促。陈炯民低头看看机器猫,机器猫坚定地望着医院,但眼神却是游离的。

陈炯民问:为什么跟踪我?

机器猫说:鬼鬼祟祟地走了,就知道你没好事。咱们不是说好了,完了事我就帮你找公象吗?

陈炯民笑着:猜猜谁在医院里?

机器猫不解:谁啊?

正说着医院那边果然有了动静。大楼一层的某处侧门慢慢打开,一个矮胖的身躯跟跄着从里面走出来,一只手按着腹部,另一只手则扶着墙。

陈炯民的牙缝里挤出两个字:公象!

机器猫彻底蒙圈了,陈炯民这么容易就找到公象了?怎么找到的?看样子公象也受伤了,难道是陈炯民干的?他说的医院里那人,难道就是公象?

陈炯民伸手从机器猫腰里抽出一把刀,他低着头,依靠椰树的掩护,逐渐向公象靠近。

公象伤得很重,他扶着墙,跌跌撞撞地走着。可能是因为伤势影响,他完全没有精力顾及周边的危险。如果仔细观察,可以看到在公象经过的草坪上,点点滴滴的都是血。

或许是出于职业本能,公象魏东来在墙角前站住,他死死地盯住了不远处的墙角,似乎墙角之后便是万丈深渊。果然一名年轻人从墙角后转了出来,他手提短刀,冷冷地看着他。

公象觉得这人有点眼熟,但又想不起在什么地方见过。他一言不发地盯着对方,只有对方先开口,他才能想起来!

陈炯民上前一步:没想到我会回来吧?其实我根本没走!

魏东来大吃一惊,这个年轻人居然是抓捕过自己的缉毒战士陈炯民,他怎么会在罂粟花区?一时间魏东来在脑海中设想了无数可能,但一一被否定。最终公象艰难地说:房间里的人是你?

陈炯民将短刀横在面前:你在鱼米寨烧死我一家三口,今天我要你的命!

魏东来木桩子一样地戳在原地,似乎没听懂。

陈炯民不打算给他任何机会,凶神恶煞地扑了上来,短刀直取公象的心脏。公象依然满脸惊骇,毫无躲闪的意思!

在刀尖即将接触到皮肤的刹那,公象本能地侧身躲避。但即便躲避,短刀依然刺中了胸口。那是陈炯民倾其全力的搏命一刀,短刀刺穿胸肌,陈炯民的手差点跟着冲进肉里。

椰树林中的机器猫手按胸口,大口喘气。三小时前机器猫也在杀人,但如今目睹陈炯民的杀人过程依然心惊肉跳。此刻机器猫搞不清楚自己为何如此关心,关心什么呢?

公象被刺中,旋即醒悟,他挥掌击向陈炯民的手腕。陈炯民比他更快,手腕一翻,短刀将公象的胸肌挑开。陈炯民挥舞脱困的短刀再次刺向敌人的动脉,依然是要命的一刀。

机器猫的手将树皮都拽了下来,陈炯民凶狠的复仇让她对这男人平添了几分敬意。

公象两次被重创,身体和精神都到了极限,再也无力躲避。眼看着陈炯民这一击就要得手,暗地里却蹿出一条人影,一脚踢在陈炯民胯骨上。陈炯民被来人横着给踢飞了,头撞在医院花坛的护墙上,当下昏了过去。

机器猫大怒,握住军刀的刀柄就打算冲出去帮忙,但不知为什么,仅仅跑了两步机器猫便停了下来。

十三　六王山

公象魏东来逃回了罂粟花区,是在缉毒支队送他去检察院的路上跑掉的，是从戒备森严、设施先进的军用越野车里溜走的，是从中国人手里跑掉的。公象解释说，有个犯人中途生了急病，中国人不得不先去医院。在医院里他趁乱打昏了看守，抢走了车钥匙，然后躲进树林，一路摸回了罂粟花区。癞皮狗对自己的军师当然是无比信赖，公象的能力一直被他推崇备至，但玉麒麟不相信，其实所有人都不信。

玉麒麟年事已高，但肤色白皙，文质彬彬。在充斥着神头鬼脸的罂粟花区，玉麒麟的颜值绝对是一股清流。当然，这个绰号是自己起的，玉麒麟就是他对自己的心理定位。玉麒麟是六王山的当家人，对外号称六王山地区治安协调工作组组长，副组长则是他的干儿子癞皮狗。最近玉麒麟的亲儿子小麒麟从吉隆坡回到六王山，大家认为玉麒麟的下一步举动必定是让亲儿子继承六王山的基业，但一个月前小麒麟离奇地被人远距离击杀了。小麒麟的死让六王山甚至让整个罂粟花区都陷入了静寂。玉麒麟绝不会善罢甘休，但这事是谁干的呢？

所有的人都在等，等玉麒麟出手！

十七岁时，玉麒麟和十几名来自四川的知青，高歌猛进地冲进了罂粟花区。他们事先从知青的营部偷来了冲锋枪和弹药，目标是在罂粟花区展开游击战，消灭国民党残军，然后铲除贻害全球的毒品生意和当地万恶的统治阶级，最终在这里建立无产阶级政权。随着同伴们一个个的牺牲和失踪，玉麒麟发现革命先驱的英雄事迹实在难以复制，这破地方的老百姓过去、现在、未来都是一群香臭不分的蠢猪，遂生退意。十年后玉麒麟颓然回到内地，却刚好赶上了改革开放之初的混沌，企业改制、社会动荡，玉麒麟已经无法在国内立足了。没两年他又跑回了罂粟花区，这里有他熟悉的气味，有他熟悉的人，不久他便娶到了个漂亮女子,据说那女人之前就与他情投意合。回归后,玉麒麟把早年的理想主义扔进了马桶,开始埋头积累财富。他有文化有胆量也有斗争经验,先是投身坤沙集团负责毒品提炼,坤沙倒台后便组建了自己的队伍,盘踞六王山,蚕食其他毒枭的地盘,没几年玉麒麟集团成了罂粟花区最为强大的力量。之后他又经历了兄弟反目,武装分家,但六王山的基业一直牢牢地掌控在玉麒麟手里。随着国内经济的蓬勃发展,罂粟花区的毒品市场从日美逐渐转向中国大陆,六王山则恰恰控制着通往大陆的交通要道。另外他的集团还经营着罂粟花区最先进的毒品加工厂,一时间玉麒麟成了所有毒枭的眼中钉,也成了中国缉毒支队的最大敌人。

东西联合军和荣军司令部曾三次联手攻打六王山,双方损兵折将,玉麒麟甚至几度切断了毒品运输的商路。最终在棋盘寨水蚺的调解下,几方达成了和解,六王山付出两个代价,其一是向水蚺集团让渡了两家戒毒药生产厂的控制权,从此罂粟花区的戒毒药便由水蚺专营了。其二是开放了通往中国的通道,其他三家的货物交税通过六王山的地盘运往中国。当然第二条协议的受益者是东西联合军和荣军司令部,因为水蚺的毒品大多走水路。

和平永远是两次冲突之间的休战。

没几年东西联合军又开始蠢蠢欲动了,这一次他们居然打算与政府军合作,以六王山勾结反政府武装的名义,打算将六王山一举剿灭。

幸亏玉麒麟早有准备,他先是派出癞皮狗、公象,带领主力以突击的方式歼灭了无腿狮精锐的先头部队,一个下马威将东西联合军打得措手不及。然后又联合水蚺和荣军司令部的山鬼,以共同开发新品、重振罂粟花区的名头,召开了五方会议。

玉麒麟的儿子小麒麟一直住在吉隆坡，从南美毒枭手里购买了十几个新型毒品的独门配方，新型毒品的特点是隐蔽，更容易上瘾，有些甚至不在各国的毒品目录中。这些年罂粟花区的全球市场萎缩得厉害，内斗当然有影响，但主要原因是投入的研发资金太少，结果让技术上突飞猛进的南美毒枭占领了美国市场。

玉麒麟清楚大家的深层忧虑，在会议上宣布，六王山可以把这些配方全部贡献出来，平分给每一家，今后大家要合伙做生意，没必要打打杀杀的。同时他还宣称，适当降低六王山商路的过境费，每年会向政府缴纳一定税款。水蚺和山鬼乐观其成，贪生怕死的政府军刚刚目睹了六王山歼灭无腿狮先头部队的壮举，正在心惊肉跳。听说六王山愿意出钱，政府方面当然双手赞成。如此一来，野心勃勃的大元帅无腿狮便成了孤家寡人，第二份妥协就这样达成了。

脆弱的和平再一次降临！

正是玉麒麟的这番操作，给边境另一侧刘树边的工作造成了极大困扰。缉毒支队前赴后继，枕戈待旦，也培养出了魏东来、陈炯民这样的优秀战士，战果无数。但罂粟花区运过来的毒品不仅数量呈现爆炸之势，品种也不胜枚举，几乎到了防不胜防的地步，这就是刘树边派魏东来卧底的原因。经过几年努力魏东来终于进入六王山的决策层，成了癞皮狗的军师，获得了公象的美誉。

几十年来，玉麒麟一直身处飓风的风眼中，形成了谨慎低调、下手狠辣的作风。在罂粟花区也算是独树一帜，但内心深处玉麒麟从来不认可自己是这个破地方的永久居民。那年中国的飞行员被美国飞机撞下来了，玉麒麟发誓赌咒地要打开美国的毒品市场。十来年前北京举办奥运会，他命令不到二十岁的儿子小麒麟专门去了北京，在开幕式上给他发来视频。据说看到视频后，玉麒麟老泪纵横，整整哭了一晚上。

玉麒麟是和而不同的中华精神在罂粟花区的具体化身。在他的辗转腾挪下，因内斗而实力下降的毒品制造和毒品贸易老树开出新花。各派武装发现有钱可赚，便暂时放弃了相互征伐，大家专心做生意。罂粟花区的产品不仅要占领整个东方世界，甚至要重新进入纽约和巴黎的市场。

随着时间的推移，玉麒麟越来越衰弱了，正如所有独裁者一样，他不得不考虑接班人的问题。六王山的控制范围并不大，武装也只有区区几百人，东西联合军和荣军司令部都豢养着两三千人的庞大队伍。另外六王山地处山地，军事上虽然易守难攻，但缺乏耕作罂粟用的大片农田，他们的强项是毒品加工和控制了通往中国大陆的通道。癞皮狗是玉麒麟的义子，曾经是他的重点培养对象。但癞皮狗性格残暴，对敌人对手下人同样的凶狠，脑子也不太灵光，可以说除了忠诚之外几乎一无是处。这几年虽然有了公象的加持，癞皮狗有所收敛，但玉麒麟还是不放心，搞不好这份家业会败在癞皮狗的一念之差上。

十几年前玉麒麟的夫人病入膏肓，临死前她要求把儿子送到吉隆坡去读书，过正常人的生活，玉麒麟同意了。小麒麟读的是精细化工专业，玉麒麟的意愿是儿子可以回归正常社会，但不能忘本，必要时给六王山做些贡献。

天不遂人意，几个月前该死的吉隆坡媒体报道说，罂粟花区大毒枭的独子在吉隆坡佯装好人，图谋不轨，矛头直指小麒麟。小麒麟在吉隆坡待不下去了，只得带着新婚妻子回到了罂粟花区。其后玉麒麟才搞清楚，祸起萧墙，小麒麟身份被揭穿的根源在于女人。

女人是祸水。

小麒麟回到六王山,明确向父亲表示要做接班人,做父亲的又能说什么呢?常年追随他的部下又能说什么呢?

玉麒麟虽然没有明确表示同意,但六王山的烟雨却扑面而来。他明显地感觉到平时大碗喝酒大块吃肉的癞皮狗突然地沉默了,望向小麒麟的眼神也充满了复杂情绪。癞皮狗是玉麒麟捡回来的野孩子,视如己出。这孩子对自己的忠诚毋庸置疑,当年东西联合军和荣军司令部攻打六王山时,癞皮狗曾为玉麒麟挡过子弹。但癞皮狗能否对小麒麟忠诚就真的不好说了。小麒麟拥有博士学位,对毒品的配方颇有研究,但能否指挥一支武装,能否管理好一片数万居民的区域,玉麒麟也的确拿不准。

就在玉麒麟犹豫不决时,小麒麟在视察风口垭新建的观察哨时被打死了。

得到消息时玉麒麟昏了过去,整整三天都没从卧室里出来。

事情经过大约是这样的,癞皮狗、树懒等人陪着小麒麟去视察风口垭。风口垭是六王山和中国大陆之间海拔最高的边界,几乎没有道路。在小麒麟的倡议下,六王山准备在那里修一座用于瞭望的观察哨,在适当时间打通这条路。就在小麒麟在观察哨上观察地形时,一颗子弹击中了小麒麟的后脑,脑袋当场就给打开花了。

唯一可以确定的是子弹绝非来自边境的另一侧,是来自罂粟花区的一次远距离狙击。事情发生后,玉麒麟先后派出几拨调查人员,他们根据弹道确定了射击点,但没有发现关于狙击手的任何线索。

小麒麟的死,扑朔迷离且毫无征兆。如今这事成了六王山的集体魔咒,没有人敢提这事,但所有人心里装着的又全是这件事。大家默不作声，但心照不宣，小麒麟的死大概率是癞皮狗干的！

癞皮狗生性残暴，杀人的招数花样百出，罂粟花区的人无不闻风丧胆。但这小子作战勇猛，为人慷慨，是六王山武装的实际控制者。有时连玉麒麟都不能确定，几百号端着枪的兄弟到底是听自己的还是听癞皮狗的。所以即使有所怀疑，玉麒麟也无法贸然对癞皮狗下手，狗急跳墙，鱼死网破。何况玉麒麟断定，就算癞皮狗有这个心思也没有运筹帷幄的能力。事情过去一个月了，居然找不到案件的任何破绽，做这事的一定是高手！是啊，癞皮狗从来都是好孩子，学坏是因为身边有坏人，这事的幕后指使必定是公象。

十四　玉麒麟的痛点

坏人，无处不在。

稀稀拉拉的水珠从黑瓦屋檐上垂落，青石板台阶被冲洗得闪闪发亮。玉麒麟喜欢青石板，他老家的小巷都是青石板铺成的。那时候，他最痛恨的就是路人无数的套着草鞋的肮脏的脚无休止地践踏石板之间的植物，本来欣欣向荣的植物，本来蓬勃生长的植物东倒西歪。青石板间诱人的翠绿色总让玉麒麟想到远方，想到从前。

在六王山，玉麒麟要求所有的地面必须铺上青石板，尽量不要除草，除非是草长得太高。

走在青石板的院落里，玉麒麟心里踏实。

静谧，不久前骤然热闹起来的院落再次归于静默。

这静默在伸向无穷无尽的远方,伸向死亡,伸向一切的终点。

玉麒麟将自己的住所设在六王山的最高处,掀开堂屋的门帘便可以俯视整座山寨。此时茶海前的香熏在冒烟,罗汉榻上的玉麒麟在思考。他必须想清楚小麒麟到底怎么死的。无论任何人,只要涉及儿子的死,就必须付出代价。

有人在门帘外站住了。

门帘之下露出了一截纤细的小腿,小腿与纤足连接处的脚踝白皙明澈,皮肤上隐约呈现着青色的静脉。皮肤见不到一丝一毫的斑点,好像连毛孔都没有。门帘掀开,一名白得放光的女人走了进来,她身穿罂粟花区的传统长裙,肩胛处的凹陷与两颊的酒窝相映成趣,低垂的眼睑上生着长而卷曲的睫毛。

儿媳,明凤。

三个月前,这个女人跟着小麒麟回了家,那也是玉麒麟第一次见到儿媳妇。

明凤的到来立刻轰动了六王山,继而整个罂粟花区便开始盛传,有人说小麒麟的媳妇国色天香,与之相比,阆槛的第一美女蛇女就是一只土鸡。

明凤说:爸,给您做了莲子羹。

罗汉榻上的玉麒麟慢慢坐直身体,平视着明凤俊俏的脸。逐渐,玉麒麟的眼中开始射出烈火,呼吸也越来越灼热。

明凤有所察觉,不由得退了一步。

玉麒麟在罂粟花区定居就是因为女人,他疯狂地爱着那个女人,也就是他的妻子,但在内心他却认为女人全是祸水。也不对,漂亮的女人是祸水,相貌平庸的女人搔首弄姿,给人带来的只能是呕吐。没想到，儿子也遇到了祸水。这几天玉麒麟已经看出来了，明凤想离开，她想离开六王山回吉隆坡去，仅仅是还没好意思开口。每每想到这一节玉麒麟的痛恨便难以抑制，小麒麟尸骨未寒，这个女人就想一走了之！女人啊！

明凤的祖籍就是吉隆坡，父母在当地属于社会精英。明凤本人则品学兼优，从中学开始便是校花级别的存在。明凤家教优良，她从小就懂事，头脑也异常清醒。明凤早就清楚，自己这种出身良好的女孩是不能随便谈恋爱的，头茬的韭菜是药，二茬的韭菜是草，末茬韭菜连猪都不吃。

上大学时，明凤遇到了风流倜傥、挥金如土的博士生小麒麟，金风玉露一相逢，便胜却人间无数。小麒麟儒雅风趣，成绩优异，且出手阔绰，其出身也号称是缅甸北部的世家大族，一切都符合明凤心目中真命天子的预期。小麒麟同样被明凤的美貌和优雅的气质所折服，二人很快便坠入爱河。也就在这时，天上掉下来一个情敌，此人的品质倒也无关紧要，关键是情敌的父亲是马来西亚的拿督，条件绝对不比小麒麟差。情敌也向明凤发起了疯狂的爱情攻势，小麒麟为彰显主权，几次与之发生冲突。后来明凤不胜其烦，率先提议说：咱们结婚吧。

小麒麟征得了父亲的同意，明凤也获得了父母亲戚的祝福，于是二人秘密举行了婚礼。不久情敌得到了明凤结婚的消息，恼羞成怒。此人神通广大，竟然摸清了小麒麟的底细，于是在吉隆坡的华文报纸上大肆宣扬，号称罂粟花区毒枭的继承人就在吉隆坡，矛头直指小麒麟。

明凤自己和她的家人根本就不相信，毒枭仅仅存在于电影中。明凤向小麒麟求证，已经焦头烂额的小麒麟说：不如跟我回家看看，看看你也就放心了。心地单纯的明凤便跟着丈夫到了缅甸，然后又从仰光坐了三天的吉普车，终于来到了六王山。

天啊，此刻的明凤终于明白了，自己的如意郎君、真命天子竟然真的是大毒枭的继承人！

初到六王山，明凤吓得三天没敢睡觉，随便一个动静就能吓个半死。这里的一切都超越了她的想象，绝对的魂不附体，绝对的天崩地裂，绝对的鬼使神差。不几日小麒麟拿来几张吉隆坡的报纸，报纸上说拿督之子在吉隆坡遭遇了车祸，两条腿从膝盖以下全都没了。吉隆坡的媒体分析说，车祸可能与拿督之子揭发罂粟花区毒枭的身份有关。

明凤胆战心惊地问：你爸爸干的？

小麒麟不无骄傲地说：是我让我兄弟癞皮狗干的，给那小子留一条命已经是他家祖上积德了。

明凤的震惊无以复加，大学里那个斯文优雅的男人，不仅出自残暴的毒枭之家，本人也是如此凶残。是的，回到罂粟花区的小麒麟完全变了个人，他眼睛里的东西跟以前不一样了。天知道这是他的本性还是罂粟花区特殊气场的影响。后来明凤偷偷问过，是否会永远驻留在罂粟花区？

小麒麟说：放心，你需要什么，这里都应有尽有。我在大学里研究过两个配方，迷幻剂的，我打算改造罂粟花区的产业结构。

明凤彻底崩溃了，她期待着的未来居然是个插满尖刀的陷阱。明凤后悔了，悔不当初，但后悔又有什么用？

福无双至，祸不单行，夫妻俩在罂粟花区仅仅住了两个月，小麒麟便离奇地死了。骤然间明凤就失去了一切，眼泪还没有擦干，她就在公公的眼神里看到了无穷无尽的敌意，玉麒麟在痛恨自己。也许在玉麒麟看来，明凤才是害死儿子的真正元凶，因为她是祸水！

玉麒麟的确痛恨明凤，他把小麒麟送到吉隆坡本来没打算让他回来。小麒麟的命运不是要成为下一代毒枭，自己的儿子应该在正常社会中娶妻生子，成家立业，为他家传递香火，然后开枝散叶。玉麒麟比任何人都清楚，毒枭的子承父业都是无奈之举，世上又有几个毒枭可以寿终正寝呢？又有哪个父亲希望自己的儿子不得好死，盼着自己断子绝孙？小麒麟没能在吉隆坡立足，其原因便是这个招蜂引蝶的女人，明凤就是祸源！

如今小麒麟死了，玉麒麟的家族面临着后继无人的窘境。玉麒麟发自内心在痛恨明凤！

爸，我把莲子羹端过来？明凤说。

玉麒麟说：找我有事？

明凤低着头：我想回吉隆坡。

玉麒麟额头上的青筋在跳：尸骨未寒，尸骨未寒啊！

明凤几乎打算跪在玉麒麟面前，她哀求着：爸，您就让我走吧！过几年我回来看他。

玉麒麟冷冷地说：早晚会让你走的，急什么？

明凤说：是。

玉麒麟道：坐下。

明凤坐在罗汉榻的一角。

玉麒麟不满地说：离我近一点。

明凤稍微移动了一下。

玉麒麟猛地抓住明凤的脖子，将她按在榻上。

明凤惊恐地叫着：爸，爸！

玉麒麟突然怒道：不，我不是爸，我是爷，是爷爷！

明凤惊呆了，公公难道疯啦？

玉麒麟熟练地扯下明凤的长裙，然后一把将自己的外套甩到门口，自己则赤身裸体地站在明凤面前。

明凤一动不动地看着丈夫的父亲，这个与丈夫相貌相仿、血缘一致的男人要做什么？

玉麒麟凶狠地将那丑陋的武器戳进明凤干涩的两腿之间，然后怒吼一声，如一头捕猎的狮子在干裂的草原上发动冲锋。玉麒麟毫不介意两性交媾的质量，他只希望尽快达到目的。几分钟后，玉麒麟闷哼一声，瘫倒在明凤身上。

泪流满面的明凤将玉麒麟推开，起身便要坐起来。

玉麒麟愤恨地说：不要动，不能动，把两条腿给我抬起来。

明凤不明所以，呆若木鸡！

玉麒麟干脆抓住明凤的脚踝，将她的双脚举到半空中：就这样待着，不要动，最少十分钟。

明凤哭泣着说：爸，你知道你在做什么吗？

玉麒麟苦笑着说：我当然知道，作为我家的媳妇你必须要给我儿子留个后。我不能没有孙子，你得给我生一个孙子！在确定怀孕之前，每天给我做一碗莲子羹！莲子，多子多寿！

明凤断断续续地说：就算怀孕，那也不是你孙子。

玉麒麟猛然从罗汉榻下抽出一把手枪，对着明凤的眼睛：我说是，就是！

十五　公象的讲述

公象确实来历不明。

五年前，癞皮狗在澳门赌博把内裤输了，光着屁股被赶了出去。公象把流落街头的癞皮狗救了下来，并千方百计地帮他回到罂粟花区。自此癞皮狗感激不尽，言听计从。

玉麒麟当然怀疑过公象的出身，他曾专门派人去公象的甘肃老家打探情况，得到的消息与公象的口述也差不多。这家伙早年当过几年兵，由于违反军纪被开除军籍，此后便浪迹港澳两地混生活。罂粟花区本来就是亚洲人渣的大本营，公象这样的出身倒也稀松平常。问题是癞皮狗对公象过于器重了，玉麒麟多少有些不满。按照癞皮狗的说法：公象足智多谋，如果不是他自己根本无法离开澳门，到时候爸爸你就要出钱赎我了。

初入澳门的癞皮狗手气不错，首战告捷。顺风顺水的运气让癞皮狗的嘴炮如发酵的面团一样膨胀起来，他先是吹嘘自己的赌技如何的神乎其神，后来又说他爸爸绝对的有钱，澳门的赌王只配给他们家看大门。这等大话引来了关注，操盘手开始做手脚了，没几天癞皮狗携带的几百万现金便输了个精光。癞皮狗出门后险些被人绑架，幸好公象舍身相救才得以脱离险境。后来公象买通了边境管理局和港口的人，癞皮狗乘坐货轮到了越南，这才辗转逃了回来。癞皮狗说，路上公象让他化装成轮机人员，曾将两国的海警玩弄于手心，一点破绽都没露出来。

三年前，东西联合军和政府军夹攻六王山，玉麒麟计划着挫一挫敌人的锐气，于是便派出癞皮狗打头阵。玉麒麟本希望利用癞皮狗的勇猛给东西联军来一个下马威，不想癞皮狗在公象的策动下，摆下口袋阵，将无腿狮精锐的先头部队包围，全歼，一个都没留。战果之辉煌远远超过了玉麒麟的预期，甚至震动了整个罂粟花区。公象再度吸引了玉麒麟的关注，这家伙太厉害了！玉麒麟准备亲自考验考验公象，但癞皮狗却捷足先登，宣布拜公象为军师。从那一天开始，玉麒麟意识到，这个儿子翅膀硬了。

小麒麟死后，元气恢复的玉麒麟宣布了第一个命令，癞皮狗另有重任，玉麒麟命令他带着十几个人去蒙砂撒开荒，种植罂粟，扩大六王山的原料供应。同时玉麒麟要求公象留在六王山，与乌贼一起负责向中国输送海洛因。六王山的老人心里全都哇凉哇凉的，玉麒麟不仅要拿掉癞皮狗的兵权，还把他和公象给拆开了，六王山的地震开始了！

十几天前，玉麒麟命令乌贼、公象护送二十公斤海洛因过边境交给中国的客户，私下里给乌贼下了死命令，无论成败，都必须把公象的命带回来。虽然调查小麒麟的死没有任何进展，但玉麒麟本能地意识到公象、癞皮狗组合是威胁，搞不好就与小麒麟的死有关。这也就是乌贼溜到外围，准备狙击公象的原因。他计划着，打死公象后骑上电动车就跑，却万万没想到陈炯民也在狙击。从另一个角度也可以说，因为要躲避陈炯民的狙击，公象捡回来一条命。

运输队出发后突然便没了音信，玉麒麟派人寻找，但运输队如石沉大海。五天前有人报告说，乌贼在阑槛医院，腿受伤了。玉麒麟急忙派人去问，乌贼说，他们遭到了缉毒支队的袭击，自己受伤逃跑，另外四人全都被抓了。白白损失了二十公斤海洛因让人心疼，但公象落到缉毒支队手里倒是个不错的结果。如此一来，玉麒麟就可以把全部精力用在癞皮狗身上了。以他对癞皮狗的了解，失去公象，用不了几天暗杀小麒麟的事就会露出马脚。

稀稀拉拉的雨，敲打着窗棂。

玉麒麟拎着手枪在堂屋里转悠。

罗汉榻上，裸露着下身的明凤如死了一般，玉麒麟则视而不见。他在思考，下一步该如何对付癞皮狗？在内心深处，玉麒麟不愿意相信这事是癞皮狗干的，他和小麒麟一起长到十二岁，他们一直都是兄弟相称的。

是啊，在权力面前，任何手足情谊都会失去价值，玉麒麟早就领略了其中的含义。当年坤沙刚刚倒台，玉麒麟和五个兄弟义结金兰，开创基业。打地盘的时候兄弟们同心协力，无不卖命，眼看着罂粟花区就要成为他们的掌中物了，兄弟内部却反目成仇。五个兄弟里，他亲手杀死了两个，另一个是水蚺干掉的。他和水蚺瓜分了仅剩的基业却永远地失去了罂粟花区的理想。

院里的青石板路上响起脚步声，玉麒麟回头看看明凤。

目光呆滞的明凤依然将双脚举在半空中，似乎是傻掉了。

玉麒麟说：穿好衣服，到后面去。

玉麒麟不再搭理明凤，掀开门帘站到青石台阶上。

师爷树懒冒着雨匆匆走来。

六王山没有军师，玉麒麟认为凭自己的智慧完全可以兼职军师的角色。师爷树懒更像是他的助手，树懒是泰国华人，精通中文和东南亚的好几种语言，是个行走的翻译机。

树懒来到玉麒麟面前，小声说：公象回来了。

玉麒麟从牙缝里挤出几个字：他不是被中国武警抓了吗？

树懒一个劲地点头：回来了，回来了。

如果说公象被中国人枪毙了，玉麒麟连眼皮都不会抬一下的，但这家伙居然能从大陆司法机关的手里逃出来，简直匪夷所思。玉麒麟脑子轰的一声便炸开了，公象不会是卧底吧？自从乌贼报告说，亲眼目睹公象被抓，六王山就把公象当成了死人。中国缉毒部门对毒贩的控制严格至极，从未有能从中国警方手里逃回来的。

六王山议事厅离玉麒麟的住所只有五十米远。

此刻，公象魏东来就躺在议事厅的地面上。进门时，玉麒麟大吃了一惊。肥壮的公象如一只被纱布包裹的粽子，他半躺在担架上，满眼期待地望着自己。

玉麒麟来到公象面前，上上下下地打量他：这是怎么了？

此时一条大汉忽然冲了进来，他跑到公象身前，半跪下，握住公象的手，带着哭腔说：魏大哥，你这是怎么啦？

玉麒麟和树懒对望了一眼，树懒小声说：公象也想见狗爷，狗爷正好在山上，应该是得了消息。玉麒麟点点头，索性就不说话了。

癞皮狗唯一的特点是丑，丑得简直不像个人。

癞皮狗前额扁平，下巴凸出，腮帮子呈现出带棱带角的方形。过分饱满的嘴唇里充斥着前突后进的大黄牙，滋生着长毛的鼻孔和两只绿豆般的小眼睛似乎安放于同一平面的四个角上，不明就里的人往往会惊奇于癞皮狗凭什么会生了四只眼？东南亚人生理上所有的缺点，全部被癞皮狗放大了一倍。有时连玉麒麟也不免惭愧，如果当初知道癞皮狗长大了会变成这副尊容，还不如让他直接死在野外。普通人如果长成这副模样，活着都将是一件非常痛苦的事。好在癞皮狗身体强壮，两条腿如同两根铁柱，走起路来咚咚作响。在六王山，癞皮狗是玉麒麟之外的第二号人物

公象开始讲述自己的遭遇，是讲给癞皮狗听的，也是讲给玉麒麟的。

公象说他绝对是倒了大霉，居然被个缉毒支队的生瓜蛋子给抓住了，那小子叫陈炯民。无意中他听到了那家伙的名字，当时也没觉得如何。在转送检察院的途中，有个犯人刚好生了病，检察院的车转道医院，公象便瞅准个机会逃跑了。

讲述到此，玉麒麟不由得轻轻哼了一声，中国大陆强力部门的严谨和手段，玉麒麟几十年前便一清二楚。从检察院手里逃走？就算你三头六臂也是休想！撒谎！不过公象后来的讲述让见多识广的玉麒麟同样大吃一惊，他不得不重新调整自己的心态。

公象说，逃出魔掌后的他是越想越生气，如果不教训教训那个生瓜蛋子，他这辈子保证会死不瞑目！于是他请朋友利用网络技术，通过部队番号找到了陈炯民老家的地址。然后偷偷潜入鱼米寨，瞅准个机会把陈炯民的老宅给烧了，陈家一家三口都给烧死了。

玉麒麟倒吸了一口凉气，公象居然放火烧了对手的老宅？此等的快意恩仇倒也确实是条好汉！玉麒麟知道公象没有编瞎话的胆量，想查清楚这事简直易如反掌。如果是真的，公象至少不可能是中国缉毒力量的卧底。不是卧底，那么逃出中国的强力部门难道真的是运气爆棚了。好运气？玉麒麟冷笑了一声，又是什么样的好运气把公象搞成了这副样子呢？

公象继续讲述，干掉了陈家三口后，他辗转了不少时日才逃回罂粟花区。由于丢失了二十公斤海洛因，不知道如何向玉先生交代。于是打算在阑槛做上几票，搞几公斤大药将功折罪。在阑槛的第二天他就听说乌贼在医院治伤，昨天晚上公象便去了医院。他的目的是和乌贼商量商量如何向玉先生交代，不想刚进门就发现乌贼已经被人捅死了。公象连尸体都没来得及检查就遭到了袭击，肚子和胸口挨了两刀。他拼了老命才击退对方，后来找到朋友包扎伤口，又花钱让人抬着才回到了六王山。公象说，本来不想这么快回来，但他一来必须要给玉先生和狗爷提个醒，二来是自己也实在没地方藏了。

癞皮狗和玉麒麟异口同声地质问：谁杀了乌贼？又是谁把你伤成这个样子？

公象恼怒地说：屋里太黑，完全看不清对方的模样。不过那人和我交过手，我知道他是谁。

癞皮狗迫不及待地说：谁？

公象说：我把他一家人全弄死了，那小子是来报仇的！

癞皮狗不知所措地望着父亲玉麒麟，玉麒麟则一把拽住公象的领子，将他揪了起来：缉毒支队的那个生瓜蛋子？

公象点点头：对，陈炯民！

十六　突然出现的山羊

雨声将陈炯民吵醒了。

罂粟花区只有两个季节，雨季和旱季，如今正好是旱季的尾声。

陈炯民睁开眼，扑面的潮气从四面八方涌过来，外面滴答滴答的雨声连绵不绝，似催眠曲。室内的光线时明时暗，从气味上判断，依然是砖窑。陈炯民欠起身子寻找光源。不远处生着篝火，机器猫握着筷子正在小锅里拨弄着，一股酸辣米粉的香气逐渐浓郁起来。

陈炯民在头上了摸了一把，脑袋的一侧居然肿起了个大鼓包。肩膀上的伤，刺骨地疼，好在那伤口已经包扎过了。通过药粉的气味，他断定用的是云南白药。陈炯民仔细回想着自己与公象交手的细节，眼看着报仇计划就要成功了，半路居然杀出来个程咬金，是谁呢？难道是机器猫？不对，机器猫就在身边，那人是个男的，从力道上判断一定是男的。既然不是机器猫，难道说自己是被机器猫救回来的？他眯着眼望着机器猫精瘦结实的背影，心里油然生出一股温暖。

在罂粟花区闯荡了好几天，机器猫给他带来了无尽麻烦，但每每遇到危难，这只猫却总能变着花样地帮自己脱离险境。陈炯民想到了缉毒支队，想到了亲密无间的战友。不过很快，温暖感便被懊丧代替了。公象一定还活着，那一刀没有刺中他的心脏，最多是把他的胸肌挑断了。到底什么人从自己手中救下公象的性命？癞皮狗？对，公象是癞皮狗的军师。

机器猫的肩膀耸动了一下，陈炯民赶紧将眼睛闭上了。

机器猫将煮好的米粉端过来放下，她显然不知道陈炯民已经醒了，于是坐到陈炯民的对面发呆。陈炯民将眼睛悄悄睁开一条缝，确然地看到了一张写满了关切的面孔。机器猫托着腮帮子，静静地看着他，眼神恍惚，嘴角含笑。忽然她举起手，指尖飞快地在陈炯民脸上轻轻弹了一下，随即便装出一副若无其事的样子。陈炯民的心差点从嗓子眼里跳出来,难道机器猫跟自己闹着玩吗?

可能是过于无聊,机器猫见陈炯民一动不动的,干脆将米粉锅端了起来,对着他的脸一个劲地吹,米粉的辛辣气味让人鼻子里奇痒难耐。

陈炯民耸了耸鼻子,睁开眼说:我说这么香呢。

机器猫满脸鄙夷:闻到好吃的就睁眼了,猪!

陈炯民怒道:我属猴,不属猪。

机器猫说:猴子浑身都是毛,你有吗?一个大男人还生得那么白,不是猪是什么?白猪。干脆,以后不叫你陈炯民了,你就叫白猪吧!

"瞧我多爱搭理你啊!"陈炯民哼了一声,扭过脸,真的不理她了。

机器猫嘿嘿笑着说:白猪杀公象,听起来很像一对儿!

陈炯民骤然转过身,抓住机器猫的手腕:他人呢?

机器猫继续笑着:你不是不爱搭理我吗?

陈炯民手上加大了力道:他人呢?

机器猫悲愤地咬着牙:有本事你把我的手剁下来!想吓唬我,你试试。

陈炯民的心在暴跳,但一时间真的拿她没办法。

其实机器猫目睹了陈炯民、公象决斗的全过程,亲眼看着公象被人救走的。或许是担心陈炯民的伤势,或许是有其他原因,反正机器猫没有出手阻拦,仅仅是把陈炯民救回了砖窑。

在陈炯民的再三追问下,机器猫只好说:你被打昏后,公象被人救走了,下落不明。

失望如室外连绵的阴雨,陈炯民好久都提不起精神来。

后来机器猫问:你怎么知道公象在医院里?

陈炯民没好气地说：我早就应该想到，如果从医院下手没准早就完事了，还不是什么这护卫队什么那联盟的垃圾组合把我耽误了。

机器猫抄起米粉锅便泼了过来，陈炯民早有防备，率先跳开，行军床上立刻铺满了烂糟糟的米粉。

机器猫指着他：我要是再搭理你，我就不是人！

陈炯民干脆给她作了个揖，做了个有请的手势。

机器猫怒吼了几声，冲进雨夜，再没回来。

机器猫气哼哼地消失在茫茫的雨幕中，陈炯民竟有些怅然若失，居然又剩自己一个人了？

很快地，陈炯民便要求自己振作起来，现在要把所有的线索集中，理出头绪来。公象既然露面了，跟踪追击，应该也不会太难。

不一会儿陈炯民的脑子就被疑问攻占了。公象为什么会出现在乌贼的病房里？灭霸是不是他干掉的？他的真正目标是不是乌贼？灭霸是不是被误杀的？公象和乌贼是一伙的，他为什么要杀乌贼呢？

突然另一个念头让陈炯民更加迷惑了，难道公象把自己当成了乌贼？不对啊，乌贼的腿受伤了，以公象的能力不会犯这种低级错误。啊也不对，当初那一枪的目的是打断乌贼腿上的肌肉，他的骨头没问题。经过十几天的治疗，乌贼可能复原得差不多了。陈炯民烦躁地向空气挥舞了一下拳头，这一拳牵动了他肩膀上的伤。陈炯民按着伤口愣在原地，此刻他忽然意识到，肩膀的伤也是机器猫处置的！而自己却把机器猫气跑了，是不是有点过分？

一时间无数的念头在心头萦绕起来，陈炯民如一只过度充气的气球，眼看着就要爆炸了。

机器猫在黄钻俱乐部收服了英雄联盟的众英雄，却眼睁睁地看着陈炯民转身离去。那一刻机器猫的眼前出现了空白，于是她抛下刚刚臣服的社团成员，不管不顾地追了出去。

机器猫亲眼看着陈炯民从前门进入医院，亲眼看着他在医院周围消磨时间，亲眼看着他从二楼的窗户跳了进去，之后又听到了病房里的打斗声，再之后她又看着公象和陈炯民相继跳下来。她清楚公象逃到医院里去了，却不愿意受伤的陈炯民继续追击，机器猫担心！陈炯民却死活不愿意离开，于是又发生了陈炯民和公象的第二次交手。

在罂粟花区长大的机器猫崇尚武力，在想象中她自己就是战无不胜的卡摩拉。陈炯民制服了灭霸之后，机器猫意识到自己的星爵出现了。她不能让星爵就此离开自己，他们可以共同组建真正的银河护卫队，控制阐槛，称霸罂粟花区。

就在机器猫准备为陈炯民庆祝胜利的时候，一条黑影突然蹿了出来，打破陈炯民的复仇计划，救走了公象。机器猫本来可以出手，在那种情况下她获胜的概率极大，但机器猫没敢贸然行动，那人是山羊，是她的父亲。

与癞皮狗的出身一样，机器猫也是孤儿。

当然，罂粟花区到处都是孤儿。

在全球化浪潮席卷世界，在各国科技推陈出新、经济竞争进入白热化的时代，罂粟花区倔强地固守着上百年的社会传统。战乱、冲突、贩毒、谋杀是这里的主旋律，人们依照自己的意愿而不是社会规则行事，或许那些规则对于丛林中人来说本来就是多余的。混乱社会的出生率总是高得吓人，人们利用生育避免种族的消亡。于是一批批的婴儿出生，一批批的婴儿又沦为了孤儿，相当一部分孩子便死在垃圾堆里。

与癞皮狗的来历也差不多，山羊是在饭馆后门发现了婴儿期的机器猫。据说机器猫愤怒的近乎指责的目光让他不忍心走开，本来已经见怪不怪的山羊只得将这个孩子捡了回来。

二十几年前山羊只身来到罂粟花区，他是个瘾君子，这一点倒与罂粟花区相得益彰。可能是没钱，山羊一直在想方设法地控制毒瘾，但每天不抽一泡就会五脊六兽。有几次穷到了极限，山羊半夜里揣着把砍刀溜了出去，回来不仅有了钱也有了大药。一直到开始经营火化场，他们父女的生活才算好了些。

对于机器猫，山羊采取了散养的手段，除了上学识字，机器猫无论在外面如何折腾，山羊从来都懒得搭理。只有一样东西机器猫绝对不能碰：毒品！

前几年机器猫和几个小混混尝试着用溜大药来寻找刺激，还没溜上便让山羊给撞上了。山羊毫不犹豫地将她塞到一尺高的床下，然后拎着一根棍子在床上坐着，只要机器猫露头便是没头没脑的一顿棍棒。遍体鳞伤的机器猫在床底下整整被困了三天，苦不堪言，那滋味简直比杀了她还要难受。最终机器猫不得不告饶，并赌咒发誓地声称再不碰大药了。

至于养父的来历机器猫无从知晓，山羊也从来不说。他总是无精打采的，即便是刚刚抽过了海洛因。

今天山羊的突然出现着实令人意外，他不仅打昏了正在兴头上的陈炯民，还救走了垂死的公象。

机器猫彻底蒙圈，同时一丝莫名的兴奋也让她激动不已，这个父亲多少是有些来历的。

十七　替代种植

魏东来确实犯了一个错误。

他把灭霸当成了乌贼，灭霸和乌贼是堂兄弟，在黑暗的病房中他们的背影几乎难以区别。直到上了六王山，公象依然坚定地认为乌贼已经死了。

一天后，六王山的线人向玉麒麟报告说在阑槛看到了乌贼，不过那家伙一闪便没影了。阑槛的医院的确死了个人，死的是乌贼的堂弟，鲇鱼。这一来玉麒麟更加糊涂了，到底是怎么回事？

刘树边和官方一直对外宣称，公象是在送检察院的半路上逃跑的。这当然不是事实，魏东来是刘树边亲手放走的。由于乌贼亲眼目睹了陈炯民抓获公象，刘树边担心魏东来的身份瞒不住，提议他不如就此留下来。

魏东来辛辛苦苦地卧底了五年，终于可以接触到六王山的决策层，委实不甘心。魏东来行事向来周密而严谨，他的计划是回去先干掉乌贼，然后以小麒麟被杀的事继续鼓动癞皮狗自保，发动政变，控制六王山，之后罂粟花区几派势力之间的内讧就顺理成章了。罂粟花区闹内讧，国内的力量彻底断绝毒品的运输通道就有可能会实现。刘树边思之再三，最终同意了。

回到阑槛，魏东来躲在暗处打探乌贼的消息。阑槛只有一家像样的医院，是中国政府援建的。根据陈炯民的报告，乌贼被打伤了，如果不能及时处理，枪伤会溃烂，死翘翘的可能也存在。没两天，魏东来便发现了乌贼的行踪，本来他几天前就可以动手，倒霉的是癞皮狗竟然狗皮膏药似的贴了上来。

公象不仅是癞皮狗的救命恩人，更是他的主心骨。和玉麒麟不一样，癞皮狗信赖公象的能力，自己的军师不可能被中国人抓住，就算抓住了，他也一定能逃出来。军师，绝对是彻地通天的人！运输队全军覆没的消息传来后，癞皮狗的第一反应是完全不信，他断言没有人能抓住公象。虽然癞皮狗相貌丑陋，人并不傻。他琢磨着，二十公斤的海洛因没了，公象回来应该不敢直接回六王山，所以他也偷偷派人在阆槛打探消息。两天后，癞皮狗得知乌贼在医院疗伤，既然乌贼能逃出来，公象很可能也躲在阆槛，于是便匆匆赶了过来。

几年前乌贼投靠了六王山，自称从泰国清迈来的，没人清楚他的底细。不过那家伙的情商很高，懂得溜须拍马，懂得投其所好，很快便得到了玉麒麟的信任。癞皮狗一直看乌贼不顺眼，但每次见面，乌贼总能表现出异乎寻常的亲热。伸手不打笑脸人，就算癞皮狗想为难这家伙却也找不到理由。这次癞皮狗希望通过乌贼找到公象，没有公象，他已经寸步难行了。

小麒麟死后，癞皮狗被发配到蒙砂撒种地，真是苦闷至极！

叱咤风云的六王山二号人物居然在这儿种罂粟。表面上，玉麒麟这么做似乎刻意在培养自己的义子。六王山的毒品加工能力非常强，却苦于耕地太少，原料也就是鸦片膏必须从其他集团那里购买。事实上罂粟花区的成片田野大多控制在东西联合军手里，蒙砂撒是六王山地盘上唯一的平整土地。理论上如果能将蒙砂撒开垦出来，会成为六王山坚实的产业后盾。但真实的情况所有人都心知肚明，玉麒麟削了癞皮狗的兵权,只不过还没有下决心进行最后的了断。

蒙砂撒是有居民的,当地人在联合国替代种植办公室的帮助下,开垦了不少土地种植咖啡。癞皮狗到来的当天便命令手下人,放火把咖啡田烧掉,结果与当地人的自保组织发生了对峙,差点造成火并。

当地农民的武器非常差,大多是鸟枪砍刀,但癞皮狗的人太少,动了手必定两败俱伤。此时驻留在六王山的公象托人捎来一张纸,纸上写着:与狐狸合谋,请政府低价赎买咖啡,然后在咖啡田内套大烟田。这些话癞皮狗似乎明白似乎又不完全明白,公象必须当面解答,就在这时六王山传来了公象跟随运输队去中国的消息。

癞皮狗多少有些后悔,当初没有采纳公象的建议,以至于落得如此下场。但是想到要与父亲翻脸,癞皮狗确实还没这个胆量。

三个月前,为了迎接小麒麟回归,六王山举行了盛大的宴会。癞皮狗和小麒麟从小便是兄弟,他搂着小麒麟的肩膀开怀畅饮,好不快活,不到两个小时癞皮狗便醉倒了。

醒来后公象就守在他身边。癞皮狗立刻想起来了,酒席之前小麒麟偷偷叮嘱他一件事,于是叫来几个最为得力的杀手,出钱让他们去一趟吉隆坡。拿督之子被截肢的遭遇,就是这个原因。

事情安排完毕,房间里只剩了公象和癞皮狗。

公象说:你这么做挺好的,至少可以麻痹小麒麟,让他不起疑心。

癞皮狗大惑不解,为什么要麻痹我哥?

公象则继续问他什么时候动手。

癞皮狗惊道:动手,跟谁啊?

公象说:我以为你是故意把自己灌醉的呢。你想想,玉先生的亲儿子回来了,你这个义子还有什么用?现在不动手,迟早他们会收拾你。

在六王山，大家称玉麒麟为玉先生，外人也这么称呼。

癞皮狗翻着绿豆般的小眼睛想了半天。酒席上，玉麒麟望向自己的眼神确实和以前不大一样了。但癞皮狗永远不会相信干爹会对付自己，于是跺着脚说：你胡说什么？玉先生是谁？是我爸，我爸让我做什么我都做。

公象说：没有人让你背叛玉先生，但几百号人的队伍在你手里攥着，就算玉先生信任你，小麒麟能睡得安稳吗？卧榻之侧，岂容他人鼾睡？

癞皮狗也是枪林弹雨里滚过来的人，晓得权力斗争的残酷，只得求教说：那你说该怎么办？

公象说：干掉小麒麟是你唯一的生路。

癞皮狗思之再三，最后恶狠狠地指天发誓道：就算我哥担心我和他争夺六王山，但我们终归是从小的兄弟，我让着他还不行吗？

不怕没好事，就怕没好人。玉麒麟的判断没错，公象确实是坏人。

公象再三劝说，癞皮狗执迷不悟，最后他说出了一段振聋发聩的话，到现在脑力不佳的癞皮狗依然记得清清楚楚。

公象说：你和小麒麟可以继续做兄弟，但其他的人难道就会坐视？东西联合军、荣军司令部、水蚺以及政府军，哪一个不盼着六王山立刻分崩离析？苍蝇不叮无缝的蛋，六王山本来没有缝儿，但现在小麒麟回来了，他就是六王山最大的缝儿！无论谁干掉小麒麟，扭脸都可以嫁祸给你，你的嫌疑最大，六王山就算不闹内讧也会大大被削弱。我相信，罂粟花区的很多人都在谋划这项行动呢，不信你就等着。

癞皮狗在内心深处一直感念着玉麒麟的养育之恩，于是狠着心将公象的提议束之高阁，私下里还命令手下的几名干将加强对小麒麟的保护。

不久后，公象的推测竟然一语成谶。小麒麟在严密的保护下居然稀里糊涂地死了，到现在也没找到凶手。

调查案情时，玉麒麟发现癞皮狗曾经命令手下人务必要保护好小麒麟，才多少动了些恻隐之心，没有立即对癞皮狗下狠手便与此有关。精明的玉麒麟理不清这事的逻辑，如果是癞皮狗在找人暗杀小麒麟，那为什么还要动用自己的资源保护小麒麟呢？如果是打算以保护行动来掩饰暗杀的真实意图，那癞皮狗也太高深莫测了。以玉麒麟对义子的了解，癞皮狗不可能有这个心机。就算是公象从中运筹，那么后续动作呢？杀掉小麒麟，趁他方寸大乱的时候可以直接动手，但癞皮狗丝毫没有针对玉麒麟的意思。当然，这些事癞皮狗并不清楚，他更不清楚保护小麒麟的指令实际上救了自己一条命。

儿子死后，玉麒麟成了惊弓之鸟，于是便找个借口将癞皮狗和公象分开。他的计划是先收拾了公象再说。

癞皮狗刚刚抵达蒙砂撒就险些与农民发生冲突，此后双方摩擦不断，每到夜里就有人向营地里扔石头打黑枪，营地的水源也被掐断过好几次，他和他的十几名手下简直成了蒙砂撒的过街老鼠。癞皮狗被种咖啡的刁民搞得寝食难安，公象让他联合狐狸的计划他又摸不到门路，所以必须找到公象。

罂粟花区虽然是一个隐秘王国，但终究还是地球的一部分，世界大势多多少少会在这里产生影响。

众所周知，联合国不过是地球人装点门面的清谈会，刷存在感是这个组织唯一的诉求。前些年联合国声称必须在全球范围内铲除毒品危害，为此制订了宏大的禁毒计划。后来他们在拉美、阿富汗和罂粟花区开始实施救援措施，最重要的一项便是替代种植。替代种植的内容是联合国粮农组织和当地政府牵头，由本地区财力最为雄厚的国家提供资金和技术，以经济和粮食作物替代罂粟和古柯的种植，从源头上掐断世界三大毒品产区的产业链。

设想永远是好的。

三大产区之一的阿富汗连年战乱，宗教纷争严重，联合国的人在阿富汗死了都找不到尸体，这个计划在阿富汗自始至终都没能落地。拉美的毒枭就是当地的影子政府，最近拉美毒枭们发下宏愿，他们伙同美国同行们游说北美的政府，打算在美国和加拿大把毒品交易合法化。这事在中国人想来简直匪夷所思，但毒枭们却把毒品合法化的行动搞得风生水起，如今纽约的大烟馆已经正式开张了。联合国的替代种植在拉美并不具备根基，雷声大雨点则小得可怜。

当今，唯有老奸巨猾的亚洲人表面上还把联合国当回事，罂粟花区的几个所在国政府根据这个计划，要求中国政府出人出钱帮他们实施，实际上就是希望揩点油。中国的政策是严禁毒品贸易，也希望在地球人面前博个好名声，不仅送来了种子、技术，还派了专家，捎带着在阆槛建立了一家医院。当然中国政府要求所在国必须保证人员、财产的安全，所在国政府只得象征性地派出了部分政府军进行保护。蒙砂撒就是罂粟花区替代种植的试验区，为了达到铲除罂粟的目的，政府四处筹钱，搞到些财政补贴，高价收购咖啡豆，然后高价卖给中国冒充越南产品。

如今当地人改种咖啡有两年了，社会趋于稳定。不想癞皮狗却跑了来，逼着大家继续种罂粟，而且居然没有预付款。农民们便组织了自保队，嚷嚷着要把癞皮狗和六王山的势力彻底埋葬。

就在魏东来准备对乌贼动手时，癞皮狗突然找到他。当时魏东来以为自己的身份暴露了，甚至做好了干掉癞皮狗的准备。

见了面，癞皮狗就急切地说：那帮种咖啡的臭农民天天骚扰我，你赶紧帮我想个办法。

公象说：乌贼回来了。

癞皮狗说：啊，那家伙没死，受伤了。

公象说：玉先生知道吗？

癞皮狗点着头道：知道。不过我爸爸没工夫搭理他，那家伙丢了二十公斤的货，看他怎么向我爸交代。

公象立刻意识到癞皮狗依然信任自己，不禁有些暗喜，于是说：他没法交代，我也没办法交代呀。

癞皮狗说：他是带队的。

公象说：如果乌贼全推到我身上呢？

癞皮狗立刻张口结舌了：啊是啊，要不，要不——

癞皮狗当然清楚父亲玉麒麟有心除掉公象，乌贼反咬一口的预测绝对成立。搞不好那二十公斤海洛因没准就是公象性命的标价，是玉麒麟自己派人抢走的都说不定呢。

想到此癞皮狗冷笑着说：那就做了他。

公象说：我找个机会去探探他的口风，实在过不去了也只能这么办。

癞皮狗道：不用你动手，我派人直接做了他。

公象说：你的人出面，万一事情败露了，你就真说不清了。我手脚利索，这事还是我自己来！当然，不杀人就能解决才是最好的！

癞皮狗感动地拍了拍公象的肩膀，狠狠地道：不杀人什么事都做不成。现在我就想把蒙砂撒那帮种咖啡的干一个老少不留,一个个全杀了。你,赶紧给我出个主意,怎么办?

十八 魏东来的错误

连续三天,公象掰开揉碎地为癞皮狗讲解了自己的计划,最后癞皮狗终于融会贯通了,高高兴兴地回了蒙砂撒。

当天的后半夜,公象魏东来摸进了乌贼的病房。

房门打开一条缝时,公象立刻看到病房的窗前背对着自己矗立着一个光头。乌贼天生没头发,公象魏东来本能地把那家伙当成了乌贼。虽然魏东来嘴里说最好不要杀人,其实早已动了杀心,乌贼非死不可。

前年万象的警察局曾经查抄过一批毒品,其中便有六王山的货。玉麒麟心疼不已,于是派乌贼处理这件事。乌贼抵达万象后,先是托门路想把货弄回来。不想却碰上个道德感爆棚的警察局长,局长干脆对乌贼也发出了通缉令。

当天夜里乌贼亲自出手,跑到局长家把煤气点燃了,连同老人、孩子,一家九口全部烧死。自此万象的警察谈六王山色变,碰上他们的货便假装没看见了。这事奠定了乌贼成为玉麒麟心腹的关键,自此魏东来也把他写上了必死的名单。

魏东来曾经是省缉毒支队最出色的侦查员,听到动静的乌贼正准备转身,魏东来不假思索地一刀刺中了对方的心脏,那家伙轰然倒地了。魏东来正准备检查尸体却听到窗外又有了动静,急忙躲到角落里。

一个矫捷的身影从窗外跳了进来，正好绊在秃子的尸体上，那人弯腰检查秃子的尸体，看那样子非常关切。魏东来推断，此人必定是乌贼的同伙，为了避免暴露只能先下手为强。

魏东来对这条黑影实施了突击。

直到被送上六王山，魏东来依然坚信病房里被杀死的是乌贼。

在楼下的搏斗中，魏东来赫然发觉，被自己刺中肩膀的是缉毒支队的陈炯民。魏东来惊得头皮麻木，四肢发软。陈炯民居然在罂粟花区！他来这里做什么？自己那一刀是不是刺得太深了！

由于过于震惊，魏东来步伐散乱，双臂乏力，最终被陈炯民再次刺中。如果不是有人出面搭救，公象魏东来已经死了。

机器猫跑了，雨稀稀拉拉下着，砖窑中静得出奇。

篝火灭了，夹杂着空虚的寒意从四面八方涌过来，陈炯民裹着肥厚的冲锋衣，依然瑟瑟发抖。少年时的陈炯民天天在做英雄梦，他幻想着自己能成为杨过、乔峰那样的好汉，叱咤天下，千古留名，他梦想着自己像兰博、007那样纵横四海，出生入死。当兵之后，集体意识渐渐根植于心，陈炯民也自觉把自己当成了集体中的一分子。他清楚这个世界并不存在单打独斗的英雄，每个人都是通力合作中的一个链条。如今，千里复仇的他却真的只是一个人，无时无刻不在的孤独感无助感随时会把陈炯民吞噬。这些天陈炯民觉得最难缠的敌人不是公象更不是机器猫，他一直在对抗无处不在的失群的恐惧，如一只荒原上走单的野兽，任何一步都不能错，错了就是粉身碎骨！

第二次与公象交手不仅没有解决问题，反而让事情更加扑朔迷离。

陈炯民振作精神，决定返回医院。既然公象也在找乌贼，就说明乌贼是唯一的突破口，必须找到他。

公象在陈炯民肩头的那一刀足足刺进去一寸深，好在他身体强健，机器猫的处理也算得当。只要适当保护左臂，行动并不受影响。

来到医院时天还没亮，老远地陈炯民便看到了医院门口闪烁的警灯，于是躲在小巷里暗中观察。不一会儿几名头戴大壳帽的当地警察出来了，其中一人便是前几天接待陈炯民报案的家伙。几人嘀嘀咕咕地上了车，警车便开走了。

阑槛的医院没有围墙，只设了一圈铁栅栏。陈炯民围着铁栅栏转了半圈便找到一处破损。陈炯民潜入医院，转到二楼，在楼道中老远就看到了乌贼病房门外的警戒线，现场由两名当地警察看守着。陈炯民找到一间没人的办公室，钻进去从柜子里找出白大褂，穿戴完毕，俨然是个援外的中国医生。

走出办公室，陈炯民大摇大摆地到了乌贼的病房外。走到警戒线前，他假装惊讶地用中文询问看守的警察：怎么回事？

警察想当然地把陈炯民当成尚未得到消息的中国医生，客客气气地说：有人死了。

陈炯民说：温坎？

警察说：啊？啊乌贼啊？不是乌贼，是他堂弟，一个小混混，送太平间了。

陈炯民说：我是医生，温坎的腿晚上需要换药。

两名警察相互看了一眼，苦笑着说：他不在，鬼知道那家伙去了哪儿。

走出医院，天已经亮了。

一无所获的陈炯民忍着隐隐的伤痛在大街上转悠。商户们开始出摊了，他随便找了家摊位要了一碗面，吃完一摸口袋才发现身上没有钱。额头上顶着块伤疤的老板似乎早有预料，不动声色地从摊位之下抽出一把砍刀，面无表情地看着他。陈炯民只得将一把做工精美的军用匕首放在桌子上，说了声：一会儿我来取。

离开早点摊，机器猫的身影再次浮现在陈炯民眼前。

来到罂粟花区，所有倒霉事的源头似乎都在机器猫身上。现在他身无分文，连最后的防身武器都押给了别人，机器猫必须帮他解决。

陈炯民不清楚银河护卫队平时都在什么地方出没，也不知道收服了英雄联盟后，机器猫是不是正在作威作福，但机器猫的爸爸在火化场。

陈炯民认识去火化场的路，于是穿街过巷，出了阑槛，直奔火化场。

自从来到罂粟花区，陈炯民大多是半夜活动的，即使白天出来也是匆匆的一瞥。今天，十几分钟的路程终于让他领略到了一个真实的阑槛。

罂粟花区的首府与国内七八线的南方县城差不多，连铺面里出售的东西都差不多。去年昆明到老挝万象的铁路通车了，内地到东南亚的物流成本大幅降低，阑槛日用品的价格也与国内持平了。当然，阑槛与国内城市的区别也是非常明显的，铺面的招牌上写着泰文、越南文，也有中文的，行人的装扮也更趋多元化和地域化，花花绿绿的人到处都是。阑槛最显著的特征是，几乎所有店铺的橱窗上都贴满了各种毒品的宣传广告画，不仅包括著名的六王山货，甚至致幻剂在内的各种毒品都是公开售卖的，更滑稽的是毒品柜台旁往往是出售戒毒药的柜台，戒毒药品和毒品一样，琳琅满目，品种齐全。

机器猫给陈炯民讲解过，水蚺集团垄断着罂粟花区的戒毒药市场，戒毒药同样是个大买卖。垄断戒毒药的出售，是水蚺当初站在六王山一边对抗东西联合军的条件。

陈炯民想破了脑袋也搞不明白，世界上最大的毒品产区居然在不遗余力地推销戒毒药！为什么呢？推销戒毒药的水蚺本人也是毒枭啊，他控制着毒品进入印度洋的水路，这不是自己抢自己的生意吗？

机器猫说，我也说不清楚，在我们这里没人相信戒毒药能戒毒。

陈炯民说：假药？

机器猫说：那倒不是，毒瘾是心理上的，就算药物能起作用，过不了几天照样抽。

陈炯民大约想明白了，普通人戒毒的妄想催生了戒毒药的产业。精明的毒枭们便两边下注，吸毒的钱他们要挣，戒毒的钱他们同样不愿意放过，反正就是要你的钱。

来到郊外，远远地陈炯民便看到了那孤零零的火化场，找到山羊就能找到机器猫，找到了机器猫，自己才能摆脱困境。

火化场门外空场的凉棚里没有人，陈炯民直接进了火化场。可能是刚刚处理完业务，室内的温度非常高，进了门汗水便浸透了陈炯民的全身，他叫了几声山羊，没人搭理。陈炯民便毫不客气地翻找起来，最后在柜子里发现了一些纸币。

罂粟花区的货币流通绝对国际化，陈炯民随便抓了一把，手里便出现了面额不一的美元、人民币、新元、泰铢和港元。

陈炯民转身准备出去，忽然在灰褐色的墙面上看到了一个黑点，是枪口！他在枪口之后发现了一双狠狠盯着自己的灰色眼睛。

陈炯民不相信鬼神之说，否则会当场号叫出来。

背靠墙壁端坐的山羊一直在观察着陈炯民的举动,倒也不能责怪陈炯民没有发觉,一来室内的光线混浊暗淡,其二山羊一直静默不动,就跟死了差不多,第三便是这家伙的全身落满了骨灰,连头发、眉毛上都是,人的色调与环境完全融为一体。如果不是狙击手对枪械的本能反应,普通人完全无法察觉。

陈炯民抓着钞票走向山羊,大声说:我叫你了,干吗不答应?

山羊在脸上抹了一把:不答应就偷?

陈炯民说:拿了多少我会还给你的。

山羊说:说的比唱的都好听,你这样的我见多了。

陈炯民将钞票放到他面前,张开手说:不要你的钱,告诉我,机器猫平时在什么地方?

山羊怒道:凭什么告诉你?

陈炯民无可奈何地说:灭霸死了你知道吗?

山羊的眉毛动了几下:灭霸?她杀的?

陈炯民:她会不会杀人你能不知道?

山羊脸上闪过一丝失望,愤恨地说:这个破地方,连种地的农民腰里都揣着杀人的刀!

陈炯民说:昨天她收服了英雄联盟,我担心她控制不了局面。

山羊哼了一声:你他娘的真好心!

陈炯民说:我帮她,是要她帮我找到公象。但昨天晚上我碰上公象了,那家伙没有死。如果你能帮我找到公象,我也会报答你的。

山羊毫无征兆地纵身跳了起来,他在空中换手抓住了手枪的枪管,抡起枪柄砸中了陈炯民的脑袋。陈炯民猝不及防,当场就有点儿晕。山羊挥动枪柄,劈头盖脸地在陈炯民身上猛砸着。陈炯民又疼又气,却也清晰地感觉到山羊并没打算要自己的命。

山羊一边打一边咒骂：你他娘的滚回去，赶紧滚，罂粟花区不是你待的地方，你脑子里有屎，你脑子里全是屎，你小子就是一摊狗屎！

陈炯民给打急眼了，一脚踹向山羊的小腿。山羊仰面倒地，旋即他又旋转着跳起来，怒吼着：兔崽子你还敢打我？

陈炯民趁他骂人的机会一把揪住山羊的脖子，将他的人拽了过来，对着山羊的耳朵嚷嚷道：我为什么不能打你？你再打我一个试试！

山羊双脚一拧便从他的控制中挣脱出来。陈炯民有些意外，但联想到他刚才瞬间能旋转着跳起来，不禁暗生钦佩，这家伙的身手不错呢！

山羊没有再次发动进攻，而是狂怒地冲到焚化炉前，挥动胳膊，啪的一声，手枪狠狠地砸在焚化炉的铁门上，枪身顿时碎成五六个零件，枪管竟直接飞到屋顶上去了。

十九　垃圾组合

陈炯民被山羊的举动搞糊涂了，这家伙为什么要把自己的手枪摔成碎片呢？卖掉这把手枪至少够他溜半个月的大药，这老东西不会是刚刚吸完毒，正在出现幻觉吧？

暴怒的山羊慢慢转过身来，灰色的眼珠上出现了几道血丝。他一步步地来到陈炯民面前：她跟我说，你家里死人了，怎么死的？

陈炯民大约停顿了半秒钟,她?应该是机器猫。奇怪,山羊为什么要关心这个?陈炯民说不清什么原因,山羊在他面前似乎有一股无法抗拒的力量。沉吟了一会儿,陈炯民说:三口人全死了,让人烧死的。

山羊的身体瞬间便出现了松垮的感觉,他急忙转身走到焚化炉前,坐下来,摸出一支烟:见到尸体了。

陈炯民点头:嗯,见到了。公象干的。

山羊先是哼了一声,然后沉默了许久才说:烧死的!

陈炯民更加不理解了,山羊为什么对陈家人的死如此沉痛?他不愿意再耽误时间:机器猫在什么地方?

山羊眼睛里猛然射出一道光:你怎么就断定不是意外失火?

陈炯民没想到他继续追问父亲的问题,只得说:派出所的结论是意外失火。你也知道,派出所那帮人见过什么。

山羊说:你有证据吗?

陈炯民几乎在怒吼了:派出所警察只能处理一般的刑事案件,毒贩子做的事他们能查得出来吗?

陈炯民的吼声震得室内的骨灰都扬了起来:当然是公象,就是那臭混蛋!这事傻子都能想明白。

山羊随手抄起一把铁锨,用铁锨头指着陈炯民:你就是个傻子,你还不如傻子呢!还说别人傻!

陈炯民马上摆出防御姿态:你个老混蛋,你真的以为我打不过你,我是怕打死你。

山羊的眼睛忽明忽暗,目光如锤子一样地不停地捶打着陈炯民躯干的每一处。陈炯民双腿则死死钉在地上,靠站桩才稳住了身形。奇怪，这老烟鬼的身体里似乎蕴藏着巨大的能量。

过了好久山羊终于从牙缝里挤出几个字：滚，滚蛋，滚回国内去！

陈炯民正打算反唇相讥却听到外面传来脚步声，急忙回头。一名戴眼镜的年轻人慌张地开门冲进来，竟然是机器猫银河护卫队的四眼蛤蟆，这家伙脸面青肿，走路一瘸一拐的。

四眼蛤蟆发现陈炯民和山羊都在，顿时轻松起来：大叔，白猪，你们都在啊！太好了。

陈炯民怒道：谁是白猪？

四眼蛤蟆坦然地说：你啊，你不是白猪吗？

陈炯民：老子姓陈。

四眼蛤蟆坦诚地说：机器猫说的，她说你给自己起了新名字，叫白猪，说什么什么入乡随俗，在罂粟花区，以后你就叫白猪了。

陈炯民愤恨地朝地上啐了一口。

山羊又恢复了往昔的垂头丧气，嘟囔着说：又闯祸啦？

四眼蛤蟆艰难地说：啊，大叔啊，机器猫让他们给抓住了。他们说，拿十公斤的大药去换人。

山羊惊讶地叫嚷着：呸，十公斤大药！够我抽好几年的！

陈炯民揪住四眼蛤蟆的领子：谁？

四眼蛤蟆：英雄联盟的那帮家伙，雷神、奇异博士，保证是奇异博士的主意，那家伙最坏。

陈炯民的脑子嗡嗡作响，这些烂名字太费脑子！

罂粟花区这帮家伙全是神经病，明明都有名字，却都喜欢给自己弄个响亮的绰号，似乎有个知名度很高的绰号，本人也就能威风八面、英勇无敌了。这与古代人打仗时戴魔鬼面具的心态差不多，他们天天想的都是怎么吓唬别人。

"闯祸,闯祸吧,早晚我得死在她手里!"山羊不再理会四眼蛤蟆了,他打开焚化炉的铁门,挥动铁锹开始清理里面的灰烬。随着灰白色的烟尘被铲出来,室内顿时就无法呼吸了。

陈炯民明白,山羊的意思是你不是想找机器猫吗?找去呀。陈炯民只得拉着四眼蛤蟆跑了出去。

来到室外,陈炯民向四眼蛤蟆追问事情的原委。

四眼蛤蟆说:昨天你前脚刚离开黄钻,机器猫也就跟着走了。后来奇异博士、雷神和英雄联盟的其他人稀稀拉拉地都走了,只剩下他们这些银河护卫队的成员狂吃猛喝。到后半夜蛇女过来结账,他们这些人根本没钱。蛇女不答应,刚刚宣布控制阑槛的银河护卫队,被黄钻俱乐部的打手暴揍了一顿。

陈炯民指着他脸上的伤痕:黄钻的人打的?

四眼蛤蟆说:啊!我们来的时候开了两辆摩托车,也让黄钻的人扣下了。没办法,我们只好到处找机器猫。狗眼看人低,我们明明跟蛇女说了,银河护卫队和英雄联盟刚刚合并,我们有的是钱,明天送来,那女人就是不信。

陈炯民一个没憋住,砰地放了个屁。

四眼蛤蟆倒也没在乎,继续说,他们刚刚被黄钻赶出来,就碰上了英雄联盟的黑豹。黑豹说,机器猫现在在他们手里,要我们银河护卫队出十公斤大药换人,然后滚出阑槛。另外黑豹还说雷神现在是英雄联盟的老大,整个阑槛都是他们的,不服来战云云。

陈炯民没想明白,机器猫怎么会落到他们手里呢?

四眼蛤蟆介绍说,从俱乐部出来后,雷神、奇异博士和英雄联盟的其他人在街上瞎转悠，结果机器猫一个人过来了，据说还失魂落魄的。这些人干脆一不做二不休，仗着人多把机器猫给拿下了。四眼蛤蟆不放心，说他们骗人，黑豹便让他看了手机里的照片，机器猫果然在矿洞里绑着呢。

陈炯民脑海里立刻闪现出砖窑中机器猫负气而去的身影，那身影在他心里撒下了无边无际的愧疚。

机器猫呕心沥血地组建了银河护卫队，却仅仅是个垃圾组合。这些废柴要本事没本事，要后台没后台，要胆气同样没有胆气，他们最最缺乏的则是钱，银河护卫队能在阑槛立足的唯一的仰仗，便是机器猫的那股子狠劲，成员们也大多是狐假猫威的狐狸。如今机器猫成了瓮中之猫，银河护卫队失去了唯一的凝聚力。

陈炯民跟着四眼蛤蟆来到砖窑，其实这座砖窑就是机器猫的议事大厅。此时五六个银河护卫队的成员正在煞有介事、垂头丧气地开会呢。有人说，反正我什么都不怕，大不了回山里的老家种地去。有人提议说干脆大家加入英雄联盟，他们吃肉，咱们总能喝口汤。还有人说，可以投奔东西联合军，听说他们发工资！至于营救机器猫的事，自始至终也没人提过。

陈炯民是越听头越大，他担心自己忍不住会把这帮家伙揍个揍一顿，于是便拉着四眼蛤蟆出去了，这些人里似乎只有四眼蛤蟆关心机器猫。

陈炯民要四眼蛤蟆把关押机器猫的地方具体说说。

四眼蛤蟆说，在矿洞，矿洞是英雄联盟的基地。所谓的矿洞是阑槛城外三公里处的一座废弃矿场，曾经是磷矿。现在雷神、奇异博士等人都在矿洞里等着，至少有十几个人，有枪有刀。在矿洞里，他们绝对敢开枪。

陈炯民继续追问,如果你们拿不出十公斤大药,雷神他们会怎么对付机器猫。

四眼蛤蟆痛心疾首地说:黑豹说,如果明天早上见不到大药,他们就把机器猫先奸后杀。杀也就杀了,要是给那什么了,机器猫就不是机器猫啦!

陈炯民立刻听出了其他的意味。此刻的四眼蛤蟆满脸沮丧、魂不守舍,他断定四眼蛤蟆应该是机器猫的迷弟。在他的心目中,机器猫是纯洁而伟大的。真不容易,机器猫总算有个死党!

陈炯民说:要不跟着我干?咱们想办法把机器猫弄出来?

四眼蛤蟆犹豫了好一阵儿,最后说:我信佛。

陈炯民说:信佛不杀生,那就算了。

四眼蛤蟆急忙摆手:我不是那个意思,我是说佛讲轮回,如果我帮着你把机器猫救出来,就算我死了也能托生到好人家,我干。

陈炯民苦笑着说:你家什么出身?

四眼蛤蟆说:我爹妈都是老师,六年前东西联合军和荣军司令部在阑槛火并,炮弹打到学校去了,把他们炸死了。

陈炯民惊讶地说:阑槛不能动枪啊,怎么都动炮了?

四眼蛤蟆说:就是因为那次打得太过分。政府的代表说,罂粟花区的几个大佬再这么闹下去,他们就把联合国的维持和平部队请过来。后来玉麒麟、无腿狮、水蚺和荣军司令部的山鬼那些人才在棋盘寨开会决定,以后任何人不能在阑槛动枪,要打就到外面打去。

陈炯民说:想托生到好人家就跟着我,万一我死了你就躲起来,死我一个就够了。

四眼蛤蟆使劲点头：好，好，那你先死！

一个小时后，四眼蛤蟆带着陈炯民爬上了一座小山。小山对面便是矿洞的入口，黑黝黝的入口由两个英雄联盟的成员守卫着。

陈炯民先是观察了洞口与小山的位置关系，确定了可能作为狙击点藏身地的所在没有埋伏，然后拿出测距器勘测周围的地形和距离，完事又画了张草图。准备工作完毕，他命令四眼蛤蟆在这里等着。四眼蛤蟆问他干什么去？陈炯民懒得搭理他，独自下山，光明正大地走向矿洞。

四眼蛤蟆万万没想到这家伙要自投罗网，当场就尿了裤子。

二十　荣军司令部

陈炯民在两名守卫轻蔑的注视下走到矿洞口，他张开手让他们搜身，然后说自己是代表银河护卫队来见雷神的，是来谈条件的。守卫没有难为他，直接将他带了进去。

古老的矿洞幽深漫长但并不阴森，洞壁上层层闪烁着的磷火色彩斑斓、绚丽纷呈，走在长长矿洞里很容易就能产生一股幻灭感，一头撞死的冲动让陈炯民热血沸腾。在弥漫着的刺鼻的气味中，陈炯民克服了冲动，努力记忆着矿洞的走向和轮廓。几分钟后，看守带着他走出矿洞，来到一个巨大的露天矿坑的顶部平台。雷神、奇异博士和手上缠着纱布的钢铁侠都在，这些家伙认识陈炯民。

雷神问他过来的目的。

陈炯民说：十公斤大药没问题，但他必须要见到机器猫本人，如果大药送过来，人却让你们做了，这买卖就赔大了。

雷神认为这个想法倒也没什么问题，于是一群人便簇拥着陈炯民走入矿坑的底部。

沿着矿坑的四壁修建了一圈台阶，走了一会儿陈炯民便看到被固定在矿坑最低点上的机器猫。机器猫仰面躺在地上，捆住四肢的绳子拴在打入地面的桩子上。机器猫满脸悲愤，眼睛通红，那样子是又滑稽又可怜。

机器猫也看到了陈炯民，她哼了一声，气愤地将眼睛闭上了。

陈炯民强忍着笑意，回头对雷神说：二十公斤的大药怎么样？

雷神大吃一惊，二十公斤的大药至少值二十多万人民币啊，在阑槛绝对算一笔巨款了。

奇异博士冷冷地说：要十公斤给二十公斤？你还有别的条件吧？

陈炯民说：给你们大药，条件是我们不退出阑槛，西街还是你们的，大家的地盘跟以前一样。

雷神说：灭霸让她搞成那个样子！灭霸是我们的老大，这面子我们丢不起。

陈炯民说：如果灭霸没变成那个样子，你们几个凭什么上位呢？

三个人相互看了一眼，之后目光又同时落到了机器猫身上。

此刻机器猫的眼睛早就睁开了，她同样吃惊地盯着陈炯民，看样子这事机器猫也不清楚。

奇异博士的心眼确实比较多，他冷冷地说：如果这丫头死了，她的人马你可以直接收编，何必再出二十公斤大药呢？

陈炯民说：把这丫头弄回去，让她在她的银河护卫队面前给我磕头,那帮人不就死心塌地了吗?

机器猫怒吼起来:你放屁,我就是死了也不给你磕头。

陈炯民转身向洞外走去,大声说:明天一早,二十公斤的海洛因就拿来。如果你们动了这丫头的一根汗毛,一两都拿不到。

在机器猫响亮的谩骂和诅咒声中,陈炯民头也不回地离开了矿洞。

恐惧是人类以及所有动物的本能,陈炯民同样会感到恐惧,但多年的军旅生涯让他找到了克服恐惧的办法。刘树边不止一次地让他尝试过危险经历,同时也教会了他如何制订计划、完成计划,将自己置身于完成任务的过程中,就可以最大限度地挤压恐惧心理。陈炯民牢记着这个原则,行动便是信心的源泉。

矿洞外的四眼蛤蟆发现陈炯民居然回来了,惊得下巴险些砸中脚面。

陈炯民说:你晚上去趟医院,有个任务。现在我到阑槛街上转转去,晚上咱们在砖窑聚齐。

四眼蛤蟆得知了去医院的目的,当下便哭了出来,说什么也不去。

陈炯民将他拽到自己面前,盯着四眼蛤蟆的眼睛,去不去?

或许是出于对陈炯民的恐惧,也或许是对机器猫的崇拜,四眼蛤蟆摘下满是泪痕的眼镜,拽出一截内裤,来来回回地擦着:要那东西干什么呀?

陈炯民说:救机器猫需要那东西。

四眼蛤蟆说:以后我得天天做噩梦。

陈炯民说:成了家常便饭就不会做梦了。

最终四眼蛤蟆勉强接受任务,战战兢兢地走了。

陈炯民步行向阑槛走去,他担心雷神会派人跟踪自己,路上连续做出摆脱的动作,但后面根本没有人,估计英雄联盟已经把他当成瓮中之猪了。

回到阑槛的一小时后,陈炯民终于找到了一家售卖军用品的商店。

店铺的规模很大,各国的军用装备都可以找到,大多属于步兵、特种兵范畴。陈炯民发现柜台里摆放着四五张军用十字弩,其中两张小的引起了他的兴趣。陈炯民要老板拿出来试试,老板说,先付定金。陈炯民说:东西顺手才能给钱呢。老板哼了一声:你拿起来就跑,我还得追你,太麻烦。

阑槛的治安形同虚设,生意人的戒备心非常重,陈炯民也别无他法,只好掂量着身上还有什么东西能引起老板的兴趣。

此时门口传来了一个低沉的男音:给他看。

陈炯民急忙回头,看到山羊懒洋洋地靠在门框上。

老板认识山羊,当下便将所有的十字弩摆在柜台上,任由陈炯民挑选。

陈炯民调试了力道,确实是军用品,弓弦和弓背非常的坚韧,准星也是专业级别的。陈炯民提出要看弩箭,老板拿出来几支。弩箭的箭头是合金的,锋利无比,完全可以一击致命。之后陈炯民便让老板将两把十字弩、三十支弩箭和两台步话机装好,然后拎起包装袋直接走了。

几分钟后,山羊在小巷里追上陈炯民,揪住他的后领子说:花了我好几千块钱,你就不打算谢谢我吗?

陈炯民说:不用你的钱,老子照样能拿到手。

啪的一声,陈炯民结结实实地挨了个嘴巴。

怒火冒了起来，陈炯民扔下包装袋就打算动手。

山羊毫不退缩地指着他的鼻子骂道：小王八蛋，在我面前骂什么都可以，就是不能自称老子。

陈炯民说：那好，以后我就叫你老王八蛋。

山羊郑重地点点头：这个行！

陈炯民瞬间就被噎住了，这个老东西是不是有病？

山羊说：那家军品店是蛇女入股开的，如果你偷了那家店的东西，就等于跟黄钻俱乐部结了仇，在阑槛又多了个敌人，很好玩吗？

陈炯民不屑地说：黄钻不就是个赌场吗？

山羊朝地上啐了一口：你个小王八蛋你懂个屁！黄钻的背后老板是东西联合军，是无腿狮，蛇女是无腿狮的女人。无腿狮是什么人，荣军司令部的山鬼都让他三分，你小子就算有三头六臂也惹不起！

陈炯民烦躁地啐了口唾沫，东西联合军、荣军司令部、棋盘寨、六王山！罂粟花区简直就是一个粪坑。

所有的历史事件都会对后世产生影响，事件越大，影响也就越深远。

二十世纪，东亚大陆上最重要的历史事件自然是中国的两次改朝换代，特别是第二次，彻底改变了整个东亚大陆的格局。

中国的解放战争可能是人类历史上规模最大的内战。内战的结果之一便是部分战败的军队逃过南方边境，落脚在罂粟花区。

败军选择这里的原因很简单，罂粟花区周边国家政府的控制力组织力低下，军队疲软不堪。战败部队在国内被打得落花流水，但到了这里仅仅凭借数万残军，就相继打败过周边所有国家的政府军。由于没有军饷，残军便参与了当地的鸦片种植和毒品提炼，一度成为贩毒集团的主要力量。当时的全世界都在禁毒，军队参与贩毒影响太坏，台湾当局迫于国际压力，便撤走了部分残军。但依然有一部分人顽强地留了下来，台湾当局干脆就与他们撇清关系。事实到底如何，也没有人去深究，否则张苏泉又怎么能在台湾享受将军待遇呢？

剩下的人成了名副其实的国际孤儿，但在东南亚地区还是无敌的存在。再其后，南方的残军与泰国当局谈判，以放下武器和不再从事毒品贸易为条件，取得了泰国国籍。北部的剩余残军依然继承着父辈们的桀骜不驯，继续战斗。

后来在坤沙崛起的过程中，残军的支持也起到了关键作用。随着第一代士兵逐渐老去，他们的后代不得不承继祖业，于是就报团取暖地组建了荣军司令部。经过这些年的发展，荣军司令部有数千之众，是罂粟花区最为重要的一支军事力量。

荣军在民国时代是常用词，是伤残军人的意思，他们选择这个词多少也有不忘本的意味。如今山鬼掌控着荣军，他本人也是罂粟花区的四大佬之一。荣军司令部盘踞在罂粟花区的南方，那一带河网纵横，丛林密布，没有大片的可以种植罂粟的农田，也没有技术成熟的加工厂，荣军司令最大的营生是充当雇佣军。只要给钱给好处，今天他们可以帮助东西联合军攻打六王山，明天就可以在水蚺的指挥下进攻东西联合军。如果各方相安无事，山鬼便故意挑拨其他派别之间的矛盾，甚至以其他武装的名义攻击政府军滋事，可以说山鬼就是罂粟花区的搅屎棍。

在最近的一次大佬特别会议上，玉麒麟提议，罂粟花区的赌场、妓院、日用品的运输批发业务全部交给山鬼，以换取荣军们不再捣乱。东西联合军的无腿狮不答应，双方谈判，山鬼不得不出让了赌场业务。

连荣军的山鬼都得让着三分的无腿狮该有多么强势，也便可想而知了。

搞清了蛇女与无腿狮的关系后，陈炯民明白了，山羊不愿意他得罪东西联合军的人是在变着法帮自己。

如果在国内，山羊这个出口成脏、暴虐无礼的老混蛋早就被揍成屎盆了，但不知为什么陈炯民对这老东西就是恨不起来，更多的是害怕。每每与山羊发生近距离接触，陈炯民就浑身不自在，恨不得钻到地缝里躲起来。这感觉就如上学的时候躲班主任，放学的时候躲亲爹。

在小巷里，山羊询问他如何搭救机器猫。陈炯民只得含含糊糊地应付了几句，看准个机会便跑了。

二十一　隐秘王国

夜深人静，四眼蛤蟆总算摸回了砖窑。

这家伙体如筛糠、脸色煞白，就跟扔炸药包似的将随身的挎包远远抛了过来，然后就躲在墙角里瑟瑟发抖。

陈炯民接住挎包，捏了几把，心里便有数了。陈炯明安慰四眼蛤蟆说：到了地方你就在外面接应，我一个人进矿洞就可以了。

四眼蛤蟆哆哆嗦嗦地说：他们十几个人，洞外也有人守着呢。

陈炯民笑而不语。

四眼蛤蟆说：我，我跟着你。

陈炯民笑了出来：不怕吗？

眼泪扑簌一下就挂了满脸，四眼蛤蟆哽咽着说：谁他妈的不怕呀？

天亮之前，陈炯民、四眼蛤蟆回到了矿洞。

凌晨是人类大脑最为困顿的时间段，这个时间段也是人类睡眠最深沉的时刻，即使不睡，脑子也难得清醒。陈炯民之所以选择在天亮前完成交易，就是觉得这个时间段有机可乘。

果然，两名看守洞口的英雄联盟成员正坐在洞外呼呼大睡呢。陈炯民上前，一掌一个，两个看守当即便被打昏了。他回手递给四眼蛤蟆一把砍刀，命令他换上英雄联盟成员的衣服。陈炯民叮嘱说，一旦情况不妙就赶紧跑，这身衣服保证能帮到你。之后陈炯民背起挎包，端着两把利箭上弦的十字弩溜进了矿洞。

假如世界上真的存在神与凡人之间的差距，这种差距便是专业与业余之间的鸿沟。任何项目、任何行业，专业级别的存在总能对业余爱好者实施无情残忍的碾压，无一例外。至于外行，基本上连上场的机会都没有。

陈炯民经过多年系统而残酷的军事训练，在凡人面前，陈炯民就是神一样的存在。

以陈炯民对英雄联盟的观察，这帮家伙同样是一群乌合之众，比机器猫的银河护卫队强不了多少。平时这些人耀武扬威，无恶不作，真实的情况是这些看似凶悍的狠人却毫无组织性和纪律性，他们的成员连最基本的专业训练都不曾经历过，更谈不上能事先制订什么计划，相互配合，共同实施。另外英雄联盟的雷神、奇异博士似乎精明能干，实际上也是草包。他们对陈炯民缺乏必要的警惕，这也变相给了他机会。

在影视作品中，专业人员与黑帮的对决往往是棋逢对手、势均力敌。而在现实中，乌合之众碰上受过严格训练的人根本就没有还手之力，不，他们连还手的机会都没有。

进入矿洞，陈炯民便将专业的军事素养发挥到了极致，他不费吹灰之力击昏了外围矿洞里酣睡的几名联盟成员，然后迅速接近矿坑。

雷神、钢铁侠和奇异博士倒是没有睡觉，这几个家伙正在矿坑顶部的平台上喝酒呢。站在平台上就可以看到下面的机器猫，几人边喝酒边向矿坑里投掷鸡腿、牛骨头之类的垃圾。巨大的空间中不时地回荡着机器猫悲凉的咒骂声。雷神等人则哈哈笑着，好不开心。

穿越外围的矿洞，便可以看到矿坑了。陈炯民回头看了看四眼蛤蟆，示意他别出声。然后陈炯民摘下挎包，将里面的东西掏了出来。

此时已经八成醉的钢铁侠刚晃晃悠悠地来到矿坑边，指着固定在坑底无法动弹的机器猫狞笑着：不许动你一根汗毛，但老子的手指头没了。奶奶的，老子浇你一身尿，让你臊一辈子！

奇异博士和雷神举着酒瓶子笑得前仰后合，雷神叫道：好主意，好！

坑底再次传来了机器猫的叫骂声：混蛋，我早晚把你那玩意儿割下来泡酒，老混蛋你等着！

"我等着！"钢铁侠将胯下的命根子掏了出来，对着躺在坑底的机器猫就准备尿。

呼的一声，黑暗中猛然飞来一件重物，正好砸在钢铁侠的后腰上。本来就晕晕乎乎的钢铁侠站立不稳，大叫了一声，一头便从平台上栽下去了，随后坑底传来了钢铁侠悠长的惨叫和机器猫开心至极的笑声。

雷神和奇异博士给吓了一跳，一时间他们搞不清楚那东西是从什么地方飞来的，甚至认为是钢铁侠脚下不稳，自己掉下去的。奇异博士急忙冲到坑边，对着下面叫了几声。

机器猫笑道：摔死啦，哈哈，命根子还在外面露着呢！哈哈哈！

奇异博士指着下面：你个臭丫头，我现在就弄死你。

此时奇异博士身后的雷神忽然嗷嗷地叫了起来。

就在奇异博士查看钢铁侠情况的时候，雷神看到地上有个东西滚了过来，于是拎起来，举到眼前观察，竟然是灭霸花花绿绿的秃脑袋！灭霸脸上的涂料依然没有洗净，眼睛瞪得溜圆，饶是凶神恶煞的雷神当场也给吓吐了。

雷神急忙扔掉灭霸的头，拔出手枪到处搜寻对手。不想，迎面嗖的一箭，正中他的喉咙。中了箭的雷神终于看到了矿洞口的陈炯民，他脖子上插着弩箭，端着手枪冲出去好几步，才扑倒在尘埃里。

奇异博士情知大事不妙，他弯着腰跑到雷神身边准备从他身上拔枪。但奇异博士的手刚刚接触到枪炳，便听到有人呵呵笑道：看看谁快？

奇异博士抬起头，只见陈炯民端着十字弩从矿洞里走了过来，锋利的箭头在磷光闪烁的矿洞中泛着蓝色的光芒。

奇异博士怒吼着：白猪，你不讲信义，咱们说好了拿大药换人，你倒来偷袭。

陈炯民顿时怒不可遏了，连英雄联盟的人都把自己叫作白猪，那一定是机器猫说的。"老子叫陈炯民！"陈炯民愤恨地扣动了十字弩的扳机，奇异博士眼看着弩箭朝自己射了过来，当下便失去了知觉。

陈炯民俯身从雷神手里抽出手枪。

四眼蛤蟆则颤抖着说：有人，又有人来了。

陈炯民也听到了从另一矿洞里传出的脚步声，于是举枪对着洞口。黑豹冒失地从洞里钻了出来，兴奋地叫着：是不是白猪把大药送过来了？

黑豹猛然站住，迎接他的是一支黑洞洞的枪口。同时黑豹也看到了雷神的尸体和大腿插着弩箭昏倒在地的奇异博士。黑豹张开手，再不敢动了。

陈炯民冷冷地说：跪下。

扑通，黑豹直挺挺地跪在陈炯民面前。

陈炯民扭脸望着四眼蛤蟆：你把机器猫弄上来。

目睹了完整猎杀过程的四眼蛤蟆早已吓得魂不守舍了，英雄联盟的几位大佬顷刻间便死的死、伤的伤、投降的投降了。这些人在四眼蛤蟆眼里，曾经都是惹不起的人，就这么完啦！

陈炯民连喊了两声，四眼蛤蟆的魂魄才归位，急忙沿着台阶冲了下去。

奇异博士悠悠醒转，他抬头看了看黑豹，二人的目光中充满了怨恨。

陈炯民指着地上的灭霸首级对黑豹说：捡起来。

黑豹本不清楚那是什么，于是便起身将那东西捡起来，但拎在手里就觉得不对劲。黑豹缓慢地将那东西举到眼前，正好与花花绿绿的灭霸来了个面对面。黑豹当下竟惨叫起来，他扔掉灭霸的脑袋，扑通一声再次跪在陈炯民面前，上下牙一个劲地打架，连一句整话都说不出来。

罂粟花区是个妖孽横行、毫无规则的地方，只有你想不到的，没有这里的人做不到的。想在罂粟花区树立威信，唯一的办法就是比他们更狠毒更阴险更狡诈更没有底线。陈炯民的计划便是以狠治狠，让这帮家伙心服口服。

几分钟后，机器猫拎着个血淋淋的玩意儿冲上了平台。当下她就看到了死去的雷神以及跪在地上的奇异博士和黑豹，机器猫在陈炯民面前停下来，面色冷峻，一言不发。

陈炯民指着她手里的物件：那是什么东西？

机器猫狠狠地说：钢铁侠撒尿的东西，我给割下来了，一会儿拿去泡酒。

陈炯民嗓子里咕噜了一声，我的天，机器猫真是言出必行！钢铁侠看来是死透了。

四眼蛤蟆喘息着说：他们的人都在这儿了，怎么办啊？

陈炯民说：她是你们的头儿，问她。

机器猫将钢铁侠的命根子扔在地上，狠狠地踩了几脚，然后表情复杂地盯着陈炯民的脸：你不是想做头儿吗？干吗问我呀？

原来机器猫是担心陈炯民会抢了她的位置。

陈炯民只得说：银河护卫队是你的，我就是个过客。

机器猫仔细研究着他的表情，眼神里充满了不信任。

陈炯民走到机器猫身边，在她耳边小声说：我的目标是公象，我对你的银河护卫队没兴趣，其实我根本就瞧不上！

机器猫哼了一声，脸色有所缓和：哼，等我把阑槛全拿下来，你还敢瞧不上？

陈炯民笑了笑，没搭理她。

半小时后，四眼蛤蟆赶羊似的将英雄联盟的残余人员赶出矿洞，来到小山下。

此时旭日正在东升，洞口也恰好对着东方。大家迎着金色的阳光望过去，只见机器猫缓步走上山顶，她背后的万道霞光将那羸弱的身体无限放大了。机器猫在高处站定后，将灭霸的头颅高高地举过头顶，对着洞里出来的英雄联盟的成员厉声喝道：从今往后，阑槛我说了算！

被吓破胆的黑豹率先跪下，奇异博士和其他人也不约而同地低下了头。

霞光中，机器猫将曾经不可一世的灭霸头颅狠狠地抛下山去，脑袋骨碌骨碌地滚进了矿洞。

身后的陈炯民抬眼望着机器猫的背影，脑海中忽然闪现了一个念头，如果能在这个隐秘王国里称王称霸应该也挺爽的！

第一部完

第二部

盘根错节

二十二　围猎陈炯民

刘树边的气愤无法用语言表达。

刘树边是第一批从大学中直接被招入军营的，他的专业是物理，属于有知识有文化有情商的那种人。来部队没多久，他就融入了集体生活中，也算如鱼得水，之后他提升的速度就如同坐了火箭一般。

在物理学的范畴中，主观行为根本是不存在的，一切变故都是客观事物叠加而呈现出来的结果，这便是经典的因果理论，属于纯正的科学范畴。

物理专业出身的刘树边无论如何也无法理解，陈炯民偷渡到罂粟花区怎么会没有主观原因呢？很多人的亲爹都死了，大家不是一样斗转星移地过日子吗？为什么这个陈炯民就是不愿意接受？最可恨的是这小子还胡乱猜疑，把所有的仇恨全部堆积到魏东来身上，结果闯了弥天大祸！到后来刘树边不得不承认，陈炯民的报仇行动与他在部队中养成的习惯性思维有关，是他刘树边把除恶务尽之类的话挂在嘴边的。如此一来，坑害魏东来竟然有他的份！简直荒唐！

刘树边手按着胸口，有气无力地望着这位曾经的部下：说完啦？

陈炯民傲然地说：说完了！

刘树边嘿嘿嘿地笑起来，他是越笑越起劲，越笑面目则越狰狞，到后来桌子都随着他的笑声开始颤悠了。

刚入伍时，陈炯民对刘树边一度有些崇拜，如今这位曾仰之弥高的首长难道精神错乱啦？陈炯民关切地问：副支队长，你怎么啦？

"我没事，我挺好，我非常非常好。"刘树边将胸口中即将爆发的火山强行按住，从挎包里拿出一份文件扔到陈炯民面前：你自己看！

陈炯民疑惑地将文件拿起来，竟然是父亲鱼米寨火灾的卷宗。

刘树边说：上次跟你在家里办丧事，我专门去了当地的公安和消防部门。咱们是缉毒的，我当然担心你家的事有其他原因。这些东西你还是自己看吧。

陈炯民翻开卷宗，着重阅读了火灾的经过。陈家是军属，鱼米寨当地的派出所对陈家突然起火非常重视，卷宗的内容显示警察勘查严密，结论逻辑清晰，证据确凿，判定陈家的事确实属于意外失火造成的，绝无人为放火的可能。陈炯民不服气地将卷宗扔在桌子上，一堆大不敬的语言即将喷薄而出。

刘树边用手指点着他的鼻子：别说话，你小子最好不要说话。

陈炯民只得将汇成河流的污言秽语咽了下去。副支队长的表情告诉他，如果再敢说什么，搞不好他就动手了。真奇怪，以前的副支队长不这样啊！

刘树边猛地一掌拍在桌面上，乓的一声，桌上的钢笔、笔记本、手机顿时飞起来一尺多高，伴随着物件落地的噼啪作响，刘树边的责骂声雷鸣般在狭小的空间回荡起来：真他娘的操蛋！这叫什么事？当初为什么我就没多加个心眼呢？狗娘养的！全他奶奶的泡汤啦！

陈炯民吓得将椅子向后撤了撤，副支队长真的要打人吗？

这事也难怪刘树边气愤难当。

三天前刘树边收到了一则情报，情报的内容是前缉毒支队战士陈炯民偷渡到了罂粟花区，伙同六王山的毒枭玉麒麟到处抓捕魏东来。如今魏东来处境险恶，望国内的部门尽快想办法。

阅读情报时刘树边当场叫出了声，结果把传递情报的侦查员吓了一跳！

陈炯民？他不是回鱼米寨了吗？不是应该在他们县的武装部上班吗？怎么会跑到罂粟花区？又怎么可能和大毒枭玉麒麟合谋？他们两个是怎么碰上的？完全是风马牛不相及！刘树边与六王山打了十年交道，到现在他连玉麒麟的一张照片都没有！刘树边急忙打通陈炯民家乡县武装部的电话，那小子居然真的没报到！刘树边突然想起来了，回部队的路上陈炯民一言不发，心事重重。刘树边顿时醒悟了，这小子不会是以为他们家的火是魏东来放的吧？他跑到罂粟花区难道是去报仇的？

国际法明确规定，除非能与所在国政府达成协议，否则任何国家的警务人员和军事人员无权越境执法。根据情报，刘树边马上制订诱捕陈炯民的计划，可笑的是以前帮他制订计划的助手正是陈炯民。刘树边决定动用缉毒支队在罂粟花区的最后一位线人，同事又从其他支队挑选了三名精干的特勤，命令他们偷偷潜入罂粟花区，与线人取得联系，听从他的指挥，要想尽一切办法将陈炯民引到边境。只要他敢迈过界桩一步，刘树边就有办法让这小子束手就擒。

计划正在筹备中，刘树边又收到了魏东来被抓的消息，果真是陈炯民干的。刘树边来不及悲伤,必须尽快把这小子抓住,谁知道他还会干出什么来?

围捕白猪陈炯民的行动正式开始了。

昨天刘树边亲自带队来到了风口垭,他与众人在丛林里埋伏着。按照计划,三名特勤人员会将把陈炯民引到这里,诱骗他越过界桩。

陈炯民是刘树边引以为傲的战士,刘树边在他身上倾注过大量心血,谁想到今天的目标竟然是他。

实际上魏东来同样出色,几年前上级要派他去六王山卧底,开始阶段刘树边坚决反对,理由是缉毒支队同样需要优秀的士兵。

上级领导则斥责他说:你再培养几个不就完了?

刘树边怒道:您以为随便拉一只在大街乱跑的小猪就能培养成优秀的士兵?

上级领导顿时火了:当年我招你进部队,本来是看中了你学历高有文化。现在你小子满嘴的零碎,整个儿一老兵油子!

刘树边的反对无效,魏东来还是走了。

后来他只好跑到武警部队撞大运,总算补充来几个人,其中就有陈炯民。

在人类社会中,卓越的天赋永远属于稀缺资源。关于士兵,普通人的认知与他们对运动员的偏见差不多,也就是头脑简单四肢发达之类。其实四肢发达仅仅是最基本的要求,卓越士兵的智商、耐力和判断力都是常人难以企及的,而战争行为也是人类社会组织性、纪律性和技术水平的最高表现形式。培养一名优秀的士兵,其难度绝对超过博导们帮某个学霸搞来一张博士学历。

进入缉毒支队不久,陈炯民脱颖而出。这小子是个全优生,其心理素质之稳定、计划筹备之缜密令人惊叹，最难得的是他的执行力同样强大。每每想到能拥有陈炯民这样的兵，刘树边是打心眼里兴奋。一切都在提醒他，陈炯民可能是他职业生涯中碰到过的最优秀的战士，自此刘树边利用所有的机会栽培他。

上次行动，陈炯民阴错阳差地把魏东来抓了回来，当着魏东来的面，刘树边自然要痛骂陈炯民不过是个生瓜蛋子云云，但他心里却美滋滋的。万万没想到，陈炯民抓捕魏东来的过程被乌贼看到了，更让人沮丧的是，行动之后陈炯民竟然选择了退伍。刘树边心头上的肉似乎被人剜走了，许久打不起精神。

此时一名战士小声提醒了一句，刘树边注意到风口垭的情况有所变化，本来凛冽的风忽然停了，白花花的雾气升腾起来。

风口垭是几百里的边境线上海拔最高的地方，其本身就是个极其狭小的山口，山口之外便是六王山的地盘，是境外，山口内侧便是中国。高海拔的山口往往存在强烈的对流，风口垭常年的七级风。如果风停下来便说明南北两侧空气对流的强度取得了短暂平衡。一旦这种平衡出现，热带潮湿的空气很快就能变成雾气。风口垭的风和雾都非常出名，当地人惧怕这种鬼天气，便生出了很多迷信的说法。

此刻成群结队的白色气体沿着地面滚滚而来，一团团一簇簇，无边无际。这样的景色刘树边倒是见过几次，这一次尤其壮观。

由于这个地区的情形太过诡异，当地人便把风口垭当成了鬼门关，普通人从不敢随便接近这个地区，即便毒贩子也不怎么来。

此时几名黑衣男人慌慌张张地冲过界桩，老远便能看到他们身上背着东西。几人将麻袋扔到地上，从体态上可以判断，其中两个人身上带了伤。刘树边心道，怪不得他们如此慌张，搞不好与陈炯民交过手了，这个兔崽子！

不一会儿滚滚的雾气里又出现一条奔跑着的身影，是陈炯民，是拎着手枪、凶神恶煞的陈炯民。

特勤人员在界碑这边哈哈大笑，他们手指着陈炯民嘻嘻哈哈地说着什么。由于距离太远，刘树边听不到什么，实际上那些对白全是他教的，他清楚如何激怒陈炯民。界碑那边的陈炯民愤怒地与特勤人员们交涉着，双方显然没有谈拢，一名特勤人员在麻袋上狠狠踹了一脚。这个举动立刻激怒了陈炯民，他身形一动便发动了突袭，冲过界桩准备从特勤手中抢夺那条布袋子。就在陈炯民冲过界桩的一刹那，地面的枯枝败叶里突然跳起来几个人，这些人从四面八方将陈炯民围在中心。陈炯民稍一愣神的工夫，众人便默契地将他压在下面了。

这就是陈炯民能够再次坐到刘树边面前的缘由。

刘树边冲着陈炯民怒吼道：你小子给我听清楚，你们家的火灾真的是意外，意外事故！你倒认为是公象干的，你脑子里进水啦？干脆我就再告诉你一件事，公象的真名叫魏东来，是我们的卧底，是我亲自把他派出去的。你胡乱猜疑，自作主张，你小子搞砸了我们在罂粟花区的整体布局，本来玉麒麟就想干掉他，你成了帮凶！魏东来在玉麒麟手里要遭多大的罪啊！陈炯民！我他娘真想打死你。

说着刘树边真的想摸枪。

咣当一声，陈炯民的椅子向后倒去，人竟然从椅子后面仰着摔出去了。

刘树边怒吼着：给我起来！

陈炯民纹丝不动。

刘树边大惊，一缕鲜血顺着陈炯民的嘴角流淌下来，接着鼻孔里也出血了。

二十三　蒙砂撒的狐狸

老谋深算的玉麒麟也有失算的时候。

玉麒麟的戒备心理非常强，他一直排斥互联网、手机之类的现代通信方式，六王山上不能出现手机，也不允许出现可以上网的电脑。一些享受过现代通信方式的手下私下骂他是个守旧的老顽固、是该死不死的老骨灰，也有些人一再谏言说，这些手段可以提高六王山的交易效率。

玉麒麟则不为所动，只要发现有人使用手机、使用网络，立刻赶走。当初乌贼的堂弟鲇鱼灭霸就是因为这个被赶下山的。如果不是六王山待遇高，给钱多，即便冲着不能使用手机这一个原因，这支队伍也早就散掉了。

玉麒麟懒得解释，与蠢人们沟通不仅浪费时间，甚至还会招致无端的愤怒。手机、网络、通信软件固然使用便捷，但这些东西太容易被对手监视和窃听，如果一切都被对手掌握了，六王山还有什么秘密可言？

当然，对外通信总是无法避免的，六王山对外联络的据点是阗槛，树懒会在阗槛会见不同的人，得到不同的消息。至于固定电话，也是能不用就不用。所以六王山安全系数是罂粟花区最高的。

两天后，树懒去了趟阑槛，带回了中国线人的报告。

鱼米寨的陈康一家确实死了三个人，当地人都说他们是被毒贩子害死的。几个晓得内情的人说陈康的儿子陈炯民连军校都不上了，只身前往罂粟花区报仇。鱼米寨是客家人，向来有快意恩仇的传统。情报的真实性毋庸置疑，公象并没有撒谎。那家伙不仅没有撒谎，公象报复敌人的方式正是罂粟花区公认的行为方式，这家伙决然是个标准的毒贩子。同样的，陈炯民也让玉麒麟钦佩不已，为了报仇他居然放弃了上军校的机会，难能可贵啊。玉麒麟是中国人，当然清楚上军校对于一般人的意义。

就在同一天，玉麒麟也接到了来自蒙砂撒的情报汇总，癞皮狗居然把政府军的狐狸搞定了，他们合伙抢劫了联合国替代种植办公室的咖啡收购款。玉麒麟便将癞皮狗的计划推演了一遍，如果按这个态势发展下去，癞皮狗摆平蒙砂撒的农民居然真的指日可待了。

几天前癞皮狗从阑槛回到蒙砂撒，火速地与狐狸搭上了关系。

蒙砂撒驻扎了部分政府军，狐狸是政府军上尉，统辖着三四十名士兵。据说这家伙是内政部副部长的侄子，来到罂粟花区纯粹是来捞油水的。政府军驻扎在蒙砂撒的目的有两个，其一是保护替代种植的联合国工作人员的安全，其二代表政府方面彰显他们的统治能力。

早年，罂粟花区所在国的政府曾发动过一系列的毒品战争。但政府军腐败无能，能做到两败俱伤已经是胜利了，屈辱性的惨败则是常态。毒枭武装的战斗力是兵无斗志的政府军无法比拟的。罂粟花区的变迁往往都是大毒枭内讧垮台，不久新的毒枭应运而生，就是说内部矛盾决定着罂粟花区历史的演变。无论是所在国政府的军事进攻，抑或中国缉毒力量的围堵，还是联合国的因势利导，都无法改变这个规律。

实际上，罂粟花区的后起之秀们更狡猾更凶残，如今政府扮演的角色仅仅是旁观。随着罂粟花区各派力量重新取得平衡，毒枭们不再内斗，拉拢所在国政府变成了他们的主攻方向，至今成效卓著。

当年东西联合军刚刚成立时，政府军前来征剿，无腿狮便派出精锐部队突入敌后，在首都绑架了七名国会议员当人质，迫使政府不得不放弃军事计划。此后在水蚺、玉麒麟等人的运作下，四大毒枭联合建立了一笔基金，专门用来贿赂收买政府要员和议会中的大佬。如果金钱不起作用，便雇佣欧美职业杀手让对手物理消失。在如何对付政府的方略上，罂粟花区绝对做到了一致对外。

这些年，所在国政府已经完全放弃了彻底控制罂粟花区的梦想，他们与贩毒集团达成妥协，表面上双方配合，维持一个现代国家的社会架构，大家相互予以应有的尊重。贩毒集团同意政府军入驻，其实是双方互为监视。久而久之，驻守这一带的政府军发现罂粟花区简直就是个金矿，先是有不少底层军官和士兵偷偷与贩毒集团合作，帮他们贩运毒品，掩护交易，后来连高级军官都加入了，贩毒的丰厚利润是人们难以抗拒的。逐渐地被派驻当地的军队竟然成了毒品贸易的一部分。军官们各拜各的山头，大多成了不同大佬的小弟，有些人甚至公开参与集团之间的争端。

所在国政府当然清楚这里发生的事，他们先后几次撤换军官换防部队，但结果全都一样，不过换一拨人挣钱而已，再之后政府干脆也就懒得管了。某国首都的上流社会里甚至流传着这样的说法：升迁在首都，发财在北方。所谓北方指的便是罂粟花区。不少达官显贵家里不愿意从政的废柴，为了搞钱都在积极谋求罂粟花区的职位，只要能在北方混上几年，一辈子也就吃喝不愁了。

狐狸上尉便是其中之一。

这位狐狸上尉要多倒霉有多倒霉，他本以为只要能来罂粟花区，大佬们便会自动找上门，然后大家就伙在一起搞钱。没想到国防部派给他的差事与毒品贸易完全无关。狐狸的部队驻守蒙砂撒，任务是保护联合国工作人员，还得保证所谓的替代种植计划的顺利实施。狐狸的差事属于给大佬们釜底抽薪，抽毒品贸易的薪！这个差事人嫌狗不待见。幸好蒙砂撒地处偏远，六王山的业务重心也并不是种植罂粟。另外罂粟花区的大佬们也清楚，所谓替代种植不过是政府与联合国共同作秀，大家对联合国的存在都采取睁一只眼闭一只眼的态度，完全没放在心上。

志向远大的狐狸上尉却不甘心，千里迢迢地跑到这个到处都是鸟屎的地方，总不能空着手回去吧？于是这家伙表面上在帮着办公室搞替代种植，私下里却几次打算与玉麒麟及其手下搭上关系。自命清流的玉麒麟怎么会把这个低级军官放在眼里？人家根本不稀罕搭理他。更让狐狸糟心的是，士兵们白等了半年却双手空空，大家纷纷指责狐狸没用，不少人都在申请调离，有人甚至在背后不遗余力地诅咒他不得好死。长官们碍于狐狸家族的势力虽然不能说什么，但所有人都认为狐狸就是个笨蛋。

千方百计来到罂粟花区竟然搏了一个寂寞！

天无绝人之路，玉麒麟的义子癞皮狗来了。

虽然癞皮狗和狐狸都属于犬科动物，行事风格却完全不一样，狐狸吸取了在玉麒麟那里热脸贴不上冷屁股的教训，干脆就来了个静观其变。

癞皮狗同样没把蒙砂撒的政府军放在心上，到了蒙砂撒便命令当地农民铲掉咖啡，改种鸦片。在大城市见过世面的狐狸意识到自己的机会来了，于是他偷偷发动当地农民与癞皮狗作对，甚至让士兵们混杂在农民里打冷枪。狐狸心思通透，他清楚上赶着是做不成买卖的，与其谋求与毒枭合作不如与他们作对，只有作对才能体现出价值，反正毒枭们也不敢明目张胆地要他的命。至于那些农民，谁会把他们当人？

癞皮狗被农民们折腾得狼狈不堪，寸步难行，到后来忽然失踪了几天。回来之后癞皮狗便派人与狐狸取得了联系。狐狸准备摆一摆政府军军官的气度，便让癞皮狗来他的办公地点面谈。癞皮狗答应了。

驻扎在蒙砂撒的军队只有一个排，军营就设在联合国替代种植办公室驻地旁边。替代种植办公室的工作流程大约是这样的，联合国的工作人员统筹各国政府捐赠的种子、化肥以及农用机械，然后分发给当地农民，同时有专人教授高品质咖啡的种植技术和农用机械的操作。

咖啡收获后，办公室负责协调收购、运输，然后以市场价卖给接受国的零售公司。联合国的计划是用三年时间，让蒙砂撒的农民实现自负盈亏，自我造血，如今计划已经执行了一年。办公室成立之初遇到的最大阻力是当地的农民不愿意种咖啡，主要是卖咖啡的收入与卖鸦片膏的收入比起来，简直少得可怜。于是办公室又协调各方面的力量，游说所在国政府拿出一部分财政预算进行补贴。

实际上办公室收购咖啡的价格远远超过接受国的市场价，但所在国都是穷国，财政紧张，他们不得不向域内各国求援，他国政府为了禁毒大业和国际形象只得继续提供援助。各国政府也清楚，与其把这笔钱用在禁毒上，不如在根本上解决些问题。事实上罂粟花区的农民的收入非常低，他们虽然种植着高价值的罂粟，但利润却全在毒枭手里，自己根本就没几个钱！

有些事，狐狸是永远理解不了的。

在替代种植办公室工作的有中国人、吉隆坡人、日本人，还有两名来自欧洲的傻乎乎笑呵呵的白左。狐狸曾问过他们，在这里吃苦受累的到底能挣多少钱呢？答案竟然令狐狸困惑，除了三四个在联合国机构拿工资的，其他的人都是志愿者。即便有收入的那几位，其工资水平也根本不值一提。狐狸心道，他们的爹妈为什么要把他们生下来？生出这样的废物有什么用呢？

癞皮狗应约而来，经过替代种植办公室时，他狠狠地朝着里面啐了一口。

如果不是玉麒麟下过严令，癞皮狗早就端着冲锋枪闯进去了。这群吃饱了撑的没事干的东西，跑到罂粟花区来做什么？在癞皮狗眼里，罂粟花区之外的人全是溜大药的！大药就是卖给他们的，现在这些家伙抽够了又跳出来当好人，搞什么替代种植？没了大药，你爹你妈还能活得下去吗？

来到军营，癞皮狗大摇大摆地走进狐狸的办公室。

肤白貌美、养尊处优的狐狸上尉被癞皮狗的尊容吓了一跳，天下竟然有如此丑陋的人！造化之妙，巧夺天工！

自我介绍后，癞皮狗当仁不让地将两把手枪同时拍在桌子上，脸上的四只眼同时锁定了狐狸的粉面：你，要么跟我们六王山合作，要么我们六王山就跟你拼命，这是我干爹的意思！

二十四　咖啡收购款

狐狸上尉全家都是小乘佛教的虔诚信徒,对拼命的事从来都没有兴趣,他想要的仅仅是把自己和癞皮狗这帮人捆绑到一起。

狐狸说:是当地的农民要跟你们过不去,我可从来没招惹过你们。

癞皮狗说:你到底什么态度呢?跟那帮臭种地的钻一被窝还想挣我们的钱,这么干不合适吧?

狐狸用手指点着营地操场上三三两两走动着的士兵:谁不想挣钱?你去问问他们,都是有家有小的人!如果你手里有货,我可以用军车帮你拉走。

癞皮狗笑道:我手里没货。

狐狸说:那挣个屁啊?

癞皮狗说:没货就挣不到钱吗?我干爹命令我把咖啡地变成鸦片田,你得帮我想办法。

狐狸的手指在空中转了半圈,转向替代种植办公室的方向:上司给我的命令是帮着旁边那群家伙种咖啡,你这不是要我的难看吗?

癞皮狗说:如果我要他们的难看呢?

狐狸笑道:我就看热闹呗。

癞皮狗说:光看热闹可不行。

狐狸说:我这儿一共有四十人,每个人能分到三千美元吗?

癞皮狗说:放屁,你只有三十五个人,我早就查清楚了。

狐狸尴尬地说：我花名册上是三十八个。

癞皮狗说：你们军队上那点破事我没兴趣，三十五个，每人三千。

狐狸急了，指着自己的胸口：我呢？

癞皮狗伸出五个手指：五万美元怎么样？

狐狸眨巴眨巴眼睛说：不能死人，死了人我可没法交代。

癞皮狗想了半天，勉强地说：那就不死人。

狐狸面带忧虑，诚恳地说：真的不能死人，死了人不光是我没办法交代，还会连累好多人呢。再说你们的四个大佬，包括你干爹和政府是有默契的，如果真把联合国得罪了，万一安理会发个神经，大家就都没法发财了。

癞皮狗撇着嘴说：安理会算个屁，就算来了老子也一样能收拾了他们。好，我答应你，不死人。我还答应你，不在蒙砂撒的地界动手，行吗？

狐狸说：你打算干什么？

癞皮狗说：我全都准备好了，你只要按我说的做就行了。

狐狸忽然想到了什么：山魈呢？

山魈是上校，驻守阑槛，是狐狸的上司，也是罂粟花区的最高军事首脑。

癞皮狗说：让他找我爸去，我跟他不是一个级别的，打交道要对等，懂吗？

罂粟花区的很多现实超过了或者根本就不在陈炯民的预期内，让他最不适应的就是支付方式，这里还停留在现金社会，非常的不方便。

当然使用现金并不能完全归结于罂粟花区的落后，日本也是现金社会，世界范畴内真正实现无现金支付的可能只有中国大陆一家，连台湾、香港都没戏。罂粟花区当然比日本落后，这里的消费者连信用卡、借记卡都没有接受。在罂粟花区除了政府部门给职员发工资外，其他的交易全部采用现金。联合国的替代种植项目也不例外，实际上他们更需要现金，因为他们面对的是底层农民。

咖啡原产于美洲，传入亚洲不过是近三四百年的事。咖啡属于半干旱地区的作物，东南亚的湿润气候本来并不适合种植咖啡，当地也从来没有引进过。但联合国的科技人员认为，罂粟花区存在着雨季旱季之分，旱季高热无雨，这样的气候非常适合咖啡的生长，于是便将咖啡引了进来。如今咖啡地即将收获，办公室的工作人员正在积极筹措资金。如果在其他地区即便没有手机支付，将咖啡款直接打入农民的银行账户也完全可行。但这里的农民根本没有银行账户，整个区域内只有阑槛才设有银行。工作人员必须在阑槛把财政的补贴变成现金，然后才能发到农民手里。

替代种植办公室的主任叫岛村，是个日本人。如今岛村主任正面临着把大量现金运到蒙砂撒的难题。

有人建议说，可以让狐狸的政府军出面押送，他们就是干这个的。岛村当下便否定了这个提议，政府军心里埋的什么鬼胎他清楚。上次狐狸的政府军帮忙押送化肥，结果十吨的化肥运到蒙砂撒时竟然少了三吨半，说是运输过程中丢了。但没几天这些号称丢失的化肥便出现在阑槛市场上了，不用问，那些化肥全部撒入了罂粟田。后来岛村主任找狐狸算账，狐狸则坚称化肥在路上是被当地的小混混和社团偷的，属于正常损耗，那帮家伙神出鬼没，军队也拿他们没办法，总不能直接开枪打吧？都是当地人，搞不好会生乱子。岛村不傻，他清楚那些化肥就是狐狸的手下拿走卖了。如果请这帮政府军押运现金,这笔钱可能永远也到不了蒙砂撒。也有人建议说,干脆请荣军司令部出手,他们是罂粟花区的镖局。但荣军的要价太高,替代种地办公室拿不出押运费。

最终岛村主任只得亲自来到阑槛,找到当地的行政长官,希望由银行的安保人员出面押运。罂粟花区的银行有自己的安保队,一般是收费的。由于替代种植属于政府项目,行政长官便命令银行出人出枪,负责这笔现金的安全。恪尽职守的岛村主任不放心,于是带着几名联合国的工作人员,夹杂在队伍当中,并在车头挂出了联合国的蓝色旗帜。岛村主任认为,就算是毒枭们胆大包天,也不敢公然对联合国的工作人员下手。

从阑槛到蒙砂撒有五六十公里,其间是热带丛林中的泥泞小路,岛村与银行的押运人员乘坐着三辆吉普车上了路。车队驶离阑槛时,岛村隐约看到有人蹲在路边打电话,眼睛却凶狠地盯着他的车队。一丝不安在岛村主任心头出现了,这个打电话的人绝对是不怀好意。

北欧人,也包括德国人,他们往往会在森林之前加个黑的定语,那边的森林也被称为黑森林。其实真正的原始森林向来都是暗无天日的,热带雨林也一样。

车队驶入丛林,岛村主任再三叮嘱大家注意安全,提高警惕。阑槛国民银行的安保人员也不敢大意,几支自动步枪全部压上了子弹,十几双眼睛从各个方向扫描着丛林的每个角落。

车队行进了二十多公里,第一辆越野车突然就爆胎了,岛村下车查看时发现路上出现了几块散落的木板,木板上是尖端朝上的钉子。岛村立刻意识到大事不好。他还没来得及提醒大家,头顶的树冠上竟出现了几个喷头,喷头开始自动喷洒液体,转瞬间众人和车辆就全被打湿了。岛村提着鼻子一闻,脑子便有些晕。

此时有个安保人员惊慌地喊起来:汽油!

猛然间,暗黑的丛林里出现了几支火把,一群手持火把和步枪的蒙面人出现了。他们缓步走来,枪口阴森,火光熊熊。

大家惊恐地望着这些蒙面人,没人敢说话。

失声往往比声嘶力竭地吼叫更令人毛骨悚然。

高举着火把的人群来到车队之前,所有的人心都凉了。走在最前面的为首者盯着岛村,手指着第二辆吉普车上的铁箱子,示意他们抬下来。

岛村主任咽了口唾沫,对安保队长说:给他吧!

安保队长松了口气,赶紧叫上几名保安将箱子搬下车。

为首者的眼珠子转了转,两名蒙面人上前将箱子拖走了,为首者和其他人的枪口依然对着车队。

在此等状况下,自动步枪对于岛村主任来说已经算不得威胁了,他眼里只有那熊熊燃烧的火把。万一哪个家伙把火把扔过来,岛村和其他人,甚至整个车队都会立刻变成灰烬。

此时两个蒙面人有条不紊地将树上的喷头拽了下来,拖进丛林。岛村终于看清了,喷头下连着涂成暗绿色的塑料管,塑料管延伸到丛林深处。这次袭击应该是计划好的!之后,为首的蒙面人和几名断后人员倒退着进入树林,不一会儿那些人便消失得无影无踪了。

抢劫的过程前后不到三分钟,抢劫者们一个字都没说,但替代种植办公室的咖啡收购款就此没了。

之后众人急忙找出车上的纯净水,洗掉汽油。主任命令,车队掉头，回阑槛告状去。

岛村主任早就听说玉麒麟的干儿子癞皮狗就在蒙砂撒，也清楚那家伙正逼着农民改种鸦片，而癞皮狗也与农民爆发了冲突。现在的情况是，如果咖啡收购款无法按时分发到农民手里，农民一定会对替代种植丧失信心，改种鸦片也就顺理成章了。

岛村主任断定，这事必定是癞皮狗干的。

回到阑槛，岛村主任立刻便跑到市政府和驻军司令部报案，点名道姓地指出做这事的定然是癞皮狗！希望当地政府予以严办！市政府官员唯唯诺诺，没给出有价值的回馈，但政府军的司令山魈上校却斩钉截铁地矢口否认。

满嘴酒气的山魈说：这件事不可能是癞皮狗干的，也不可能是他的手下做的。

岛村怒吼着说，如果上校包庇罪犯，他就要去首都告状。

山魈的态度极其不屑：您不要拿着联合国的名头吓唬人，就算联合国也要讲证据！

原来昨天狐狸上尉的勤务兵摔折了腿，蒙砂撒驻军的军车恰好不在，狐狸便打算借癞皮狗的车送人来医院。癞皮狗和他的手下正打算来阑槛办事，顺便就把勤务兵送了过来。为了表示感谢，昨天山魈本人与癞皮狗及其手下一直在黄钻俱乐部喝酒，喝到了后半夜，大家全都喝多了，是军营的人把他们接回来的。到现在癞皮狗和他的几名手下还在营房里躺着呢，不可能作案。

事情说清楚后，山魈便揪着岛村主任去了营房，癞皮狗和他的手下果然还在营房里呼呼大睡。

山魈说，军营里的人全能作证，您总不会认为我们是合伙骗你吧？

岛村主任糊涂了!

二十五　机器猫与山羊

蒙砂撒的部众里当然有玉麒麟的线人,玉麒麟得到了两个情报,其一便是癞皮狗和狐狸见了面,据说相谈甚欢。其二竟然是几十万美元的咖啡收购款被人生生抢走了,癞皮狗完全没有作案时间,率先摆脱了嫌疑。

十分钟后玉麒麟脑补出其他环节,事情必然是癞皮狗干的。当然癞皮狗没有这个策划能力,应该是公象的幕后操作。

玉麒麟推断的过程是这样的,癞皮狗在和狐狸密谋前便已经确定,咖啡收购款绝不能落到农民手里,真那样,逼农民种罂粟的事也就泡汤了。密谋之后癞皮狗派人跟踪岛村等人,完全掌握了替代种植办公室的行踪。在雨林里出手的必定是狐狸,可能也有一部分人是癞皮狗的手下。为了撇清嫌疑,癞皮狗则亲自送勤务兵去了阑槛,并与狐狸的上司喝得酩酊大醉。至于勤务兵的腿,玉麒麟连想都懒得想,保证是狐狸自己找人打折的,到时候多给几个钱也就是了。还有就是那笔咖啡收购款,玉麒麟苦苦等了三天,癞皮狗竟然只字不提。两天后他又得到了情报,癞皮狗和狐狸将这笔钱瓜分了,癞皮狗甚至打算用剩下的钱作为收购鸦片膏的预购款。蒙砂撒的农民听说咖啡收购款被人抢了,纷纷铲除咖啡田,接受了为六王山种植罂粟的建议。当然,为了给联合国留点面子,农民们将大片咖啡地的中间地带改成罂粟田,农田外围还保留了几十米纵深的咖啡秧子。

玉麒麟感到一丝凉意。癞皮狗翅膀太硬了，如果听之任之，说不定他会自此另立门户。真那样，罂粟花区的第五个毒枭就诞生了。

公象在六王山住了三四天，名义是养伤，实际是被玉麒麟扣下了。

鱼米寨的消息传来后，证明公象所言非虚。癞皮狗向玉麒麟提议说，山上的医疗条件太差，不行就让公象跟我回蒙砂撒，驻军有医疗室。

玉麒麟没理由继续扣着人，只得答应下来。

公象的下山和癞皮狗联合狐狸抢劫咖啡款的事，几乎是同时发生的。玉麒麟隐约感觉到，癞皮狗正为自己铺路。六王山的武装本来就是他一手训练出来的，如果癞皮狗能有效控制蒙砂撒，不仅可以掌握加工厂的原材料，还能证明他具备了行政能力。当初玉麒麟把癞皮狗派到蒙砂撒种鸦片，一分钱也没给他，这也是癞皮狗寸步难行的关键。现在他居然搞到了第一桶金，有了资金，山上有他的人，如今又掌握了行政能力，万一癞皮狗振臂一呼，六王山改换门庭并非没有可能。

玉麒麟越琢磨心里越没有底，就算小麒麟不是癞皮狗所杀，但这件事却促成了癞皮狗取自己而代之的前景。如今缭绕在玉麒麟心头的只有两件事，尽快找到杀害儿子的凶手，必须控制能力日益增长的癞皮狗。现在的玉麒麟面临着无人可用的局面，他手里只剩下一个树懒，但树懒不过是个行走的翻译机。

乌贼呢？阑槛医院的乌贼怎么会突然失踪呢？

第二件事就是尽快让明凤怀孕，完成小麒麟的遗愿。

矿洞之役大获全胜，机器猫悄悄地回了火化场，目的是追问山羊为什么要在医院救走公象。

暴躁的山羊毫不客气地说：我的事什么时候轮到你插手了？

机器猫说：阑槛现在是我的，阑槛的一切都归我管。

山羊跳起来就要打人，但机器猫不为所动，大有还手的架势。山羊仔细研究了机器猫的表情，最终断定这丫头是认真的！

山羊冷笑着说：难道黄钻俱乐部也归你管吗？

机器猫被戳中要害，顿时张口结舌了。

山羊继续打击她的嚣张：难道市政府也归你管？阑槛的军队归你管？医院、银行难道都归你管吗？你想管警察局？人家警察局局长能答应吗？就说我这座火化场什么时候烧人，你说了能算吗？是我说了算！

机器猫从胜利走向胜利的膨胀中清醒过来，她颓然坐下，噘着嘴说：早晚他们都得听我的。

或许是为了避免山羊继续挤对她，机器猫赶紧把话题岔了过去：告诉我为什么要救公象？公象是陈炯民的仇人，现在陈炯民是我罩着的。

山羊又鄙夷地哼了一声。

机器猫只得继续纠正话题的方向：反正白猪跟我是一头的，你跟我也是一头的，我不能让你们两个因为公象打起来。

山羊则骄傲地说：那个愣头青？我早晚烧了他！

机器猫气愤地直跺脚：你就不能说句人话吗？

山羊怒道：跟人才说人话呢。

机器猫忽然恼怒起来：就算他不是人我也喜欢，我就喜欢那个愣头青，你怎么着吧？我不愿意看着你们两个打起来。

山羊目瞪口呆地看着她。

机器猫愤愤地说：你怎么就不明白呢？真是个老不死的！

山羊单薄的后背突然就被锤子敲了一下，他踉跄着捂着胸口跑到焚化炉旁边坐下来。此刻的山羊脸色煞白，汗如雨下。机器猫发现不妙，急忙上前扶住他，然后找出注射器在山羊胳膊上狠狠扎了一针。山羊的脸色依然青紫呆滞，呼吸急促，眼珠子则一个劲地往上翻。情急之下，机器猫干脆又给他扎了一针。前后足足折腾了半个小时，山羊总算是有了些生气！

机器猫怒道：不许我碰大药，你自己呢？

山羊喘息着说：我不是怕你早早地就废了吗？

机器猫坐到父亲身旁，撒娇似的说：你救走公象的事我没敢告诉陈炯民，那小子也是个杀人不眨眼的混蛋，他要是知道了保证跟你没完。

山羊咬牙切齿地说：一个杀人不眨眼的混蛋你还喜欢？你贱啊？

机器猫早已习惯了这种谩骂似的谈话方式，不温不火地说：难道你不是混蛋？我不是一样也喜欢你吗？

山羊被噎得一句话都说不出。

机器猫继续说：你是不是担心他杀了公象，我会和六王山结仇？

山羊说：你们斗不过六王山，玉麒麟和癞皮狗，哪一个你们惹得起。

机器猫无奈地说：我就知道，你老是怕我惹事。四眼蛤蟆的爹妈倒是不惹事呢，不是一样给炸死啦？现在就剩一妹妹了。

山羊不愿意跟她争辩这些，冷笑着说：如果公象死了，陈炯民保证回中国了，你想过吗？

机器猫的嗓子里咕噜了一声，顿时不说话了。

山羊拽着女儿的手：真的喜欢那小子？

机器猫扭脸盯着空荡荡的焚化炉内壁：我想把他烧成灰，然后把他的骨灰装在项链坠里，挂脖子上，这样他就永远不能离开我了。

山羊了解这个女儿的性情，努力地放缓语气说：那小子是在中国长大的，你是这里长大的，你们不一样。

机器猫说：你也是中国人，你不是也一直住在这里吗？

山羊将地上的两个注射器捡起来，回手扔进焚化炉，无精打采地说：我的小名叫完蛋，我这辈子已经彻底完蛋了，只能住在这里。

机器猫说：你不是活得挺好吗？大家都这么活。

山羊无法向她解释，自己这样的人在中国绝对没人搭理，中国的环境与罂粟花区不一样，陈炯民不可能和机器猫走到一起。

机器猫见他不说话，骄傲地说：别灰心丧气的，有我呢，只要我能混起来，我保证你吃香喝辣还有用不完的大药。在阑槛谁敢欺负你，我就剁了他的手抽了他的筋。

山羊近乎怜悯地望着这个垃圾堆里捡来的女儿：说那些没有用。这些年我倒也挣了一点钱，要不你去吉隆坡吧，想去大马也行，你愿意叫上陈炯民我也不反对，干脆你们走吧。

机器猫惊讶地说：你呢？

山羊起身走到火化场门口，望着门外苍茫的群山：我离不开这地方了，我也没打算走。

机器猫说：不就是怕别人知道你在这里吗？你就是怕别人知道你一直在溜大药，你嫌丢人。

山羊腾地转过身来，愤怒地瞪着机器猫：你说什么？你怎么知道的？

机器猫说：我小时候你差不多天天说梦话，岁数大了才不说。

山羊冲了回来，抓住机器猫的手：我说了什么？

机器猫说：我不是告诉你了吗？你天天在梦里说你没脸见人，你活着就是多余，还不如赶紧死了呢？你就是舍不得海洛因，你没出息，你对不起你爹妈，反正就这些。没劲！

山羊死死地盯着她的脸，最终断定机器猫确实没撒谎才慢慢松手。

机器猫说：我不去吉隆坡，我也不想去大马，什么中国美国泰国印尼的，我没兴趣。你别以为我不知道外面是怎么回事，我看过书我也看过电影我还天天上网呢，别忘了我是黑客！再说前年你也送我去过万象，有什么意思啊？外面的世界规矩太多，这个不能干那个又犯法的，我不喜欢！我要无拘无束地过一辈子，就算半道死了也比在鸟笼里蹦跶一辈子强。

山羊怒道：胡说什么你？你放屁！

机器猫说：我没放屁，我就这么想的。在罂粟花区我想干什么就能干什么，我想弄死谁我就可以弄死谁，我喜欢的——我，我！

机器猫的脸骤然就凝成了血红色：我喜欢的，谁也抢不走！

山羊无力地靠在焚化炉上，绝望地闭上了眼！

二十六　路西法效应

多年前斯坦福大学曾做过一个社会学实验，他们将随机找到的两拨单纯的毫无瑕疵的大学生，随机分成囚徒和狱卒。实验团队把他们带到一个虚拟的封闭的监狱里，任务是在半个月之内扮演自己的角色。主导实验的教授事先说明，一切都是假的，半个月后，大家就可以恢复正常身份，其间随时都可以退出。

实验仅仅进行了两天，这两拨在现实世界中有尊严、有理想，没有任何犯罪记录也不具备执法权的大学生，竟然全部变成了真正的囚徒和狱卒，正常监狱中发生过的一切都在这里相继上演。扮演狱卒的大学生性情狂暴、颐指气使，甚至出现了虐待狂的迹象，而假囚徒们开始出现狱霸，他们相互欺凌，争夺资源，整体心理日益崩溃。到后来普通的囚徒们开始争相讨好那些施暴者，有狱卒，也包括狱霸，这些人希望能获得一丝优待，部分人甚至出现了受虐妄想狂的症状。

实验逐渐向着失控的方向飞奔着。

第六天，主持实验的学者们不得不集体中止了实验，实际上主持实验的首席专家本人也出现了变态的迹象，他强烈地希望看到实验最后到底能发生什么，其他的人却心惊胆战，知难而退。

这便是著名的路西法效应，意思是将人置身于不同的情境环境中，即便原本的好人也可以变成恶魔，反之亦然。路西法是希伯来语，就是魔鬼的意思，撒旦在成魔之前的名字就叫路西法，是天使。

陈炯民连高考都没参加过，自然从没听说什么路西法效应，但来到罂粟花区仅仅十天，他就已经不把杀个人再当回事了。陈炯民不知道这就是所谓的路西法效应。以前他也杀过人，但那是任务，是职责，是情致所迫，这次是复仇行动的一部分，而且都是近距离的猎杀。雷神、钢铁侠、黑寡妇全都死了，最该死的公象却逃走了。陈炯民心中产生了一个不好的预感，如此下去，回国或许会变得遥遥无期。

银河护卫队和英雄联盟合并后，机器猫便想出了一个更响亮的名字——神奇动物联盟,她自任老大,四眼蛤蟆做她的副手。

机器猫本来打算聘请白猪来做军师,但陈炯民却从没打算要成为一名黑社会成员。为了避免激怒机器猫,陈炯民说:神奇动物联盟必须给原来英雄联盟的人留个位置,否则那些人永远会和你离心离德,你管不住。机器猫从谏如流,马上任命奇异博士做神奇动物的军师,这样原先灭霸手下的人也就死心塌地了。

机器猫认为白猪厥功至伟,绞尽脑汁地想为他搞一个名分,那情形就如同一名恶霸抢回来个心仪的女人,千方百计地让她心悦诚服差不多。

陈炯民不打算理会机器猫的心思,他的关注点是乌贼的去向和公象的行踪。机器猫从朋友那里得到一个消息,据说公象被人送上了六王山。她清楚山羊在其中起了作用,同时也决定替父亲保密。

机器猫将公象在六王山的事告诉了陈炯民,在她的描述中,六王山是龙潭虎穴,是地狱之门,人去了断无生还之理。你白猪是来复仇的,不是来送命的!机器猫无时无刻不在陈炯民的耳朵里灌输这个念头。两天之后,将六王山研究得透彻的陈炯民也不得不确信,六王山确实是个死地,去了或许真的会必死无疑。想要抓住公象,必须得想出万全的计划,但用什么办法呢?

自从与山羊见了面,机器猫便打定了不合作的念头,绝不因为公象的事与白猪合作。如果白猪干掉公象,这家伙没准就回中国了。想到陈炯民会离开罂粟花区,机器猫心疼,疼得彻夜难眠。

凌辱灭霸,大闹矿洞,收服英雄联盟,这是机器猫几年来梦寐以求的大业。虽然机器猫野心勃勃、无所畏惧,但她心里也清楚,这些事是白猪帮她做成的。单凭她的能力,没戏。在称霸阑槛的过程中,机器猫对这个男人产生了心理依赖。只要几个小时看不见陈炯民的人影,机器猫就会心慌意乱,魂不守舍。一旦他的身影出现在视野里,机器猫就如同抽了一泡大药,手酥脚软,神清气爽。

机器猫从没有领略过爱情的滋味,她的生活里充满了暴力,但机器猫并不是小孩子。正如她自己所说,就算看电影看小说大约也能搞明白,对陈炯民的依赖就是爱情。至于爱的程度,机器猫没办法证明。

机器猫身边最缺真正的能理解她的女人,罂粟花区的女人大多是干活的机器,机器猫瞧不起她们。就算把这事告诉山羊也没什么用,那老家伙除了烧人就是溜大药,看样子对陈炯民的印象也不好。另外在机器猫的印象中,山羊对女人从来就没有产生过兴趣。直觉告诉她,当务之急是不能让白猪找到公象,就算找到,也必须想办法破坏白猪的复仇计划。总之陈炯民不能离开罂粟花区,白猪必须留在机器猫身边。

这些是她的心理活动,杀了她也不会说出来。

陈炯民却对此毫不知情,他是个直男。

二十八岁的陈炯民当然谈过恋爱。

他的初恋女友是高中同学,二人偷食禁果的地点就是学校操场边的草丛,由于当时太过紧张,到现在陈炯民根本想不起第一次做爱是如何发生的,只记得事后命根子竟疼了好几天,小脑袋上的皮从此便翻起来了。

高三毕业后他计划着去当兵。

初恋女友问:我怎么办?

陈炯民照搬老电影中的台词:你等着我!

据说女同学整整哭了三天,但陈炯民走后不久她就跟别人结婚了。

服役期间，陈炯民谈过两段恋爱。

当兵第一年陈炯民患了阑尾炎，治疗期间他和医院的一名小护士勾搭成奸。郎情妾意，此后他们俩断断续续地腻乎了半年多。后来好心的战友偷偷告诉他，小护士不仅早已订婚了，在医院里还有两个相好的，人家是逗着你玩呢。陈炯民当下便冲到医院，在楼道里将小护士臭骂了一顿，痛骂这女人为什么要玩弄他的感情，顺手把护士站也给砸了。此事在部队里造成了极大震动，陈炯民也因此出了名，被气疯的领导逼着他退伍。幸亏缉毒支队的刘树边从天而降，点名要他，否则陈炯民早就回家种茶叶了。

服役期间的第二段恋情颇有些缠绵悱恻的意味，陈炯民看上了营地对面饭馆老板娘的女儿，所以就三天两头的伙同战友们去吃饭，实际目的当然是撩妹。老板娘的女儿对陈炯民也有些意思，经常算错账，总是少算了。农村人嫌弃女儿时经常会说，一个姑娘一个贼！那段时间陈炯民终于明白了这句话的含义。老板娘的女儿喜欢他，就恨不得让他白吃白喝。后来那女孩偷偷地跟陈炯民逛了几次公园，有一次在树丛里陈炯民欲谋不轨，女孩却坚定地守住了最后一道防线。陈炯民断定，这是个好姑娘。

饭店老板娘大多是水晶玻璃人，没有多久便看透陈炯民的心思。有一次饭馆里没有其他客人，老板娘支走女儿，独自面对陈炯民。

老板娘说：我知道你是怎么想的，男大当婚女大当嫁。我保证我们家女儿是好孩子，是个雏儿。你要是真的有心，就赶紧准备三十万彩礼，县城的一套楼房和一辆小汽车，马上来提亲。

陈炯民当场傻眼了，慢说县城的楼房和汽车，三十万彩礼也能要了他们全家人的命啊。虽然陈炯民在军营服役，社会上的事多少也听说过一些。如今彩礼是小镇、农村青年的魔咒，很多美好姻缘都是这么无疾而终的。陈炯民回到营房算了笔账，把鱼米寨陈家的全部收入攒起来，不吃不喝也得干上二十年。

一分钱难倒英雄汉，何况这么大的一笔钱！

自此陈炯民再也不去那家饭馆了。

有几次，他远远地看到那女孩站在饭馆门口，望眼欲穿地盯着这边的军营。陈炯民心如刀绞，但他不能出去，他不能让父亲和大伯背负太大压力。实际上他也没能力带着女孩私奔，他是当兵的，当兵的能奔到什么地方？这两年父亲逼着他回家结婚，但陈炯民非常清楚，虽然鱼米寨的条件有所改观，但只要自己答应下来，家里立刻就会负债，彩礼又涨了。父亲和大伯已经和其他亲戚商量好了，大家凑钱给他娶老婆。

几个月后，军营对面的饭馆举行了婚礼，是女孩的。

陈炯民亲眼看着披红挂绿的婚车将心仪的女孩送到了远方，据说那家人凑够了彩礼！

陈炯民是直男，直男也是有情感的，但直男们不愿意为了男女情感而凋零自己的人生。在直男看来，男人不应该把感情放在第一位，更确切地说是不能把男女情感放在第一位，父母、兄弟姐妹和朋友在他们心目中的地位同样重要。另外直男们还执着地认为，男人只要能完成他的人生目标，还会发愁没有女人吗？到时候女人就蜂拥而至、洪水猛兽啦。陈炯民就这么想的。

实际上机器猫也不是一般的女人，机器猫是直女。机器猫满脑子是如何控制阑槛，如何实现自己的权力欲望，她想做阑槛的女王！做了女王，白猪自然会臣服在她的脚下！

神奇动物们控制了阑槛的街面,雄才大略的机器猫当众宣布,原先西街商户们缴纳的保护费下降三成,一举赢得了阑槛中下层工商户的拥护。其实保护费本身就是一种罪恶,如果脖子被勒得太紧,有人给松一松,罪恶也可以成为善举。大家奔走相告,机器猫仁义,比灭霸强多了。同时机器猫还向组织成员公布了最新待遇,成员的待遇普遍提高30%,如此一来她又赢得了团队内部的支持。

此时问题来了,钱呢?

机器猫原先认为英雄联盟手里有的是钱,但在奇异博士帮助下打开了灭霸的保险柜后,惊天的一幕出现了。

英雄联盟的保险柜里只有一堆欠条,都是灭霸在黄钻俱乐部欠的赌债。除此之外只有几百美元的现金。

机器猫蒙圈了。

任何社会组织本质上都是经济团体,政府一样,企业一样,黑社会也是如此。如今收入下降,支出增加,组织居然还欠着一屁股债!缺乏经济根基的机器猫只得找来陈炯民寻求解决方案。

陈炯民刚刚得到公象的消息,正准备动身去六王山却被机器猫按住,不禁大为恼怒。

二十七 无腿狮

一个小时之前,神头鬼脸的山羊出现在陈炯民面前,宣称乌贼就躲在无腿狮的别墅里,你不是想找公象吗?乌贼有可能把公象从六王山上引出来，因为公象也要杀乌贼。

陈炯民追问这事他是怎么知道的。

山羊秉承着一如既往的暴躁怒吼道：我来罂粟花区的时候，你兔崽子还在吃奶呢？我凭什么告诉你？赶紧的，完了事你就赶紧滚蛋！说完，山羊骂骂咧咧地走了。

面对这个老混蛋，陈炯民无可奈何，但无论怎么说山羊确实在罂粟花区待了二十多年，拥有自己的特殊渠道完全可能。另外乌贼和公象相互谋害的情景，也是他亲眼所见的。陈炯民认为，山羊帮忙打听乌贼的事也不奇怪。或许这老东西真的担心自己会勾引他的女儿，他更盼着自己赶紧滚蛋！

此时另一件事让陈炯民同样困惑，六王山的乌贼为什么会躲在无腿狮的别墅里？公象和乌贼都是六王山的人，属于一丘之貉！在国内，乌贼想杀公象，在医院，公象就是去杀乌贼的。陈炯民的目的仅仅是控制乌贼，希望能从他嘴里挖出公象的下落，但公象绝对是冲着要乌贼的命去的。

在砖窑睡了一觉，陈炯民在思索，公象可能是把灭霸当成了乌贼。他的目标是乌贼。乌贼和灭霸是表兄弟，二人的身材差不多，乌贼是个秃子，灭霸本来拥有秀发，前几天偏偏被自己和机器猫给剃掉了，也成了秃蛋。正常人骤然进入黑暗陌生的病房，将这样两人混淆了也是情理之中的。那么问题又来了，公象和乌贼到底有什么恩怨呢？

机器猫为神奇动物们规划光明远大的未来时，陈炯民在阑槛的街头找到了几名乞丐，用一些纸币引导乞丐们把关于六王山的道听途说倒了出来。这些家伙都是中国人，是流落在阑槛的有家回不去的赌徒，其中还有几个残废。如果在三天前，这些人会变着法地从陈炯民手里骗钱。现在他们面对的则是刚刚解放了阑槛的白猪，不敢扯谎。

无所事事的人消息最为灵通，将这帮家伙一下午的东拉西扯勾连起来，陈炯民不禁大吃一惊。

小麒麟的意外死亡，将六王山变成一座随时会爆发的火山！乌贼是玉麒麟的心腹，公象却是癞皮狗的军师。如今小麒麟的死因成谜，癞皮狗和玉麒麟正在相互猜忌！六王山的其他人大多是坐山观虎斗！陈炯民忽然间想明白了，在木屋乌贼要杀公象应该是玉麒麟的部署，公象杀乌贼可能是去报仇的，另一个效果便是干掉了乌贼也等于剪除了玉麒麟的一条臂膀。还有一点难以自圆其说，按照正常逻辑，乌贼要取得玉麒麟的庇护，必须回六王山。这家伙为什么会躲在无腿狮的别墅？他和无腿狮又是什么关系？

陈炯民是行动派，他不愿意在猜测上花费太多的时间，找到乌贼才是当务之急。他认为，无论乌贼和公象什么关系，通过他找到公象总比自己大海捞针要容易得多。

陈炯民正打算去无腿狮的别墅，机器猫竟心急火燎地来了！机器猫对英雄联盟财务状况的错误判断，给自己挖了一个大坑。

黄钻俱乐部的副经理母鳄打来电话，声称灭霸欠的账就是英雄联盟欠的钱，当时如果灭霸不是英雄联盟的老大，黄钻俱乐部根本不可能给他赊账。母鳄的意思是灭霸的欠款，你机器猫必须补上，因为你是英雄联盟的继承者。

机器猫在电话里咒骂母鳄是条永远都下不出鳄鱼蛋的丑八怪。

母鳄冷静地说：怎么骂都可以，但这几天拿不出钱，你和你的手下就谁也别打算出阑槛，出去一个死一个！

母鳄是蛇女在俱乐部的助手，也是女的。

容颜姣好的人基本上千篇一律，但丑人却各有各的丑法。如果说癞皮狗是罂粟花区男人丑陋的天花板，那母鳄就是方圆百里内最为令人作呕的女人。丑到什么程度呢？据说80%的人，无论男女，只要见过母鳄一次，至少三天内吃不下饭。人们推测说，罂粟花区的第一美人蛇女之所以选母鳄做副手，主要是为了衬托蛇女的绝代风华。如果没有母鳄帮衬，蛇女的美貌没准会打上三分折扣的。不过丑归丑，母鳄在阑槛是位居第二的权势女人。据说这丑女人有个特殊爱好，专门收藏男人的阳具，凡是死在她手里的男人，无论老幼，阳具都会成为她的私人收藏。据说母鳄积攒的阳具挂满了一间屋子。

鉴于黄钻俱乐部和东西联合军的特殊关系，母鳄说过的话大多可以实现。

阑槛地处河谷地带，形状狭长，进出这座城市只有三条路，只要派几个枪手守着，神奇动物们就会被团灭。机器猫的判断是只要死上三五个动物，她这个伟大的战无不胜的团队便会自行解体。

机器猫的困境也让陈炯民陷入了困境，灭霸居然欠着十几万美元的赌债，如果加上机器猫对神奇动物们待遇的承诺，她至少需要二十万美元的现金或者等价的人民币才能渡过难关。陈炯民是当兵的，杀人在行，却从来没见过大把的现金，他连五万块人民币的钞票都没见过。陈炯民的心凉透了！山羊居然把这样的女儿当成宝贝，还生怕被自己给抢走！我的天，这样的女人倒贴钱也没人敢要啊，机器猫本人就是个麻烦！

陈炯民不愿意公开得罪这丫头，只得说自己也毫无办法，真的没办法，杀了他也没办法。

机器猫则公然耍赖说：在矿坑里我本来想一死了之，谁让你出来救我的？好人当到底，送佛送到西！

陈炯民只得糊弄她：那你让我想想成吗？砖窑安静，要不我到砖窑想想，反正母鳄也没规定到底是几天，不急！

机器猫不情不愿地答应了。

陈炯民火速赶到砖窑，拿走了挎包和一应物品，然后径直溜进丛林，跑了。

老家的乡亲们将总给其他人添麻烦的家伙称作大鼻涕！大鼻涕粘在衣服上是很难清理掉的。如果要尽快找到公象，如果希望能尽快完事回国，就必须甩掉机器猫这坨大鼻涕。

阑槛十日，恍如梦境。

来罂粟花区是陈炯民第一次出国，虽然是偷渡过来的。

初到被抢，雨夜砖窑，凌辱灭霸，突击英雄联盟的老巢，与公象的第二次交手，其后他又经历了矿洞中的生死搏斗，这样的经历简直就是美国大片！以前陈炯民只在小说和电影中见过类似情节，现在居然全发生自己身上了。在国内，陈炯民仅仅是一名躲在瞄准镜后的枪手，如今他必须扮演孤胆英雄。

当年刘树边的训练进行到最残酷的阶段时，陈炯民便会不服气地指控：你教的这些根本都用不上！没用！

刘树边说：老子让你学你就狠着命好好学，哪儿来的那么多废话！

如今陈炯民是打心眼里感谢刘树边，那些看似派不上用场的技能，如今已经用上了一大半。

跟机器猫厮混的这些日子也是有收获的，陈炯民不仅拿回了国内带来的挎包，还拥有了雷神的手枪和一把可以折叠的军用十字弩，装备总能给人带来安全感，孙悟空没了金箍棒都照样完蛋。陈炯民的计划是潜入无腿狮的别墅，找机会把乌贼揪出来！

无腿狮的别墅在阑槛之南五公里的一座山上，据说是类似堡垒的要塞。

山羊告知乌贼的下落后，陈炯民一直在心里盘算着乌贼、玉麒麟、无腿狮之间的复杂关系。现在看来乌贼搞不好是无腿狮派到六王山的间谍，罂粟花区的人际关系盘根错节，复杂无比！

阑槛号称是罂粟花区的行政中心，却并不是地理和各派实控意义上的中心。六王山的控制区域在罂粟花区的正北方。水蚺则控制着西部的一小片沿海地带。罂粟花区的河流大多自北向西流动，水蚺的地盘正好在河流的入海口。军力最为强悍的荣军司令部则驻扎在南部的边缘地区，实际上处于另外两国的地盘，等于是出国了。荣军司令部的地盘最为偏远，形势也最复杂，不得不经常面对三国政府的滋扰。新近崛起的东西联合军则控制着中南部和东部的大片区域。阑槛恰好位于中南部，四周全是东西联合军的实控区，等于政府是在东西联合军的控制区内掌握着一块飞地。

罂粟花区四大佬的业务各有侧重，总体实力旗鼓相当，且相互制衡。但如果说到异军突起的速度，无腿狮绝对是首屈一指的！东西联合军崛起的时间只有七八年，无腿狮的发迹地便是阑槛。

无腿狮和灭霸的出身差不多，曾经都是阑槛街头的混混，严格说无腿狮就是灭霸一世。

十几年前无腿狮开始在阑槛组建队伍，几年后就称霸一方了。据说此人出手豪阔，与手下人亲如兄弟。他以巧取豪夺的方式霸占农民土地，以控制罂粟花区鸦片种植为开端。其他的毒枭与农民间的合作相对松散，农民种鸦片，毒枭收货，无腿狮则利用了这个弱点，先后把这里几十万亩罂粟田全部控制在自己手里。

当然,罂粟花区的农民素来作风强悍。在其他大佬们明里暗里的支持下,农民们与无腿狮展开过一轮又一轮的殊死搏斗,无腿狮的两条腿就是在冲突中被农民们打断的。但无腿狮锲而不舍,手段也无所不用其极。俗话说不怕贼偷就怕贼惦记,正面强攻不行,无腿狮就组织部下偷袭。有一个村落不愿意交出农田,无腿狮便派人在村庄的水源处神不知鬼不觉地放了毒,半个月后大半个村庄的人都给毒死了。无腿狮大发慈悲,带领着手下去给农民们收尸,在村北建了一座大坟,并亲自祭奠。

如今那座大坟犹在,跟古人建造京观的意思差不多。

京观的作用便是恐吓,恐吓往往会起到惊人的效果,其他村庄被吓破了胆,天知道这家伙会怎么暗算你!此后,罂粟花区中南部的鸦片种植区全部纳入到无腿狮麾下,农民30%的产量要给东西联合军交税,剩余的鸦片膏无腿狮便以货币形式收购,东西联合军以这种方式控制了罂粟花区80%的原产鸦片。另外无腿狮还规定,每个村子要交出人数不等的年轻人在东西联合军服役,多子女的家庭必须出一个人,名曰:自保。实际上就是这些人为无腿狮构建了武装力量,同时他们也是东西联合军手里的人质。无腿狮让这些人相互监督,相互牵制,相互屠杀。

如果以政权的组织形态来分析,东西联合军的控制区属于联邦性质。

当然,任何组织形式都有弱点,东西联合军也不例外。首先无腿狮的毒品加工能力孱弱,虽然花钱可以办加工厂但请不来高水平的技术人员,另外运输通道也是大问题。这又牵扯到他的第二个劣势,无腿狮的地盘地处内陆，贸易通道被另外几家把持着，就算东西联合军可以加工出高纯度的毒品，如果其他几家来一个攻守同盟，这些货很可能就会砸在手里。

为此无腿狮曾经几次主动挑起争端，但流血冲突却未能改变现状，罂粟花区的各派武装依旧处于胶着状态。

二十八　无腿狮的要塞

建筑是民族文化的载体，几乎可以全部涵盖这个民族的文化特征。同样的，建筑也可以反映建造者本人的性格和审美取向。

东方人建造的城池大多依山傍水，如果没有水便会修一条护城河，所以东方人的城堡叫作城池。这样的城池进可攻退可守，回旋余地大。西方人修建的城堡则大多在山顶绝壁，肃杀之气浓郁。他们不太考虑退路，明摆着就是要与来犯者死磕到底。

这就是两种文化的差异。

无腿狮建造的别墅就是一座要塞，是建在山顶上的要塞，进出只有一条路，这一点充分反映了无腿狮的性格。

阑槛是无腿狮的发迹之地，街头巷尾流传着很多无腿狮的传说，有些人甚至把他神化了。实际上无论是灭霸还是机器猫，在他们心里都是把无腿狮当作偶像的，希望能模仿着无腿狮的路一步步地爬上去。

陈炯民在阑槛收买乞丐们时，听到了很多关于无腿狮的有用或无用的往事。据说当年的无腿狮仅仅是阑槛一个小帮会的副手，后来帮会的老大无缘无故地失踪了，无腿狮自己就把自己给扶正了。此后无腿狮便以帮会为班底，最终形成了东西联合军，成为四名大佬中最年轻最强有力的一位。

前年阑槛的一户人家在翻建厕所时，在厕所的墙壁里意外发现了一具遗骸。尸体早已面目全非了，警察从尸骸上找到了一些私人物品，他们因此判断此人便是当年小帮会的老大。根据这家住户的回忆，厕所是他们十年前找人修建的，修建厕所的施工人员是无腿狮帮忙找来的，当年的无腿狮还是小帮会的老二呢。如此所有人的心下都已了然，那个老大就是无腿狮杀掉的。由于尸体无法处置，干脆就镶嵌在厕所的墙壁里，这种毁尸灭迹的手法倒也罕见！

事已至此，就算大家心如明镜又能如何呢？世上最深刻的无奈便是人们清楚此人做了坏事，这个人也清楚大家全知道他做了坏事，但此人更加清楚，就算所有人都知道他做了坏事也不能把他怎么样！

这个人便是无腿狮！

寻找无腿狮的别墅没有费什么周折，别墅的位置阑槛人全都清楚。

当那座高耸于云端的砖石城堡出现在陈炯民视野中，他顿时就灰心了。城堡三面临空，一面是山体，只有一条沿山的通道可以上去，通道的台阶至少有五百个。莫说只有一把手枪的陈炯民，就算把缉毒支队的战友全部调过来也难以攻上去，拿下这座要塞的唯一方式是动用武装直升机，凌空攻击，然后空降。实际上空中进攻也可能出现问题，前提是必须压制对方可能出现的防空火力。如果东西联合军手里有几个防空火箭筒，武装直升机就会面临被击落的危险。陈炯民算计着，就算能动用强大火力把这座要塞炸平，也未必就能把里面的人如何，谁知道人家有没有专用的逃生通道！一定有。

在山下盘桓了数小时，天快黑了，陈炯民没有找到任何能够潜入要塞的办法。

刘树边的缉毒支队独树一帜，士官们都是他亲自选来的。刘树边挑选士官的办法简单有效——斗地主。刘树边清楚，普通士兵的训练水平都差不多，要提拔成士官的战士掌握的技能也差不多，所以决定一名士兵是否平庸的关键在于性格。斗地主就是检验玩家性格的最佳手段，怯懦会使一手好牌无缘无故地砸在手里，敢打敢冲，有勇有谋，有配合意识的人，即使牌面稀巴烂，也可能创造奇迹。刘树边需要的是后一种人，陈炯民恰恰就是。既然无法潜入，陈炯民决定不如直接上去，大模大样地去找无腿狮要人，看他怎么办！

陈炯民清楚无腿狮和六王山是死对头，自己找公象报仇至少不会损害东西联合军的利益。也就是说，如果无腿狮想拆六王山的台，自己有可能会帮到他，他们是一头的。

陈炯民刚刚走到通道的下面，从云端延伸下的台阶上竟然出现几条模糊的身影，陈炯民急忙找了个僻静的地方藏了起来。

几条大汉搀扶着一个面戴口罩、头顶硕大草帽的家伙沿着台阶走下来，从走路的姿态判断，大草帽左侧的大腿上可能有伤，下台阶的时候颇为艰难。

角落中的陈炯民心中一阵狂喜，那一枪是他打的，此人肯定是乌贼。

这时从别墅下来的那几人已经到了路上，一个留着大胡子、满脑袋黑色卷发的家伙将一副拐棍递给了大草帽，同时说了几句什么。大草帽则低头不语，似乎是在犹豫。大胡子表情生硬地怒吼了几句，大草帽只得点头同意。再之后大胡子和其他人又沿着台阶上去了。大草帽失魂落魄地在原地站了一会儿，之后拄着拐杖，一瘸一拐地沿着山路向阑槛方向走去，身形极为落寞。

陈炯民从暗处现身，悄悄跟了上去。

假如乌贼躲在别墅里，陈炯民确实毫无机会，冒险上山的结果必然是九死一生，无腿狮不可能把他当回事。但既然这家伙出来了，也就跑不了了。

阑槛如一座巨大的熔炉，聚集了远东一多半的人渣。

这里的乞丐大多是来自中国的赌徒和瘾君子，这里的小生意人多是在越南跑出来的罪犯，在罂粟花区做苦力的人基本来自老挝底层，毒贩子则来自远东各地，甚至有些欧美面孔。

乌贼温坎是一名来自泰国清迈的纵火犯。

从事社会学研究和文艺创作的人，总习惯于站在社会学角度来分析人的心理，似乎坏人都是社会因素造成的。自然学家们则大多并不认可这一点。经过研究，科学家发现具有暴力倾向的人大脑前额存在缺陷，而且是先天的。就是说，至少暴徒的形成与社会无关，至于说其他变态，更大的可能性也是来自基因组合。

乌贼就是个天生的暴徒。

温坎出身于泰国社会的中层，没遭过什么罪，没吃过什么苦。泰国社会整体是相对平和的。社会环境平和，但具体到个人的成长就不一定了。高中时，温坎喜欢一个女同学，但女同学死活没有瞧上他。小乌贼死缠烂打，最终把女孩的父亲惹了出来。女孩家有教养，女孩的父亲只是规劝他好好上学，我家女儿不愿意这么早就恋爱等等。小乌贼却在对方的谈吐中感受到了巨大的蔑视和羞辱。

两天后他准备了几桶汽油将女孩的家一把火给烧了，连同女孩和女孩的奶奶一起给烧了，奶奶死了，女孩受伤！

没错，乌贼是天生的纵火犯。两年前在万象对付警察，他用同样的一把火博得了玉麒麟的欣赏。关于万象火灾的事，陈炯民几年前就有所耳闻，听说就是毒贩子干的，所以他才想当然地认为那不是意外。实际上那个制造万象纵火案的人就是乌贼。

女孩家被烧之后没两天，乌贼被警察抓住了，由于达到了服刑年龄，判了十年。所有国家的监狱都是大学，乌贼用十年的服刑时间学到了不少技能，也听到了很多罂粟花区的传说，搞得他心驰神往。出狱后乌贼很快找到了女同学家的新地址，放了第二把火，然后便逃到了罂粟花区。

无法无天的罂粟花区是罪犯的天堂，初来乍到的乌贼靠打家劫舍维持生计，有几次差点被人打死。罂粟花区虽然是法外之地，但人类社会的基本原则在这里也是通用的，那便是钱。乌贼清楚，只有做大药才能赚到大钱，但苦于无法融入当地的主流阶层，一直摸不到门路。

九年前乌贼相中了冉冉上升中的无腿狮，偷偷联络，希望加入刚组建的东西联合军，效犬马之劳。当年的无腿狮志向远大，目标是席卷整个罂粟花区。经过一番考证，无腿狮与乌贼定下九年协议，只要乌贼能在六王山做九年卧底，完事后便给他三百万美元，到时远走高飞还是落地生根，随他的便。无腿狮的判断是九年内罂粟花区必将统一在自己的麾下。他选择乌贼的原因是这家伙不属于任何派别，心毒手狠还是外人，这是优势。乌贼从无腿狮那里拿到了预付款，然后靠贿赂底下人投奔了六王山。这个天生的纵火犯，没多久就获得了玉麒麟的信任，地位稳步上升。

此时的乌贼对卧底身份已经不那么看重了，他想到了堂弟鲇鱼，那小子同样是个不安分的主儿，于是他偷偷与堂弟取得联络，希望兄弟联手，其利断金，就在六王山混出个名堂来。得到消息的鲇鱼兴奋莫名地从清迈跑了来。但这小子太过散漫，受不了六王山的约束，没两个月便死活想要下山。乌贼在六王山已经为自己营造了一些名声，于是便帮助鲇鱼成立了英雄联盟，鲇鱼自此变成灭霸。在阑槛灭霸可以作威作福，还可以做乌贼的眼线，鲇鱼也乐得成为灭霸。

乌贼与无腿狮有过九年之约，今年正好是第九年。

年初开始，乌贼就天天掰着手指头算日子，虽然每年都能拿到经费，但他的目标是三百万美元，期限到了，美元也能到手。九年来，乌贼向东西联合军传递过很多情报，甚至包括玉麒麟偷袭东西联合军先头部队的计划。那一仗无腿狮本来是有准备的，意外的是公象临时变阵，由正面突袭改成了打埋伏，致使无腿狮精锐的先头部队毁于一旦。乌贼曾亲自跑到东西联合军谢罪，说明情况。无腿狮大人大量，没有难为他。今年年初，小麒麟回到六王山，乌贼照例传递了信息，几天后小麒麟居然就死了。玉麒麟也曾高度怀疑这事是无腿狮派人干的！乌贼把这个意思传递过来，无腿狮无动于衷。乌贼紧张到了极点，难道无腿狮已经不信任自己了？

几天后乌贼发现玉麒麟和癞皮狗陷入了冷战。

乌贼突然想明白了，或许这就是无腿狮的目的。

此后玉麒麟命令他和公象护送海洛因去中国送货，并叮嘱他最好干掉公象。为了再次赢得信任，乌贼也将这个消息通报了无腿狮，无腿狮的回复是：按玉麒麟说的办。乌贼清楚，杀掉公象必然会挑动癞皮狗和玉麒麟摊牌，六王山只要乱起来，九年的卧底就真的看到终点了。

这次行动的最大难点是，他们可能与中国的缉毒支队狭路相逢，那些家伙是罂粟花区的噩梦。

全世界贩毒集团最大的难题是如何对付中国的缉毒力量，罂粟花区周边国家的军队、警察拿他们毫无办法，其实很多强力部门早与他们沆瀣一气了。只有中国算个例外，由于历史上蒙受过惨痛的教训，中国人对毒品的态度严厉又决绝，民众也普遍接受。

这几年中国的技术水平突飞猛进，超越了所有的东南亚国家，由此他们给罂粟花区带来的损失也越来越大，这也是玉麒麟杜绝现代通信手段的原因之一，他最担心的是被中国人监视。中国内陆是罂粟花区全球最大的单一市场，大佬们对中国的态度是又爱又恨！

运输队遭到袭击的地点，是六王山在中国境内最隐蔽的中转站，乌贼本打算在这里结果掉公象。但就在他准备动手时，公象鬼使神差地打了个滚，没打中，此后他自己竟然挨了一枪。乌贼没办法，只好逃跑，路上看到公象被中国人抓住了，乌贼觉得这个结果也不错。

回到阑槛，住进医院，乌贼分别把公象被抓的消息传递给玉麒麟和无腿狮。但没两天，堂弟灭霸偷偷告诉他，他在阑槛看到公象了。乌贼的脑子里嗡了一声，任何毒贩都不可能从中国人手里逃出来，难道那家伙是卧底？

二十九　肾上腺素

世界之奇幻莫若人体，人类自身具备的能力往往会超过他们的预判。

比如，体内短时间的肾上腺素大量分泌，足以把一个普通人瞬间变成力大无穷的钢铁战士。如何掌握或者说能自如地控制肾上腺素的分泌水平，让人在必要时爆发出巨大的能量是特殊军事训练的重要课目之一。陈炯民接受过这种训练，按照刘树边的说法是，一名战士必须要做到静若处子动若脱兔！

关于处子的问题，陈炯民和刘树边发生过争执，陈炯民认为处女不见得能静得下来，没准更闹腾。刘树边当下就罚他跑了三千米。

步行前往阑槛的乌贼，在经过城外最后的路口时，等待多时的陈炯民发动了进攻，他先是在自己的大腿上狠狠拧了一把，然后凌空飞了出去。乌贼虽然听到了身后有动静，但没来得及做出反应后领子就被袭击者拽住了，旋即他的身体便腾空而起。乌贼被勒得无法呼吸，整个人都有些迷糊了。陈炯民倒拖着这个家伙，发足狂奔，钻进丛林。

乌贼是毒贩子，而且还是一个惯常放火、无恶不作的毒贩子，面对这种货色，陈炯民体内的路西法恶魔被激发出来，肾上腺素分泌到最高水平。陈炯民根本不在乎乌贼是血肉之躯，他头也不回地拖着后面的身体在丛林里横冲直撞。乌贼的身体与地面锋利的岩石、坚硬的树干不停地发生碰撞，激烈的震动传递到陈炯民的手臂上，竟然把他的双臂震得生疼。此刻的陈炯民心中滋生着无比的快感，他的双脚风火轮般旋转，转瞬竟然冲出去好几十米。

刚刚进入雨林时，湿润的空气里弥漫着乌贼惨绝人寰的号叫声。几十米冲了出去，陈炯民身后竟然彻底安静了。

陈炯民停下来，转身观察，不承想皮开肉绽，血葫芦一般的乌贼正从腰里拔刀呢。陈炯民再次迈开双腿继续猛冲，又跑出了十几米，这一次后面真的没有动静了。

乌贼破败的身体平摊在丛林潮湿泥泞的地面上，如一头死猪。

陈炯民搜查他全身，拿走了所有可以充当武器的物品。苏醒的乌贼嗓子里发出野兽般的呻吟声。陈炯民不容他彻底清醒过来，找出绳子将这个家伙捆在树干上，然后又从挎包里取出一把军用小铁锹，在地面上挖了起来。

乌贼毫无防备地被人在丛林中拖行了上百米，腿上的伤口早已崩裂，全身皮肤的百分之七十被划伤，连秃头顶上都布满了伤痕，幸好是轻伤。

醒转过来，被捆在树干上的乌贼错愕地望着埋头苦干的陈炯民，这个素昧平生的家伙难道是在挖坑吗？他想做什么？

一个念头出现在乌贼脑海中，此人不会是白猪吧？

死亡不可怕，等死最可怕。

一股由衷的凉意从脚心慢慢传递到脑海，很快的，乌贼全身便被彻骨的寒意笼罩了。

陈炯民的土工作业在缉毒支队相当不错。不到半小时，宽一米长一米五深半米的土坑便挖好了。陈炯民将绳子解开，一脚将这家伙踹倒在土坑里。乌贼本能地想跳起来，陈炯民迎面一铁锹又将他拍昏了。陈炯民将乌贼以坐着的姿态平放在坑里，然后就开始填土。乌贼的下半身刚刚埋住，这家伙又醒过来了。

陈炯民用铁锹指着他的脑袋说：再敢动我就把你脑袋砸成两半。说完，陈炯民继续填土。

乌贼惊恐地叫嚷道：你要做什么？你要做什么？

乌贼嘴里骂着，心里却与无腿狮的所有家属进行着性交。如果不是无腿狮硬生生地将他赶出来,他乌贼怎么可能落到这个中国人手里?看样子这个中国人真的想把自己活埋掉!对了,白猪明明是跟公象有仇,为什么要跟他乌贼过不去呢?忽然乌贼想到了丛林中的耳麦,想到耳麦中那个威严的声音:公象是自己人。

乌贼在头脑里飞快地计算着,如果告诉陈炯民公象是中国缉毒支队的卧底,会是什么结果?卧底往往是机构的最高机密,白猪仅仅是个大头兵,他还真不见得知道!

陈炯民自己并不清楚,实际上在阑槛他已经颇有些名气了。

贩毒集团的上层人物大多听说阑槛来了个中国大头兵,很多人连他来到罂粟花区的目的都摸得一清二楚。实际上罂粟花区的所有毒贩中,只有乌贼估计到了公象的身份,他当然不相信卧底会烧掉陈炯民的老宅。如果陈炯民真是来找公象报仇的,他乌贼自然会乐观其成。但如果把这个秘密揭穿,搞清楚状况的陈炯民会不会杀他灭口?如此算来,乌贼里外都是个死啊!

幽暗的丛林里,逃命的念头同样激发着乌贼的肾上腺素,乌贼靠着大量分泌的肾上腺素,将电动车的速度开到最快,穿越丛林,冲到了盘桓江边,之后他又泅水过江。事后想来,至少在逃命的时候,乌贼没有疼痛的感觉。

乌贼逃跑的路线与陈炯民追击公象的路线重叠了,刚刚冲出丛林就看到陈炯民将公象压在身下。乌贼魂飞魄散,当下就掉转车头,沿着盘桓江跑。

过江后,乌贼唯一的念头是去阑槛,阑槛有医院,到了阑槛才能活命!路上乌贼碰到了两名当地猎人,于是谎称自己碰上了毒贩子火并被误伤。他把随身带的现金全给了猎人,猎人们将他送到阑槛。抵达阑槛,乌贼的心终于落了地,但自从堂弟来过之后,那个念头便占据了他的脑海:公象是卧底!

几十年来罂粟花区的卧底事件不胜枚举,所在各国政府派来的卧底最多,甚至连并不接壤的泰国、美国也会派人过来,其中当然也不乏中国大陆和台湾的卧底。台湾当局和美国方面派出卧底,与其他政府派人的目的不同,他们希望在罂粟花区刺探到中国大陆的情报,台湾卧底或许还有经济使命,但这类卧底近二十年来已经不多见了。政府组织派出卧底的目的是搜集情报,刺杀毒枭,破坏贩毒网络或者制造金融困境。可笑的是几大集团之间也会相互派出卧底,从事的勾当竟然也差不多,乌贼本人就是。卧底人员一旦被抓住会死得极惨,其间出现过好几次卧底被活活扒皮的惨剧。

乌贼住进医院的当天便偷偷向无腿狮传递了消息。

夜里,无腿狮的助手长毛猩猩来了。

长毛猩猩是印度人,头发和胡须不仅卷曲,而且异常浓密,这家伙还习惯性地披散着,远远望去确实就像一只长毛猩猩。陈炯民在别墅台阶下看到的大胡子就是他。乌贼如实地向长毛猩猩报告了事件的全过程。

长毛猩猩说:听说玉麒麟这次派出去的人全被抓了,难道是有人走漏了风声?

乌贼说:公象被抓了,结果又让中国人放了,应该是那边派来的卧底,一定是那家伙把我们出卖了。

长毛猩猩沉吟良久,然后出去打电话,回来后告诉乌贼:大元帅叮嘱你,公象是那边派到六王山的卧底,敌人的敌人是朋友,这事你不能随便乱说。

乌贼只得答应，守口如瓶。

六王山和水蚺的棋盘寨延续着罂粟花区贩毒帮会的古老传统，荣军司令部虽然军事色彩更浓一些，总体上依然保持着散兵游勇的散漫。只有东西联合军组织严密，几乎就是个小王国。无腿狮宣布自己是大元帅，手下的人也纷纷被授予上将、中将、上校的军衔。长毛猩猩的军衔是中将，乌贼则是上校。有时候乌贼觉得无腿狮这人有病，毒枭就是毒枭，土匪便是土匪，为什么非要搞那套虚头巴脑的玩意儿呢？

长毛猩猩离开医院，乌贼却犯了难。

玉麒麟命令他干掉公象，然后卖掉海洛因拿回现金。如今公象还活着，二十公斤的海洛因却没了，怎么向玉麒麟交代？乌贼想不出办法，只得在医院里消磨时间，好在他的伤势的确严重，一时好不了。

一晃过去了二十天，其间六王山得到了乌贼在医院的消息，也派人来过。乌贼则痛哭流涕地要来人替自己向玉先生请罪，其他人都被抓了，并声称一旦痊愈就回山报告详情。乌贼这么说，等于是通报玉麒麟公象是卧底。他的计算是两头不得罪。

正在乌贼自鸣得意时，堂弟鲇鱼又来了。

鲇鱼进门时，乌贼险些从床上摔下来，堂弟不仅成了秃子，脸上和身上全是残留的颜料，看起来花花绿绿的。乌贼足足停顿了两秒钟才最终确定，此人真的就是堂弟鲇鱼。

鲇鱼悲愤地控诉着机器猫及其银河护卫队，希望堂兄乌贼大发神威，调动六王山的弟兄帮自己报仇。乌贼大为惊奇，堂弟虽然不太适应六王山的环境，但能力也不可小视，否则也不可能在阆槛称王称霸。那个机器猫仅仅是个小女孩，怎么就会兵不血刃把堂弟给收拾了呢？

估计是身后有高人！乌贼安慰堂弟少安毋躁，至少也得等自己痊愈。

后来鲇鱼负责照顾乌贼的起居，不想当天晚上便出了事。

乌贼有钱，病房是医院最好的，有独立卫生间。那天乌贼正在如厕，忽然听到房间里传出打斗的声音，出于本能他没敢贸然露面，而是谨慎地拉开门缝却正好目睹堂弟被人一刀掏心。乌贼大惊，那条身影他是熟悉的，是公象！就在乌贼担心公象发觉杀错了人寻找自己的时候，窗外突然又跳进一人，与公象打了起来，二人同时受了伤，又相继从窗户跳了出去。

自始至终，乌贼没敢露面。他清楚，就算没受伤凭自己的身手也绝非外面那两个家伙的对手。乌贼心下惶然，公象回来的第一件事就是要自己的命，这是打算灭口，他一定是卧底！但另一个要命鬼又是谁呢？

楼下打斗告一段落，一贯草菅人命的乌贼却感到了由衷的恐惧，这恐惧让他身心俱疲！天微微亮，乌贼便悄悄溜出医院，徒步去了无腿狮的别墅。

环境发生突变，很多传奇都将灰飞烟灭。以前的乌贼确实是传奇，但传奇的成色并不够。乌贼可以毫不犹豫、毫无心理负担地将别人置于死地，一旦自己沦为猎物，乌贼的本能同样是逃命！

三十　录音

由于伤痛的原因，天亮后魂飞魄散的乌贼才勉强爬上五百级台阶，通过长毛猩猩要求觐见无腿狮。

日上三竿，无腿狮终于答应接见这名漂泊在外的间谍。

无腿狮别墅三面是石砌的城墙，城墙外就是悬崖。别墅的主建筑是一座西式城堡，这座别墅是东西联合军从欧洲聘请的顶级建筑师和防卫专家共同打造的。为了避免秘密建筑的泄露，别墅建成后无腿狮便买通了职业杀手，追到欧洲去干掉了那两个家伙，据说是用建筑图纸裹着建筑师的尸体一起烧了。

之后，三个欧洲国家对无腿狮发出了通缉令，无腿狮立刻把通缉令当成荣誉证书，在罂粟花区范围内大肆宣扬，以此证明东西联合军实力强劲，谁都不放在眼里。在当地很少有人进过他的别墅，但大家都清楚这座别墅异常坚固，其内部架构曲径回廊，据说光逃生通道就有好几个。

乌贼一瘸一拐地走进城堡的主厅，这座主厅的挑高足有七八米，屋顶上吊着一排射灯，灯光对外，四壁全是花岗岩，从外面进来，很难看清内部的环境。城堡主厅的设计古朴而森严，据说主厅下面有一座宏大的地下仓库，东西联合军的所有好东西都在里面藏着呢。厅堂的空间足有上百平米，却只设了一个座位，其他空间则一目了然。这里面至少可以站三百人，但只能坐一个人。

此时一名身材高大、身穿美军五星上将制服的东南亚人叉着手立在座位前，这人的肩膀上将星闪耀，双目如放电一般地盯着乌贼。

乌贼忍着腿疼，敬了一个标准的美式军礼：上校乌贼，向我东西联合军之攻无不克战无不胜，光明如皓月、伟大如初升朝阳之无敌大元帅无腿狮报到，恭祝大元帅率领我等扫灭八方，威震四野。

无腿狮身材高大，相貌堂堂。这家伙有腿，不过是义肢。有人说，无腿狮原本身高只有一米七多一点儿,定制义肢的时候他让厂家把义肢加长十厘米。加长的义肢并不合体,行动起来不太方便,但主人的身材比例却彻底地改观了。

无腿狮冷笑着说:吓破胆啦?

两小时前乌贼将医院里发生的事告诉长毛猩猩了。

乌贼蹦豆似的说:乌贼身为联合军成员,元帅之嘱托言犹在耳,为大元帅之大业本人万死不辞,无往不前,属下只是担心贸然采取行动会耽误大元帅之宏图伟业,望大元帅指点迷津,谨遵号令。

无腿狮走上两步:公象要杀你,目的无非是灭口,这说明公象的目标依然是六王山,难道这不是好事?

乌贼的骨头缝里钻进了些许凉风,喃喃地说:本人是无敌大元帅的忠实下属,大元帅的忠臣不能让人随便杀吧?

"倒也是。"无腿狮欣慰地点点头:既然公象的目的依然是玉麒麟,那就想办法与他联手,我相信你还是有办法的!无论什么人,只要能帮我们搞掉六王山,罂粟花区将来就是我们说了算!明白吗?

乌贼说:牢记大元帅的谆谆教导,我东西联合军必将无往不胜,属下明白了。

无腿狮坐下来:那就去吧。

乌贼疑惑地望着这位光辉伟岸的大元帅,疑惑地问:去哪儿?

无腿狮说:去找公象,去告诉他,你没有恶意,你们共同的对手是六王山。从边境运过去的大药全是玉麒麟亲自签发放行的,六王山才是中国缉毒警察最大的敌人。

乌贼沉默良久,最终在无腿狮凛然的注视下诺诺退出。

离开别墅主厅,乌贼便在心里咒骂起来,在山下也与长毛猩猩发生了争执。

和公象联手,一起对付六王山?

无腿狮这自以为是自高自大的臭农民简直在痴人说梦!这些年无腿狮在罂粟花区要风有风,要雨得雨,得意忘形、妄自尊大。这家伙不仅让长毛猩猩给他编制了一套繁琐的觐见之礼,编织了专门用来吹捧他本人的荒唐辞藻,而且还想当然地要把自己在罂粟花区横行的手段用到中国人身上,这不是痴心疯了吗?

在六王山,乌贼的工作一直是在第一线与客户打交道,他无时无刻地不在面对着中国的缉毒当局。乌贼深知,中国人对毒品的态度与东南亚那些虚弱政权比起来存在着天壤之别。乌贼在中国客户嘴里听说过,中国人在历史上吃过毒品的亏,绝大部分人对这玩意儿充满了痛恨。为此中国人制定了最为严苛的禁毒法律,执行起来丝毫不会打折扣,英国的日本的荷兰的毒贩在中国照样被判死刑,就算那些国家的首相跑出来求情都无济于事。

与中国的缉毒人员联手?这种事乌贼连想都不敢想,无腿狮这蠢货!

每每想到公象,乌贼眼前便浮现出鲇鱼被一刀掏心的惨状,那令人不寒而栗的刀光如魅影般追逐着他。乌贼深信,一旦碰面,公象会毫不犹豫地给自己一刀。

陈炯民挥汗如雨地将坑边的土重新填了回来,土坑几乎要被填满了,乌贼的呼吸越发困难。他脑子里轰然闪现出一个念头,不能被活埋!

乌贼惊恐地用当地话叫道:白猪,我和你无冤无仇!你的家人不是我烧死的!

在部队时,陈炯民钻研过罂粟花区的语言,基本能听懂。当下陈炯民气得差一点喷出鼻血! 如今陈炯民报仇的事在阑槛闹得尽人皆知,连白猪的名号都被乌贼叫了出来! 这一切都是机器猫的功劳,这个死丫头!

陈炯民猛地举起铁锹,在乌贼肚子部位的土堆上狠狠拍了下去,乌贼身子一震,乒的放了个屁。

乌贼继续着声嘶力竭:白猪,你家人真的不是我杀的!

陈炯民用铁锹指着他的鼻子:再叫一句白猪我现在就拍死你。

乌贼有些恍惚,难道白猪不是这家伙的绰号?

无论是本地人还是外来者,在罂粟花区都不会用真实名字,大家全用绰号。无腿狮是本地人,但同样没几个人清楚他的本名以及家族的真实情况。玉麒麟在罂粟花区闯荡了四十余年,即便熟识如水蜘者,也仅仅听说他在中国的姓氏是胡。不用本名是罂粟花区的共识,一来可以为家人省却很多的麻烦,二来绰号还可以彰显使用者的权势、地位以及相关经历。当然了,机器猫给陈炯民起的绰号多少带有恶作剧成分,如果换成雄鹰、猛虎之类的,陈炯民也就默认了。

乌贼惶恐地说:不叫白猪叫你什么?

陈炯民沉吟了良久,总不能告诉这家伙自己叫陈炯民吧?

乌贼不愿意纠结细枝末节,当务之急是保命。于是说:我真的和你无冤无仇,你不是想找公象吗? 你直接说! 我可以帮忙!

事先陈炯民做过不少的功课,他知道乌贼是个无恶不作穷凶极恶的惯犯,所以决定给他来个下马威,先把这小子弄个半死再说,却万万没想到这个乌贼竟然如此识趣。陈炯民当然预料不到,昨夜魏东来的一刀将这条恶棍的灵魂吓出了窍。

陈炯民说：你知道公象在什么地方？

乌贼急忙点头：我当然知道，要么在六王山要么在蒙砂撒。

陈炯民说：废话，还用你说？

乌贼说：你不就想给你的家人报仇吗？可你杀不了他，六王山防备周密，光带枪的就有好几百号人。癞皮狗和他的手下在蒙砂撒，那家伙浑身武艺，杀人不眨眼，他手下的几十号人也全是不要命的，就算公象本人也不好对付。只有我知道如何才能要了公象的命！

陈炯民说：你现在不过是想活命，如果我信了你的，回头你就没影了。对了，你不也是六王山的人吗？怎么会从无腿狮的别墅里出来？你小子不会是无腿狮的卧底吧？

乌贼说：那是我们罂粟花区的事，你做你的过江龙，我做我的地头蛇，井水不犯河水。不过有一点你肯定可以想明白，出卖你对于我没有任何好处，你现在可以出卖我了。

陈炯民仔细想想，这家伙的脑子倒是很清楚！如今乌贼的把柄攥在自己手里，身份暴露了不仅六王山会追杀他，东西联合军也会把他当成弃子，秘密缠身的人在罂粟花区最危险。

陈炯民说：公象的命就是那么好要的？

乌贼说：在阑槛我有一间出租房，房间里有一样东西，你拿着，然后带上六王山，自然会有人帮你要了公象的命！

陈炯民说：谁？

乌贼冷笑着：你说能是谁？

陈炯民意识到乌贼的方略应该是借刀杀人，刀就在玉麒麟手里，但他嘴里的那样东西又是什么呢？

这两天机器猫为经费和欠款的事愁白了头发，神奇动物联盟也出现了溃散的迹象，好几个骨干已经不见踪迹了。

这天早晨，六王山忽然派人送来请帖，邀请她和白猪到六王山做客，希望务必光临云云。机器猫立刻就有些受宠若惊，从没想到自己能接到六王山的邀请！罂粟花区四大佬之一竟然向她机器猫发出了邀请，这是何等的荣誉！甚至可以说这是大佬们对机器猫地位的认可！

几分钟后机器猫冷静下来，理智告诉她，六王山要请的人应该是白猪。正是白猪的运筹帷幄、决胜绝杀，才让她机器猫成为阑槛青年的新一代偶像。如果白猪不露面，六王山是否会接待她都很难说。

灭霸拖欠黄钻俱乐部的那十几万美元，是机器猫最大的困境，这笔账顶在头上就如同顶着一把刀。如果能去六王山做客，机器猫的诚信度会提高好几个档次，到时候没准黄钻的蛇女也会给些面子。

问题是，白猪到底跑到哪儿去了？

陈炯民从昨天下午到现在就没再露面。

机器猫心里在打鼓，难道白猪那小子跑啦？于是机器猫发出了控制阑槛黑社会之后的第一道命令。就算挖地三尺也必须把白猪找出来，十几个神奇动物立刻星散到阑槛的大街小巷。

半个小时后最最靠谱的四眼蛤蟆传回消息，在城南发现了白猪的踪迹。消息里说白猪陈炯民正在一所破旧的小公寓里翻箱倒柜，不知道在找什么。

机器猫急忙赶了过去。四眼蛤蟆等人没有惊动白猪，机器猫偷偷爬上了对面楼房的屋顶，用望远镜观察室内的陈炯民。可以看到，陈炯民坐在一所小公寓窗前，耳朵上插着耳机，正在全神贯注地听着什么。

机器猫大为诧异,这家伙难道是在听音乐吗?

三十一　初入六王山

一花独放百花杀。

坤沙集团独大的结果便是内外交困,土崩瓦解。

最近几年是罂粟花区的黄金年代,各派武装势力均衡,政府制衡似有似无,国际机构满怀着梦想,境外势力的围堵力不从心。总体上,罂粟花区和平而安宁,毒品交易更是蒸蒸日上。饶是如此,六王山也从未放松过警惕,玉麒麟深知暗流涌动、静水深流的道理。

从进入六王山的管界到山寨大门,至少有五六道卡子。上山时陈炯民暗地里关注着六王山的地形和布防情况。最终断定,开创六王山的人具备相当高的军事素养,唯一不足是这人的军事素养有些过时,没考虑远距离击杀和精准攻击的威胁。六王山据险而建,易守难攻,火力点都布置在关键节点上,距离适中。外敌进犯,六王山能在二十分钟内组织起来,无论进犯者有多少人,面对的都将是一场全方位全角度的屠杀。除非进攻方拥有一流军队的火力配制,但那几个孱弱政权豢养的军队显然不具备这个能力。陈炯民在心中盘算着,凭缉毒支队的实力可以轻而易举地消灭六王山,可惜他们在边境那边。

路上,陈炯民沉默不语,机器猫却有点兴奋过度,不停地问这问那,到后来带路的树懒已经开始怒目相向了。

进入山寨，一座东南亚风格的大宅赫然矗立在最显眼的位置上，那是六王山的议事厅。

东南亚的建筑风格与两广福建的建筑有许多共通之处，特点是夸张！色彩、造型、装饰上极尽夸张之能事。夸张往往意味着虚张声势，虚张声势则象征着自卑，东南亚人和岭南人的自卑或许是自古以来的。

树懒说：玉先生马上过来，二位到里面坐！

陈炯民示意让机器猫先走，机器猫当仁不让地上前一步，但一只手却伸到背后钩住陈炯民的食指，似乎是担心这头白猪会半路跑掉。

两小时前机器猫和神奇动物们冲入小公寓，陈炯民则不慌不忙地将耳机摘了下来。机器猫问他在做什么？陈炯民说：我现在想去六王山。机器猫追问原因。陈炯民说：有办法你就帮我，没办法我就自己去！

机器猫心下暗喜，但依旧面目严峻地说：六王山不是那么好去的！搞不好小命就交待了。

陈炯民说：必须去，我现在就去。

机器猫怒道：我有办法带你进去，但带你去了又能有我什么好处呢？

陈炯民认真地说：这件事你帮了我，我答应将来再帮你做一件事。

机器猫则霸蛮地说：三件！

陈炯民本来就不会讨价还价，更缺乏应付任性女人的经验，当下便气得不言语了。

机器猫竟得寸进尺地说：这么说你答应了，好，我现在就带你去六王山。记住，欠我三件事！

出了阑槛，机器猫便拿出六王山的请柬开始显摆，陈炯民这才知道自己上当了，当下便踹了机器猫一脚。

此后无论机器猫如何的耍赖哄骗，陈炯民就是不搭茬。

机器猫怒道：有本事你装一辈子哑巴。

陈炯民心道：难道我会在这里住一辈子？

通往议事厅的路上，陈炯民看到紧挨着议事厅的小房子里走出一名女子，她低着头默默走进另一座建筑的小门。那女人长腰丰臀，背影挺拔，即便是低着头那清丽的面容依然令人动容。陈炯民猛然愣住，机器猫则照着他的迎面骨狠狠踹了一脚。

昨天玉麒麟得到一则情报，癞皮狗暗地里在调查暗杀小麒麟的凶手。树懒分析说，可能是他掩人耳目的多此一举。玉麒麟没表态。从感情上说他不愿意相信亲生儿子是干儿子做掉的，但小麒麟死后唯一的受益者只有癞皮狗。玉麒麟有个隐约的感觉，暗杀小麒麟极可能是公象的杰作，癞皮狗或许知道或许根本不知情。公象有能力有动机也有足够的手段，这家伙想做第二个张苏泉，但做张苏泉的前提便是将癞皮狗扶正。早年的玉麒麟是见过坤沙的，那时他认为坤沙不过是个莽汉，顶多是三流角色。坤沙崛起的根源就是张苏泉，他是张苏泉手里的木偶，据说后来张苏泉在台湾又活了十几年！

玉麒麟进退维谷时又听到了陈炯民的故事，这小子帮助机器猫团伙干掉灭霸的英雄联盟，声名鹊起！更令人兴奋的是，这位号称白猪的年轻人是来找公象报仇的，也没有掩饰前缉毒战士的身份。

玉麒麟决定会一会这个年轻人，没准会有意外的收获。

这些日子玉麒麟的老态越发明显，每日里与明凤的例行公事几乎掏空了即将衰老的躯体，终归是六十多岁的人。玉麒麟非常努力，但每次完事他总能在明凤眼中看到愤恨的目光，这个不明事理的女人啊！

就在刚刚，玉麒麟命令明凤高举双腿，便于受孕。明凤竟然恶狠狠地坐了起来，胸口一起一伏的，看样子是打算冲过来。如果倒退二十年，玉麒麟会被那两坨近乎完美的颤动着的软肉折服，但现在他仅仅是在完成儿子未竟的事业。

玉麒麟说：我说了，怀孕后生下孩子，孩子到了半岁你就可以回吉隆坡了，到时候你要什么有什么！

明凤说：难道你一点罪恶感都没有吗？

玉麒麟逐字逐句地说：传递香火，天经地义，我千辛万苦打下来的基业无人可传才是最大的罪恶！我，仅仅是在替我儿子行周公之礼！孩子长大后能继承六王山的基业当然好，他也可以在我为他选定的地方长大成人，那样他将成为某个国家屈指可数的富豪！到时候你这个做母亲的难道不是福从天降吗？我苦心经营几十年，为的什么？是为我的子孙后代铺路，我怎么会亏待自己的孙子？

明凤说：就算怀孕也是你儿子，自欺欺人！

玉麒麟一把抓住明凤的脖子：你是我儿子的媳妇，如果你早早地给他生个一男半女也不至于有今天！你以为我是贪恋你的美色？女人！红颜白骨，粉黛骷髅！

此时门外传来了树懒的声音：玉先生，他们来了！

玉麒麟嗯了一声，同时用凶狠的目光注视着明凤。

明凤默默地穿衣服，穿戴完毕便从后门出去了。

玉麒麟大声说：大厅见面。

玉麒麟来到议事大厅，面前的两名年轻人立刻让他萌生了失望情绪。男青年应该是被阑槛传得神乎其神的白猪，除了皮肤白皙些，玉麒麟没有看出任何的过人之处。不过玉麒麟倒释然了，本来他就是来报私仇的。至于那个浑身零碎、头发花哨的女子，玉麒麟根本懒得看她。

玉麒麟走进大厅时，陈炯民和机器猫却同时感到了一股无形的压力，瞬间胸口就有些憋闷。玉麒麟相貌堂堂，风姿甚伟，这位老者目光灼人，走路带着一股威严。陈炯民意识到这声名显赫的毒贩子确实不是一般人！

玉麒麟和蔼地招呼他们坐下来，随便聊了几句，话题便自然而然地落到了银河护卫队和英雄联盟的缠斗上，机器猫略带夸张地将如何铲除灭霸的过程讲了一遍。当听到陈炯民先是搞垮了灭霸的名声，然后才动手打击他。玉麒麟眼里闪出了蔑视的光，罂粟花区的人确实傻，中国人随便动一动脑子他们就晕了，哼！

机器猫讨好似的试探着：我的新组织叫神奇动物联盟。

玉麒麟抬头看看树懒，树懒也正在摇头呢。

机器猫说：神奇动物是哈利·波特那个系列的。

玉麒麟和树懒同样毫无表示。

机器猫干脆说：玉先生，我们可以为你效力！

玉麒麟扬了扬眉毛：四大派别不能介入阑槛的事，有协议的。

机器猫说：但黄钻在阑槛，是无腿狮的。

玉麒麟心道，你这丫头难道想挑拨我和无腿狮的关系吗？玉麒麟说：阑槛在无腿狮辖地的中央，我们的规矩早就定好了。今天请你们过来是想证明一件事。白先生？

陈炯民不自觉回头看了看，哪里来的白先生？转瞬他想明白了，玉麒麟在喊自己呢，他的绰号是白猪，玉麒麟嘴里的白先生自然就是他陈炯民。这一刻陈炯民真想把机器猫吊房梁上狠狠地揍一顿。

陈炯民忍住气：玉先生是在叫我吗？

玉麒麟说：当然。我希望向你求证一件事，白先生来罂粟花区是何用意？

陈炯民挺直身体：我来找公象报仇，任何袒护公象或者帮助隐藏他行踪的，都是我的敌人。

玉麒麟当下有些动气，陈炯民话里话外竟充满了威胁：公象是我六王山的下属，如果我想包庇他呢？

陈炯民说：玉先生不可能包庇他。

玉麒麟惊奇地问：此话怎讲？

陈炯民从口袋里拿出一个MP4，递给旁边站立的树懒：请玉先生听听。

树懒不明所以地望着玉麒麟，玉麒麟搞不懂这年轻人到底要做什么。树懒对MP4进行了一系列的安全检查，之后玉麒麟便听到了义子癞皮狗熟悉的声音，随后公象便出场了。

这段录音是癞皮狗和公象讨论是否杀死小麒麟，夺取六王山的对话。

玉麒麟不用思索便断定，这段录音是真的！虽然癞皮狗没有打算背叛自己，但他能够容忍公象如此的肆无忌惮，简直不可饶恕！

听完录音，玉麒麟不动声色地问：这段录音白先生是如何找到的？

陈炯民说：玉先生只管真假，何必问出处呢？

这段录音当然是乌贼交给陈炯民的，这也是乌贼得以活命的条件。其实玉麒麟早就派乌贼监视癞皮狗和公象了，这段录音他早已拿到手，通知过无腿狮。无腿狮认为六王山内讧有利于一统罂粟花区的大局，命令他先留在手里。为了保命，乌贼便将录音交给陈炯民了，你陈炯民不是想报仇吗？那就让玉麒麟帮你杀了公象。公象死了，我乌贼也就安全了。

玉麒麟咄咄逼人地追问：白先生让我听这东西是什么意思？难道是要挑拨我与义子的关系吗？癞皮狗是我一手养大的。

陈炯民说：玉先生听到了，癞皮狗对你是忠诚的，坏事就坏在那个公象身上。我听说您的儿子小麒麟真的死了？

玉麒麟呼吸粗重，脸色煞白！难保小麒麟不是公象背着癞皮狗杀的！这段录音便是铁证！

陈炯民站起身：此人跑到我老家，杀了我父亲，是在背后下手的！这样的人什么做不出来？

玉麒麟说：我必须搞清楚我儿子到底是怎么死的！

陈炯民说：只希望您在搞清楚事实之后能把这人交给我！我是来报仇的！我要把这个人千刀万剐！

玉麒麟突然指着树懒说：你带三中队和四中队跟着他们去蒙砂撒，把公象给我带回来。

树懒喃喃地说：如果二公子不放人呢？

玉麒麟怒道：那就把癞皮狗也给我带回来。

玉麒麟扭脸盯着陈炯民道：你说呢？

三十二　突袭蒙砂撒

在阑槛，收到大佬的邀请绝对可以光宗耀祖。

为了去六王山赴约，机器猫特地借来一辆半新的皮卡充门面。当他们离开六王山时，皮卡的后面则跟着十几辆型号不一的越野车，车上坐满了杀气腾腾的武装人员。

机器猫从来没见过这么大的阵仗，出发后的一段时间内竟然出奇的沉默。沉默的机器猫远比叽叽喳喳的机器猫更令人难以捉摸，陈炯民几次打算跟她说话，好不容易才忍住。

半小时后机器猫忽然问：录音是谁给你的？

陈炯民说：我有我的渠道。

机器猫说：昨天下午你失踪了，到底干什么去了？

陈炯民略带嘲讽地说：我不是神奇动物，不归你管。

机器猫不满地说：神奇动物怎么啦？我就喜欢邓布利多！

陈炯民哼一声，不理她。怒气冲冲的机器猫也不再说话了。陈炯民虽然看似轻松，但无时无刻不在做着万全的防备，谁知道癞皮狗会不会已经得到消息了。

机器猫的狠劲可能是垃圾堆里带出来的。

几年前她和阑槛几个初露头角的男孩子打赌，其中便包括四眼蛤蟆。赌局的内容是看谁敢从三层楼上跳下来，事到临头，所有不可一世的男孩子都退缩了，机器猫却纵身而下，虽然折了一条腿，但也确立了她在阑槛新一代青年心目中的地位。由于经验所限，机器猫熟悉的仅仅是街头搏杀，这次跟随白猪去蒙砂撒则是实打实的军事行动。紧张如一块粘在衣服上的口香糖，无论如何都搞不干净。机器猫估摸着，今天很可能是六王山火并的开始，自此罂粟花区被搞成一片枪林弹雨也说不定呢。机器猫本来希望向白猪讨教些军事技巧，但这家伙居然在与自己冷战，什么东西！

两小时后六王山的武装部队抵达蒙砂撒，树懒命令三中队从其他方向将蒙砂撒团团围住，四中队则跟随他和陈炯民正面进入癞皮狗的基地。

经过替代种植办公室就是癞皮狗的蒙砂撒基地了，众人下车步行。

陈炯民偷偷对机器猫说：如果打起来就躲在我后面。

机器猫还没来得及回话，陈炯民便站到前面去了。

接管蒙砂撒简直是不费吹灰之力，癞皮狗的人毫无防备，基地大门的守卫人员发现是六王山的队伍便直接放行了。

十分钟后，几名队员将酩酊大醉的癞皮狗、一个浑身是伤的矮胖男子，从营房里拽了出来。陈炯民的目光立刻被那名壮汉吸引过去。

公象！

魏东来本打算干掉乌贼以绝后患，却伤在陈炯民手里，后来他在中国医生的帮助下勉强保住性命。缓过神来，魏东来先是通过内线将陈炯民来到罂粟花区的消息报告国内，得知陈炯民可能将老宅火灾的事怪到了自己头上，极其无奈。之后他不顾医生的制止来到蒙砂撒。与陈炯民的威胁相比，魏东来更担心他精心策划的父子反目会横生枝节，现在最好的选择是先发制人。如今癞皮狗已经和蒙砂撒的农民达成了协议，大家继续种植鸦片，联合国替代种植办公室被彻底边缘化了。魏东来对联合国的勾当完全没兴趣，理想丰满，现实骨感，联合国那些高高在上的充满悲悯心的白左们不理解罂粟花区的底层逻辑。魏东来的计划是趁着癞皮狗正在兴头上，鼓动他造反。

魏东来出身军人世家，父亲做过十五年志愿兵，拿过四个三等功、一个二等功，是从当地县武装部副部长的位置上退下来的。魏东来自幼便被父亲灌输了立功当英雄，好男儿驰骋沙场，报效国家之类的思想。

在学校里魏东来的学习成绩一般，数理化还行，语文英语一塌糊涂。当年魏东来一度想不通，背几首淫词滥调跟当兵有什么关系？成绩不灵，考军校也就没戏。无奈他只好沿着父亲走过的道路，亦步亦趋地成了最杰出的志愿兵。到罂粟花区卧底也是他自愿的，只有这样魏东来才能拿到梦寐以求的一等功。

卧底五年，眼看六王山在缉毒支队的围堵下发展壮大，魏东来同样无从下手。小麒麟的死亡让这位卧底警察看到了转机，魏东来总算能一展身手了。关键时刻，陈炯民活鬼似的跳了出来，这两天的魏东来被这头白猪闹得焦头烂额！此外乌贼的意外逃脱也更加坚定了魏东来的决心，不惜一切代价，尽快动手，把罂粟花区搞一个天翻地覆，火中取栗，乱中求生！

任何人的心理都会出现波动，战士也一样。

来罂粟花区卧底之前，魏东来找人算过命。算命老者举着摇出来的卦签，煞有介事地说：去南方？

魏东来点头。

老人说：南方五行属火，八卦为离，南方离火！

魏东来不解其意。

老人解释说：离火为叠卦，有主客之分，主客双方同时燃烧，可相互成全，也会相互毁灭。两个人去？

魏东来摇头：我就是一个人。

老者惊奇不已：不对，不对，卦象上明明是两个人啊。

看到魏东来不置可否，算命老者苦笑着道：切记，在南方不玩火就没有前途，但玩火又容易自焚，这事你自己来决定。

虽然魏东来搞不清老者是不是在胡说八道，但"南方离火"四个字从此便印在他的脑海里了。

癞皮狗看到满身绷带的魏东来时，大吃一惊！

魏东来说：夜里有四个人伏击我，九死一生才逃出来。估计他们的下一个目标就是你。

癞皮狗惊问到底是谁想要做了他们？

魏东来语重心长地说：事情本来就是明摆着的！你就是不愿意相信。玉先生断定小麒麟是你杀的，事实上我也给你出过杀人的主意。他先是把咱俩分开，派我去中国送大药其实是为了除掉我，如果我完了，他就可以专心来对付你了。如果你还是不愿意相信，我只能远走高飞了。你我兄弟一场，今天是我最后一次跟你说这事！

癞皮狗人丑，但脑子并不傻，他当然清楚玉麒麟在怀疑自己，只是苦于父子亲情，不愿意面对。

魏东来说：我知道你在调查杀害小麒麟的凶手，有眉目吗？没有吧！你想想，人家既然敢下手就不怕你调查，一般来说你也查不出来！如果我是你，现在我就对着自己的心脏来一枪，让人把尸体拖到玉先生面前，唯有如此，才能证明你的清白。

癞皮狗诚恳地说：你赶紧给我指一条路啊！

魏东来说：六王山的后山就有一条路，两个卡子上的人都是你以前的兄弟，我跟他们打过招呼了。咱们可以偷偷从后山摸上去，直接杀入玉先生的住所，一不做二不休！

癞皮狗惊恐地望着自己的军师，半晌未语。

魏东来艰难地站起来：就此别过！

癞皮狗一把拉住公象：就不能从长计议啦？

魏东来说：几天之内你我的脑袋就要搬家了，不信你就等着，我可不愿意现在就死。

癞皮狗对天发誓说，兄弟齐心，其利断金，明天咱们好好地谋划一下。

之后癞皮狗叫人拿来几瓶好酒，号称必须一醉方休！魏东来见癞皮狗的口风终于有所松动，心下暗喜。他也清楚，癞皮狗确实不愿意和玉麒麟翻脸，或许喝多了再动手也是一个办法！

喝酒时魏东来说：你放心，到时候我冲进去对付玉麒麟，你负责对付其他人！事情成了，你就是六土山的老大！

癞皮狗的心中苦闷至极，没有两个小时就喝多了，魏东来只好等他醒过来就命令集合队伍出发，把生米煮成熟饭。也就在这时一群六王山的武装人员忽然到了，魏东来只好跟着装醉，于是他和癞皮狗一起被人拖了出来。

这便是癞皮狗和公象束手就擒的经过。

五花大绑的癞皮狗和公象横躺在大家面前，癞皮狗醉意深沉，被捆得死猪一般依然能发出阵阵鼾声。

树懒兴奋莫名，事情会如此顺利！难道就这么完事啦？

陈炯民看到酣睡中的公象，怒气上涌，一把将这家伙拽了起来，抬手便是几个大嘴巴，公象被打得满口血沫横飞，血珠喷了陈炯民一脸。

树懒叫道：这人必须留着。

陈炯民说：请转告玉先生，杀他的时候由我亲自动手！

树懒说：我可以转告！

此时公象的眼睛里忽然射出一道精光，那道精光罩住了陈炯民的全身，他不由得哆嗦了一下。陈炯民不得不再次注视这个朝思暮想的仇人，此刻的公象又把眼睛闭上了。

树懒接到的命令是抓捕公象，但玉麒麟并没有交代如何处理癞皮狗，实际上现场就有很多癞皮狗的死党，树懒担心这些人会群起攻之。于是树懒宣布，玉先生叫公象去问话，其他的人继续留守蒙砂撒，保护公子癞皮狗的安全。之后树懒命人给癞皮狗松了绑，抬到床上，然后便带着公象上路了。

陈炯民希望能再上六王山。

树懒却说：公象的事还是等着我们的通知吧！你和公象的过节，玉先生心里有数。

陈炯民则恶狠狠地说：如果我不能手刃仇人，仇恨就会转移。

树懒很少面对此等赤裸裸的威胁，沉吟良久，只得说：我会转告玉先生的。

六王山的队伍走了，陈炯民和机器猫同时离开蒙砂撒，癞皮狗还在睡。

路上，机器猫嘟囔着说：老天爷怎么会允许这么丑的人活着？

陈炯民知道她在说癞皮狗，没搭理她。

机器猫愤怒地指着陈炯民的鼻子骂道：这么重要的情报就被玉麒麟白白拿去啦？那段录音最少值十万美元。

陈炯民不搭理他，驾车冲向阑槛。

路上机器猫嘟嘟囔囔的，没完没了地埋怨。

进入阑槛，陈炯民将皮卡停在路边，独自走了。

三十三　烧人的价格

入夜的阑槛灯红酒绿，一派虚假繁荣，无所事事的年轻人充斥着大街小巷，到处是寻欢作乐的人群。这些人成群结队地呼喝着、叫嚷着，挑衅着，折腾着，似乎唯如此才证明他们曾经在这个世界出现过。

疲惫的陈炯民找到家酒馆，独自喝酒。

严格说今天是他与公象的第二次正式照面，夜里那次的交手几乎没有看到脸。在国内抓他的那次，公象全程的嬉笑怒骂，轻松异常，但这一次公象的眼神里却充满着赴死的苍凉。陈炯民猛然产生一个疑问，难道公象知道自己在国内是死不了的？所以才会那么轻松？陈炯民回忆着蒙砂撒的细节，公象目光中居然带着一股控诉和埋怨的意味，难道他是在埋怨自己吗？

如今朝思暮想的公象总算变成了瓮中之鳖，陈炯民却提不起兴致。

刚刚喝掉两瓶啤酒，机器猫竟然拉着山羊进来了。二人看了看他，然后在另一张桌上坐下，点了菜，看样子也是来喝酒的。

机器猫说：这事是母鳄跟四眼蛤蟆说的，只要能把你和火化场抵押给黄钻，那十几万美元就一笔勾销。

山羊怒道：为了钱连你爸爸都卖出去啦？

机器猫说：黄钻那些家伙跟我拼命我不怕，但我真的打不过无腿狮啊！蛇女说了，将来还是你负责烧人，跟以前一样。

山羊不信任地说：跟以前一样？我不信。

机器猫说：真的，你还是烧你的人。蛇女说就是烧人的价钱和以前不一样了，价格要提高三倍！

啪的一声，山羊将酒杯狠狠摔在地上：什么什么？价格提高三倍？死人还死得起吗？死人的钱他们也想挣啊？

机器猫却认真地说：母鳄说死人的钱才好挣呢。北方那个大国就是这么干的，在他们国家的火化场消费一次至少要上万块的人民币。你就别想那么多啦，人家要你的火化场也是为了赚钱！

山羊的眼珠子似乎充了血，叫嚷道：你学点儿好就不成吗？学点儿好人会死吗？在阑槛这破地方活着都他娘的不容易了，现在他们连死都不想让人踏踏实实地死啊？啊？啊不对，火化场不是你的，是我的！你凭什么答应他们？

机器猫说：你是我爸爸，难道你不应该无私奉献吗？如果不同意你现在就把我打死，反正灭霸的钱我也还不上！

旁边桌上的陈炯民一口酒便喷了出去，弯着腰哈哈哈地笑起来。

机器猫撇着嘴说：河边结婚，给王八取乐！

陈炯民本来不想跟他们搭话，这父女二人搞不好是在演戏。陈炯民清楚机器猫最大的烦恼是黄钻的欠款，本来希望自己来解决，但陈炯民不愿意做接盘侠。机器猫太过烦人，但山羊终归提供过乌贼的情报，也算是他复仇路上的帮手。陈炯民就决定等他们先开口，看看这二人还能耍出什么花招！

接着，山羊和机器猫继续为了是否抵押火化场的事争执不下，忽然山羊掐着眉心说：要不你出去一趟，给我弄两包大药来。

机器猫怒道：火化场抵押不抵押？

山羊痛心疾首地说：阑槛的老百姓不容易，涨价这么多，谁受得了？算了算了这事回头商量，给我买大药去。

机器猫说：哼，早晚抽死你。

山羊烦躁地挥着手：不抽就不死吗？不抽他娘的早晚也是死。赶紧去，白养活你啦？

机器猫起身出去了。

阑槛所有的超市、小卖店，甚至浴池、健身房里，大药、香烟和打火机都是必备品，这叫三阳开泰，如果商家同时也准备了戒毒药则就叫四喜发财了。在这里，交易方式非常灵活，顾客可以用大药直接买东西或者兑换成现金，店家立刻能根据大药成色和品牌的不同给出报价。

在罂粟花区，海洛因属于金融产品。当然罂粟花区的民众相对保守，他们只认海洛因，其他的比如致幻剂、冰毒之类的新鲜玩意儿并不风靡。居民们区别大药的成色也不难，主要看是哪个厂家的产品，相比而言六王山麒麟牌的海洛因纯度最高，也最为抢手。几年前在水蚺促成的谈判中约定，四方都不得冒用对方的品牌，否则其他三家就有权利联合起来对付他。

机器猫走了，山羊扭脸看看陈炯民，然后便端着酒瓶子过来了。

陈炯民心道：来了。

山羊坐到他对面，开门见山地问：录音是乌贼给你的？

陈炯民的回答同样尖锐：你是不是知道他一直在监视公象和癞皮狗？

山羊死死地盯着陈炯民的脸，好久才道：还真是低估了那个王八蛋！

陈炯民不动声色地问：低估了谁？

乌贼！山羊仰起脖将一整瓶的啤酒喝了个精光，然后咚的一声将酒瓶子镦在桌子上：乌贼是王八蛋，你是个臭王八蛋！

陈炯民怒吼着：你个老东西要再敢骂我，我现在就把你的牙掰下来！

山羊突然将粪坑一样深邃的口腔张到了最大幅度，露出黄灿灿的里出外进的龅牙，激动地说：你掰啊，来呀！掰！

出离愤怒的陈炯民还真的不敢伸手，这老家伙穷凶极恶的，搞不好会把自己的手指头咬下来。

陈炯民指着他：你抽风你神经病！不是你让我去找乌贼的吗？

山羊凭空挥舞着拳头，懊恼地说：他娘的，他娘的！

陈炯民让山羊搞得丈二和尚摸不着头脑了，这老家伙难道是注射了过多的毒品，正犯迷糊呢？此时桌上的手机振动了一下，山羊拿起手机看看，脸色骤变，起身便冲了出去，转眼之间饭馆中只剩下陈炯民一个人了。

奇怪，在罂粟花区人见人怕的山羊为什么会突然跑了呢？陈炯民注意到他的手机还在桌上，拿起来便看到了机器猫发来的短信：救我！

陈炯民大惊，摸了摸腰里的手枪也冲了出去。

如今已经是阑珊的后半夜了，喧闹的街头逐渐平静下来。

陈炯民冲到大街上，远远看见山羊在一个路口拐了弯，便迈步追了上去。追到路口，陈炯民不敢贸然现身，就躲在墙角后偷偷观察。小巷内的不远处有三条人影正将一个布袋子装进越野车，从布袋子的形状大小判断完全可以塞下一个人。

陈炯民大吃一惊，布袋子里装的不会是山羊吧？难道山羊被这几个家伙绑架啦？不承想第一个布袋子刚刚安置完毕，三条人影又从角落里拖出第二个布袋子。陈炯民能看到布袋子中的东西在奋力挣扎，那伙人费了好大的劲才将布袋子塞进了车里。之后三个人上了车，越野车原地掉了个头，然后沿着小街开走了。

由于担心对方还有后援，陈炯民并没有贸然追击。从体型上就能看出来，那是三个精壮的受过严格训练的男子！从走路的姿态也能推断出，这些家伙绝非常人。陈炯民确定，布袋里装着的一定是机器猫和山羊！

此时远方越野车的尾灯越来越模糊了，周围并没有出现他们的同党。陈炯民迈开双腿，贴着街边跟了上去。不一会儿，越野车开出了阑槛，陈炯民则不紧不慢地在后面跟着。

一般来说，人的两条腿是无论如何也跑不过汽车轮子的，但在罂粟花区却是个例外。这里山高水长，路况则差到极点，即便是政府参与修建的等级公路也充斥着各种深坑和破损。据说让公路保持破烂状况是各方势力有意为之的，路况不好就可以延缓敌方的进攻和追击速度，这一点倒与中国抗战时游击队炸毁公路、铁路的做法完全一致。在罂粟花区，即使是最好的越野车，正常时速也很难超过十五公里。

陈炯民蝉联过四次缉毒支队的越野赛冠军，体能充沛，意志坚定。越野车在前面跑，陈炯民就躲在森林的暗影中默默跟着，有时甚至会抄近路。越野车选择了一条最为艰难的道路，速度极慢，出城十几公里都没有把陈炯民甩下。此时，陈炯民的体力有些吃不消了，他拿不准是否可以把机器猫和山羊救出来，更不清楚对方到底是何许人也。不能眼看着山羊父女出意外的强烈信念支撑着他，如果对方在半路下死手，就算豁出命也不能袖手旁观。这份情感连陈炯民自己也说不清楚来源，骂骂咧咧的山羊招人讨厌，古怪任性的机器猫更是令人厌烦，但陈炯民却觉得他与他们之间有着天然的亲近感，反正就是恨不起来。

就在陈炯民双腿灌铅、步履艰难时，前方一公里处的越野车居然停了，两个家伙下车检查车况，好像还吃了点东西。陈炯民借这机会调整身体状况，补充了些水，同时将子弹压上了枪膛。

十分钟后越野车又出发了。

陈炯民偷渡到罂粟花区至多也就二十来天，除了阑槛，他只去过六王山和蒙砂撒，其他的路线并不熟悉。再次出发后，越野车竟直接开进了丛林，那是条荒蛮至极的林间泥路，车辆走走停停，速度更慢了。有那么几次，陈炯民借夜色的掩护居然追到二十米之内，可以随时下手。但往往就在他打算下手时，越野车就会加快速度，始终没给他出手的机会。

天亮后，疲惫的陈炯民依然跟在车后的一公里处。他估算着，从阑槛到这里差不多有三十多公里了。

此时越野车突然加快速度，陈炯民再也追不上了。

三十四　束手就擒

陈炯民体格健壮，意志坚强。他判断，在这种路况下那辆车以这种速度，跑不了多久就会抛锚。果然三公里后，陈炯民发现了被丢弃在路边的越野车，那几个家伙居然扛着山羊和机器猫徒步上山了。

陈炯民茫然四顾，山色辽远，云深雾重，这是什么地方？

越往上走越开阔,林木也明显稀疏了,但这地方根本就没有路,脚下都是尖利的岩石,也难怪那几个家伙放弃了越野车。陈炯民又跟了一会儿,估计是土壤太过贫瘠了,相隔几十米才能看到一两棵像样的树。不知为何,陈炯民的呼吸竟然困难起来,进气多出气少,动不动就会大喘气,难道这是高海拔地区?罂粟花区哪来的高原?

陈炯民猛然感到了一丝异样,他们为什么要来这儿?

罂粟花区的高海拔地区在什么地方?这些家伙为什么把山羊和机器猫带到这里?正想着,一团白雾忽然向陈炯民袭了过来,转瞬就将他包裹在里面。奶白色的浓雾遮蔽了三米之外的路面,人如同坠入了一瓶牛奶中!

陈炯民脱口而出了三个字:风口垭!

盘桓江是罂粟花区与中国的界河,双方的主要贸易通道和集镇都聚集在沿江地带,最重要的交易地在孟工渡口。风口垭位于罂粟花区与中国陆上边界的最高海拔点,也是周围数千平方公里中海拔最高的地区。

风口垭山口狭窄,空气对流强烈,每年百分之八十的时间都会出现七级以上的大风。一旦对流停止,南方的温湿水汽便迅速凝结,风口垭一带又会出现浓雾奇观。风口垭的雾不仅浓重而且还会沿着山体滚动,浓雾之后总会有极端天气尾随而来。据说几年前这里也修过铁丝网,全被狂风刮倒了。

风口垭就没有道路,除了边防部队,鲜有人至。在缉毒支队时,陈炯民到过风口垭,但那在中国的一侧,条件稍好,有一条县级公路。据说风口垭的罂粟花区那边根本无法通车,有些地方连徒步都非常艰难。

穿过浓雾，陈炯民看到了三条疲惫至极的身影。此刻脚下已经没路了，巨石嶙峋，陈炯民不得不手脚并用地攀爬。他真的是震惊至极，在这样的路上自己连扛着两个人的攀爬者都追不上，简直匪夷所思！不过陈炯民满心要把山羊、机器猫救回来，就算对方是神仙也拦不住他。

界碑出现了，三人毫不犹豫地冲了过去。

陈炯民躲在大树后，一时也搞不清状况。

众人跑过界碑，将布袋子扔在地上，其中一人还上前踹了几脚，其他人哈哈笑了起来！

陈炯民怒气上涌，拎着手枪冲到界碑前大声呵斥道：你再敢欺负他，看老子不一枪崩了你！

几条人影停下来，同时转过头来观察他。陈炯民凶神恶煞般地站在界碑的外侧，指着地上的布袋子说：这人快六十岁了，你们也下得去手！

为首的黑影冷笑着：六十岁就是好东西吗？八十岁的坏蛋有的是！

陈炯民的直觉告诉他，臭脾气的山羊可能是得罪了内地的黑帮，大概率是欠了人家的钱。他举着手枪说：这人跟你们有什么过节？算在我身上。

黑影怒道：你算什么东西，卖了你能值几个钱？

陈炯民不情愿地说：我是，我是——

黑影说：你是谁？

陈炯民说：老子是白猪，你到阆槛打听打听，六王山的玉麒麟见了老子都得客客气气的！

黑影冷笑着说：这么说你也算一号人物啦？那好！说着这家伙拿

出一张纸条，抖搂开：十万，美元，全让这老王八蛋给抽了！

陈炯民越过界碑，伸手就要将那张纸条抢过来，口中说：我替他还还不行吗？

就在陈炯民越过界桩的刹那，地面的枯枝败叶中突然跃起来几条人影，这些人从四面八方将陈炯民围在中心。陈炯民稍微一愣神，众人便默契而迅猛地将他压在下面。半分钟后，陈炯民同样被他们装进了布袋子。

陈炯民在心中咒骂着：原来山羊和机器猫是他们的诱饵，这是伏击！

刘树边曾经说，一名真正的战士在任何情况下都不能束手就擒，陈炯民便具有这个品质。众人将布袋子扔进越野车后他就悄悄地摸出了一把军刀，希望把布袋子割开。不想刀刃割在布料上发出了嚓嚓声，陈炯民惊得难以形容，布袋的面料为什么会如此坚韧？难道布袋子是军用的？

三年前陈炯民带队执行一项特殊任务，任务异常凶险，有牺牲的可能。

临行前刘树边给每人发了一条裹尸袋，这种袋子的面料密度极高，不透气也不透水，一般的刀具根本划不开。出于好奇，陈炯民曾经钻到裹尸袋里试了试，袋子中竟有一股特殊的化学试剂的味道，估计是有防腐功能的。当时他跟战友开玩笑说：千万别牺牲，袋子里有股子臭脚丫子味儿。战友们说：人都牺牲了，还管他什么味儿！现在陈炯民再次闻到那令人作呕的臭脚丫子味儿，怎么回事呢？

两小时后越野车似乎抵达了目的地，陈炯民被人从布袋子里拽了出来。

陈炯民睁开眼,自己身处一间破破烂烂的房间。

几分钟后有人将他带进另一个房间,并将他的手与桌子腿铐在一起。陈炯民确认,那是警用的手铐。

门开了。满脸凶光的刘树边背着手走了进来。

陈炯民的身体似乎被铆钉铆在地面上,连脚都抬不起来了。

三天前,刘树边接到了魏东来发来的情报,陈炯民这兔崽子居然在阆槛。

刘树边的震惊难以表述,他急忙打电话请县里的同志去了解鱼米寨的情况,他断定陈炯民可能误会了。不到二十四小时线人的另一则情报到了,情报显示魏东来被陈炯民出卖,玉麒麟把魏东来抓了起来。有那么一阵儿,在胸腔里做了几十年顺民的心脏不停地狂跳着,突突突地撞得他肋骨生疼。刘树边只得去医务室做心电图,医生的建议是,心脏负担太大,休息。

刘树边怎么可能休息呢?

闭上眼,陈炯民那兔崽子就在眼前晃悠,简直要命了!

一小时前从其他支队调来的同志来了电话,陈炯民跟过来了。刘树边亲自抵达风口垭,目睹了抓获陈炯民的全过程。之后刘树边回到支队,在审讯室等,其间连口水都懒得喝。

当陈炯民出现在面前时,刘树边特别想走过去拍拍他的肩膀,这是几年来完成任务的习惯动作。刘树边好不容易才忍住,此刻副支队长完全可以感受到这名前手下的震惊,这家伙好像傻眼了。刘树边不愿意废话,他将魏东来的部分档案文件,以及鱼米寨派出所关于火灾调查的卷宗扔到他面前。

陈炯民越看越心惊，不一会儿内裤竟然被汗液给浸透了，火灾起因确实是电线短路。陈炯民抬起头，茫然地望着曾经的副支队长，嘴里发出呜噜呜噜的声音。

刘树边来到他面前，将档案抢过来翻开，档案的第一页上出现了魏东来的戎装照。刘树边在照片上点了点，愤恨地说：看清楚啦？

陈炯民满头大汗，一言不发。

刘树边强忍着怒火：档案卷宗按说是不应该给你看的，如果不让你看，鬼知道你还会搞出什么来？

陈炯民的椅子忽然就倒了，人也跟着仰了过去。

刘树边急忙揪住陈炯民的领子，发现这小子昏了过去，口腔和鼻腔有了大量出血现象，是咬的。刘树边急忙把随队的医生叫了来，医生的诊断是神经性休克！

半小时后，陈炯民苏醒了。

刘树边逼着这小子喝掉一瓶功能性饮料，然后又懊丧又无奈地说：也不能全怪你，可你想什么就不能告诉我一声吗？有心事就不能跟领导商量商量吗？你调到咱们支队五年，我对你怎么样——。

汗珠顺着陈炯民的头发梢落到地板上，座位周边出现了一圈水渍。脸上的血已经被医生擦掉了，陈炯民下巴上依然可以看到血迹，有些面目狰狞。

此刻的陈炯民，如一只斗败的公鸡。

刘树边站起来，烦躁地在房间里来回转悠：你家的事就是意外是事故，不是什么人害的。你，你——你说，你是不是怕我拦着你报仇啊？

陈炯民只得点头，这一来汗珠噼里啪啦地往下落，如一场小雨。

刘树边叹息着说：现在的事情非常复杂，魏东来被玉麒麟抓起来了。是你的功劳！你的本事还真不小！

陈炯民眼前出现了魏东来被抓走时眼里暴射出的精光，那精光一度将陈炯民笼罩。没错，魏东来眼神里确实有股埋怨的意味。作为前缉毒战士，陈炯民当然清楚五年卧底的艰辛和凶险，如今缉毒支队的最强卧底竟然葬送在自己手上！一念至此，浑身的汗水竟汩汩而下，沿着小腿流进鞋壳，顷刻间袜子也湿透了。

刘树边平复了情绪，在陈炯民对面坐了下来：是啊，你已经退伍了，你现在是普通老百姓，我不能以军人的标准要求你。我唯一能做的就是制止你继续折腾，我们在罂粟花区的情报网让你捅了个大窟窿，你还真能干！说着刘树边将缴获的手枪放在桌子上，盯着陈炯民的眼睛：非法携带并拥有枪支，三年！

陈炯民不明所以地看着他。

刘树边继续说：枪的事我可以替你瞒下来，不过偷渡的问题你自己兜着！下午我们会把你转交给公安部门。记住，不要提枪的事，以后也不要跟人说你曾经是缉毒战士。

一行泪水顺着陈炯民的面颊流了下来，刘树边是要从精神上将他开除！

个人偷渡属于违法行为，如果没造成什么危害也就是五天拘留，罚款几百块钱的事。手枪的事应该是刘树边最后的人情，这也是缉毒支队对他的最终判决。

刘树边起身准备离开，在门口他扭脸看看陈炯民：关于六王山，还有什么我们不知道的？

陈炯民摇了摇头。

刘树边握住门把手：好啦，一会儿派出所的人来接你。

陈炯民猛然站了起来，由于他没有意识到自己戴着手铐，结果连桌子一起被带倒了，嘴里叫着：副支队长！

刘树边诧异地看着他。

陈炯民拖着桌子走到刘树边面前，举起手：帮我打开。

刘树边说：派出所的人会给你打开的。

陈炯民目光坚定地说：我不去派出所。

刘树边平静说：五天拘留，完了事你就回老家，除非你胡说八道！你知道，警察无权处置你在境外的行为，除非那边有人告你，除非国际刑警组织看得起你。

说着刘树边又要出去，陈炯民用身体挡住了他的去路。

刘树边怒道：你要干什么？

陈炯民说：我不回家，我回罂粟花区。

刘树边惊愕地问：你说什么？

转瞬刘树边也就明白了，他揪住陈炯民的领子狠狠地一甩，陈炯民连同椅子咣当一声摔到地上，刘树边蹲下来指着他的鼻子：你居然还敢胡闹？你惹出的麻烦还不够？凭你一个人？凭你一个人能把魏东来救出来？你做梦！就算把半个支队拉过去，魏东来也不见得能活着出来！

躺在地上的陈炯民不屈不挠地说：我熟悉罂粟花区，我上过六王山，我见过玉麒麟，我还认识癞皮狗，在罂粟花区至少不会有人怀疑我是卧底。在阆槛，我还有些关系可以用，我是神奇动物联盟的真正后台。

刘树边震惊地问：什么什么？神奇动物？还他娘的银河护卫队呢。

陈炯民说：神奇动物联盟的前身就是银河护卫队！

刘树边惊愕地啊了一声。

陈炯民说：这事你就别操心了，他们是当地黑帮！

三十五　风萧萧兮

刘树边认为，陈炯民被自己的情绪操控了，丧失了判断力。如果真的回罂粟花区，出了事连后悔都来不及。于是说：你说的这些最多能让你在罂粟花区活下来，但不能解决魏东来的问题。

陈炯民坐起来，挺直腰板：我是缉毒支队最好的战士，对吗？

刘树边有些不情愿，但最终还是只得点头：魏东来曾经也是。

陈炯民继续说：玉麒麟不清楚他的真正身份！到了罂粟花区我可以相机行事，争取制造出营救他的机会。这事，你们不会坐视不管吧？

刘树边满脸的恨铁不成钢：本来我派人出去抓你就是违规的，我担了相当大的风险！我们不能越界执行任务。如果回到罂粟花区，你知道你面对的是什么吗？

陈炯民说：你信任我吗？

刘树边狠狠地在地上捶了一拳：我信任你管用吗？我的信任值几个钱？到了罂粟花区，你将失去所有的身份，更不能与我们缉毒支队再有什么瓜葛，你要一个人孤军奋战，那里有几万个靠毒品生活的当地人，那些人都会把你撕成碎片！

陈炯民再次将双手举到刘树边面前：给我打开。

刘树边想想，摸出钥匙将手铐打开。

陈炯民郑重地说：魏东来身陷险境是我一手造成的，我要把魏东来救出来。如果可能，我就留在罂粟花区，把他们搞个底朝天。

刘树边冷笑着道：你做过卧底吗？你知道卧底的原则吗？你掌握卧底的基本技能吗？

陈炯民毫不退缩：他们知道我不是卧底！

刘树边说：那你就没头苍蝇似的乱撞？

陈炯民说：需要什么技术，你可以教我，你可以告诉我。

刘树边疲惫地走到窗前：你看看，这是什么地方。

陈炯民向窗外望去，确实有些眼熟，立刻就想起来了，这就是公象、乌贼居住过的木屋，刘树边居然把他带到这儿了，估计是不想让支队的其他人知道。

刘树边叹息着说：事情是从这里开始的，现在也只能这样了。

陈炯民挺直腰板：是我自己要去的！

刘树边咽了口唾沫：那你给我记住，从现在开始只有我知道你的身份，你和国内的官方机构没有任何关系！如果你在那边出事，如果我们鞭长莫及，你只能自己负责。

陈炯民斩钉截铁地说：我自己负责。

一个小时后，刘树边将一本小手册交给陈炯民，再三嘱托说，牢记在心就可以了，这东西过境之前必须毁掉。

陈炯民打开看了看，那是缉毒支队前几任卧底的经验总结。

刘树边说：五任卧底，牺牲了两个，不要让魏东来成为第三个。

陈炯民斩钉截铁地说：魏东来会回来的，我保证！

刘树边提醒他：要回去就得马上，夜长梦多。

陈炯民突然想到了机器猫和山羊，于是追问他们的情况。

刘树边说：那两个人是诱饵，早就放回去了。那个叫山羊的欠债无数，现在他自己都没搞清楚到底是谁绑架了他。

陈炯民追问诱捕山羊他们的是什么人，为什么以前都没见过？

刘树边怒道：你小子要是见过我还敢派他们去吗？是我从其他支队调过来的。

出发之前陈炯民提出是否可以满足他两个条件，第一是希望支队能提供些称手的武器。

刘树边表示无能为力：咱们是部队，装备都有编号登记过的，我无权给你。再说如果你携带中国的制式装备，那不是不打自招吗？

陈炯民坏笑着说：我好歹也在缉毒支队干了九年，总不能看着我送死吧？

刘树边意识到陈炯民这小子索要武器是幌子，冷笑着说：有话说有屁放！

陈炯民说：钱！

刘树边更加恼怒：我哪来的钱？我那点工资还要养家糊口呢，我们家孩子在省城上高中，你知道上补习班多少钱吗？

陈炯民抱着胳膊，满脸轻蔑地看着他。

刘树边独自嚷嚷了半天，最后愤恨地说：那你小子等着！

天黑后，刘树边亲自开车送陈炯民前往风口垭。

车身颠簸，车窗外一片黑暗，二人谁也不言语。

陈炯民回忆起那次回鱼米寨奔丧，也是刘树边亲自开的车，回到支队他就放弃了考军校的机会。仔细想来两次送行仅仅相差了一个来月,但陈炯民已经有恍如隔世的感觉了。

刘树边喃喃地说:如果你上了军校该多好啊!

陈炯民苦笑着:如果去了军校,可能永远都去不了罂粟花区,永远也搞不清那边的水有多深。

刘树边说:你现在搞清啦?

陈炯民摇摇头。

刘树边半晌未语,之后示意陈炯民将储物盒打开,里面有个信封。陈炯民将信封打开,信封里是两万多元的现金。

刘树边说:支队的几个领导凑的。

陈炯民问:我的事他们知道啦?

刘树边苦笑着说:不知道。我说我想给朋友做个集资,他打算去阑槛。大家心里全明白!

陈炯民的鼻子酸了一下,急忙捏了捏。

刘树边接着问:打算怎么救魏东来? 有计划吗?

陈炯民说:玉麒麟答应过我,公象必须由我亲自杀!

刘树边琢磨了好久,到头来也想不出陈炯民到底会怎么做,不过将在外君命有所不受! 这是亘古的真理。

今天的风口垭没有雾,二人在车里便听到了外面狮吼一般的狂啸声,那是天空的嚎叫,那是来自苍天的怒吼。月光下无边的热带丛林被吹得东倒西歪,树冠波浪一样涌动着,大地随着丛林掀起的波涛抖动,似乎随时会翻转个底朝天。

二人下了车,狂风猎狗一样在他们腿下乱窜,即便扶着车门,双腿依然在拌蒜。

陈炯民收拾好行装,背上拷包顶着风走向界桩,拷包里装着现金和刘树边为他准备的一些应急物品。令人惊奇的是界桩的这边风如牛吼，天呼地啸，界桩的另一侧则浓雾弥漫，奶白色的雾团打着卷地在半山腰升腾翻滚，向这边发动了猛烈的冲锋，不知为何，雾团冲到界桩处居然给卷了回去。

这是两股气流的拉锯战，也是两个世界的对峙。

刘树边追上两步，似乎在下决心。

陈炯民转身说：我走了。

刘树边则顶着风跑过来，抓住他的胳膊，说：等一等，我在罂粟花区有个朋友，关键时刻能帮到你。

陈炯民惊奇地问：朋友？

刘树边：是朋友，不是卧底也不是线人，没有组织关系。

陈炯民说：怎么跟他联络？

刘树边摇头：不用，到时候他会找你。

陈炯民疑惑地看着他。

刘树边咬着嘴唇说：接头暗号是，我是你爹。

陈炯民的眼珠子鼓了起来：什么什么？这暗号什么意思？

刘树边说：暗号就是暗号，越是出人意料的暗号就越不容易混淆。

陈炯民哼了一声。

刘树边说：又不是真的。给我记住这个暗号！

陈炯民嘟囔着：什么玩意儿！

刘树边郑重地说：记住！

陈炯民说：记住了。

刘树边按住他的肩膀：以前你是安全的，他们知道你去罂粟花区是报私仇的，毒贩子们也不会为难你。以后你同样不能把自己当成卧底，只要有了这个心思你也就快完了。

陈炯民再次点头。

刘树边继续说：记住，你会的，魏东来都会。

陈炯民一时没听明白：什么意思？

刘树边说：你会的，他也会，你们都是我训练出来的。

陈炯民说：明白了。

刘树边的牙齿在吱吱作响：万一，万一救不出魏东来，你也得回来！没有必要把自己也葬送掉！

陈炯民摆脱了刘树边，转过身，决绝地越过了界桩，然后扭脸望着自己的副支队长：如果魏东来牺牲了，我就给他报仇；如果我死了，你再派人过来！

说完陈炯民的身影消失在升腾翻滚的浓雾里。

刘树边扶着界碑沉默良久，风萧萧兮易水寒！

当年魏东来也是沿着这条路进入罂粟花区的，一晃五年了。

三十六　蛇女

机器猫从小就帮山羊买大药，在酒馆中并没把买大药当回事。当她拐进小巷寻找小卖部时，迎面走来一人。机器猫连看都没看就打算从他身边过去，但对方毫无缘由照着她踹了一脚。不知是否属于巧合，这脚正好踹中了机器猫的胸膈膜，人当下就给踹翻了。接着对方动作敏捷地将机器猫塞到一只柔软却质地坚韧的布袋子里，机器猫强忍着内脏的翻江倒海摸出手机，按下了紧急呼救键。袭击者可能是听到了手机的哔哔声，一拳打在她后背上，机器猫当下就昏了过去。

再次醒来时，机器猫确认自己在车上。随着车身的颠簸，旁边的一个物件不停地与她所在的布袋子发生撞击。机器猫隐约觉得旁边那东西应该是另一个布袋子，布袋子里似乎也装着个人，难道自己碰上街溜子了？

街溜子在中国南方的土语里是小混混小流氓的意思，但在罂粟花区却专门指人贩子。据说中南半岛上的街溜子组织严密，人员众多，他们专门拐骗、买卖甚至用暴力手段劫持女性，然后卖到香港、吉隆坡甚至日本。年轻漂亮的就送到非法妓院里接客，没有性价值的女人便剁掉手脚，摆在街头作为乞讨的道具。

一念至此，万念俱灰，机器猫愤怒地在布袋子里狠狠蹬了几脚，由于空间狭小根本使不出力气。机器猫下定决心，如果真的是被街溜子拿住了，紧急关头就咬舌自杀。

咬舌自杀的典故是山羊讲给她的，山羊说在中国古代有些人特别特别刚烈，如果谁强迫他们做不愿意做的事或者无法摆脱困境又死不了，那些人就会咬舌自杀。机器猫无法理解：咬了舌头难道就会死吗？山羊说：舌头给咬断了，血根本止不住，血流干了，人也就死了。

就在机器猫胡思乱想、暗自发狠时，有人将布袋子的口解开，向里面扔了个小物件。机器猫本能地要反抗，但刚刚吸了一口气眼前金星乱闪，几秒钟后人便昏过去了。不知过了多久，袋子口终于再次被人打开，外面的人揪着机器猫的头发将她从布袋子里拉了出来，是山羊。

机器猫呼叫着跳了起来，从地上抓起一块石头就打算拼命！

山羊疲惫地说：省点力气吧，人家早就走了。

机器猫这才发现天光大亮，二人置身于丛林深处，地上摆着两条黑绿色的布袋子。

机器猫惊愕地望着自己的养父，一时也不知道说什么好。

山羊吃饼子呢，边吃边说：那些家伙把咱们扔在这儿走了，我比你醒得早，先出来了。

机器猫说：你怎么也让他们抓住了？

山羊说：接到你的短信我就出来了，结果就中了他们的暗算。

机器猫非常愤怒：是你在外面欠了债，人家是来找你的。

山羊冷笑着：我的事是我的，蛇女的钱你要是还不上，你和你的银河护卫队啊不是，你和你的神奇动物保证比我惨！

机器猫张口结舌，只得道：那，那，那白猪呢？

山羊：不知道，公象完蛋了，没准他也回国了。

机器猫茫然四顾，四周空无一人。突然她冲入丛林，在方圆几百米范围内来回飞奔，奋力寻找。半小时后汗流浃背的机器猫断定，白猪确实不在附近。

望着垂头丧气的机器猫，山羊不屑地说：你不会是真喜欢上那小子啦？

机器猫说：有你的事吗？

山羊冷笑着：好，那就当我没问过。

机器猫瞪着他：那小子从阆槛追到这儿，你就一点感谢的意思都没有？

山羊无可奈何地笑着：难道那小子是为了我吗？你怎么就不死心呢？那小子是从中国过来的，他迟早得回去。

机器猫愤恨地说：那又怎样？

山羊指着她的鼻子：我是说你别打他的主意，那是做梦！白猪跟咱们不是一类人，咱们是阆槛的癞蛤蟆！

机器猫本来打算狠狠地痛骂山羊几句，但一股她从未品味过的酸楚将喉咙塞住了，塞得死死的，一个字都说不出来。

罂粟花区的丛林永远难不倒机器猫和山羊，一个小时后他们就到了阆槛。实际上机器猫和陈炯民都不清楚，半路上特警人员便把山羊和机器猫扔下去了。否则扛着两个人爬山，怎么能跑得过陈炯民呢？这事陈炯民很久之后才弄明白。

山羊说：抵押火化场的事可以答应蛇女，但烧人的价格不能涨，否则我没脸见人。

可能是陈炯民回国的推断刺激了机器猫，她忽然强硬起来，劈头盖脸地吼道：我自己的事我自己担着，火化场你就自己留着吧。不过你给我记住，以后你的事也别找我！

山羊说：找不到白猪，你干吗要记恨我呢？是你先让人家抓住的。

机器猫懒得说话，头也不回地走了。

灭霸还在的时候，英雄联盟的窝点设在黄钻俱乐部，他们有钱，至少有面子。灭霸死后，机器猫还不上赌债，保护费也收不上来，只得将神奇动物们带到砖窑，至少砖窑不要钱。机器猫回到砖窑，四眼蛤蟆和原银河护卫队的几名兄弟正在等她呢。如果加上英雄联盟投奔过来的人，机器猫的手下有着三四十条好汉。如今的机器猫立足未稳，英雄联盟的成员也都在观望。这些家伙知道黄钻在逼债，都想看看这个新老大假小子机器猫到底有多少斤两。

四眼蛤蟆紧张地报告说：母鳄来过电话，说蛇女马上就过来，我们正发愁找不到你呢。

机器猫埋怨道：你就应该跟他们说我去六王山了！

四眼蛤蟆说：母鳄说，除非你去了阴曹地府，否则必须见面。

机器猫哼了一声，摆摆手，四眼蛤蟆等人出去了。

机器猫枯坐在砖窑里发呆，陈炯民的容不停在眼前晃悠着。恍然间机器猫似乎又回到了那个雨夜，雨声中陈炯民躺在角落里打呼噜，机器猫正在煮米粉，全然是岁月静好的样子。想着想着机器猫的身体有些发热，手慢慢地摸到了自己的乳房，柔软的、温暖的，似乎从不属于机器猫的乳房就挂在胸前。这一刻机器猫恍然觉得这只手应该属于白猪。

四眼蛤蟆在砖窑外大声喊道：老大，访客到了。

机器猫急忙将手缩了回去，厉声道：让她进来。

砖窑的门吱扭扭地开了，一名白衣飘飘的仙女裹着一阵清香飘了进来。那女子长发齐腰，面庞俊美，眉目如画，两侧的脸颊各镶嵌着一颗宝石般的酒窝。这女人神态亲切，笑容甜美，声音也忽远忽近的，令人难以捉摸。

机器猫倒吸了一口凉气，蛇女来了。

明凤抵达六王山之前，黄钻俱乐部的蛇女一直号称是罂粟花区的第一美女。按说这女人也有三十多岁了，但无论从哪个角度，在她身上都找不到岁月的痕迹，蛇女属于典型的冻龄美人。

机器猫今年刚满二十岁，与蛇女站在一起她完全找不到自信。岂止是自信，不自卑就已经谢天谢地了。

大家都说，蛇女出生在罂粟花区的目的就是羞辱罂粟花区的其他女人。最近有人放风说，六王山的明凤更加娇艳更加妩媚，但二人确实没有当面比拼过，见过明凤的人也并不多。

蛇女早年是跟随水蚺出道的，也因此拿到了人生的第一桶金。后来水蚺年纪渐长，对女人的兴趣日渐衰微，便把她介绍给无腿狮了。得到了蛇女之后，无腿狮便出资让她创建了在中南半岛上赫赫有名的黄钻俱乐部。

当然，这里面的内幕只有少数人知道。正在强劲崛起的无腿狮给水蚺开出了两个条件，要么让出蛇女，要么就兵戎相见。水蚺地寡人少，没有胆量和东西联合军一决高低，于是便四处造谣说，人的年纪大了必须远离女人，必须养生，必须心态平和、与世无争等等！实际上蛇女是被无腿狮生生抢走的。其实名女人的容颜是否倾国倾城不重要，重要的是这个名女人的归属是否有代表性，蛇女的归属就代表着罂粟花区最高权力的转移。

机器猫小时候就见过蛇女，而且还见过很多次，但机器猫的角色仅仅是远处围观的路人。今天是机器猫得到了与蛇女第一次单独接触的机会，心几乎要从嗓子眼儿跳出来了。

婀娜的蛇女大大方方地扭到机器猫面前，一把拽住机器猫满是油泥污渍的手，亲热地说：你就是机器猫啊？最近你真是红透了！整个阑槛都在谈论你！

机器猫有点尴尬：啊，我……我以前见过你。

蛇女似乎没有听到机器猫的话，自顾自地欣赏着：哎哟你气色为什么这么好呢？红里透亮！你是不是经常锻炼？听说咱们阑槛新近开了一家健身房，你办卡了吗？他们的年卡非常便宜。哎呀我这人就是身体不行，老是喘，医生说我缺乏锻炼，身体底子也不好。唉！

机器猫有点晕，这女人东拉西扯的，到底要干什么。

三十七　一个交代

收购火化场是母鳄和四眼蛤蟆具体谈的，四眼蛤蟆将他们的条件告诉机器猫，机器猫则在山羊那里碰了一鼻子灰。

如今蛇女亲自上门，机器猫已经做好了火并的准备。她当然清楚得罪无腿狮的代价，但人如果被逼到墙角还是无动于衷，那不是死人吗？机器猫永远有办法，机器猫永远不服输，机器猫随时准备着绝地反击。

如今的机器猫是万万没想到，罂粟花区的传奇蛇女待人是如此亲切，不仅没有一点架子，甚至可以用春风化雨来形容。机器猫头一次遇到这样的对手，非常不习惯。

面对蛇女的关切，机器猫只能说：啊，我天生身体好，小时候就喜欢在野外疯跑！

蛇女依然亲热地拉着她的手：也是，外面空气好，黄钻最大的问题是空气太差了，所有的客人都抽烟，搞得乌烟瘴气的，又不能管他们。我本来打算让管理层贴一块禁止吸烟的牌子，结果母鳄那些人跟我闹腾，说禁止吸烟人家就不来了。其实我也是为了大家的身体着想啊！

机器猫只得点头：是，抽烟是不好。

蛇女拉着她就要坐下：坐，咱们坐下来聊！

机器猫急忙用手托住了蛇女的胳膊。蛇女一袭白衣，砖窑里到处都是灰土，机器猫不忍心弄脏她的衣服。

蛇女无所谓地说：没事的，反正衣服只能穿一回，脏就脏了，坐！

蛇女拉着机器猫坐下来，笑吟吟地说：山羊是你父亲？

机器猫说：嗯。

蛇女如同哄小妹妹一样：白猪呢？听说白猪是来罂粟花区报仇的，公象是他的仇人！

机器猫说：是，他是来报仇的。

蛇女环顾四周：我很想见见这个人。

机器猫说：他人不在。

蛇女惋惜地说：人才难得！其实你们两个都是人才！最近咱们阑槛发生了很多事。那话怎么说的，长江后浪推前浪！说说，灭霸到底是怎么让你们抓住的。

机器猫轻蔑地说：是在花青蛙那里抓住的。

蛇女脸上闪过了一丝幸灾乐祸的笑容：男人都这德行，女人就是他们的软肋。跟我说说，你将来有什么打算？

机器猫本来做足了电光石火、你一刀我一枪的准备，如果蛇女见面就翻脸，机器猫甚至打算先劫持这女人，然后再跟无腿狮谈条件。实在不行，就押着蛇女带着自己的队伍上六王山。玉麒麟是无腿狮的死对头，敌人的敌人就是朋友，如果玉麒麟不收留自己，就证明无腿狮才是罂粟花区的老大，玉麒麟的自尊心没准会崩溃。机器猫千算万算都没有算中现实中的蛇女是如此和蔼可亲，温婉贤淑的品质从来都不属于罂粟花区，至少是濒危的、罕见的、可遇不可求的！按说黄钻俱乐部的打手就有四五十人，蛇女根本犯不着对机器猫如此客气，丽人本质或许就是她的天性！习惯了打打杀杀的机器猫，从来没有意识到温柔才是女人最无敌的利器。

蛇女和机器猫足足闲聊了半小时，几乎把机器猫体内的八卦欲望激发出来了，最后话题终于落到了灭霸拖欠的债务上。

蛇女说：俱乐部的摊子大，摊子大难处就大，实际上俱乐部也不是我的，这一点阑槛所有的人都清楚，我后面也是有老板的。灭霸那十几万美元不是我非要不可，我后面的那人我真的惹不起啊！

机器猫没奈何，只得表示认可。

蛇女继续说：我知道你拿不出，所以就提出了抵押火化场。火化场的买卖是个长线，按说你干爹也没挣到什么钱，不如就给了我们，他想干就让他继续干，经营的事交给我们就完了。

机器猫说：我干爹不在乎什么脏活儿累活儿的。他说，如果你们涨价，阑槛的人就死不起了。

蛇女说：既然死不起那他们就应该好好活着呀，我们又不是逼着大家都去死！我也知道，在咱们罂粟花区烧人的活儿没人愿意干，只有你干爹无怨无悔的，为什么不涨价呢？这是商业运营！如果你干爹觉得自己岁数大了，我们就从中国找几个人来，只要给钱，他们什么都不在乎！你干爹指点指点就可以，只要他在门口坐着就可以，对吧？

机器猫低头不语。

蛇女说：你再想想，如果那笔钱还不上，我后面的人能答应吗？

蛇女的软硬兼施让机器猫进退维谷。

机器猫和山羊相依为命了二十年，她最为了解山羊的秉性，如果让山羊交出火化场的经营权，他保证会玩命！很多事年轻的机器猫无法理解，山羊似乎对火化场的差事极有感情。机器猫是在火化场里长大的，所有的事都看在眼里，有时候她甚至想对山羊发火。

每每有死人送过来，山羊都会煞有介事地点上一炷香，默哀一分钟，然后便为死者擦洗全身，当然这也谈不上是死后美颜，但死者好歹都能干干净净地进入火化炉。山羊这么做绝不是做做样子，是发自内心的，十几年如一日的。如果送来的是具无名尸，处理完毕，山羊便会亲自把骨灰埋到山里，然后在埋葬地种棵小树苗。即使送来的是残缺不全、破败不堪的贩毒集团成员，山羊也不嫌脏，更不会随意减少处理程序。有一次机器猫嫌麻烦，将一份无人认领的骨灰偷偷扔到河里了，结果被山羊好一顿暴揍，险些给打出屎来。

机器猫不服气地叫嚷着：那人又不是你家亲戚，你就是吃多了撑的。

山羊怒道：他好歹活了一辈子，他也是个人，你懂个屁！

有一年过春节，山羊抽足了大药，站在火化场门外手舞足蹈地叫嚣着：无论你们送来的家伙活着的时候做过什么是什么人，死了就一了百了了，谁都别跟老子玩臭屁。

山羊接手火化场已经十五年了，罂粟花区所有商品和服务全部涨了价，唯独火化场维持着十五年前的收费标准。山羊臭脸臭嘴臭脾气，到处得罪人，但在无法无天的罂粟花区却从没人真想要他的命。或许正是他在火化场的所作所为让他赢得了人们的尊重。当地人最大的妄想是好好活着，如果活不成，谁不希望可以体面地死呢？

机器猫为难地说：我干爹那人谁惹得起？有没有别的办法？

蛇女诚恳地说：如果有别的办法，我为什么要难为你呢？你我又没仇！黄钻做的是生意，我本人不打算为难任何人。

机器猫的表情忽然严峻起来：给我几天时间。

蛇女问：干什么？

机器猫说：就算还不上你的钱，我也会给你一个交代。

蛇女诧异地望着机器猫朝气蓬勃的脸，许久未语。

虽然年龄不具备决定因素，但过于年轻的面孔却很难赢得信任。

最终蛇女笑着说：几天？

机器猫咬着牙：三天！

蛇女按着机器猫的肩膀：三天之后你要给我一个交代，否则我扛不住。

机器猫郑重地点点头。

蛇女走了，带着一股仙气飘飘然地走了。

机器猫从砖窑的门内望出去，蛇女在丑陋的母鳄的陪同下飘然而去。神奇动物们如醉如痴地望着那婀娜远去的背影，舌头耷拉在下巴上，口水打湿了所有人的前襟，连四眼蛤蟆也不例外。

机器猫恼怒地关上门，最近发生的事情太多，她的脑子已经成了一锅粥！

干掉灭霸，剿灭英雄联盟，控制阑槛的底层黑社会，这三项壮举已经让机器猫声名大噪，甚至赢得了到六王山觐见玉麒麟的机会。但机器猫心里清楚，这些事是在白猪主持下完成的，她的作用最多是配合和号召。而收编英雄联盟之后的麻烦也是一个接一个，哪一个都不容易应付。

独处时，机器猫曾不止一次地问自己，如果白猪没有来阑槛，这些事她能做到吗？如果只靠白猪成事，她机器猫的存在意义又是什么呢？机器猫下定了决心，必须独立完成一件让神奇动物们刻骨铭心的壮举！

机器猫将自己的组织取名为神奇动物联盟，主要是希望手下都是掌握了一门绝技的神奇动物，那样她就可以省心了。现在的问题是机器猫首先必须证明自己就是神奇动物！如今看来，搞定蛇女或许就是她的机会。

机器猫阅历尚浅，但也清楚笑里藏刀的危险，蛇女首次拜访属于典型的先礼后兵。当然，也可能是蛇女搞不清机器猫的实力，特地过来摸底的。反正人家把想说的话都说出来了，如今皮球在机器猫脚下！

机器猫找出一份罂粟花区的大比例尺地图，摊在地上，然后撅着屁股一厘米一厘米地在地图上探索起来。

山羊是使用地图的能手，机器猫从他那里学到了探索地图的妙处。如果几方势力处于犬牙交错的状态，那么地图上就一定会出现机会，抓住机会便能成为下一支崛起的力量。机器猫探索了一会儿，忽然想到另一个问题，陈炯民也能熟练地使用地图，白猪当过兵，那山羊为什么会对地图如此精通呢？机器猫意识到自己分了心，急忙集中精力，全神贯注地研究起来。

最终机器猫的目光落到地图的一个小点上，那是盘桓江的入海口，属于水蚺的棋盘寨——小孟码头。

机器猫拉开门，冲着外面的人喊道：都给我进来。

十几名神奇动物在四眼蛤蟆的带领下进入砖窑，大家清楚蛇女的来意，也指望着老大能想出应对之策，否则刚刚崭露头角的神奇动物联盟撑不了几天。

机器猫说：我打算干一票大的，谁不想活就跟我走。如果能活着回来，就是神奇动物联盟的金牌成员，待遇提高两倍。不愿意去也无所谓，留在这里看家。

众人面面相觑，机器猫脑子里打的什么主意？

机器猫猛地一脚将桌子踹翻，怒吼道：不干票大的，就没人看得起咱们！要干，就照死了干！

三十八　瘾君子山羊

无论光的速度有多快，黑暗总会在前面等着它。

陈炯民就是那道光，罂粟花区便是无边无际的黑暗。现在陈炯民又将自己射进这茫茫无际的空虚，天知道铺天盖地的黑暗里会跳出什么妖魔鬼怪！

乔装改扮的陈炯民回到阑槛时已过午夜。在路上他草草拟订个计划，于是率先来到乌贼的小公寓，处理了一些杂事，之后未做停留便径直来到火化场。陈炯民有典型的军人气质，军人行动往往会事先谋划，谋定而动。这就是军队中参谋的重要性，据说当代军队如果失去了参谋和参谋部，基本上不会打仗。

到了火化场，陈炯民破门而入，迎接他的却是个令人尴尬的局面！

营业厅中的山羊仅仅穿着一条裤衩，几乎是全裸着盘膝坐在茶几前，茶几上则摆满了注射器、小水瓶和几包颜色深浅不一的白色粉末。

看来这老东西正在准备一场大战！

陈炯民毫不犹豫地抓起茶几上的注射器，对准山羊的眼睛，怒吼道：你给我设局，你让中国武警抓了我，信不信我现在就让你这老烟鬼嗨到老家去？

山羊镇定自若地说：我欠了多少债我自己都记不清，但我欠的债我自己顶着，谁让你跟着去了？我求过你吗？

行动派的陈炯民顿时语塞了，是啊，当初的确是他自己决定跟上去的，结果中了刘树边的圈套。陈炯民虚张声势的目的，是想搞清山羊与国内的缉毒机构是不是有勾结。在丛林中他一直在思索，刘树边嘴里的朋友到底是谁？最终发现山羊的嫌疑最为明显。同时最大的疑问也出现了，这家伙溜大药，缉毒支队明文规定，不得与吸毒、贩毒人员建立情报管道和稳固联系，刘树边怎么可能与这老烟鬼是朋友呢？但除了山羊就真的没有其他人选了。

山羊冷不防地将陈炯民手里的注射器抢了过去，反手乓的一下扎在自己胳膊上，然后狠狠地推了下去。仅仅几秒钟工夫，山羊便出现了明显变化，这家伙紧锁的眉心渐渐舒展开来，额头上渗出了颗颗汗珠，接着这老东西的脸色也红润了，干瘪的身体变得挺拔充实。陈炯民甚至怀疑山羊的体重瞬间就增加了十斤。

突然山羊一个前滚翻从茶几上跃了过来，他兴奋地在屋里跑来跑去，两条青筋暴露的胳膊上下挥舞，口中发出呵呵的声音。山羊猛然转身，毫无征兆地照着陈炯民的屁股便是一脚，陈炯民啪嚓一声被踹得趴在茶几上。

作为缉毒战士，陈炯民当然见识过瘾君子，更清楚这些家伙过足烟瘾后，什么丑事都能干得出来。虽然他一直关注着山羊的举动，却万万没想到老东西会踢自己一脚，更没想到这老家伙的动作如此迅猛快捷，想躲都没躲开。

陈炯民跳起来，挥拳就打算反击。

兴奋莫名的山羊忽然爬到了焚化炉顶端，他拉下内裤，照着陈炯民的脑袋就要撒尿！

陈炯民实在受不了了，只得开门跑了出去。

火化场地处阑槛郊外，阑槛的光污染并没有波及这一带。

逃到门外，陈炯民好不泄气。本打算制服山羊，却被这个老烟鬼搞得狼狈不堪，什么事啊！

烦躁的陈炯民仰望天空，自艾自怜。

罂粟花区的夜空同样的月大如斗，星河灿烂。潮湿温热的空气随着变化游弋着的气流，从四面八方涌过来，人的身体似乎被一团团的黏液包裹着，难以集中精力。

几年前陈炯民代表缉毒支队去北京接受过表彰，正是北方的隆冬季节。从飞机里钻出来，初来首都的南方人陈炯民兴奋难耐，他张开嘴准备狠狠地呼吸一口首都的气息，不想喉咙中却毫无防备地钻进了一根清冽无比的冰棍。那是他从未领略过的冰冷的空气。瞬间陈炯民连打了好几个激灵，脑袋里空明如初，连小时候向饭锅里撒尿的事都想起来了。

南方属火，但火的内部是混沌的，据说还没有科学家能把火研究出个所以然来。事实上，在地理上越往南走，气候越不分条理，人和事都是如此。

陈炯民在门外的台阶上坐下来，只听得火化场里叮咣乱响，从窗户中可以看到山羊在药力的催动下在门厅中肆意驰骋，尽情挥洒。

与刘树边分手后，陈炯民在雨林中穿行了好几个小时。这是他第二次潜入罂粟花区，上一次陈炯民满怀着复仇的怒火，心似乎被一团火烘烤着，整个人随时都会燃烧起来。这次虽然还是偷渡，但心境却大为不同了。虽然魏东来因为陈炯民的错误判断而生死未卜,但他的心是清澈的,也是沉静的,因为这一次陈炯民的使命是救人!

陈炯民仅上到高中,读过的书非常有限,平时也很少探究混沌难解的内心世界,但雨林中的长时间独行却让他不得不审视自己的心灵。早年他在学校里被灌输了很多浮于表面的概念,后来又在部队里学会了绝对服从,但在罂粟花区的经历却让陈炯民尝试着思考人生,这里似乎全是病人。

有个在精神病院工作过的网友曾经告诉他,在精神病院,男人都想做大事,女人都想被人爱。陈炯民当时觉得这话没错啊,男人当然就应该做大事,女人如果没人爱,那她活着还有什么价值?在罂粟花区的闯荡让陈炯民想明白一个道理,满脑子做大事的确实都是神经病,哪有那么多大事等着你去做?人类唯一的大事就是想办法生存下去,如何生存下去。但这样简单的原始需求恰恰需要从小事做起,只要一件小事做错,结局便万劫不复。

一个小时后,陈炯民再次推门而入,山羊正躺在肮脏的地面上喘气呢。此刻山羊枯树般的身体再次干瘪了,面皮也恢复了皱纹堆垒、皮肤松弛的本相。

陈炯民将山羊拽起来,让他平躺在沙发上,然后拉开冰箱,找出些肉食,放到微波炉里加热。罂粟花区里稍微像样点的人家,家用电器还是一应俱全的,而且全是中国货。

山羊不明所以地看着他,有气无力地说:吃我的东西得给钱。

陈炯民将微波炉里的肉食拿出来,放到山羊面前,不容置疑地说:吃。

山羊万分惊讶:给我的?让我吃?

陈炯民说：溜到注射阶段的人活不了几年，其实毒品不要命，主要是人因为吸毒失去了食欲，缺乏营养，身体慢慢就垮掉了。人家西方人抽大烟也照样能活到八十多，首先是人家吸毒有节制，其次就是吃，溜大药没耽误人家的胃口，营养能跟上，身体也垮得慢。

山羊哼了一声：我身体垮不垮的跟你这兔崽子有屁关系啊？

陈炯民从后面抓住山羊的脖子，另一手则举着根香肠：老不死的，吃不吃？不吃我就给你塞进去！我噎死你。

山羊本打算还手，但脖子却被陈炯民完全控制，身体无法动弹。

山羊愤怒地说：你小子肚子里就没憋好屁。有屁你就先放出来，说，你小子想让我干什么，保证没好事，你个兔崽子，你一撅屁股我就知道你要拉什么屎。

陈炯民无奈地松开手：我在阆槛也没什么熟人，我想让你这老东西多活几年！留着你还有用！

山羊错愕地看着他，过了好一会儿他忽然抓起香肠囫囵吞枣似的往嘴里塞。

陈炯民嘟囔着：就你这样的，不抽死也得噎死。

山羊飞快地吞下香肠，然后恶狠狠地说：说吧，想让我干什么？

陈炯民说：我自己的麻烦我自己能解决。我是想，如果我玩砸了，最起码能有个人给我家里送个信，哪怕是写封信呢。

山羊眼里闪过了一丝诡异的光芒：什么家？

陈炯民说：我在鱼米寨的家，在广西。对了，你是哪儿的人？

山羊没回答陈炯民的问题，沉默了好一会儿说：在风口垭你小子答应帮我还债，我欠你的。说吧，要我做什么？

陈炯民说：我要干的事别人帮不上，我自己动手。

"你个拧种!"山羊恶狠狠地说：我到阑槛住了二十多年，知道谁才是罂粟花区的老大吗？

陈炯民本能地想说是无腿狮或者荣军司令部的山鬼，但山羊既然问出这个问题，答案不可能如此简单。既然说出来就是错，干脆闭嘴了。

山羊没想到陈炯民会以沉默应对，哼哼地说：兔崽子，定力还不错。

陈炯民说：你少废话，想说什么就说。

山羊挺直腰板，得意洋洋地说：罂粟花区的老大是我。没有我，这里的人死了都不得安生，哈哈。

陈炯民笑着说：你就吹吧。

山羊指着外面：你信不信？明天我就到无腿狮的别墅门口骂他去，我骂他三天，无腿狮不见得敢跟我动手。

陈炯民想想，确定山羊的话有几分道理，无腿狮不愿意动他或许真的是担心会犯了众怒或者自己死了没人烧。于是说：就算你在这儿横着走，你能帮我做什么？你根本不知道我要干什么！再说你是大烟鬼，你这样的能干什么？

"混蛋!"山羊举起酒瓶子就要砸过来。

陈炯民指着他：你要是敢砸我，我立刻就走。

山羊怒道：你脑子里有屎吗？乌贼的下落是谁告诉你的。

陈炯民一言不发地看着他。

山羊为什么要通报乌贼的下落？这一点同样让陈炯民百思不解，这也是他认定山羊身份成疑的关键。

山羊奋力在桌子上敲了一下：我是你爹!

陈炯民跳起来就准备骂回去，但耳边却响起了刘树边的声音：暗号就是暗号！

陈炯民使劲晃晃脑袋，我是你爹？

三十九　公象的影子

陈炯民震惊不已，刘树边号称可以救命的暗号，如此轻易地便出现了？

山羊得意洋洋地问：怎么着，你小子还不信啊？

陈炯民不无愤恨地说：这么缺德的暗号没准真是你想出来的。

不识庐山真面目，只缘身在此山中。陈炯民身在缉毒部门，目睹过工作中的不少失误，不认为公象逃脱是什么大不了的事。在罂粟花区的人看来，从中国的强力部门中逃出，势比登天。这也是乌贼坚定地认为公象是卧底的原因，也是刘树边不愿意让魏东来回来的因由。

在路上陈炯民已经猜中了七八分，是什么人将乌贼的藏身地透露给他的？是山羊！谁能在第一时间掌握他把公象出卖给玉麒麟的情报？除了机器猫，依然是山羊！谁会自愿地作为诱饵引自己上钩？当然是刘树边的朋友。现实中作为诱饵引自己上钩的人是谁？还是山羊！山羊为什么要向他透露乌贼的消息？答案并不难猜，山羊判断，乌贼在慌乱之余会把公象可能是卧底的事抖搂出来。陈炯民只要脑子稍微清醒就能判断出，身为卧底的魏东来不可能去他们家放火，山羊是希望让乌贼消除陈炯民和魏东来之间的误会！当然，山羊没有料到乌贼居然还捏着公象的另一个把柄。他打算借陈炯民、玉麒麟的手干掉魏东来，免除威胁。

螳螂捕蝉，黄雀在后！

山羊愤恨地说：这暗号是专门给你小子准备的，你这笨蛋居然被乌贼给耍了！九年的武警，真是白干！

陈炯民握紧着双拳，双目喷火，真想一拳将这老东西砸扁！

山羊又叹息一声：为了你，我老人家让他们塞到裹尸袋里，扔进深山老林，差点死了！

陈炯民毫不退让地说：是你自己引我上钩的，谁也没求着你钻裹尸袋！我问你，从时间上看，暗号是你早就想好了通知那边的，你怎么知道我会回来？如果我选择拘留五天，然后直接回家呢？

山羊冷笑着说：你今年二十几？

陈炯民当下被问得蒙圈了，缓了一会儿才说：二十八。

山羊若有所思地说：二十八！二十八！

陈炯民故意讥讽他：不识数啊？

山羊伸长脖子朝地上狠狠呸了一口：二十八岁的人吃屎吗？你愿意吃屎还不如死了呢！

陈炯民抓起面前的针管便砸了过去：你个老不死的！

山羊闪身躲过却并没有还击，而是自顾自地说：二十八！就是说你小子至少还能活五十年。如果选择回家，这五十年你就得遭罪了，遭大罪！无论你走到哪儿，公象的影子都会跟着你，无时无刻不在你旁边数落你埋怨你，无论你吃饭睡觉拉屎撒尿还是造小孩，他没准都会蹦出来挖苦你两句，你说你难受不难受啊？五十年，我看五年你就得疯！

山羊冰冷的语气令人毛骨悚然，陈炯民不自觉地回头看了看，污浊的墙上只有自己的影子。仔细一看，影子的轮廓竟然真的与魏东来的体型有着三分相似。

山羊仰卧到沙发里：人只要认了一次怂，这辈子永远都抬不起头了，毁啦！

说着山羊点燃一支烟，狠狠地吸着，眼睛眯成一条缝，似乎在追忆遥远的从前，似乎努力地要从某种羁绊里挣脱出来。

陈炯民的心脏又咯噔了几下，山羊的最后一句话倒像是说给他自己的。对于山羊的过往陈炯民没有兴趣，无论山羊经历过什么，这家伙现在只是个瘾君子，已经到了注射阶段的完全不可救药的将死之人。刘树边为什么会相信这样的货色？为了大药，山羊可能会把亲爹都出卖掉。如今看来，魏东来与山羊确实有些联系，向国内传递公象被抓的情报的人搞不好也是山羊。就是说，山羊还担负着与国内联络的职责，刘树边为什么会把如此重要的岗位交给一个不可救药的大烟鬼？山羊与缉毒支队之间到底是什么关系？缉毒支队出钱啦？无数的问号在陈炯民脑子组装成一枚手榴弹，只要在耳朵上揿一下整个脑袋就会炸开。当然，陈炯民不能怀疑刘树边的选择，罂粟花区从没有单打独斗的空间。此刻的山羊可能是他唯一的外援。

陈炯民试探着说：你通过什么方式和国内联系？

山羊突然抬起头，目光冷峻：公象随时都会死，你打算怎么办？

陈炯民沉吟着说：你能按我说的做吗？

山羊哼了一声：你小子敢胡来，我现在就把你打个半死！

陈炯民学着他的样子，也伸长脖子啐了一口：呸，就凭你个老烟鬼！

山羊怒道：我是你爹！

陈炯民猛然揪住他的领子，将山羊的身体从沙发中拽了出来：给我闭嘴，你要是再敢占我便宜，我就直接把你扔炉子里。

山羊挑衅似的说：扔，现在就扔，不扔你都不是人！

一辆叮当乱响的摩托车行驶在通往六王山的山路上，骑手是陈炯民！

摩托车是他在阑槛的大街上捡来的。

阑槛街边停满了各种各样的摩托车和电动车，陈炯民特意找了一辆看起来体面些的。他打算将钥匙孔拽下来强行打火，结果竟然把整个面板都拽下来了。

驶出阑槛，向北走出十公里便是六王山的地界。从这里到山寨至少有五六个卡子，卡子上的守卫认识他，基本没有阻拦。陈炯民的车畅通无阻地开到了山寨大门。早已得到消息的树懒在寨门口等他，老远地打着招呼。

全世界的物理学家都在怀疑，时间这东西或许并不存在，时间仅仅是人类的一个主观意念，事实上每人感受到的时间快慢都不一样。

在陈炯民的记忆中，二十岁之前的漫长岁月几乎一晃而过，所有的记忆加起来也就相当于现在的一个星期，他的人生是从军旅开始的。但自从进入罂粟花区，时间在陈炯民的感官里骤然就变慢了。在罂粟花区的每一分每一秒都充斥着意外，每一时每一刻都潜伏着杀机。就拿这次觐见玉麒麟来说，从他第一次上山到现在已经发生了太多的变故，国内国外的折腾，简直是一日千年，但确切的时间仅仅是两天。

树懒询问来意。

陈炯民说：我和玉先生有约在先。我给玉先生提供证据，杀公象的活儿必须由我完成。

这些话树懒是知道的,并不惊奇,只是说公象到现在还没有招供,玉先生不会把这人交给你。

陈炯民说:如果我有办法让他招供呢?

树懒的眼睛中冒出了几分恼怒,但他也清楚玉麒麟很看重这个年轻人,只得说:我给你通报一下。

说罢树懒转身走了。

此时的玉麒麟正在焚香磕头,昭告天地。

六王山喜从天降,洪福齐天!这事必须让老天爷率先晓得,让祖宗们也高兴高兴,绝对应该普天同庆!

今天早晨,明凤将显示着一深一浅两条横杠的怀孕试纸放到玉麒麟面前。玉麒麟的脑子轰然炸开,他的第一感觉是无法相信,于是逼着明凤当着自己的面再测一次。明凤羞愧难当,坚决反对。玉麒麟说:你自己不测,我就让他们找几个女的来,让她们给你测,到时候你会更丢人。明凤只得含着眼泪又测了一次,果然还是一深一浅!

玉麒麟大喊一声:苍天有眼!

当下他安排手下准备香烛纸马,在堂屋里摆上了天地君亲师和胡氏祖先的牌位,同时玉麒麟告慰明凤说:孩子六个月的时候你就可以走了,到时候我给你一千万美元,以后你想干什么就干什么。明凤没有任何表示,她清楚,只要照着玉麒麟的话做就可以了。

礼毕,树懒走进堂屋,望着满屋的法器,一脸不解。

玉麒麟不愿意现在公布实情,于是说:今天是我家祖先的忌日。

树懒点了点头:陈炯民来了。

玉麒麟摆摆手,意思是现在可以见面。

议事厅门外，陈炯民看到健步走来的玉麒麟时吃了一惊。上次和玉麒麟见面，这人虽然风姿甚伟但已现老态，背有些驼了，今天这老家伙却龙行虎步，神采奕奕。陈炯民不禁产生了疑问，难道玉麒麟也在溜大药？

六王山规矩大是罂粟花区人所共知的，在山寨里溜大药的处罚是鞭打五十下，驱逐下山，同样的，喝酒赌博甚至携带任何现代通信设备都要被赶下山，灭霸鲇鱼就是因为玩手机被赶出去的。玉麒麟认为，过多贪念会造成队伍涣散，也极容易被收买。这也是六王山财力雄厚却只有几百人的原因，无腿狮那边什么人都要，所以发展迅猛。

玉麒麟的容光焕发完全是因为心情好，在庆幸胡家有后的同时，对自己的身体状态也颇为自得，明凤成功怀孕甚至坚定了玉麒麟再奋斗几年的信心。

玉麒麟见面便说：公象一直没开口，如果你能让他开口，随便你怎么处置。

这两天六王山的打手们用尽所有酷刑，半死的公象依然铁嘴钢牙，宁死不屈。其实玉麒麟仅仅就想搞清楚一件事，癞皮狗是不是有谋逆之心，小麒麟的死是不是与他有关。如今蒙砂撒被六王山的部队团团围住，癞皮狗每日里意志消沉，以酒浇愁。

陈炯民揣测到了玉麒麟的心思，于是说：我有办法让他开口，但结果万一不是你希望的，你能接受吗？

玉麒麟笑里藏刀地说：你说我希望要什么？

陈炯民非常坦然：我不是罂粟花区的人，我是来报仇的，我和你们没有任何的利益冲突。

玉麒麟点头表示同意。

陈炯民说：你应该相信我，我想要的是公象的命！

玉麒麟扭脸望着树懒说：那就把公象交给他来审！你们可以配合但不要干涉，在旁边听着就行了。

树懒点头示意。

陈炯民的第一个目的实现了。

四十　弹壳

十分钟后，两名六王山喽啰将一头硕大的公猪赶到军械库门外，陈炯民、树懒等人在这里等着呢。那头花白相间的公猪至少有三百多斤，眼睛血红，耳朵立着，两片屁股之间扭动着的睾丸颇为雄壮。

树懒拿出军械库的钥匙，开门进去了。

六王山军械库设在山寨后面的山坡上，就是个山洞。进入军械库，沿着两侧洞壁摆放的各种弹药箱蔚为壮观，其中相当部分没有开封。陈炯民从中可以辨认出东南亚各国的制式装备，这些显然是六王山从政府军的渠道买过来的。

山洞一角由铁栏杆围成了一个单独空间，洞顶上垂下来一根绳子，绳子的另一端则拴住人的脚腕子。此人被倒吊在半空里，滴答滴答的黑血顺着头发滴落在地面上。

是公象。

陈炯民走进单独空间，在公象面前蹲下来。

此刻的公象五官挪位，满脸血污，两条胳膊已经被打断了，黑紫色的手指无力地在地面耷拉着。陈炯民等了一会儿,公象竟然毫无反应,这人正处于昏迷状态。

树懒凑过来说,内出血了,不能再打了。

陈炯民站起身子:那就把人放下来。

树懒便吩咐喽啰们照办。

不一会儿,公象总算能平躺着了。喽啰们七手八脚地将公象按在椅子上,但公象身体松垮,坐不住,只要一松手面条一般的身体便会翻下去。陈炯民吩咐他们将椅子的一侧靠在洞壁上,如此一来公象才能勉勉强强地坐住。经过这一番折腾,公象总算是醒了,他费了好大的劲才认出陈炯民,红肿干裂的嘴角现出了不自然的笑容。

陈炯民向喽啰们挥挥手,示意他们出去。喽啰们不情愿地望向树懒,树懒点点头,喽啰们便退了出去。

审问公象的空间里只剩下陈炯民和公象,但铁栏杆外的树懒却可以看到他们的一举一动。

陈炯民背对着树懒,凶狠地说:是你在鱼米寨烧了我家老宅,当时没想到会有今天吧?

魏东来抬起头正打算说话,猛然看到陈炯民的嘴唇无声地嚅动了几下,顿时愣住了。

刘树边不到四十岁能晋升到上校,如此神速是有原因的。刘树边训练士兵的方法独树一帜,制订作战计划也有其独到的一面。在完成训练大纲的基础上,刘树边能根据实际需要变出些新花样来。比如刘树边认为在实战中唇读的用处很大,于是就逼着战士们学习唇读,特别是骨干。

久而久之,缉毒支队出来的战士多少都会些唇读,像陈炯民这样的骨干能掌握到八九分。在风口垭分手时，刘树边特地嘱咐过陈炯民说：你会的，魏东来都会。所以当魏东来看到陈炯民的嘴唇嚅动时，立刻意识到这是唇语。意思是，一切都听我的。

魏东来毫无表情地说：听说你还有个大姐，应该把你全家人都烧死！

铁栏杆之外的树懒哼了一声，显然是在幸灾乐祸。

陈炯民举起拳头作势要打下去。

魏东来则仰着脸说：谢谢你，照着太阳穴打，一拳打死我，谢谢你。

陈炯民笑了一声：想死啊？没那么容易。

话音未落，陈炯民的嘴唇再次嚅动起来。魏东来的表情急速变化着，但由于陈炯民用身体挡住了树懒的视线。在树懒眼中，二人似乎都在怒视着对方。

此刻的魏东来百感交集，他恍惚中想起了一件事，当年那算命老者曾说，去南方必须两个人去才能成事，难道就是这个意思？那四个字是什么来着？

南方离火！

之后陈炯民平静地发声道：我原先打算一枪打死你，但玉先生不同意，条件是我想办法让你招供。公象，何必受这个罪？知道什么说了也就完了，然后我弄死你，报仇，咱们的事一了百了！否则我会用我的办法对付你，我保证你会比现在惨一百倍！

魏东来不屑地哼了一声。

陈炯民用唇语又说了两句，意识是：我知道那场火灾是意外。然后大声说：把那东西赶进来。

树懒向两个喽啰示意，二人立刻将公猪赶进审讯室。魏东来的脸虽然肿得不成样子，但依然无法掩饰眼中的惊愕。昂首阔步的公猪来到魏东来面前，或许血腥味激发了它的野性，公猪竟然咆哮了几声。魏东来甚至能感觉到公猪嘴上的烂毛都凑到自己脸上了。

陈炯民使劲拽着绳子，阴冷地说：信不信我现在让这头种猪把你给日了，然后就把你关在猪圈里。

魏东来破口骂道：你个狗崽子，当初真应该杀光你全家。

陈炯民叫道：把他的裤子扒下来！

两名喽啰上前，将魏东来的裤子拽了下来，然后将他翻倒在地，雪白的屁股对着陈炯民。

陈炯民怒道：我现在就帮这头公猪日了你！

魏东来怒吼着：混蛋，混蛋！

此时陈炯民用余光向山洞入口处望去，只见一条老迈的身影蹒跚着走出了军械库，他终于松了一口气！

陈炯民轻轻地在魏东来脚后跟上踢了一下，然后怒吼：骂，使劲骂，我现在就把你变成母猪！

公猪果然趴在魏东来身上了，魏东来惊恐地叫起来：等等，等等。

陈炯民目眦欲裂地发着狠：知道什么就赶紧告诉老子，让你死个痛快！

魏东来愤恨地说：那就让玉先生亲自来，我跟他说。

陈炯民扭脸望着外面的树懒，树懒眉头紧锁。

陈炯民厉声道：难道这家伙还能跑了吗？让他们几个在这儿看着不就完了。

树懒想想，转身离开了。

陈炯民示意喽啰们把公猪牵出去，然后将魏东来的身体翻转过来，替他拉上裤子，接着陈炯民用身体挡住喽啰们的视线，再次用唇语向魏东来交代起来。

玉麒麟对目睹惨绝人寰的事没兴趣。

陈炯民真的要用公猪来羞辱公象，逼他开口时，玉麒麟转身离开了。底层人物的智慧确实是他这样的人难以想象的，但那种智慧是肮脏的，是不上档次的。在罂粟花区，玉麒麟以清流自居，无腿狮和山鬼不过是两个目不识丁的亡命徒，水蚺是个得过且过的势利小人，就连当年叱咤风云的坤沙也不过就是个有勇无谋的莽夫。只有他玉麒麟文武兼备，风流倜傥，唯一能与他比肩的，或许就是当年的张苏泉了。过于龌龊的行为，玉麒麟不屑于参与，但他同样不放心白猪，想看看这家伙是不是如他描绘的一样恶毒，事到临头才离开。至于明凤的问题完全与道德无关，那是香火传承的要求。

玉麒麟刚刚走到议事厅门口，树懒便追了过来，号称公象要开口了。玉麒麟哼了一声，跟着树懒又回来了。

几分钟后，玉麒麟再次来到军械库。公猪被喽啰们牵了出去，此刻的公象目光炯炯，精神似乎恢复了大半。玉麒麟、树懒大惊，同时向陈炯民投以询问的目光。一名喽啰上前耳语几句，玉麒麟几乎笑了出来。原来在树懒离开之后，陈炯民吩咐喽啰找来一包大药，然后卷在香烟中让魏东来抽了。虽然六王山禁止吸毒，但喽啰们认为这是审问的需要，便擅作主张，溜过大药的公象果然精神大长，身上也不那么疼了。

人类最初关注到罂粟这种植物，确实是看中了它的药用价值，其镇痛的功能尤为明显。据说中国第一个有史可查的瘾君子是万历皇帝。到了十八世纪人们才发展到吸食鸦片。二十世纪三十年代欧洲人从鸦片中提取出吗啡,不久吗啡便风靡全世界,当时是处方药。其后,喜欢深究的德国人希望能得到比吗啡更神奇的药物,经过多次提纯,最终他们得到了海洛因,海洛因就是德语的命名。几年后,西方人发现这种药物极易成瘾,而且能够让人产生强烈的幻觉,再之后就将之划入毒品的行列。犯罪集团也看中了这一点,海洛因从此就成了全世界最重要的毒品。

玉麒麟不打算追究吸毒的事,公象能开口才是最重要的。他来到公象面前,一言不发地看着他。

陈炯民盯着公象:玉先生来了,赶紧说,说完了我就可以弄死你了。

公象哼了一声,抬头望着玉麒麟说:我知道你就是想让我咬癞皮狗一口,但癞皮狗终归是你的儿子,对你忠心耿耿。我是他的军师,就算癞皮狗做了什么我也不会说,这是义气。何况他什么也没做,癞皮狗想做的就是如何给小麒麟报仇。

癞皮狗调查小麒麟死因的事,玉麒麟确实有所耳闻,但他认为那是癞皮狗在公象谋划下的故作姿态,欲盖弥彰,是特意做给自己看的。玉麒麟冷笑着说:这套说辞骗不了我,难道录音是假的吗?

公象说:录音是真的,各为其主!我是癞皮狗的军师,又没有从你这里拿过钱!癞皮狗就是对你太忠诚。如果他能听我的,现在的六王山已经是癞皮狗的了,我不是吹牛。

玉麒麟不得不承认公象的话绝非夸大其词,如果趁着小麒麟暴毙,自己六神无主时先下手为强,六王山更换主人的可能性极大。至于各为其主的说法，玉麒麟在心里也是认可的，这叫江湖规矩。但玉麒麟不能表现出来，于是冷冷地说：难道你见我就是为了说这个？

公象坐直身体，傲然道：其他的人都出去，姓陈的和玉先生留下。

玉麒麟扭脸看看树懒和几名喽啰，这几个家伙正在看着他。玉麒麟点头示意，众人默默退了出去。

公象望着桌面上的杂物说：都是我的东西，皮夹子里有个弹壳。

玉麒麟看看陈炯民，陈炯民来到桌边拿起皮夹子，从隐蔽的夹层中找出一枚被踩瘪的弹壳，递给玉麒麟。玉麒麟望着这枚弹壳，半晌未语。

公象说：搜查太不仔细了。

玉麒麟捏着瘪掉的弹壳，百思不得其解。

公象继续说：你干儿子让我调查你亲儿子是被什么人打死的，我根据弹道找到这个弹壳，还没来得及给他，就让你们抓起来了。

玉麒麟愤恨地说：狙击点我们早就调查过了。

公象说：一公里之外你们调查过了吗？

玉麒麟再次陷入了沉默，什么样的步枪能打到一公里之外？

公象继续说：我在一千五百米之外的小山洞里找到的！应该就是狙击点。

玉麒麟倒吸一口冷气，一千五百米？这是迫击炮的射程啊！

在罂粟花区纵横驰骋了四十年的玉麒麟当然懂军事，否则早就混不下去了。但玉麒麟是四十多年前从中国过来的，很多军事常识还停留在当年的水准。他也知道当代军事科技的飞速发展，但缺乏感性认知。另外罂粟花区更多的是战阵厮杀，对军械的要求并不高。

公象略带埋怨地说：我一直鼓动癫皮狗对你下手，但他就是不忍心,机会没了。后来你让我去中国送货,想让乌贼杀我,货也给弄丢了。我清楚你想要我的命,本来打算用这事给你做个交代,没想到有人把我和癞皮狗的话录了音。说着公象狠狠地瞪了陈炯民一眼,继续说:造反事大,就算拿出弹壳我也活不成,现在我只求一死。这姓陈的既然这么恨我,我这条命就给了他吧。

玉麒麟歇斯底里地吼道:给我一个弹壳管什么用?

旁边的陈炯民突然插嘴道:PSG-1 的专用子弹,世界上最昂贵的狙击步枪!每一支都有据可查。

玉麒麟惊奇地看着陈炯民。

靠在洞壁的公象呵呵呵地笑起来:这狗杂种果然是当过兵的。

四十一 热带鱼

在机器猫的带领下,神奇动物们真的干成一票大的,但麻烦也就此找上门了。如今的机器猫及其神奇动物联盟的骨干被水蚺的武装困在砖窑里,幸亏机器猫手里多了个挡箭牌,否则就已经让人家团灭了。

小孟码头是一座中型渔港,离棋盘寨的距离只有一公里,是罂粟花区通往外界唯一的海上通道。严格说,小孟码头是临江的,但这里距离江口只有三公里,渔船可以从码头直接出海。名义上渔港处在政府的管理之下,但实际的控制权却被水蚺集团牢牢地掌控着。

罂粟花区的四大贩毒集团都拥有自己的种植基地和加工厂,但各有所长。毒品加工技术和质量以六王山更领先一些,陆上通道也被他们控制着。东西联合军和荣军司令部的武力值更强,控制区域更大,鸦片的种植面积也最为广阔,他们依仗武力逼迫六王山开放通道,但他们的产品并没有品牌效应和质量优势。在四股势力中,最为人畜无害的就是水蚺了。

水蚺和玉麒麟是同辈人,是一条藤上仅剩的两个葫芦。

当年他们都是坤沙和张苏泉的小弟,经历过罂粟花区激情燃烧的岁月。后来坤沙在西方媒体上宣布要进行民族自决,差点让欧美的白皮猪们把这个毒枭美化成当地的民族领袖。随着坤沙集团的溃散,玉麒麟、水蚺与几个能力出众的兄弟歃血为盟,准备接手罂粟花区,当年曾号称缅北六杰。此后,新一轮血雨腥风开始了,玉麒麟、水蚺率领兄弟们攻城略寨,所向披靡。

随着实力的日益增强,水蚺率先看出了玉麒麟的野心,这家伙满脑子是独霸天下的念头。之后水蚺便有计划地和玉麒麟拉开了距离,开始营建自己的小集团。在玉麒麟清除异己的内部杀戮中,水蚺旗帜鲜明地站到了玉麒麟的阵营中,致使玉麒麟无法与他翻脸。其后大度的水蚺宣布交出权力,希望能在江边找个小渔村养老,玉麒麟不好赶尽杀绝,只得任由他去了。之后水蚺以小孟码头为中心发展自己的势力,棋盘寨集团逐渐浮出水面。

水蚺担心玉麒麟容不下自己,于是将六王山的情报源源不断地输送给无腿狮和山鬼这些晚生后辈。水蚺希望他们能做大,这样就可以平衡玉麒麟的野心了。

水蚺确实具有远见卓识。

作为后起之秀,无腿狮和山鬼成功遏制住了六王山势力的膨胀。不久竟迫使玉麒麟采取守势,六王山甚至一度出现覆灭的危机。此时水蚺伸出援手，在关键时刻拉了玉麒麟一把，即将崩盘的六王山神奇地稳住了。经过艰难的谈判，罂粟花区获得了难得的休战期！虽然水蚺势力不大，却是罂粟花区的稳定器，甚至连政府都给了他一个议员的头衔。

水蚺是南越人，当年全家人在金边做生意，结果红色高棉兴起，水蚺只身从波尔布特的血腥统治下逃了出来。

同中国情形差不多，越南人也分南北，南越人和北越人几乎是两个不同的物种。北越人受中国传统文化的影响太深，满脑子家国天下之类的臆想，倾心于权力斗争和武力征伐。南越人大多务实，醉心于商业和经济发展，但追逐眼前利益的人往往缺乏远大理想，小富即安是倾向。就拿水蚺来说，他从未打算要独霸罂粟花区，他的目标只是在这里拥有一席之地，安度晚年，坐享余生。

这几年罂粟花区日渐安定下来，水蚺便借机搞起了多种经营。私下里，水蚺集团继续经营着海洛因，但表面上他们却在政府的支持和联合国机构的推广下，大力引进戒毒药，也完全垄断了戒毒药的市场，搞得罂粟花区的所有店铺经营毒品的同时也在推销戒毒药。为此追求面子工程的政府和西方的无脑记者特地为水蚺制作过纪录片，表彰他在戒毒工作上为全人类做出的卓越贡献。

这一点玉麒麟看得透彻，有一次癞皮狗发牢骚说水蚺倒腾戒毒药，是想刨了大家的根基。玉麒麟笑着说：他那点出息，小生意人！你见过几个老烟鬼能戒的？水蚺不过是想两边挣钱，哼！

为了保住好不容易赢得的好名声，水蚺的贩毒网络极为严密，他贩毒基本上都是走水路，吃国内的份额，贩毒的规模也比另外三家小一些。虽然说罂粟花区也有渔民，但水蚺却从来不用当地人来偷送毒品,兔子不吃窝边草!在仰光他有自己的渠道,每当海况不佳,总有些半真半假的渔船进入小孟码头避难。货物交接之后,无论海上的风浪是否停歇,这些渔船又全部神秘地失踪了。水蚺就是在利用海况做生意,风急浪大的时候政府的公务船不可能出海巡逻,这个空当刚好够用。近年来,水蚺的生意从未遭受过大的挫折,这完全是他精打细算、运筹帷幄的结果。虽然收入略少,好在水蚺也没什么野心,维持一支百十人的队伍也就够了。

机器猫、四眼蛤蟆以及三四个护卫队成员,在一个风雨之夜偷偷摸进棋盘寨。在码头上,他们目睹了水蚺的手下与仰光客交接货物的全过程。之后机器猫带着四眼蛤蟆悄悄溜上那条渔船躲了起来。渔船起锚后,机器猫钻入轮机舱放了一把火,趁乱伙同四眼蛤蟆扛着两包大药套上救生圈便跳了海。

人有必死之心,天奈我何?

那夜的海浪足足有四米高,风力十级,机器猫水性好,但四眼蛤蟆就差了不少,机器猫在奋力抢滩的同时还要照顾四眼蛤蟆。二人经历了四十分钟的水中搏斗,终于游过了最后的五百米,上岸了。

登岸后,机器猫沮丧地发现,两包大药竟然弄丢了一包。海洛因遇水融化,毒贩子们为了避免水侵的损失,在毒品包装上下足了功夫,塑料布里三层外三层的,密封效果极好。机器猫沮丧,但四眼蛤蟆却大喜过望,虽然只剩下一包大药,但至少也有二十多公斤,偿还黄钻的债务足够了。

四眼蛤蟆抱儿子似的将大药包装箱搂在怀里,嘻嘻哈哈地安慰机器猫说:先把这些给蛇女,万一不够,过几天咱们回来再干一票。

机器猫怒道:呸?再干一票?你以为水蚺的人都是吃干饭的?

四眼蛤蟆说：你只要干，我就跟着，大不了就一起淹死嘛！

机器猫本来还想再骂他两句，但看到四眼蛤蟆赤诚的眼神，竟有些不忍心。机器猫说：你为什么会死心塌地要跟着我呢？有两年了吧，你什么也没得到啊！

四眼蛤蟆顿时张口结舌，转瞬间脸都红了。

机器猫坐到四眼蛤蟆身边，望着海滩外翻滚的海浪说：我知道你那点心思，不过我可从没打算结婚生孩子，没劲。我想做个女毒枭，我得做大佬，我要把什么玉麒麟、无腿狮的全干掉！你要是愿意跟着我，我保证你要什么有什么！

四眼蛤蟆张着嘴，痴痴地看着她。

机器猫烦躁地说：干吗？怎么跟没见过女人似的？你要是真的想跟我来一下，咱们现在就来！

四眼蛤蟆如同摸到了电门，腾地跳了起来，惊叫着说：没有没有我真的没有！

机器猫望着他：有又怎么啦？我又没怪你。

四眼蛤蟆正打算说什么，沙滩上忽然跑来三个人，都是神奇动物。上船前留在岸上的人和机器猫约好了，如果看到渔船着火，就沿着海岸找他们。

众人会合后，机器猫便得知水蚺的人已经上船灭火了，有人还听到船上传来大药被抢的叫嚷声。机器猫决定，趁他们还没搞清楚状况，马上返回阑槛。半小时后机器猫钻进棋盘寨，偷了一辆破卡车，众人连夜赶回阑槛。

机器猫未做丝毫停留，直接就到了黄钻，今天正好是她答应蛇女的第三天。

在办公室里，机器猫将二十公斤海洛因放到蛇女面前。

蛇女苦笑着说：还以为你会还现金呢。

机器猫说：这包东西最少值十六万美元，你现在欠我的了。

蛇女为人极爽快，当下拿出五千美元给了她。

机器猫拉着兄弟们便在黄钻俱乐部花天酒地地玩了起来，五千美元足够大家好好地折腾一番了。是啊，银河护卫队自从成立以来，难得有钱！转眼他们就玩到了后半夜，此时一名花花绿绿的女人引起了机器猫的注意。那女人二十七八岁的样子，浓妆艳抹。这个女人颇为招摇，当着全赌场人的面训斥几个男人，似乎是因为那几个家伙多嘴多舌，害得她输光了银子。

四眼蛤蟆凑到机器猫耳边说：山鬼的老六，热带鱼。

机器猫猛然想起来了，原来那花枝招展的女人就是山鬼的六姨太啊。姨太太的说法源于中国，这个词被当年的败兵们带到这里，如今姨太太的说法在罂粟花区已经成了常用词。机器猫同时记起了另一件事，五年前在一次街头斗殴中机器猫受了伤，被众人抬到医院却没有钱医治，躺在地上等死。一名过路的艳丽女子看到满脸鲜血的机器猫，或许出于同情或许是钱太多了没地方消费，当下扔了些钞票，有了钞票医院才答应救助伤员。

事后机器猫听说，这位钱多多的女子便是山鬼的六姨太——热带鱼，热带鱼的名字正好代表这女人的审美取向。

此事过去好几年了，机器猫一直记着。

机器猫上前，递给热带鱼一千美元说：别跟下面的人一般见识，接着玩儿。

热带鱼大吃一惊，她早就把机器猫忘了。机器猫便将五年前的事叙述一遍,热带鱼一把拉住她:我以为你早就死了呢!

机器猫笑着说:要我死也没那么容易。

之后热带鱼失去了继续赌博的兴致,拉着机器猫问长问短。当得知面前这个精干女子竟是神奇动物联盟的老大机器猫时,热带鱼的下巴差一点掉下来:原来你就是机器猫啊!怪不得呢,当年我就觉得你不是凡人,你脑袋后面有光圈!

这一来轮到机器猫不好意思了。

半小时后机器猫和热带鱼几乎就要以姐妹相称了,热带鱼甚至提出要参观传说中的砖窑,机器猫大感不解。热带鱼说:街上的人说砖窑是你的祥瑞之地,就是砖窑里的烟火气保佑你们干掉灭霸的!

机器猫气得鼻子都歪了。

盛情难却,机器猫答应有机会就带她去参观,热带鱼却根本等不及,当下就要去。

机器猫只得拉着热带鱼走出俱乐部的大门,外面已经是天光大亮。

四十二 尾随而来的水蚺

水蚺的部队虽然是四大毒枭中人数最少的,却极有效率。

渔船着火十五分钟后,睡梦中的水蚺便收到了消息。

江湖中摸爬滚打数十年的水蚺本能地认为,渔船着火不是意外。他发出的第一道命令是加强对棋盘寨周围的监视,第二道命令才是要求部下灭火。火被扑灭之后,卡车被偷走的情报也送过来了。棋盘寨严密的管控名不虚传,两名部下发现机器猫的人正在偷车,一人回来送信,另一人则不动声色地跟了上去。

半夜,确切的消息到了,在渔船上放火、抢走两包大药是阑槛的机器猫,如今机器猫和她的神奇动物们正在黄钻俱乐部里鬼混呢。

这一来水蚺竟有些犯难。

水蚺自知实力不济,所以才煞费苦心地走钢丝玩平衡,这些年总算找到了罂粟花区的力量平衡点,过了几年安稳日子。事实上驾驭平衡需要更高更复杂的技巧,但打破这种平衡没准放个屁就够。水蚺当然清楚黄钻俱乐部是无腿狮的生意,难道无腿狮是想通过机器猫的小黑帮探自己的底吗?水蚺认为,与其乱猜,不如直接问个清楚。当下水蚺给无腿狮打了电话,电话中的无腿狮听到阑槛的神奇动物抢了棋盘寨的货,还放了火,大吃一惊,立刻声称此事与他无关。

水蚺试探着问:我必须找他们算账,但阑槛是你老弟的地方啊!我担心你老弟认为我是另有所图。

无腿狮虽然狂妄自大,但也清楚水蚺没这个心思,于是说:找那臭丫头算账天经地义,谁干涉我都不会答应,但咱们不能坏了大家伙的规矩,否则将来谁都可以在我的地盘上随便折腾了。

水蚺明白,无腿狮的意思是只要不动枪,随你的便。

解除了后顾之忧,水蚺立刻召集来三四十名忠心耿耿的部下,杀奔阑槛。

进城前,水蚺再三要求部下,在阑槛杀人可以,但绝对不能动枪。

机器猫将热带鱼带到砖窑里参观,结果三句话还没说完,两名挥舞着砍刀的蒙面大汉便冲了进来。幸亏四眼蛤蟆反应神速,他先是奋力推倒了砖窑门口的一堵砖墙,砸中了第一名大汉的脚面,这家伙当场丧失了战斗力。其后四眼蛤蟆与其他的神奇动物一拥而上,第二名大汉的长砍刀在空间有限的砖窑里无法施展,竟然被众人合力打了出去。

机器猫和四眼蛤蟆都以为是英雄联盟的残余人员打算为灭霸报仇,结果众人冲到门口向远处一看,所有人的腿都被钉在地面上了。

据说身体僵死是动物的应激反应之一,人在紧张过度或者极度恐惧的时候也会出现这种状态。

砖窑二十米外的空场上,一字排开,站着三四十个精壮的汉子,这些人手里全都拎着明晃晃的砍刀,中间小板凳上则坐着个慈眉善目、身材矮小的老头。

全身僵硬的机器猫好半天才从牙缝中挤出两个字:水蚺!

四眼蛤蟆粗重地喘息着:怎么办?怎么办?

机器猫当然清楚抢劫大药的勾当早晚会东窗事发,但她认为这事至少可以瞒几个月,到时候她的神奇动物联盟已经金银满仓了。即使水蚺找来,加倍奉还便是。机器猫万万没想到,对方竟然如影随形,不到十个小时便追到了家门口。

此时水蚺的一名手下来到砖窑近前,大声说:机器猫你那烂猫给我听着,水老板知道你和你的人都在里面。现在我是替水老板传话,你们都给我听仔细啦!

机器猫忽然感到一只纤细的手抓住自己的胳膊,是热带鱼。

热带鱼惊恐而关切地说:你们怎么把水蚺给得罪了?他是大佬啊!

机器猫烦躁地说:已经得罪啦!现在说什么都没用。

砖窑外的传话者继续说:机器猫,你们干了什么你们自己清楚,两包大药，还有渔船火灾的损失，至少得六七十万美元啊！

机器猫理直气壮地叫嚷道：一包大药掉海里了，与我们无关。

众人望向水蚺，水蚺脸上闪过了一丝狞笑。

传话者说：你他娘的放屁，放屁你都不嫌臭！就算真的掉海里了也是你掉的！机器猫，水老板清楚你们是打算赖债，他老人家从来不愿意跟你们这些晚生后辈一般见识。只要你们把剩下的东西交出来，然后乖乖出来，每个人剁掉一只手，这事就两清了。

四眼蛤蟆啊地叫了一声，机器猫扭脸一看，只见神奇动物们个个体似筛糠，脸色煞白。

机器猫小声说：怕什么？大不了就跟他们拼了。

外面的传话者冷冷地说：想拼命你就出来试试！咱们把丑话说在前面，如果你们顽抗到底，我们也没打算冲进去，只要在外面放把火就把你们全都烧成人干。水老板还说，就算你们全死了也抵不上这笔债，他打算挨个找到你们的家人亲属，全部活埋！

这一来砖窑内的气氛更加凝重了，如果说刚才大家仅仅是害怕，现在已经变成绝望了。

四眼蛤蟆嘟囔着说：我妹妹才十一。

另一名动物则说：我家是傣寨的，他们不会把我们的寨子给烧了吧！

众人尖利的目光落在机器猫身上，神奇动物们神色诡异，跃跃欲试。机器猫只觉得后背上一阵阵地发凉，她完全可以想象，如果自己不答应，这帮朝夕相处的兄弟会毫不犹豫地把她推出去。

机器猫冲着外面，依然不服软：水老前辈，我知道你的手下人不多，我和我的兄弟们愿意听从您的指挥，我们希望加入棋盘寨为您效力。也没什么觐见的礼物，我们这么做是想让您看看我们的本事。从此神奇动物联盟就是您的人啦！

众人的神色为之一振，谁也没想到机器猫会来这么一手！

传话者也愣住了，他想了想然后回到水蛳面前，二人低声地嘀咕起来。

一分钟后传话者再次回到砖窑前，大声说：机器猫，水老板说你是个小滑头，他到阑槛是来解决问题的，不是来收编队伍的，阑槛是东西联合军的地盘，你明白吗？另外他老人家还说，他已经是风烛残年的人了，对扩大实力这种事早没有兴趣了，你年轻，这个你不懂！

砖窑内的气氛再次降到了冰点，机器猫暗暗抽出一把刀，咬着牙，满脑子都是冲出去拼命的打算。

传话者喝道：给你们三分钟，带着大药出来，然后剁手！

四眼蛤蟆抓住机器猫的手腕：你跟他们拼命，我也跟他们拼了，但我家里人怎么办啊？我妹妹才十一，你知道。

众人道：是啊！

机器猫指着外面：那就让他们活活地剁了手？

一名成员咽了口唾沫：那什么？那什么？

机器猫指着他：想什么就说。

成员壮着胆子道：主意是你出的，事情是你带着我们做的，干脆你出去跟水蛳说说，没准，没准——。

机器猫将刀子举到头顶：没准什么？

成员退后一步，战战兢兢地说：老大就应该有老大的样子！

机器猫冷笑着说：我出去，我一个人把事情担下来，没准他们就能放过你们了，大不了我一个人死了就完了，对吧？

几名成员同时点头：老大，你是老大！

机器猫望向四眼蛤蟆。

四眼蛤蟆艰难地说：要不我跟你出去，两个人承担！

机器猫拍了拍四眼蛤蟆的肩膀：够意思！好，现在我就出去，我告诉水蚺，事情是我一个人做的，跟你们无关。然后我就跟他们拼命，弄死一个够本，弄死两个就赚一个！至于水蚺是不是会放过你们，那我就不管了。

说着机器猫一脚踹开门，拎着刀便要冲出去。

热带鱼猛地揪住机器猫：等等，等等！

众人大为诧异，由于水蚺来得太过突然，众人把热带鱼也在场的事给忘了。

热带鱼面带笑容地说：机器猫，你还真是一条汉子，太给咱们女人争脸了！我最瞧不上男的欺负女的，什么玩意儿？

机器猫说：一会儿我就死，夸我也没用。

热带鱼说：死的事着什么急啊？机器猫，我是谁？

机器猫惊愕地说：你热带鱼啊！

没等热带鱼开口，机器猫已经明白了。

机器猫拉住热带鱼的手：姐，你想救我们？

热带鱼得意洋洋地说：把刀架在我脖子上，我就不信外面那个糟老头子敢跟我们家那口子翻脸！

众人哦了一声。

机器猫抱着热带鱼的肩膀，在她脸上亲了一口。

转眼三分钟就到了，机器猫竟然揪着山鬼的六姨太从砖窑里出来了。这次连水蚺都有些不知所措。

机器猫声称：如果你们敢轻举妄动，我现在就杀了这条热带鱼，然后跟你们同归于尽。我死了，热带鱼的死就是你们害的。

水蛳果然没有胆量与山鬼撕破脸，但他又不愿意就此放手，思之再三，最后水蛳说：好，那就请山鬼兄弟自己来定夺。说着水蛳拿过手机就准备给山鬼打电话。

在罂粟花区，各派底层成员的摩擦一直存在，但大佬之间的联系是畅通的。这也是当年四方会议的结果，主要目的是避免误判。

就在水蛳在手机里寻找电话号码时，一支十几人的队伍悄然插到了棋盘寨和机器猫之间，将他们隔开。

水蛳骤然站起身，队伍中央站着的人竟然是玉麒麟。

这些年玉麒麟深居简出，神龙见首不见尾，几乎成了隐士，阑槛的年轻人大部分没见过他。玉麒麟怎么会突然到了阑槛呢？水蛳与他曾是多年的兄弟，当下便断定，出大事了。

四十三　战友

晚霞如血，一场雷暴正在酝酿。

山路上，几个行色匆匆的人由远及近，最前面的是陈炯民，后面跟着两名抬着担架的六王山喽啰，担架上是面目浮肿、胳膊折断的公象，再往后则是面目阴冷、嘴角下撇的树懒。

由于公象体格太重，两名喽啰走不了多远便停下休息，二人痛恨公象的体重，休息时喽啰们总会在公象身上胡乱踹几脚。

陈炯民不能表现出过分关切，只得说：千万别弄死啊，他要是死了我就活埋了你们。

一小时前，陈炯民将如何处死公象的方案做了详尽阐述。

树懒足足呆坐了五分钟，简直不敢相信自己的耳朵，最后他劝慰道：把他杀了你也就等于报仇了。

陈炯民说：难解我心头之恨。

树懒无奈地叹息着：现在年轻人的行事太过极端！

玉麒麟没说什么，只是挥了挥手，示意照办。不过玉麒麟心思缜密，继而又命令树懒随行帮忙，实际上是监视。

六王山的后山比较险峻，上山的路只有一条，设有两个岗哨。之前半山腰里住过七八户人，玉麒麟选中六王山作为基地后，把这些人迁走了。村庄迁走，房屋成了残垣断壁，但小广场的大榕树却颇为显眼。榕树枝繁叶茂，高大无比，树干上却有个树洞，洞口一米见方，洞深至少五六米。由于树洞有扩大的趋势，这棵五十米高的大树随时可能倾覆，六王山的巡逻队从不敢靠近。

那个树洞就是陈炯民给公象选择的最后归宿。

玉麒麟非常惊讶，陈炯民对六王山太了解了。他询问这些情况陈炯民是怎么知道的，陈炯民只说了一句：谋定而后动！同为中国人的玉麒麟便不再言语了。

通过最后一道岗哨便是废弃的古村，老远就能看到大榕树参天的英姿。众人便来到树洞前，陈炯民注意到了树下凌乱的脚印，于是探头向洞里看看，树洞太深，几乎看不到什么。陈炯民用手电照着，玉麒麟手下已经按照他的计划布置完毕。此时两名喽啰在公象的腰里和两侧腋下捆上绳子，然后将绳子另一端固定在小广场的石桌上。陈炯民再次示意，喽啰们便将公象沿着绳子顺到了树洞里。

人到洞底，上面的人抖了抖绳子，绳结便自动解开了。公象的两条胳膊已经被打断，只能靠身体和脚在黑漆漆的空间中来回试探。最终他断定，大约一平米的洞底摆放着几个凌乱的铁棍，似乎在起支撑作用。靠着铁棍子公象勉强可以站立，真奇怪，陈炯民要干什么？

此时手电的光芒顺着洞口照射下来，是陈炯民出现在洞口上方，他用绳子将一包东西顺了下来，大声说：吃吧，吃饱了就送你上路！

那是一包烧鸡和一瓶葡萄酒，烧鸡被人撕碎了，葡萄酒的瓶子盖也给取下了。

公象大声说：老子不做饿死鬼，随你的便！

自从被抓上六王山，公象与外界断了联系，不清楚这两天之内发生了什么。自从在军械库中看到陈炯民展示唇语的刹那，他就明白了，事情出现了转机！陈炯民用唇语告诉他，鱼米寨的事刘树边全告诉他了。从现在开始，一切听他的，第一件事就是见到公猪之后，宣布招供，但必须支走树懒。公象的戏做得足，公猪压顶时才宣称，只有当着玉麒麟的面才会开口。

树懒去邀请玉麒麟，陈炯民让他假装昏倒，公象照做。陈炯民便指示喽啰们找大药，如此一来现场的喽啰也被支走了。陈炯民在公象的注视下，将一样东西放进小皮包的夹层里。完事后陈炯民说：那是射杀小麒麟的弹壳，一会儿玉麒麟来了，你就把话题往小麒麟的身上引，明白吗？

公象是资深卧底，一点就透。

之后事情便按照陈炯民的预期发展到了这一步，但陈炯民为什么把他放到树洞里？公象百思不解。事实上想得再多也没用，魏东来决定坦然面对，既然有烧鸡有美酒自然当仁不让。于是他强忍着胳膊上的伤痛，用嘴叼着烧鸡吃了起来。

陈炯民和树懒站在树洞口观察公象的动静。

看到公象大吃大喝，树懒在心中为公象叫了声好，真吃真喝真英雄！

公象酒足饭饱了，一辆小卡车鬼鬼祟祟地开进了古村，车厢里装着一大一小两个铁桶。陈炯民命令喽啰们将大铁桶抬到树洞边，顺着洞壁将里面的液体倒了下去。洞底的魏东来再次糊涂了，倒进来的竟是一种不知名的散发着化学品气味的黏稠液体。不一会儿液体竟齐腰深了，魏东来无所适从。

趾高气扬的陈炯民再次出现在洞口，冲着里面的魏东来喊道：杀父之仇，夺妻之恨，不共戴天，我是要杀你但绝不让你轻易地死，我让你受够了洋罪，否则就是对不起我爹我大伯！现在吃饱喝足啦，美啦！哈哈——

旁边的树懒被陈炯民阴森的声音搞得浑身难受，不自觉地退开几步。

陈炯民依然对着洞口发狠：倒进去的是环氧树脂，铁棍子是固定树脂用的，明天早晨这些环氧树脂就会凝固，凝固的环氧树脂就是玻璃钢。你的下半截身体会凝固在玻璃钢里。我呢，晚上用胶条把你的嘴封上，吃进去也就吐不出来了。嘿嘿，食物会在你肚子里发酵、膨胀，最后你的肚皮将像气球那样越来越大，砰，炸了。那时候你还没有死透呢，你会亲眼看着自己变成一堆烂肉、一摊臭屎，成群的蛆在你身上爬，苍蝇、蚊子会把你当成宝贝。你小子等着，我让你死得比所有的人都惨！我让你下辈子都记住我！

连树洞里的魏东来都让陈炯民说得晕头转向了，这小子不会玩真的吧？唇语不会是他的诈术吧？难道为了把自己控制在手里，这小子故意编造了刘树边的事？另外，他从哪儿搞来的环氧树脂？

陈炯民有个战友，家里是做化学品生意的，陈炯民了解不少化学品的特性，所以他当初才能想出用乙烯颜料羞辱灭霸的办法。制服灭霸前，他把阑槛所有的化学品商店摸得差不多，清楚阑槛也在出售环氧树脂。

魏东来决定坚持自己的判断，冷笑一声，什么都不说。

但此刻的树懒却魂不附体了，他的心脏一个劲狂跳，不得不用手死死按住。树懒完全没有想到，边境那边跑过来的陈炯民竟然如此狠毒！这种处决方式简直骇人听闻，匪夷所思！一向心静如水的树懒起了一层层的鸡皮疙瘩。树懒不愿意再受刺激，干脆躲得远远的，眼不见为净！

上次陈炯民下山后，玉麒麟有感于此人的精明强悍，在树懒面前透露出招揽这个年轻人的念头。如今的树懒却对陈炯民产生了新看法，此人行事过于残忍，与这样的人共事迟早不得好死。树懒决定，如果玉麒麟再次透露这个意思，必须坚决，即使下山走人也绝不与狼共舞。

太阳落山了，天色黑得差不多了，陈炯民从卡车上取下一大袋吃食、饮料和白酒，招呼着六王山的喽啰过来吃饭。大家有吃有喝，一时也忘了洞里的公象。

陈炯民来到树懒面前，摆好一只鸭子，又打开一瓶酒。

树懒撇着嘴说：为什么不吃烧鸡呢？

陈炯民指着其他人说：有烧鸡，他们正吃呢。我喜欢鸭子的口感。

树懒说：我还以为你有心理负担呢。

陈炯民哼了一声：心理负担属于弱者！

说着陈炯民从背包里掏出一卷胶条，炫耀似的说：在环氧树脂凝固之前，我下去把他的嘴封上，吃进去了就别想吐出来，我要看着那家伙的肚子像气球一样炸开，让他下辈子都不得安生！

树懒端起酒瓶，狠狠地喝了一大口，哼哼了两声，然后倒在地上睡了。

罂粟花区的气候极其炎热，人们都习惯了露天而眠。后半夜树懒听到些动静，他警觉地坐起身，只见陈炯民拎着胶条走向榕树。树懒知道他要干什么，但职责所在只好在后面跟着。陈炯民沿着绳子下到了洞底，树懒向里面看了一眼，手电的电池快用完了，光芒暗弱，从上方能隐约看到公象的头顶。只见陈炯民抓住公象的头发，让他的头扬了起来，然后将胶条一圈一圈地缠在他嘴上。井口里传出了一阵嘶吼般的咆哮声，扑面而来的声浪将树懒冲得后退几步。他脑子里出现了公象无法言状的凄惨，当下就开始颤抖了。

不一会儿陈炯民上来了，他将剩下的胶条扔到地上，得意地说：你说奈何桥上真的有孟婆汤吗？

树懒胃里恶心，不做表示。

陈炯民自顾自地说：最好是没有，最好让他永远记住。

树懒艰难地挤出几个字：你打算在这儿待多久？

陈炯民说：等他炸了。

树懒说：天一亮我回山寨，你自己在这儿等着吧。

陈炯民来到一段矮墙边坐了下来，无所谓地说：随你的便！

天亮后，两台没有牌照的越野车停在风口垭的界桩前，又是一个浓雾弥漫的日子，五十米外什么都看不到。

几名精壮男子冲到界桩的另一侧，抬起地上的一副担架，匆匆跑向越野车。

刘树边从车里钻出来，担架上是战友魏东来。

刘树边激动地抓他的手，魏东来却大叫了一声，当即昏过去了。刘树边给吓了一跳，马上掀开睡袋，这才发现魏东来的两条胳膊都出现了骨折。

刘树边命令道：回去，马上送医院，快！

战士们将昏厥的魏东来抬上越野车。

两台越野车原地掉头，消失在浓浓的白雾里。

第二部完

第三部 改朝换代

四十四　山羊与机器猫

人类的预判往往来自各种细节的堆砌和重新组合。

之前，很多的疑团在陈炯民心里打了结，现在逐渐清晰起来。

山羊不是一般的瘾君子，即便用身怀绝技来形容那老东西也不为过。这家伙拥有异于常人的身手和卓越的预判力，肯定受过专业训练。另外他、公象还有刘树边的关系极为特殊，山羊的中国话口音明显来自云南的东部。

陈炯民的判断基本上都对了。

早年间山羊的确是一名优秀的缉毒战士，二十五年前他接受任务，只身来到罂粟花区卧底。那时候刘树边还在大学里念书，陈炯民也仅仅是个蹒跚学步的孩子。军人永远会把荣誉感奉若神明，山羊也一样。当时去境外担当卧底任务是所有缉毒战士的终极梦想，只有各方面极为出色的士兵才会拥有这个资格，那时候的山羊堪称出类拔萃！

来到罂粟花区，他很快与这里融为了一体，并先后提供过七八次颇具价值的情报。根据他的情报，国内的缉毒机构破获过轰动全国的毒品走私案，山羊厥功至伟。

与毒贩子的交往过程里不接触毒品是不可能的。不到一年山羊便染上了毒瘾，这是大多数卧底不可避免的遭遇。作为外人，如果你不吸毒，如果你不对海洛因表现出特殊的情感，要在罂粟花区立足不仅难于登天，甚至会性命难保。做卧底一年后，山羊接到了回国的命令，本来他以为凭借战士的意志力，凭借国内医院的科研力量和战友们的帮助完全可以戒掉毒瘾，但事与愿违，山羊中毒太深了。

后来省公安厅的领导做了特殊批复，意思是不要为难这些做出过特殊贡献的同志，山羊等人的毒品由公安厅专门提供。得到这个消息，山羊羞愧得险些自杀，缉毒战士竟然成了瘾君子！而且还需要组织上的特殊照顾，简直是笑话。

羞耻心、自尊心的崩溃让山羊决定脱离队伍，离开中国，之后他便抛家舍业地回到了罂粟花区。由于山羊在卧底期间并没有暴露身份，而且还确实有过几个朋友，之后便在罂粟花区安顿下来，再后来由于经营火化场居然成了阆槛的名人。

回到罂粟花区，曾经与他交往过的熟人发现山羊回了一趟国，竟然脾气大变、性情大变了，变得暴躁而不可理喻，变得三句不合就抄家伙打人，很多情况下明明就是想找死，最近这几年更加肆无忌惮了。如果不是朋友从中周旋，山羊早就横尸街头了。在那一阶段山羊确实存在找死的动机，也有找死的行动。捡了机器猫之后才好些，也幸亏罂粟花区只有一个火化场，大家不得不容忍他。随着机器猫越来越大，山羊找死的欲望也便降低了些。二十多年下来，山羊的火暴脾气竟成了阆槛的一道风景线。

其实在山羊回到罂粟花区的几年之后，缉毒支队就派人与山羊取得了联络，当时主持缉毒的团队中已经有刘树边了。从此山羊事实上成了国内安插在罂粟花区的眼线，一个绝不会有人怀疑的眼线，谁会怀疑一个性格暴躁、不畏生死的老混蛋呢？

这些年山羊先后掩护过四五名支队的卧底，在工作中他成了卧底与国内联络的中间人，十年来山羊在国内的联络人就是刘树边。事实上山羊和刘树边却从未谋面，按说他们见面的机会不少，但山羊懒得见。

山羊并非自艾自怜的人，更不愿意沉浸在无谓的回忆里。

陈炯民离开后才几分钟，山羊突然想到了丛林中碰到的明凤。明凤这条线必须通知陈炯民，这小子却偏偏跑了，不行，一定要告诉他。

山羊从火化场出来却找不到陈炯民的影子，好在他精通丛林追踪，没多久便断定陈炯民回矿洞了。

陈炯民回了矿洞。

路上他将自己的新想法与机器猫的计划做了对接，发现去六王山卧底是影响玉麒麟决策的唯一办法。于是他决定回来通知机器猫，可以接受她的计划。

在矿洞中独自生闷气的机器猫听到这个消息，大喜过望，一把揪住陈炯民说：明天咱们必须打一架，必须得当着大家的面打。

这便是后来黄钻俱乐部斗殴的前因，再之后陈炯民则顺理成章地上了六王山。

当夜，还发生了一件事，彻底改变了陈炯民和机器猫的关系。

陈炯民回到矿洞时已是后半夜了，机器猫提议就在矿洞中过夜，养足精神，明天打架。

陈炯民也没觉出有什么问题，结果他刚刚躺下，机器猫突然爬到了床上，骑在陈炯民肚子上挑战似的说：你敢吗？

陈炯民怒道：你都敢我有什么不敢？

机器猫说：他们说你们中国男人最没用了，三分钟就缴枪。

陈炯民气愤道：宁死我们也不缴枪！

机器猫刺激到陈炯民的民族自尊心，他当下便使出浑身解数，三把两把地就把机器猫剥开了。机器猫毫不示弱，骄傲地挺着一双似乎涂满了油脂的乳房，将陈炯民压在下面，强行索取。二人的距离刚刚归零，陈炯民便觉得不大对劲了。机器猫假装狂热的同时却没有控制住泪腺，泪水噼噼啪啪地落到他脸上。陈炯民急忙将她推开，骤然看到自己的下体居然被套上了一小圈殷红。

陈炯民大惊：你，你——

赤身裸体的机器猫爬了起来，冲到陈炯民面前，展示着高耸的双峰、凹陷的马甲线：我不是生理期，我就是那什么，你怎么着吧？连你也敢嫌弃我？你是不是嫌弃我是个没人要的？你个王八蛋！你仔细看看，我要什么有什么？我哪点比蛇女差？我哪点比热带鱼差？她们两个保证下垂啦！

似乎是近距离内连续爆炸了七八颗手榴弹，冲击波便把陈炯民的脑子给震晕了，机器猫居然在怕他吃亏！

过了一会儿陈炯民终于意识到，这里不是中国，在罂粟花区破处如同经营火化场一样，是不吉利的，大家避之唯恐不及。

据说罂粟花区的女人结婚前如果还是处女，就必须找个男人帮她破处，这事还得花钱！机器猫在众人面前一直伪装成强者，但她最深的自卑竟然是自己的处女身份，这也是她几次想和四眼蛤蟆发生关系，而四眼蛤蟆拼命拒绝的原因之一。今天,机器猫总算把陈炯民给逮住了。

陈炯民早就意识到罂粟花区与中国存在差异,但那仅仅停留在毒品的认知层面,严格说属于经济范畴,如今他面对的居然是文化差异。难道不同环境中成长起来的人真的是水火不容吗?难道在不同的文化环境中,黑的能变成白的,方的就能变成圆的吗?陈炯民不具备探究这种哲学问题的能力,这些念头在他脑子里闪了一下也便过去了。现在他必须全心去对付机器猫,这丫头要的不仅是破处那么简单!即便在最痛苦的时候,机器猫的眼睛中依然光华缭绕,那光芒中全是陈炯民的影子!

清晨,第一缕光线从矿洞外照射进来,射在机器猫脸上。

机器猫枕着陈炯民的胳膊睡得正香,她睡意深沉,她心满意足。

陈炯民想摸摸那半透明的红润的毛茸茸的面庞,但手伸到一半又缩了回去。

三个小时里他们整整做了六次,到后来陈炯民竟用鞋带勒住下体,生生让那玩意儿连续第六次矗立起来,号称这就叫宁死不屈!机器猫则跪在他双腿之间,捧着那丑陋的柱状体仔仔细细地端详,陈炯民生怕她会一口给咬下来。

机器猫抬起头,眼睛中精光大盛:几年前我想跟爸爸做,结果被他打了一顿。就你对我好!

陈炯明惊道:什么?

机器猫说:没准我爸爸也嫌不吉利。

陈炯民选择了继续进攻,他没有解释。是啊,山羊和自己一样,是中国人,这里面的文化差异机器猫或许永远无法理解。

丽人在侧，吹气如兰。

此刻的陈炯民开始痛恨洞外钻进来的阳光，痛恨时间，痛恨声音，痛恨一切可以让机器猫清醒过来的理由。同样的他更加痛恨自己，他清楚自己已经爱上了这女人，更清楚这女人永远不会依附自己。就算这女人在暗夜中眼睛里全是他，但只要醒过来，谁知道机器猫会干什么？

走出洞口的陈炯民立刻看到，正坐在矿洞对面抽烟的山羊。他断定，山羊保证进过矿洞。

山羊果然在第一时间里便痛心疾首地骂了起来：王八蛋，终于让你这兔崽子得了手，我养了她那么多年怎么就便宜给你了呢？你现在赶紧撒泡尿，撒泡尿照照你是什么东西，气死我了，早晚老子烧了你！

陈炯民坦然走过去：她说，几年前她本来想跟你做，你揍了她一顿。

山羊狠狠将烟头摔在地上：这个臭丫头，倒是什么都敢说！我真他娘的后悔，后悔当初为什么要收养她？让她死在垃圾堆边就完了，当时就死，没准早就托生到好人家去了！

陈炯民坐到山羊身旁：这儿不是中国，她又不是你亲生的。

"滚一边去！"山羊本能地想继续骂人，但发现陈炯民目光诚挚、神情泰然，最终叹了口气：什么样的环境什么样的人，现在你还打算带她走吗？

陈炯民望着矿洞口：你，有六十吗？

山羊被他问住了，顿了一下才说：我？我五十三，干吗问这个？

陈炯民无奈地笑着：我还以为你至少得六十三呢！

山羊怒道：这地方的人显老，怎么啦？

陈炯民说：在罂粟花区能活到你这岁数已经不容易了，太不容易了，阑槛街面上根本看不到几个老人。如果她继续留在这儿，可能也活不了几年。

山羊震惊地看着陈炯民，最后从牙缝里吐出几个字：就怕她不愿意！

陈炯民站起身，面色决绝：今天我就去六王山！

山羊抓住他的手腕：等等，知道六王山的明凤吗？

陈炯民惊讶地问：听说是罂粟花区的第一美人。

山羊浑浊的眼睛望向矿洞对面层层叠叠、雾气昭昭的热带雨林，自顾自地说：明凤是我见过的最漂亮的女人！真他娘的漂亮！

陈炯民顿时来了兴趣，这老东西难道起凡心啦？

四十五 二八法则

刘树边和缉毒支队一直在关注罂粟花区的风云变幻，小麒麟的死同样让边境这边的人感到蹊跷，同时刘树边确实看到了些许希望。

中国人大多以邻为善，如果邻居家发生爆炸，自家的窗户也保不住。但面对罂粟花区却是例外，除非那里的居民放弃毒品，否则罂粟花区还是乱一点好。乱起来，毒枭们便无暇顾及提高毒品的科技和加工能力，也没精力完善运输、销售网络和情报系统，市场上的毒品必然会越发昂贵，昂贵的毒品对各地的瘾君子都是致命打击。如果罂粟花区一团和气，毒贩子们安居乐业，事情就会向相反的方向发展。

这些年四大毒枭达成了妥协，罂粟花区进入了蓬勃发展的阶段，结果给中国的缉毒机构造成了空前的压力。国内毒品的销量越来越大，毒品进入的渠道越来越多，即便数次展开灭毒行动，趋势依然无法逆转。

刘树边探究过吸毒者的心理，他们放着好好的日子不过，为什么吸毒？他前后审问过一千多名吸毒者，得出的结论可笑又无奈，这些家伙吸毒仅仅是为了填补空虚。

大部分人活着既无价值也无意义，根据二八法则，百分之八十的人都是废物。这些人从生到死只知道吃喝拉撒，日子过得浑浑噩噩。就算死了他们好像也从没到过这个世界，不会留下任何痕迹，连亲人的悲伤都是短暂和虚伪的。当然，这些人清楚活着没有意义，其中一部分把毒品当成了意义。从这个角度上说，无论社会如何发展，教育如何普及，毒品可能真的永远不会被剿灭，某类毒品的绝迹或许仅仅是因为产品的更新迭代，一代毒枭的没落不过是改朝换代的重复。

因为缉毒机构面临的压力前所未有，罂粟花区的任何风吹草动刘树边都不会放过，特别是小麒麟之死，这件事完全可以担当动荡的导火索，但到底是什么人干的呢？在刘树边心中，罂粟花区就是个庞大的生命体，外界难以对他形成致命打击，垮塌只能来自内部感染。小麒麟的死可能是第一条毛细血管的崩裂，能否扩散感染，最终形成癌变才是最重要的。

自从混迹于阑槛的江湖，自从结识了随心所欲的机器猫，特别是联手干掉了英雄联盟后，陈炯民的心似乎就被铁锤给折叠，折叠成几层，然后一次次地被锻打被火烧，被浸入冰水中淬火，嚓的一声，铁硬！

自此，很多以前想都不敢想的念头此起彼伏地从脑子里跳出来，每每想到这些在正常社会中会被当成神经病的想法，都有可能变成现实，陈炯民便会莫名其妙地兴奋。

陈炯民当然不清楚被环境浸染而走向邪路，正是社会心理学中著名的路西法效应。但实现梦想的感觉确实非常之酸爽，他甚至怀疑吸毒可能就是这种心理。

是啊，杀戮之门一旦打开，毁灭的欲望便如洪水般倾泻而来，一发不可收！

在越野车中，刘树边将弹壳交给陈炯民，告诉他，这就是杀死小麒麟的弹壳。瞬间，拯救公象的计划便在陈炯民脑子里闪现了，虽然是雏形但也极有创意。陈炯民断定，刘树边也在关注小麒麟之死，弹壳或许就是他派出的侦查员带回来的。作为顶级狙击手，陈炯民对于各国的枪械如数家珍，他一眼就看出来了，PSG-1的专用子弹，当代狙击步枪的传奇！

从风口垭到阑槛的路上，计划的细节在他脑子里逐渐完善，如果套用三十六计，那便是偷梁换柱。柱，自然是公象魏东来。梁，则是乌贼温坎。

从哪个角度衡量，乌贼都是不能活下去的，但垃圾不可能自己走进垃圾桶，必须有人清除。清除掉乌贼是现实博弈的需要，这家伙知道魏东来的身份，这家伙诡计多端，这家伙还十恶不赦。实际上乌贼没有对陈炯民造成过威胁，为了让乌贼的死顺理成章，陈炯民便在乌贼的名字之前加上了纵火犯、杀人犯、贩毒集团骨干成员等标签。标签贴满了之后，陈炯民也便心安理得了。

乌贼不死，天理难容！

乌贼狡诈、残忍，在罂粟花区也算出类拔萃，这次却碰上了刚刚在残忍之路上尝到鲜美滋味的陈炯民。乌贼认为，只要把公象和癞皮狗的事交代出来，借此报仇的白猪自然会放他一马，乌贼甚至做好了带着某个女人远走高飞的打算。不想事情说出来后，陈炯民却将他关进一个暗无天日的小山洞，留下大约两三天的食品，居然就离开了。乌贼大为奇怪，难道这头白猪真的是想养猪吗？

乌贼被关了两天，两天的冥思苦想让他得出结论，白猪不相信自己，估计是在验证录音的真实。

这期间陈炯民上了六王山，去了蒙砂撒，还被缉毒支队抓回了境内。在记忆中这段时间漫长而艰辛，陈炯民担心狡猾的乌贼会找机会逃掉。回到阑槛的第一时间他便赶了过去，当陈炯民将封住山洞口的几块大石搬开时，一股恶臭味从里面涌了出来，那是大便的味道。陈炯民顿时放了心，乌贼应该还在。乌贼确实没打算坐以待毙，但这家伙浑身是伤，洞内又氧气不足，多次努力均告失败，乌贼无奈，最终只得与自己的屎尿在同一个空间中发酵。

精神崩溃的乌贼哀告陈炯民放过自己。

陈炯民说：可以放你走，但你最好把知道的全告诉我。

乌贼说：我就知道那么多。

陈炯民思索了一会儿，然后又留下些食品，改道去了火化场。

好在乌贼自认为有活下去的理由，每每想到这个，这家伙便发出会心一笑，白猪早晚会放了他。

在火化场，拯救公象计划的最后细节被陈炯民补上，山羊答应帮忙。

再之后,陈炯民独自上了六王山。

在六王山,陈炯民在玉麒麟、树懒的眼皮底下实施自己的计划,魏东来则不出所料地落到他手里,唯一的问题是如何在树懒的监督下偷梁换柱。

关于种猪和树洞酷刑的设计,是陈炯民绞尽脑汁想出来的,一来,可以展现出陈炯民对公象的无比痛恨,二来会让玉麒麟、树懒等人对他产生厌恶心理。在他们敬而远之的时候,山羊正好下手。

环氧树脂灌入树洞后,陈炯民拉着树懒喝酒。

众人酒酣耳热,山羊拖着打了麻醉药的乌贼来到古村,他先将这家伙顺进树洞,栽在液体里,然后又将公象拽上来,背走了。

山羊的行动是在树懒的眼皮底下进行的,心事重重的树懒完全没有在意。后半夜陈炯民拎着胶条去树洞,树懒也只是象征性地过去看了一眼。公象的头顶当然是乌贼的,但乌贼是秃子,公象却有一头浓密的头发。这一点陈炯民事先并没有考虑到,倒是山羊替他想到了,他事先给昏迷中的乌贼套了个假头套。在树懒眼里,树洞里的人分明就是公象。陈炯民下到洞里,用胶条封住乌贼的嘴,这一来即使这家伙醒过来也无法出声了。

天亮后,陈炯民说罂粟花区环氧树脂的质量不好,又倒进去一些。不久他将一枚小石头扔到井里,井底发出了嘣的一声,环氧树脂固化了。

树懒说:这人活不成了,你真的打算亲眼看他爆炸?

陈炯民说:他变成臭屎,我就走!

树懒恭恭敬敬地给陈炯民鞠了一躬:让他们用石头把洞口封上,你可以走了。

陈炯民又说准备当面跟玉麒麟道别。

树懒说，玉先生带人下山了。临行前说，你可以自行离开。

陈炯民最后一次恋恋不舍地查看树洞中的公象，在树懒期盼的目光中离开了六王山。

实际上环氧树脂是不会自行固化的，公象被换走后，陈炯民再次倒入的是固化剂，这些知识太专业了，树懒等人完全想不到。

两小时后，陈炯民在预定地点与山羊会合，公象也在。陈炯民讲明情况，并郑重地向公象魏东来道歉。

魏东来无奈地说：也怪我，被你抓回去有点恼羞成怒了，故意拿你的名字激怒你，否则你也不会多想。

山羊带来一辆独轮车，二人合力将公象送到风口垭。陈炯民这才搞清楚，当初三名特警早就把山羊和机器猫放了，否则扛着两个人不可能爬上去。

天快擦黑，风口垭的界桩触目。

山羊说：你和公象一起回去吧，和罂粟花区一刀两断，别再过来了。

陈炯民说：我在阑槛还有事！

推着独轮车的山羊半晌未语，突然他将独轮车放在路边，厉声骂道：兔崽子，机器猫不会跟你走的，你就别做梦了。

陈炯民被他说中心事，烦躁地说：老东西你想点好的行不行？我留下没准还能干掉玉麒麟或者无腿狮呢。

山羊鄙夷地说：呸！你那点心思我还看不出来？我吃的盐比你走的路都多。

陈炯民蒙圈了，他实在搞不清吃的盐和走的路有什么关系。

独轮车上的公象纠正道：是你吃的盐比他吃的饭多，你过的桥比他走的路多，你说错了。

山羊挥舞着胳膊道：老实待着，没你的事。

陈炯民指着小车上的魏东来：我觉得对不起他，我破坏了缉毒支队的情报网络，我要继承他的遗志，我得跟他们干！

魏东来大声道：我还没死呢。

陈炯民不愿意纠结于修辞，继续说：好啦好啦，我二姐就是溜了六王山的大药溜死的，我跟玉麒麟他们势不两立，我留下来，想办法搞死他们。

山羊冷冷地说：你小子少给自己打掩护，你一撅屁股我就知道你要拉什么屎。你就是为了机器猫，反正机器猫不会跟你走。

山羊咬住青山不放松，陈炯民的怒火被他激发出来，他揪住山羊的领子骂道：老东西，难道你就看着机器猫在这破地方活一辈子？

山羊不为所动，冷笑着：我早就想让她离开，三年前我送她去过万象，可没两个月她自己跑回来了。机器猫是在这个破地方长大的，你他娘的不懂！你脑子里除了下水还有什么？

此刻担架上的魏东来小声叹息着：山羊说得没错，她是这个地方长大的，这个你真不懂。

陈炯民心道，两个自以为是的老家伙！就是因为环境太恶劣人才会离开，人往高处走，尿才往低处流呢。怎么连这个都不懂？

陈炯民本打算与他们继续理论，却看到界桩另一侧的层层雾霭中出现了越野车的灯光。

四十六　机器猫的本事

机器猫做梦都想不到，为自己脱危解困的人居然是玉麒麟！

当六王山的部队穿插到神奇动物们与棋盘寨部队之间时，热带鱼在机器猫耳边惊呼道：玉麒麟！我的天，你到底得罪了多少人？

此时连心高气傲的热带鱼都有些心灰意冷了。

热带鱼自信水蚺没有与荣军司令部翻脸的胆量，但如果棋盘寨再加上六王山，自己这个六姨太的筹码显然就不够分量了。眼看着局势要失控，热带鱼猛然滋生了几分得意。如果由于她热带鱼的参与，酿成了罂粟花区两大派别的火并，人们对热带鱼的议论必然会高于蛇女，热带鱼很可能因此成为罂粟花区的第一美女。

热带鱼是民国残军后裔，在中文学校接受的教育，具备一定文化基础，但也仅仅是基础而已。多年前初露锋芒的热带鱼便以蛇女为终生死敌，她深知自己不具备蛇女的绝世容颜，更没有那女人春风化雨的亲和力。但热带鱼是拜过堂的姨太太，蛇女只是无腿狮的情妇。人们惧怕无腿狮，但没人瞧得起他的出身。在几位大佬中，无腿狮处在鄙视链底端。荣军不一样，那是堂堂正正的存在。再说哪一位绝代佳人是靠倾国倾城流芳后世的？难道陈圆圆、赵飞燕真的是仙女下凡？

美女，靠的是话题！

为了赢得话题，为了让罂粟花区的人们尽快忘记优雅华丽的蛇女，热带鱼精心给自己打造了人设，每日里打扮得花花绿绿的在街上招摇，她要尽一切可能地抢风头，所以热带鱼总有站在风口浪尖上的冲动，希望所有人都能在第一时间看到她，热带鱼甚至喜欢招惹些麻烦，这便是热带鱼帮助机器猫对抗水蚺的原因。

三方排开阵势，出人意料的是玉麒麟没有搭理砖窑这边的神奇动物们，而是径直走到水蚺面前，两个皓首老者低声耳语起来。在众目睽睽下，水蚺的面色越来越凝重，最终他站起来，挥手招呼部下，带领着棋盘寨的人雄赳赳地走了。

机器猫不敢相信自己的眼睛，几分钟前她做好了鱼死网破的准备，死就死了。赴死的机器猫隐约又有些遗憾，难道就这么死了？要么就给了四眼蛤蟆，要不就把白猪给睡了，作为处女如此死掉，未免羞耻！

棋盘寨众人离开现场，玉麒麟转身来到机器猫面前，笑眯眯地说：咱们又见面了。

机器猫说：啊。

玉麒麟望着满脸热忱的热带鱼：给林司令带个好，说我问候他。

山鬼姓林。

本来跃跃欲试的热带鱼立刻感受到一股强大的气场，那灼热的气流没头没脑地压过来，压得热带鱼胸口愤懑，喘不过气来。即便热带鱼再喜欢出风头，也不敢硬往上冲。

热带鱼喃喃地说：一定带到。

玉麒麟做了个请的手势，热带鱼扭脸看看机器猫，低下头，灰溜溜地走了。

机器猫摸不清玉麒麟来砖窑的目的，只得愣愣地看着他。

玉麒麟则不紧不慢地说：听说你对互联网这东西特别熟悉？

机器猫大吃一惊，六王山不是对网络之类的当代通信技术深恶痛绝吗？玉麒麟提这事做什么？机器猫不敢否认，只得点头。

玉麒麟说：有人说，你是罂粟花区最高水准的黑客，是吗？

机器猫立刻想到了白猪。

罂粟花区最好的黑客，这句话是机器猫自己说的，是在那个雨夜机器猫将陈炯民救到砖窑，为他煮米粉的时候无意中说的，这件事只有陈炯民知道。机器猫的心颤动了几下，白猪能记住她说过的每句话，居然还把这话告诉了玉麒麟！这头猪！

玉麒麟根据神态断定，机器猫确实是黑客。于是说：我要查一种枪，他们说这种枪可以追查到所有的买主，你能做到吗？

机器猫有点糊涂，这老东西要干什么？

昨天玉麒麟得到了打死小麒麟的弹壳。

公象告诉他，那确实是PSG-1的专用子弹。

陈炯民进一步解释说，PSG-1是世界上最先进的狙击步枪，具有卫星定位的功能，子弹、器具也都是专用的，一千五百米外取人性命如探囊取物。这种枪极其昂贵，每一支枪都可以追查到买家。

规模生产的枪械公司，产品大多分为两种，军用或警用的制式装备以及民用枪械。前者的要求是必须能够短时间内大量生产、耐用、简捷，成本低。后者则追求高精尖和炫酷，价格也比制式装备贵得多。

PSG-1狙击步枪产自德国的枪械巨头黑科勒和科赫公司，简称HK公司，这种枪是HK的拳头产品，单枪的价格在一万美元以上，如果算上弹药、配件和保修等后续服务，确实不是一般人能承受的。这种枪虽然功能强大，但专业性极高，一般人难以掌握，军队和警察系统又花不起这个钱，据说销路并不好。

玉麒麟完全可以推算，如果能追查到东南亚这种枪的买家，或者根据弹壳显示的弹道特征便能确定是哪把枪发射的，基本上就可以锁定杀害小麒麟的凶手。但这些资料只能在HK公司的内部资料库中查到，放眼六王山，精通高精尖武器的人已经是凤毛麟角了，能在网上寻找买家或者查阅企业局域网资料的人才则根本不存在，何况枪械公司的网站也不是随便一个人就能进去的。

玉麒麟追问说，什么人可以完成这项工作？

陈炯民说：罂粟花区最精通网络的人是机器猫！她可以帮到你。

听到机器猫的名字，玉麒麟苦笑了几声，他根本没把那个奇装异服的小姐姐当回事，甚至懒得多看她一眼。不想这样的人居然精通网络，在陈炯民的描绘中，机器猫便是传说中的黑客。

玉麒麟将公象交由陈炯民处理，命令让树懒监视他的举动，自己则带着些卫队亲自下山。

阑槛处于东西联合军的地盘中央，但根据四方协议，作为中心城市的阑槛地位特殊，任何派别都可随意进入，条件仅仅是不能动枪。

部下找到了神奇动物们的基地——砖窑，玉麒麟亲自前往却碰上了正要围攻砖窑的水蚺。玉麒麟和水蚺是三十多年的老朋友，这点面子还是有的。当水蚺得知玉麒麟找机器猫帮个忙，事情涉及小麒麟的死因，立刻意识到事态严重，相对而言那点大药根本算不得什么。于是水蚺向手下宣布，机器猫的账咱们以后再算，玉先生的事情更重要。

之后水蚺带着部下离开，机器猫便落到了玉麒麟手里。

搞清楚事情的原委之后，机器猫本打算跟玉麒麟谈谈条件，至少希望玉麒麟把水蚺的事摆平。但玉麒麟却大手一挥，训练有素的卫队士兵当下冲进砖窑，将里面的七八只神奇动物全部抓了出来，然后包粽子似的捆到了一起。

玉麒麟说：两天之内拿不出结果，我就把这些人全送到火化场，活着烧！

机器猫不愿意给山羊找麻烦，只得答应玉麒麟可以尽快展开工作。同时在心里将白猪骂了个狗血喷头，这小子居然把自己当成工具卖给了玉麒麟！自从被水蚺的人包围到现在，机器猫感受到巨大的屈辱。她是刚刚消灭了阑槛老大的机器猫，她是当今阑槛所有社团的一把手，她前程远大，一个刚刚戴上艳丽王冠的女大佬，在这些真正的大佬面前却被呼来喝去，形同奴仆。机器猫在心里暗自发狠，只要有机会她就把玉麒麟、水蚺这些老东西全部扔到茅厕里，要在他们头上狠狠地尿一泡！

半小时后，机器猫、玉麒麟以及玉麒麟的卫队来到阑槛最大的网吧。老板发现来者是玉麒麟，差点尿了裤子。这家伙当下就把所有顾客赶走了，机器猫则命令网吧的工作人员将几十台电脑全部联网，没一会儿的工夫便组成了一台小型的超级计算机。

玉麒麟将通过弹壳检测到的数据交给机器猫，机器猫则让四眼蛤蟆做助手，二人很快找到了HK公司的网站，一轮又一轮的黑客攻击开始了。

机器猫确实是阑槛的第一网络高手，黑客的本事是软件的应用能力，机器猫则掌握了很多黑客软件。没用多长时间，他们便发现了网站安保系统的破绽，直接攻了进去。

就在此时，机器猫的通信工具中忽然出现了一个陌生人。

此人拼命要加她的好友，连续发来验证信息。如今正是进入网站的关键时刻，机器猫本没打算搭理他，那人最后发来了我是白猪的消息。机器猫急忙观察左右,老迈的玉麒麟在休息厅中小睡,卫队成员们大多百无聊赖,没人注意她。机器猫偷偷通过了认证。

对方发来消息:我是白猪。

机器猫说:你来阑槛的第一个雨夜在砖窑里做了什么?

对方说,吃了米粉。

一股骂人的冲动涌上来,机器猫在脑子里飞快地寻找着如何将白猪一口骂死的字眼。

白猪没给她开骂的机会,继续说:我在阑槛,我知道你被玉麒麟控制了,你是不是已经找到那把枪的信息啦?

机器猫意识到现在的事干系重大,按捺住情绪说:刚刚进了公司网站,正在输入检测信息。

白猪说:按我说的做,那把枪是马来西亚拿督的。

马来西亚拿督?机器猫顿时醒悟了,白猪之所以把自己出卖给玉麒麟,就是想牵着玉麒麟的鼻子走。

但马来西亚拿督的事机器猫却完全不知情。

在马来西亚社会,拿督相当于贵族,没有实权却颇受尊敬,大多是些有钱有势的人。一名拿督的儿子曾是小麒麟的情敌,为了明凤,纨绔子弟苦斗大毒枭的公子。二人斗法的结果是纨绔子弟失去了两条腿,毒枭公子则带着吉隆坡的瑰宝悄然回到了罂粟花区。马来西亚拿督虽然只是荣誉称号,但能获得这个荣誉的都不是凡人。纨绔子弟的父亲便是吉隆坡的大佬,大佬拥有几支炫酷的枪械根本不算什么。老拿督不能容忍自己的继承人被人搞成残废,伺机报仇自然在情理之中。

实际上玉麒麟对明凤的痛恨是有些道理的。出于本能,玉麒麟认为这女人就是祸水,儿子的死说不定就与她有关,事实也恰恰如此。

此刻机器猫在屏幕上找到了符合弹道数据的步枪的去向,虽然不是拿督本人购买的,但购买者是拿督下属的一家小公司。

白猪在对话框中说:听我的,一步都不能错。

四十七　年轻人的心理感应

在风口垭,两名便衣将魏东来的担架抬过了界桩,山羊和陈炯民心中的石头总算落了地。出于谨慎,二人始终没有现身。

一分钟后山羊的电话响了。他摸出手机,与陈炯民特地拉开了一些距离,但陈炯民年轻,耳聪目明的他依然听到了电话中传来的第一句问候,保证是刘树边的声音:老陈——

老陈?难道山羊姓陈?难道刘树边和山羊早就认识?他们俩什么关系?

山羊走到数米外,和刘树边在电话中小声议论起来,这次陈炯民听不到了。几分钟后山羊举着手机来到陈炯民面前,冷冷地说:你的领导要和你说话。

陈炯民将电话接过来,刘树边的威严的声音顺着信号冲击着耳膜:你小子真的不打算回来啦?你吃多了撑的?现在给我滚回来!

陈炯民说:罂粟花区的情况我摸得差不多了,我打算挑动他们内斗,只要他们斗起来,事情就有转机,搞好了,我没准能抓个毒枭。

刘树边怒道:你放屁,你做梦!魏东来在六王山做了五年卧底都不敢说什么都摸清楚了,你才去了一个月!别废话,赶紧给我滚回来,武装部的工作我可以帮你疏通。

陈炯民说：魏东来给我留下了很好的工作基础，他们之间的矛盾我真的掌握得差不多了，我可以把罂粟花区搅个底朝天。

电话中的刘树边越发怒不可遏：就凭你一个人？你个兔崽子你个拧种！不知道天高地厚的东西，我命令你现在就回来！

陈炯民有意恶心他，不紧不慢地说：副支队长同志，现在我不是你的兵，你不能给我下命令了。

说完陈炯民便将电话挂了。

山羊一把将电话抢了过去，指着他的鼻子骂道：你个兔崽子你到底是为了机器猫还是因为赌气呢？你说。

这句话居然把陈炯民给问住了。

是啊，陈炯民留在罂粟花区确实存在机器猫的因素，但如果真能挑动罂粟花区内乱，搞掉一两个毒枭又何尝不令人兴奋呢？

罂粟花区的经历让陈炯民默认，缉毒是一项没有尽头的事业，很难说人类社会与毒品不是相伴相生的。古人不具备毒品加工和提炼技术，鸦片、古柯没有广泛种植，更没有相关的提炼技术，但他们依然会找到些可以上瘾的玩意儿聊以自慰，比如魏晋南北朝的五石散，比如南美印第安人最爱的古柯叶，比如北美的印第安人一直在食用烟叶，甚至包括早期的咖啡、茶和烟草，这些东西本质上全都具有毒品性质。历史久了，毒品就成为文化了。陈炯民留在罂粟花区，就算真能挑动罂粟花区的内乱，就算缉毒支队也因此立下了不世功勋，难道他们就能彻底消灭毒品吗？陈炯民不相信，那他为什么还要留下来？解救魏东来的任务已经完成，对于组织，面对良心，陈炯民完全可以交代。

陈炯民呆立了半分钟。

山羊冷笑着说：色胆包天的小王八蛋，机器猫是我一手养大的，你想什么呢？

陈炯民一字一顿地说：我就是打算搞出点事来，我还想把她带到中国去。

山羊怒道：放屁，她不是中国人。

陈炯民认真地说：如果立功了呢？如果她能做出一些贡献，缉毒支队属于特殊部门，刘树边有办法让她在中国待下去。

山羊顿时醒悟过来：好小子，我说你咋让玉麒麟去找机器猫呢，原来你还憋着这个念头！

陈炯民说：你希望让她在这样的破地方待一辈子吗？你养她就是为了让她长大了做黑社会吗？干脆你老东西也跟我们一起回去，你本来就是中国人。

山羊突然怒吼起来：不，老子就算死也要死在这儿，你别狗拿耗子多管闲事！看我不打死你！

说着山羊冲上来便是一脚，陈炯民眼疾手快，转身揪住了山羊的领子，奋力将他按在树干上：你爱死不死，你个没出息的老烟鬼，你就算现在死我都懒得管你。机器猫的事，你管不着！

山羊怒视了陈炯民好久，突然挣脱他的手，转身走入丛林。

机器猫将PSG-1狙击步枪的信息全部打印出来，然后交给玉麒麟。

玉麒麟的脸顿时绿了，那保养得极好的牙齿咬得咯吱响：准确无误？

机器猫说：我是阑槛最高级别的黑客。

玉麒麟掂量着那张千斤之重的A4纸，狞笑着道：这事你不会嚷嚷得尽人皆知吧?

机器猫立刻意识到了危险，讨好般地说：在阆槛我有几十个人，他们听我的，我的人就是你的人。

玉麒麟冷笑着：我是怕你们的嘴不严啊。

机器猫说：谁要是把这事说出去，你点了他的天灯。

玉麒麟说：点天灯管什么用？晚了。

机器猫说：如果咱们成了一家人，谁会把自己的事说出去?

玉麒麟意识到这个机器猫没准还真是个对手呢，冷冷地说：是不是想跟我谈条件啊？

机器猫说：我就想要阆槛。如果我能帮到你，阆槛是我的，也是你的。

机器猫的条件并不苛刻，事实上阆槛本来也不是玉麒麟的。

玉麒麟显然并不认可机器猫等人的能力，笑着说：水蚺那几个人你都对付不了，就算拿下阆槛，守得住吗?

机器猫说：你就是觉得我们这些人没用。

玉麒麟索性也开诚布公了：没用也就罢了，我是担心你们误了我的事。

与玉麒麟的交锋是机器猫与罂粟花区大佬真正的初次交手，罂粟花区的险恶环境给机器猫磨炼出超强的危险感知能力。她明白，如果玉麒麟认为神奇动物们真的没用，下一步就是杀人灭口。

机器猫说：谁帮你找到步枪的下落？我。难道你真的以为网络没用？用处非常大。再说如果我们没本事，我们怎么能干掉灭霸？他以前是你的人啊!

玉麒麟嘲笑着：干掉那条鲇鱼是白猪的功劳，现在公象死了，白猪要回中国，你们的主心骨没了。

鲇鱼曾经是玉麒麟的手下，灭霸的叫法在他眼中简直是可笑至极，玉麒麟甚至不清楚灭霸这个绰号来自漫威人物，但他清楚鲇鱼还是有些能力的。当初他第一次听到灭霸（爸）这两个字差点笑出声，灭霸？灭掉自己的爸爸也值得宣扬？

机器猫得意地说：他没走。

玉麒麟问：谁？

机器猫说：当然是白猪。

玉麒麟吃惊不小，如果白猪完成了复仇使命，自然要回国，这话是他亲口说的。为什么没有走？他回到阑槛做什么？这一刻玉麒麟怀疑白猪搞不好是个卧底，不如通知水蚺等人，见面就杀！

机器猫注意到玉麒麟的惊愕，于是在网吧中迈起了方步。白猪回来的话是她脱口而出的，说出口她便意识到白猪就是神奇动物的救命稻草，有白猪在，玉麒麟不见得就敢动他们。事后机器猫才想清楚，在她脱口而出的时间段里，陈炯民与山羊正在进行着激烈的争吵，难道是年轻人的某种心理感应，将他们联系到一起了？

玉麒麟的表情越来越不耐烦。

机器猫干脆提高了调门说：他就是要回来，他必须回来，因为白猪喜欢我，你明白吗？

玉麒麟静静地立了一会儿，重复着：他——喜欢你？

机器猫说：您岁数太大，这些事您已经想不明白了。

玉麒麟嗖地拔出手枪，对准了机器猫的脑袋：呸，乳臭未干，胎毛未褪，竟敢用这些胡言乱语来蒙骗我，你以为我是什么人？

机器猫怒道：在阄槛不许开枪，有本事你打死我！

玉麒麟笑道：阄槛不开枪的规矩是我提出来的，开了枪谁又能把我怎样？

机器猫说：你开枪，那三家就会联合起来对付你，到时候你还想给你儿子报仇？你做梦！玉先生，白猪就是喜欢我，为了我他什么都愿意干，你杀了我他就会给我报仇，你信不信？

二十年来，再没有人敢对玉麒麟如此无礼，机器猫的有恃无恐让玉麒麟不得不静下来思考。

从神态上判断机器猫应该没有撒谎，白猪也许真的喜欢她。此时玉麒麟眼前浮现出自己年轻时做过的荒唐事，难道真的是自己老了？难以体会年轻人的任性而为了？顷刻间玉麒麟全都想起来了，当年的他已经回国了，之所以返回罂粟花区难道不是因为那个女人吗？之后他把自己包装成理想主义者，但事实是无法抹杀的，那女人后来成了小麒麟的母亲！那是个足以让玉麒麟静下来的女人。当年自己做过的事，难道后世的年轻人就做不出来？

玉麒麟确实年轻过，体会过爱情，也参与过爱情游戏，沉浸在爱情里的年轻人难以理喻。仔细想想，机器猫和白猪，无论气质上还是行事风格上，还真的有那么点说不清道不明的感觉。树懒向他汇报过树洞酷刑的全过程，不无担忧地说：此人心毒手狠，手段高超，六王山不应该成为他落脚的地方。玉麒麟赞同树懒的前一种说法，至于后一句，玉麒麟认为那是树懒在担心自己的位置，特地夸大了潜在威胁。但不能否认，白猪是人才，如果因为要保密而杀掉机器猫，就等于与白猪结了仇，又何必凭空多出来一个劲敌？再说，互联网这东西确实有用，互联网有用，机器猫没准也有用。

想到这儿玉麒麟淡淡地说：白猪是个人才，我非常欣赏他，可以接受你的建议，六王山和你的神奇动物两家并一家！还有你的白猪。

机器猫长长地出了一口气。

四十八　四眼蛤蟆的心事

世间的巧合永远都透着一股诡异，似乎是有人事先规划好的，所以在各地的文明里都会给神灵留下个位置。

在风口垭，山羊和陈炯民话不投机，之后便怒冲冲地进了丛林。山羊本来打算回阑槛，但仅仅走了几十米就愣住了，丛林深处居然出现了一块百十平米的开阔地。热带丛林是不可能出现植被空白的，这里的植被明显是不久前被人砍掉的。山羊继续探索，发现开阔地中央堆着几十根修整良好的木料。从堆放木材的形态看，似乎在建造木屋或者瞭望塔之类的东西。不知为何，瞭望塔建到一半被放弃了，如今仅仅能看出些轮廓。

茂盛的热带丛林可以把阳光完全遮蔽掉。在林子里行走，相差三十米的人相互就找不到了。这也是山羊和陈炯民在风口垭停留过两次，却一直没有发现这块开阔地的原因。山羊非常奇怪，什么人会在靠近风口垭的丛林深处开出一片空地呢？在这里修瞭望塔有什么用呢？

正想着，一股刺鼻的烟味进入鼻腔。山羊顺着烟味找了过去，竟在木头堆的缝隙中发现一堆没有燃烧殆尽的纸钱，隐隐地在冒烟。山羊的脑子里嗡了一声,这是烧纸啊?什么人会在这里祭奠死者?这地方离他和陈炯民的藏身地只有一百米,他们在风口垭已经待了两个小时,不会已经被人发现了吧?

山羊翻动纸钱,确定没有烧尽的纸钱应该是本地产品。山羊的翻动扰动了空气,纸钱忽地又燃了起来。山羊断定,烧纸的人是匆忙离开的,难保没有发现什么,必须找到。此人既然在烧纸,至少说明他是华人,什么样的华人在这里烧纸呢?真怪!

山羊在边境之南生活了二十多年,对热带丛林了如指掌,稍微勘查后他便找到了蛛丝马迹,之后沿着一条难以察觉的小道寻了下去。

马来西亚拿督的事是刘树边通知陈炯民的。

拿到弹壳后,刘树边动用了国家资源进行调查,可以确定马来西亚拿督就是这把枪的主人。以此类推,拿督极可能是小麒麟之死的幕后凶手。得到这个消息时,陈炯民多少有点泄气。缉毒机构希望瓦解罂粟花区的总方针他是清楚的,如果拿督是凶手,就算玉麒麟与吉隆坡的拿督大打出手,也属于罂粟花区与外人的矛盾。本地的四大毒枭内部依然铁板一块,搞不好水蚺等人还会出手帮忙,也就是说这枚弹壳的意义不大。

后来陈炯民在玉麒麟面前,将追踪弹壳信息的工作推给机器猫,目的仅仅是打算借机脱身。如果玉麒麟得知谋杀儿子是拿督干的,自然也就不会难为机器猫了。但在回阑槛的路上,陈炯民的心理发生了变化,如果能在谋杀小麒麟的问题上做出文章来,兴许会收到意想不到的效果。

之后机器猫便是在白猪的授意下修改了弹壳信息。好在六王山没有人精通网络，好在机器猫也确实是高手，作假能作得天衣无缝。

陈炯民和机器猫联系完毕，还是有点不放心，便在网吧的对面找了家小吃铺喝啤酒。他希望能保护机器猫，也想观察一下玉麒麟的反应。一小时后面色铁青的玉麒麟带着卫队离开了网吧，不一会儿神奇动物联盟的其他成员便到了，看来机器猫没事。陈炯民用社交软件告诉机器猫见面的地方，之后就找地方睡觉去了。

随着神奇动物联盟的突然崛起，机器猫发迹的砖窑也闹得尽人皆知了，不少八九岁的小男孩将砖窑当成了未来主义的教育基地。

陈炯民约机器猫见面的地点，只得安排在阑槛城外废弃的长途车站。

阑槛是一座现代城市，与外界的联系还算畅通，这里不仅有车站，还建了一座小机场呢。前几年城市改建，长途车站迁到了市中心，早先的车站就废弃了。

月朗星稀，夜空清明，废墟般的车站矗立在半山腰里。早年间大部分发往中国的大药是从这里上路的，那纯净的砂糖一般的白色晶体夹杂在行李里、书包里、车胎中，甚至藏在胃里、肠子里一路北上，披荆斩棘。它们流散到世界各地，造就了一个又一个的人间悲剧。

陈炯民担心出意外，早到了十分钟，到达后便躲在建筑的阴影中观察情况。

不一会儿，披着小短坎、裹着超短裙的机器猫大摇大摆地进了车站。走了几步，她猛然停下来，大声呵斥：给我出来。

陈炯民有些恼怒，神经病吗？我就不出来，我看你怎么办。

不承想机器猫的话音未落，一条身影从门外粗大的柱子后面绕了出来，竟是四眼蛤蟆。陈炯民几乎要笑出来了，看样子四眼蛤蟆是在跟踪机器猫，机器猫则早有察觉。四眼蛤蟆走到机器猫面前，低着头，一言不发。

机器猫无奈地说：你跟着我干吗？

四眼蛤蟆嘟嘟囔囔地说：我就是想看看，你是不是要跟他见面？

躲在暗处的陈炯民打了个冷战，难道四眼蛤蟆喜欢机器猫？这事倒也不难理解，四眼蛤蟆本来就是机器猫的死党，他们的年纪差不多，四眼蛤蟆对机器猫产生了特殊情感还真说不定呢。

机器猫无可奈何地说：我就是来和他见面的，这事跟你没关系。

即便光线暗淡，依然可以看出四眼蛤蟆失望至极的神情：他让你欺骗玉麒麟你就听啊？万一玉麒麟把这事搞清楚，六王山和无腿狮谁能饶了你？搞不好会让人家碎尸万段！

陈炯民又是一惊，自己与机器猫的密谋，四眼蛤蟆怎么会知道？陈炯民当然不清楚，四眼蛤蟆在网吧中担当了机器猫的助手，机器猫如何与白猪取得联系，白猪如何授意，机器猫如何篡改数据，四眼蛤蟆都在旁边看着呢。

机器猫来到四眼蛤蟆面前，盯着他的眼睛说：你不会打算告密吧？

四眼蛤蟆诚恳地说：就算他们打死我，我也不会告密，但我就是想不明白，你为什么要听他的？你是不是真的喜欢他？

陈炯民不想再听下去了，听别人在背后八卦自己太让人尴尬了，同时陈炯民感到了几丝莫名的兴奋。山羊不了解他的女儿，机器猫对自己是有感情的，或许真能跟自己走呢。

机器猫恼羞成怒地说：我和他什么关系用不着你操心。我说过，你要是真想那样，我可以和你做，但我不会嫁给你的，我也不爱你，明白吗？

四眼蛤蟆狠狠地跺着脚：我不是那个意思，我是想跟你那样，但你不喜欢我，我就不想。你说说，我怎么做你才会喜欢我呢？

建筑的阴影里，陈炯民已经缓缓坐到地面上了，原来四眼蛤蟆是个情种！由此陈炯民忽然想到了自己的高中年代，想到了情窦初开的年纪，那时他是另一个四眼蛤蟆，那朝思暮想的女同学没几天就嫁给别人了，到现在陈炯民也搞不清如何才能让她喜欢上自己。

机器猫烦躁地说：我不知道，反正我现在不喜欢你。不过我可要警告你啊，六王山的事绝对不能说出去，你敢说出去我立刻跟你翻脸，我——我——

四眼蛤蟆胆怯地说：你怎么样？

机器猫咬着牙：你妹妹才十一，你想好了。

四眼蛤蟆顿时泄了气，嘟囔着说：我心里没底，我是担心你！白猪想干什么？你们俩到底要干什么？

机器猫说：我也不清楚白猪想干什么，但我知道自己想要什么。你给我记住，只要跟着我，我保证你能吃香喝辣的，我保证什么样的女人你都能搞到手。我！我要做女大佬，我要和玉麒麟、水蚺、无腿狮那些混蛋平起平坐，到时候你还发愁没有女人吗？

四眼蛤蟆愣愣地看着她：我以为，我以为你要跟着白猪去中国呢！真那样我就再也见不到你了。

机器猫郑重地说：哪儿都没有罂粟花区好，想干什么就能干什么！我喜欢这地方，我哪儿都不去。

四眼蛤蟆半晌未语，机器猫在他肩膀上拍拍，四眼蛤蟆落寞地走出车站，消失在黑暗中。

陈炯民已经不愿意和机器猫见面了。

机器猫是打算利用陈炯民的计划达到她的目的，正如当初机器猫利用自己的谋划干掉灭霸集团一样。陈炯民设定的计划是挑动罂粟花区的内部冲突，给刘树边制造机会，消灭一股毒枭或两股贩毒集团，达到震慑毒贩的作用。虽然消灭毒品和毒品市场是妄想，但不能让中国成为毒品的重灾区则是缉毒人员的责任。同时陈炯民也希望尽一切努力帮机器猫立功，只要有了功，刘树边就可以想办法给机器猫弄个合法身份，到国内定居。现在看来机器猫满脑子是如何大展拳脚，或许她的理想真的是做下一代的毒枭。

　　此时陈炯民想到了另一层，机器猫这么说，难道不是为了糊弄四眼蛤蟆？如果那样，那事情就简单了。

四十九　父与子

　　玉麒麟离开网吧，先是派树懒到医院看看，寻找乌贼的下落。然后便带着卫队大模大样地撤离了阑槛。玉麒麟心知肚明，阑槛的街面上有无数只眼睛在盯着他，绝不能暴露任何意图，有什么打算回六王山再说。

　　在山下树懒便追了来，玉麒麟听取了汇报后，立刻下令卫队改道蒙砂撒。

　　两小时后，玉麒麟和癞皮狗见面了。

　　当义父玉麒麟那张慈爱的脸出现在面前时，癞皮狗当下便哭了出来。

癫皮狗认为玉麒麟是来要命的，但他心思简单，琢磨着如果能在死前见义父一面，多少也算个心理安慰。魏东来卧底五年之所以没有取得成效，其根本原因在于他对癫皮狗的判断有误。魏东来认为癫皮狗具备称霸罂粟花区的野心和实力，通过癫皮狗就可以重组罂粟花区的格局。事实上癫皮狗虽然强悍残忍，但心理上却远未成熟，他仅仅是玉麒麟豢养的一条狗。自从被玉麒麟收养了，癫皮狗从未摆脱过对义父的依赖。即便他真的具备颠覆六王山的能力，也从没设想过要反抗自己的父亲。

在这一点上，魏东来确实存在失误。

三天前公象被树懒带着大部队抓走了，蒙砂撒也被包围了，癫皮狗确实做好了必死的准备。但想来想去终归是觉得有点冤枉，他癫皮狗从来没打算要背叛父亲！被冤屈的痛苦是所有痛苦中最为深沉的，即便丑陋如癫皮狗也不能例外。

走进房间的玉麒麟一脚踩在满地乱滚的酒瓶子上，险些摔倒。

玉麒麟挥舞着拐杖骂道：就知道喝，早晚喝死你。

癫皮狗当下茫然，这个语气不对啊。这是他小时候闯了祸，玉麒麟教训他时的口吻。一个词在癫皮狗脑海里闪烁着——回心转意！

玉麒麟走到横躺竖卧的癫皮狗面前，蹲下来，按着他的肩膀：公象一直在教唆你，他打算让你造反，但你从来没想过跟你父亲作对，是吧？

癫皮狗使劲点头。

玉麒麟说：你恨我吗？

癫皮狗惊道：是你把我从垃圾堆里捡回来的！

玉麒麟非常满意：公象死了。

癞皮狗惊得合不拢嘴。

玉麒麟凛然地说：我知道他是你的军师，你和公象亲如兄弟，但那家伙终归是外人。你我什么关系？我们是父子。公象居然在挑拨我们父子反目，难道不是死有余辜吗？

癞皮狗似乎中了邪，脑袋一上一下的，有几次下巴已经撞到了胸口上，发出砰砰的声音，但他本人却浑然未觉。

玉麒麟说：不过公象在临死前总算是做了件好事，否则咱们父子俩还给蒙在鼓里呢。

癞皮狗的脑袋不动了，眼珠子也不敢动了，他不错眼珠地盯着义父。

玉麒麟说：你给他下过命令，调查你哥哥的死因？

癞皮狗继续点头，实际上癞皮狗给所有的手下都下过类似的命令。

玉麒麟再次拍拍他的肩膀：是我玉麒麟的好儿子！公象死不足惜但也不辱使命，如果不是那小子鼓动你造反，没准我会留他一条命。狗儿，知道你哥哥是什么人害死的吗？

癞皮狗的精神为之一振：什么人？

玉麒麟从口袋中拿出两张 A4 纸，递给癞皮狗。第一张纸上全是密密麻麻的英文字母和数据表格，第二张则是机器猫用翻译软件译成中文的内容。癞皮狗眼前白花花的一片，好不容易他才看到了清迈、温坎、阑槛国民银行等字眼。

癞皮狗满脸的苦相：爸，这上面太乱了，你就直接告诉我吧。

玉麒麟将 A4 纸拿了过去：乌贼还在医院吗？

癞皮狗摇着头说：我不知道啊！

玉麒麟站起身，坐到沙发上，癞皮狗赶紧起身，垂手侍立在父亲身边。

玉麒麟说：派人查过了，那家伙已经失踪了，不见了。

癞皮狗眨巴着眼睛：啊？跑啦？

癞皮狗永远也不会想到，机器猫根据陈炯民的要求修改了步枪的信息，信息明确地将调查的方向指向了乌贼。虽然这张纸癞皮狗看不明白，但玉麒麟看了一眼，大概其就搞懂了。

根据HK公司的记录，打死小麒麟的PSG-1狙击步枪两年前被卖到了泰国的清迈，买主的姓名是温坎，乌贼就是温坎。几个月前乌贼曾经请假回老家探过亲，难道不是去取枪的？另外玉麒麟认为，虽然小麒麟的行踪隐秘，但在六王山，乌贼这个级别的人完全可以掌握，也有机会事先设伏。

小麒麟之所以到风口垭视察，目的是希望秘密开拓出另一条商路。

罂粟花区与中国大陆的毒品交易，大多集中于盘桓江流域的孟工渡口。这几年中国财力强盛，缉毒支队加大了盘桓江上的巡逻密度，以致在沿江渡口交易的毒品屡屡受挫。小麒麟回到六王山后，满心希望着施展才华，树立威望，于是便看上了风口垭。

在当地人的传说中，气候诡异的风口垭连接着地狱入口，人到了风口垭就算没有死，回来也是一身的晦气，不会有好结果，所以商路从来不通过风口垭。另外风口垭的气候恶劣，山高林密，而且远离村镇，怪石嶙峋，最后的几公里根本就没有路，所以连危险程度极高的毒品交易也都避而远之。由于从未在风口垭抓捕到贩毒分子，中国方面对风口垭的防御也不太重视。

小麒麟不相信所谓的地狱之说，他认为如果能通过风口垭运输毒品，既可避开中国大陆的严防死守，也可以为六王山开出一条专门的毒品秘密通道，从而取得针对其他派别的贸易优势。征得父亲的同意后，小麒麟便带着十几名信得过的手下先后几次到风口垭视察。当然这种事绝不能大张旗鼓，但开辟通道必要的基础设施还是需要的。在小麒麟的策划下，六王山的人在丛林中开出一片开阔地，打算在这里建立一座运输毒品的中转站，包括库房、瞭望塔和起降无人机的机场。没错，小麒麟的计划核心就是利用无人机运输毒品。

鬼使神差，这个没有竣工的基础设施无意中被山羊发现了，木质的瞭望塔就是基地的一部分。

也就在中转站紧锣密鼓地开始筹建的时候，小麒麟突然被人远距离狙击了。后来玉麒麟派人调查所有的可能的狙击点，却没有找到任何线索。这也是玉麒麟本人的认知局限造成的，当代精密武器的射程远远超过了这位老人的想象，射击点在他们的调查范围之外。

玉麒麟在癞皮狗面前将所有的证据串联起来。

癞皮狗惊叫着说：乌贼？真的是他，他为什么？您对他不错！

玉麒麟冷笑着指着第二章A4纸的下半截：你就不能仔细看看？

癞皮狗抓起那张打印纸，举在眼前上上下下地观察，满眼都是毫无关联的数字，这简直要癞皮狗的命了。

玉麒麟清楚这儿子在学业方面就是个废物，但没想到癞皮狗连基本的读写能力都没完全掌握。由此他更加放心了，这儿子对自己不会造成任何威胁。

玉麒麟只得再次解释说：你仔细看看，乌贼在阆槛的银行里有账户。

失去公象的癞皮狗，分析问题的能力也丧失了一大半，他无法理解义父这句话的意思，六王山有很多人在阆槛银行都设了账户啊！

玉麒麟的手指在纸上点着：你看你看。

进入癞皮狗视野的是一小串傣文。

在罂粟花区傣文也同样通用，据说泰国王室便是景洪的傣族过去的。

玉麒麟说：蜜拉贝儿。

癞皮狗抬起头：谁啊？

蜜拉贝儿是傣族女孩常见的名字，傣族女孩小时候通常都叫小玉，只有上了学她们才会起正式的名字，蜜拉贝儿便是她们的常用名之一，意思是：非常美丽。

玉麒麟咬着牙说：蛇女！

癞皮狗腾地站了起来，明白了，这下全明白了！

阑槛国民银行的数据也是机器猫帮着玉麒麟查到的，机器猫并没有在这些数据里作假。从银行的收支明细中可以看到，每年都会有一个叫蜜拉贝儿的女人，给乌贼的账户上汇来三万美元，号称是欠款。事实上乌贼从不赌博，也没听说他与黄钻俱乐部有什么瓜葛。这件事陈炯民也估计到了，因为他知道乌贼是无腿狮的卧底，乌贼不可能白干。

罂粟花区的知名人物都用绰号，身份对于一般人来说迷雾重重，但在玉麒麟这等级别的人面前，所有的谜团都不存在，蜜拉贝儿就是蛇女。

蜜拉贝儿的三万美元是什么钱？唯一的解释，这是蛇女付给乌贼的经费，蛇女的背后站着无腿狮，也就是说乌贼是无腿狮安排在六王山的卧底。这一来，一切问题都迎刃而解了。

癞皮狗气愤地叫嚷道：是无腿狮干的？

玉麒麟紧紧地握着双拳，激动地说：无腿狮是害我绝后啊！他想霸占咱们的六王山，但是他忘记了，我玉麒麟还有一个儿子！这个儿子是我从小养大的，他和他爸好得就像一个人！

癞皮狗激动得浑身颤抖：爸，爸，给我哥报仇啊！

玉麒麟说：从现在开始，六王山所有部队全归你指挥，你负责他们的日常训练，尽快提高战斗力。另外，你必须在一个月内给我招募一百名新兵，把我们枪械库里武器全部利用起来。我让树懒把咱们的存货全部卖掉，卖了存货买军火。看准机会，要无腿狮的命！

癞皮狗挺直腰板：是。

玉麒麟继续说：只要咱们给你哥报了仇，六王山就是你的。爸岁数大了，爸确实干不动了。

癞皮狗当下抱住玉麒麟的腿，声嘶力竭地叫嚷着：给我哥报仇，报仇！

这一刻的癞皮狗感到身上的所有毛孔里都洋溢着幸福，父爱如山，那个他曾经无比信赖的父亲终于回来了。

此后半个小时中，玉麒麟向癞皮狗详尽讲述了他的复仇计划，当前的主要任务是招兵买马，积蓄力量，等待机会。癞皮狗啧啧称奇，玉麒麟的策划能力竟然远在公象之上。此时那位刚刚死掉的曾经忠心耿耿的公象不存在了，癞皮狗眼中只剩下这位英明神武的父亲。

五十　长腰丰臀

精瘦的山羊独自在暗无天日的丛林中摸索着前进。

山羊手中那把明灿灿的砍刀是暗黑丛林里唯一在闪光的物件。

砍刀是进入热带丛林的必备品，可防身，也可开路。直觉告诉山羊，脚下这条路虽然有很多人走过，但依然是一条崭新的路，不可能超过三个月。忽然山羊看到一条人影从对面走了来，随着那条人影的出现，山羊全身的感官细胞顷刻间全部被调动起来。

幽暗的丛林中似乎燃起了无数支明亮的火把，山羊看清了丛林中的所有细节，微风、蚊虫、浮尘，枝叶的晃动，泥土的暗香，与树枝融为一体的绿色毒蛇，各种植物散发出的怪异气味，甚至连树冠之上被遮蔽住的天空也映入了山羊的想象。

那条人影顷刻间便点亮了一切，什么人？什么人会如此明艳？

自从开始溜大药，山羊就失去了搞女人的兴趣，溜大药是他留在罂粟花区的原因。如今那迎面而来的女人，满足了雄性动物对雌性所有的幻想，曾经的，现在的，或许也是死后的。

来人是明凤。

明凤径直走到呆立着的山羊面前，膝盖一弯，款款地跪了下来。

山羊似乎被马蜂蜇了，跳着往后退了一步：你，你干什么？你什么人？

明凤抬起头，清丽的眼睛中滚出来几颗泪珠，泪珠晶莹，映得明凤的面庞更加楚楚动人了：大叔，我叫明凤。

其实罂粟花区里见过明凤的人屈指可数，但明凤的艳名却早已闻名遐迩了。阑槛的人风传说，小麒麟的媳妇比蛇女要漂亮一百倍。如果那女人看了你一眼，晚上男人在老婆面前一定阳痿。

作为上一代的人，山羊对这种八卦逸事没兴趣，他认为那不过是好事之徒有意挑唆六王山和东西联合军的关系。如今真正的明凤出现在面前时,山羊确信,明凤就是罂粟花区的第一美女。

罂粟花区的女人,即便是雅致文静的蛇女多少也带着股邪气。这种气质是她们与生俱来的,罂粟花区的女人天生就是来争的,来抢的,来跟你玩命的,这些特征在机器猫身上表现得最为明显。但明凤没有,明凤是茫茫人海中的惊鸿一瞥,她的一颦一笑无时无刻不在提醒着旁人,那是个彻头彻尾的女人,一个需要保护和爱怜的女人,毫无攻击性的而且可以给你带来无限欢乐的女人。

山羊心里咯噔了一下,他不明白为什么在这里会碰上明凤。

密林深处,荒郊野外,一个女人在这里做什么?想到这儿山羊猛然左右环顾,然后拎起砍刀,身体如一张绷紧的弓。

除了丛林中固有的躁动,四周寂静如初。

山羊不得不向明凤投以询问的目光。

山羊终于意识到了,明凤一直在地上跪着呢。她长腰丰臀,秀发飘飘,湖水般的眼睛正在祈求地望着自己。

山羊以少有的温和语气说:明凤姑娘,起来吧。

明凤慢慢站起来,小声说:他们在山下等我,周围没有别人。

山羊的嘴里啊了一声,他们?明凤嘴里的他们定然是六王山的护卫,明凤和他们为什么会来这个鸟不拉屎的地方?要偷渡?不可能,界桩那边也是无人区,毫无准备的人走过去也是死!

山羊不清楚,今天是小麒麟亡故的百天祭日。

一大早,明凤便提出想去小麒麟遇害地点进行祭奠,同样在缅怀爱子的玉麒麟准了。虽然风口垭属于六王山的地盘,但玉麒麟还是不放心,于是派出几名最得力的卫兵护送,当然这里面也有监视的意味。

碍于家族荣誉,监视的职能玉麒麟并没有明确向手下人交代,只是说要保护少奶奶的安全。当然玉麒麟不担心明凤会逃跑,风口垭过于偏僻,方圆几十里都没有定居点,即便中国的一侧同样无人居住。一个女人在丛林里逃亡,等于自杀。

在处理小麒麟后事的时候,明凤到过现场。

来到风口垭,明凤要求护卫们在山下等着她,自己独自上山祭奠。卫队成员理解这位少奶奶的心情,没有横生枝节。就在明凤为小麒麟默哀的时候,远远的几句争吵声传进了她的耳朵。开始时明凤还以为自己出现幻觉了,原始森林中怎么会有人吵架?后来她隐约地又捕捉到几句,出于好奇心,明凤顺着声音找了来,不足百米外便看到了陈炯民和山羊。

陈炯民曾经两次上六王山,明凤老远地见过这个人称白猪的家伙。至于山羊则是罂粟花区的名人,明凤去阑槛给吉隆坡的家里打电话报平安时,在大街上不止一次地看到过这头狂暴的山羊,也听到过人们对于这位火化场经营者的议论。此刻当陈炯民和山羊的争吵清晰地传了过来,明凤当下就给吓得魂飞魄散了,这两个人居然是中国方面的卧底!

趋利避害是人的本能,明凤的第一反应是,跑!

明凤扭脸跑了。

明凤先是跑回小麒麟的出事地点,将所有的纸钱点燃,然后便匆匆下了山。当明凤远远看到停在山下的越野车和护卫时,忽然改变了主意。如果白猪和山羊是中国方面的卧底,那他们是否有可能把自己救出去呢?明凤清楚玉麒麟的打算,现在她刚刚怀孕,玉麒麟宣布孩子生下来满六个月后才能放她走。就是说,明凤至少还要在她所痛恨的六王山和玉麒麟身边苦熬一年多。就算真到了那一天,玉麒麟能否兑现诺言也不一定。如果能去中国，她就可以转道回吉隆坡了。如今明凤最大的愿望是尽快离开这个人间地狱，然后尽快把孩子打掉。虽然她是女人，但她永远无法接受这个孩子，想想都恶心。

明凤半路折返，恰好碰上了沿途找过来的山羊。

山羊得知明凤听到了他和陈炯民的对话，第一反应便是干掉这女人，以绝后患。山羊几次打算拔刀相向，但梨花带雨的明凤又让他如何下得了手呢？

明凤洞悉山羊的心思，哀求道：大叔，我知道你们都是不要命的人，但我就是想活下去，我仅仅是想活下去！大叔，我不会把你们的身份透露给任何人。

山羊的牙齿咬得咯吱作响：真到了那一天你不说也得说，他们有的是办法让你开口。

明凤说：我不会让他们知道的。万一，万一，万一他们知道我和你们有关系，也不会难为我，他们不会打我，如果他们不打我，我就挺得住。

山羊冷笑着：玉麒麟会舍不得打你？我二十年前就认识他，玉麒麟是什么人我清楚。

明凤一把抓住山羊的手腕，无尽的信任通过掌心传递到山羊的胳膊上：大叔，我怀孕了，我怀了他的孩子，他不会打我的，他想要孩子！

山羊没反应过来：谁的孩子？他的？

羞耻从明凤的眼圈里溢了出来。

山羊啊地叫了一声：真是他的？

明凤低下头：他说，这孩子是他孙子！

当代社会遵循的都是商业规则，罂粟花区也不例外。

有人找到机器猫，想从她手里把那座砖窑租下来，开个以神奇动物为主题的酒吧。机器猫根本搞不清这座砖窑的所有权。如果酒吧打出神奇动物的名头，一般人倒也不敢造次。另外，由于灭霸和黄钻俱乐部的经济纠纷差点将机器猫逼上绝路，给神奇动物也带来了极大困扰。机器猫宣布，神奇动物成员不得去黄钻赌博。如果去了，一概扫地出门。

俱乐部不能去，砖窑也租出去了，神奇动物连个活动场地都没了。机器猫奇招迭出，她偷偷将活动地点改到了矿洞。没错，就是他们曾经大战英雄联盟的矿洞。

陈炯民在废弃的长途车站听到了机器猫和四眼蛤蟆的对话，没有露面，他担心自己会成为机器猫达到个人目的的工具。不想机器猫却到处派人找他，最后众人在一家小酒馆里把白猪揪了出来，径直带到矿洞。

见了面，机器猫劈头盖脸地骂道：不是说好在车站见面吗？你人呢？

陈炯民只得说：被事情绊住了，没法脱身。

机器猫根本不信，围着他转了几圈，突然说：公象死了，你不是应该回国吗？为什么又要回阑槛？

陈炯民望着她小麦色的面庞，一时竟找不到合适的应对之词。作为缉毒战士，留下来完成魏东来未竟的事业责无旁贷，但陈炯民脑子里确实总会浮现出这个野丫头的面容。如果能带她回国，如果能帮她取得合法身份，如果有一天——

陈炯民不敢往后想，想多了，没用。

机器猫冷笑着说：是为了我才回来的？你想带我走，但你为什么要我编造那把步枪的数据呢？

离开车站，陈炯民后悔了，他后悔不该让机器猫介入这次行动。本来他以为机器猫会对罂粟花区深恶痛绝，谁想到机器猫竟然深深地爱着这个地方，天知道她会搞出什么来？

陈炯民不说话，机器猫有些恼怒：你不会是卧底吧？你不把你的心里话告诉我，我现在就把你让我编造步枪信息的事告诉玉麒麟，让你所有的计划都泡汤，你信不信？

陈炯民一把抓住机器猫的脖子：我掐死你！

突然陈炯民不敢动了，一把尖刀顶在陈炯民的肚子上。

机器猫冷笑着说：自从上次在砖窑让你制住，我就发过誓，这辈子绝不让你得手第二回，松开。

陈炯民脑子里产生了一个念头，难道碰上克星啦？由于对方的威胁更为严重，陈炯民只得松手。

机器猫抻着脖子干呕了几声：王八蛋，下手还挺狠的，原来你真的是卧底。

陈炯民说：公象是死了，但我也不想空着手回去，至少我也得给我们家盖一栋楼。

这句话确实是可以打动人心的，机器猫永远不会理解禁毒的意义，她甚至认为外面的人禁毒无非是想搞恶意竞争，不想让他们挣钱。就算罂粟花区的鸦片田全部被铲除，难道就能消灭毒品吗？做梦！陈炯民如果念叨他的缉毒理想，机器猫搞不好会急眼，但白猪不愿意空着手回家，这一点她完全能理解。

机器猫得意洋洋地说：我不管你是不是卧底，事情成了，你要你的，我要我的。其实你让我编造步枪的信息，无非就是想给六王山、东西联合军拴对儿。杀子之仇，玉麒麟能答应吗？他肯定要联合水蚺和山鬼对付无腿狮，当初他们是有过协议的，罂粟花区无限期停战。任何人如果违反了协议，其他三家就可以一起对付他。他们打起来，你就可以浑水摸鱼了，对不对？

陈炯民心道，这些道理是明摆着的，有什么了不起？

机器猫接着说：唯一的变数是政府军，政府军跟谁站在一起，谁的胜算就大。现在东西联合军和政府军的关系非常近，玉麒麟他们敢贸然动手吗？

陈炯民心里打了一个冷战，疯头疯脑的机器猫一点都不傻，政府军确实是问题的关键。

机器猫欣赏着陈炯民的惊愕，美滋滋地说：我答应过玉麒麟，政府军的事交给我，完事后，阆槛就是我的。

陈炯民呆住了。

难道机器猫能搞定政府军？

五十一　第一次棋盘寨会议

自从小麒麟被人打死，自从陈炯民到了阆槛，自从白猪和机器猫走到了一起，罂粟花区的格局和人际关系悄然发生着微妙而深刻的变化。当然，能够意识到这一点的人属于凤毛麟角，人们对于新势力的崛起习惯性地充满了蔑视，以致众多的人生机会都会被他们熟视无睹了。

罂粟花区最为显著的变化，是神奇动物联盟的首领机器猫和黄钻俱乐部的当家人蛇女成了最为要好的姐妹，换成国内的说法便是闺蜜。一时间阑槛的所有人都在议论，两位罂粟花区最有权势的女人不会在谋划着什么阴谋吧？难道她们打算强强联手？在罂粟花区长大的人不太相信友情。据说无腿狮已经有所察觉了，他曾亲自跑到阑槛当面质问过蛇女蜜拉贝儿。此后这种传闻也便到此为止了，无腿狮没有制止蛇女和机器猫来往，蛇女完美地取得了金主的理解。

有一次热带鱼跑到俱乐部玩马加力，发现机器猫和蛇女在二楼的平台上推杯换盏、谈笑风生。贪热闹的热带鱼便凑了过去。她认为，凭着自己曾经帮过机器猫，至少会受到礼遇。不想机器猫却当着蛇女的面，将热带鱼的花哨穿戴极尽能事地挖苦了一番。热带鱼暴跳如雷，当下便赌咒发誓地说机器猫和蛇女两个是擦火柴的爱好者，是女同，恶心至极。热带鱼回到荣军司令部，向山鬼司令告状说蛇女和机器猫合伙欺负她，荣军必须给她出这口气。山鬼则说：这事还要等一等。久历沧桑的山鬼有所预感，罂粟花区正在酝酿一场风暴。

第二个变化是来自中国的白猪成了六王山的座上客。

据说玉麒麟曾以乌贼曾经的职位相邀加盟，白猪仅仅答应可以上山帮忙，并提出了数目不菲的报酬。白猪没有成为玉麒麟的下属，而是要充当雇佣军。玉麒麟似乎并不在意这一点，据说现在他们的关系如胶似漆。

树洞事件的几天后，玉麒麟专门派树懒又去了趟后山，命令内容是查看公象到底死成了什么样子。树懒真心不愿意去，每每想到那天晚上的经历他就睡不着。到了后山，树懒让助手到树洞边看看。结果助手刚刚把封住树洞的大石头掀开一条缝，便吐了个一塌糊涂。远处的树懒叫道：看清楚，要忍住，忍！助手眯着眼睛举着手电向树洞里观察，已经固化的玻璃钢上浮着一摊黑紫色的烂肉，井底蠕动着数不清的白花花的蛆虫，一股冲天的臭味直冲霄汉，连附近树上的鸟都呼啦啦地飞跑了。助手挥着手说：死透啦，都炸开啦，长蛆啦！

回到议事厅，树懒添油加醋向玉麒麟做了汇报，最后断言道：白猪此人太过残忍，太过危险。我们是做生意的，就算杀人也没必要杀出花来。

玉麒麟没接他的话，但第二天便向白猪发出了邀请。

当夜，玉麒麟在六王山上大排宴席，一来是庆祝癞皮狗回山继续统领部队，父慈子孝。二来玉麒麟向所有人宣布，白猪和机器猫反目成仇，此后白猪便是我六王山最尊贵的客人。

作为亲信，树懒大为不解。

玉麒麟偷偷地安抚树懒说：如今是用人之际，将来你就明白了。

在内心深处，玉麒麟向来笃信量小非君子，无毒不丈夫，白猪为了报仇不择手段，这一点他是可以接受的。另外还有一层原因，玉麒麟不会告诉任何人，秘密就是秘密。白猪彪悍勇武，足智多谋，但机器猫却控制着白猪的开关，在网吧中玉麒麟已经意识到了这一点。事实上，白猪的上山正是玉麒麟和机器猫在网吧合谋的结果。虽然机器猫宣布要在玉麒麟的报仇过程中站在六王山一边，但玉麒麟不相信。机器猫则干脆提出可以让白猪上山，一来帮助玉麒麟完成复仇计划，二来白猪可以作为神奇动物联盟的人质。机器猫宣布，她的目的非常简单，就是想要独霸阆槛。当然，机器猫的忠诚玉麒麟同样不会相信，他多次在机器猫火辣辣的眼神中看到了烈焰般的欲望。在那一刻，玉麒麟脑子里甚至闪现过一丝恐惧。

矿坑会面后，机器猫和陈炯民在大庭广众下打了一架，居然动了刀子。

事情的起因是陈炯民跑到黄钻赌博。

赌在兴头上，居然碰上了找蛇女逛街的机器猫，二人在俱乐部的大厅里公然吵了起来。

机器猫说：我下过命令，所有的神奇动物不能来黄钻赌博。

陈炯民说：我从来就不是什么神奇动物，你以为你是谁，你还想管着我？

机器猫大怒，叫嚷道：没有我，你到阑槛的头一天就得饿死。

陈炯民则反唇相讥道：没有我，灭霸到现在还能随便收拾你。现在我要回国，走之前我得赚一笔，你管不着！

二人越吵越激烈，吵到后来竟然大打出手，机器猫打不过白猪，拔出刀子就要杀人。如果不是蛇女和俱乐部的保安拼命拦着，猫和猪之间，搞不好会死一个！

白猪离开俱乐部时放话说，从此和机器猫势不两立！

第二天，负气的白猪陈炯民便上了六王山。

在玉麒麟举行的盛大接风宴会上，陈炯民再次见到了明凤。他第一次见到明凤仅是远远的一瞥，这次却是面对面地坐着。与山羊的反应差不多，陈炯民同样震惊于明凤的美貌和风韵。在心中他将明凤和机器猫做了对比，与明凤比起来，机器猫确实就是一只猫，一只充满着戒备心理的流浪猫。不过陈炯民很明确，在地上飞奔的流浪猫更能引起他的兴趣，凤凰是可望而不可即的，除非鬼迷心窍。

酒足饭饱后，玉麒麟说：白猪、癞皮狗和树懒留下，其他人回去休息。

明凤起身时不经意地瞟了陈炯民一眼，走了。

陈炯民打了个冷战，那女人的一瞥饶有深意，明显有哀求和期盼的成分。明凤是有意的，不，是故意的，明凤是有意地在关注着他，估计是希望让陈炯民也能清楚这一点。

众人相继离开，大厅中只剩下了玉麒麟、陈炯民、癞皮狗和树懒四人。

酒席上笑逐颜开、妙语连珠的玉麒麟忽然严肃起来。他瞪着冒火的眼睛说：小麒麟的事你们全都清楚。

树懒急忙瞅了陈炯民一眼。

玉麒麟说：他当然清楚，他是机器猫那边的，公象的口供是他审出来的。

陈炯民和机器猫的大打出手当然是在故意做戏，要在罂粟花区制造白猪、机器猫翻脸的新闻，目的就是陈炯民能够顺利上山，而不至引起其他三派的担心，免得他们认为六王山与神奇动物联盟有勾结。

癞皮狗猛地在桌子上拍了一巴掌，怒吼着：爸，你说怎么办就怎么办！要我说，趁着他们没防备直接攻进无腿狮的别墅，把那小子大卸八块，炖熟了喂野狗！

玉麒麟说：你去过无腿狮的别墅吗？

癞皮狗不服气地说：我是没去过，但我就是不信，他的别墅还能是铁打的？

树懒说：狗爷，无腿狮的别墅就是铁打的，进不去。就算咱们的人死光了也打不进去，除非有空军。

陈炯民则口气平静地说：仅仅装备了防空火箭筒，武装直升机搞不好都会被他们打下来，除非是高空战斗机。

玉麒麟赞许地说：是啊，我知道你当过兵。那你说我们该怎么办呢？

陈炯民说：玉先生已经胸有成竹了，我们洗耳恭听就是。

玉麒麟对这个年轻人欣赏有加，能沉得住气的人大多能做大事。

癞皮狗插嘴道：爸，你就说吧，别人也没这脑子。

玉麒麟说：这几年本来是我最省心的几年，罂粟花区能取得今天的局面，五年前的棋盘寨会议功不可没。

棋盘寨会议就是确定四方协议的回忆，那场会议的召开虽然迫不得已却影响深远。

当时罂粟花区的四大毒枭相互攻伐，政府军则借机推进，联合国的禁毒机构也跟进来凑热闹，而边境另一侧的中国正在进行规模宏大的禁毒运动。内外交困，生死攸关，水蚺在玉麒麟的支持下召集所有的派别开会，商讨对策。在会上玉麒麟阐明利害，希望大家能团结起来。四方最终达成了无限期停火的协议，协议之外还签署了一大堆附加条款。之后毒枭们开始联手挖政府军和议会的墙脚，有力的就打服他们，有钱的就出钱买通，不久毒枭势力与政府军的影响力也达到了平衡点，政府军是打不动摆不平，首都议会里还有一帮轴的，最终只得罢手。此后各派贩毒集团又开始拉拢所在地的政府军，同样取得了极大成果。至于联合国的禁毒机构，棋盘寨会议后竟然变成了聋子的耳朵。

玉麒麟继续说道：棋盘寨的协议规定，任何一方，如果出现严重违反条款的行为,其他三方必须联合起来攻灭之。如果真能证明是无腿狮暗杀了我儿子,这就是在宣战!

树懒急忙试探着问:真是乌贼干的?

癞皮狗再次拍案而怒:乌贼就是无腿狮的卧底,这不是秃子头上的苍蝇明摆着吗?

陈炯民差点笑出来,乌贼确实是秃子。

玉麒麟示意大家安静:我的意思是先礼后兵,请水蚺出面召开四方会议。在会上我把证据公布出来,看他无腿狮怎么应对。

癞皮狗说:他能怎么办?他必须自杀,否则咱们、棋盘寨和荣军司令部前后夹击,左右包围,让他们全军覆没。

陈炯民忽然说:如果无腿狮抵赖呢?他可以质疑我们的证据,他可以说乌贼根本不是他的人。急了眼,我相信他可以把蛇女卖出去。

树懒也觉得有道理:对,他还可以说,你们把乌贼找过来,当面对质,咱们哪里去找乌贼呢?

陈炯民说:乌贼可能早就跑掉了。

玉麒麟哼了一声:跑掉?大概率是被无腿狮灭口了。

癞皮狗焦急地说:那,那,那怎么办啊?只有打!

玉麒麟思索着:打,是后话!我们必须在开会之前解决两个问题,首先要让无腿狮理屈词穷,无可抵赖;其次,那就是政府军的态度,至少得逼鸭嘴兽和山魈袖手旁观!

大厅中陷入了沉默。

找到无腿狮和乌贼勾结杀害小麒麟的铁证虽然艰难,但也并非没有可能。但如何能影响政府决策才是最大的难题,万一政府军完全倒向无腿狮一边,水蚺那些人搞不好会退避三舍。大家全清楚,政府所在地阊槛处在东西联合军的控制中,无腿狮与政府各部门之间虽然矛盾重重,但勾结得也最为密切。玉麒麟为人清高,六王山财力雄厚,所以他一直没把政府的人放在眼里。如果比较四方势力在政府中的影响力,六王山恐怕还不如水蚺的棋盘寨。

陈炯民忽然说:那就栽赃,把脏水全部泼到无腿狮身上,让他洗不干净!

五十二 焚化炉

自鸣得意的机器猫将她和玉麒麟在网吧中的密谋全部告诉白猪了。

大意是陈炯民作为人质到六王山帮玉麒麟对付无腿狮,赢得玉麒麟的信任。她自己全力经营阊槛,只要六王山能动手,他们就可以火中取栗,帮助胜算更大的一方,拿下阊槛,如果能趁乱搞下一块地盘,那是最理想的。陈炯民大怒,当下便回绝了,气呼呼地将机器猫一个人扔在矿洞里。

机器猫的计策谈不上高明,很多细节都没有完善,仅仅是个原则。机器猫之所以想搞定蛇女,因为无腿狮的狂妄自负对于威慑东西联合军内部颇见成效,但用来对付政府军队之类的权威机构往往事倍功半,所以东西联合军大多靠蛇女出面与政府部门打交道,也就是说东西联合军与政府的关系掌握在蛇女手中,这才是蛇女最大的价值。如果机器猫能搞定蛇女,就可能在关键时刻断掉无腿狮的一条胳膊。她的第二个计划是白猪尽全力促使玉麒麟动手,只要罂粟花区乱起来,机器猫就可以见机行事，甚至包括利用与蛇女的关系与无腿狮达成妥协，反正她的最低目标就是不择手段拿到阑槛，目标的上限就是控制罂粟花区。机器猫算过一笔账，如果能控制阑槛的所有毒品交易和商铺的保护费，神奇动物联盟一年至少可以挣到一百万美元。

机器猫的计划与陈炯民的想法确有重叠之处，区别是机器猫希望战乱迭起，乱中取胜。陈炯民则认为只要能搞定几名大佬中的一人，就可以达成缉毒机构对其他贩毒集团的威慑作用，足可以让缉毒支队建功立业，也能给公象的卧底行动画上一个圆满的句号，另外还可以弥补自己鲁莽行事造成的损失。这层意思陈炯民当然是不能说的，所以陈炯明非常恼怒，借口不愿意被机器猫利用，跑了。

从矿坑到阑槛只有三四里路，没走多远，陈炯民察觉到有人在跟踪自己。他经过严苛残酷的军事训练，直觉就能告诉他附近有人。陈炯民连续做了几个摆脱，但跟踪人却如影随形，虽然看不到人却完全可以感觉他的存在。

陈炯民顿时紧张起来，这是高手！

刚刚被调入缉毒支队时，曾有战友向刘树边提过一个问题：如果对方是高手，最好的处理方式是什么？刘树边的回答是：最好的办法是找个亮堂的地方站出来，双方站到明处，这样至少不会遭暗算。

此刻的陈炯民决定遵从刘树边的教导，他张开双手干脆站到了公路中央，面对着来路。根据他的判断，对方就在那个方向。陈炯民之所以敢这么做，一是出于对敌手专业能力的尊重，二是对方似乎也没打算暗算自己，否则早该出手了。

两分钟后，一条人影从丛林里走了出来，冷笑着说：不愧是刘树边的人！跟我走！

陈炯民悬着的心放下了，是山羊。

拐进一个岔路口便是火化场了，夜色下的火化场倒也看不出什么异常。

山羊走进火化场的营业厅，将啤酒和花生米摆在茶几上，然后自顾自地喝了起来。陈炯民见山羊不搭理自己，干脆抓起茶几上的花生米就往嘴里扔。

山羊怒道：问价了吗你就吃！

陈炯民索性将花生米全部抓在手中，高举着：有话就说有屁就放，说，什么事？再耽误下去我就把你的花生米扔到外面喂鸟！

山羊恼怒地将茶几踹翻：你个兔崽子你就不会跟我好好说话吗？

陈炯民说：好好说话的人会在后面追踪我吗？你的跟踪技巧从哪儿学来的？你不会也当过兵吧？

山羊仅仅愣了半秒钟，接着又骂了起来：他妈的我天生就会，你小子管得着吗？操你自己的心，老子的事用不着你操心。

陈炯民当然清楚山羊是在虚张声势，索性端着酒瓶子坐到火化场门口，花生米就啤酒，不搭理他。

山羊本来等着陈炯民反击，却半天不见动静，最后只好来到陈炯民面前：那边来信了，刘树边同意你的判断，六王山正在转移资产。说着山羊将一份文件递给陈炯民：这是国际刑警组织提供的清单。

陈炯民将文件抢了过来，如饥似渴地阅读着。

山羊阴阳怪气地说：六王山的底细你小子是怎么看出来的？

陈炯民说：乌贼的小公寓里有个本子，他给六王山的主要人物都做了档案，里面写着小麒麟死后，玉麒麟两次亲自往返万象，好像是去见什么财务总监，然后六王山就开始贱卖存货，你估计他在打什么算盘?

山羊半晌未语。

老挝号称是东南亚的隐秘王国,也是该地区唯一的内陆国。六王山将财务处理中心放在万象确实足够隐蔽,至于他们贱卖存货的事,刘树边也是最近才注意到的。

山羊说:卖掉存货买军火,也许玉麒麟真的想跟无腿狮拼命呢。没有钱就连拼命的资格都没有。

陈炯民摇头说:六王山的储备可以打一场持久战,我亲眼见过。

山羊无所谓地说:刘树边的原话是要你必须打消不切实际的幻想,把毒枭抓到国内受审的事根本不可能,如果不行就赶紧回去。

陈炯民说:世界上就没有不可能的事。

山羊说:罂粟花区的法律就是花架子,你又单枪匹马,不是做梦吗?

陈炯民说:你会帮我吗?

山羊翻着眼睛说:我还想多活几年呢。

陈炯民嘿嘿冷笑着:你活着不就是溜大药吗?活出点花来,让我看看。

山羊又怒了,举起酒瓶子就要砸他:在阑槛没人敢跟我这么说话!

陈炯民毫不退缩:你直接把我砸死就完了。

酒瓶子在空中晃悠了好一阵儿,终归没有落下去。陈炯民抬手将酒瓶子抢了过去,算是给了山羊一个台阶。

山羊坐下来,抄起另一个酒瓶子喝了一口:刘树边确实认为这事不可能,我也觉得你没戏,你太嫩了,连机器猫你都对付不了,还打算对付玉麒麟?

陈炯民说:机器猫想独霸阑槛,野心不小,不会是受你的感染吧?

山羊烦躁地挥挥手,意思是机器猫的话他全都听见了:这个臭丫头!

陈炯民认真地说:这事你怎么看?

山羊仰面思索着:小麒麟的死才是关键!如果他顺理成章地继承了六王山,无论你、公象,还有那边的刘树边,你们只能干看着,顶多也就是加强边境巡逻。但小麒麟死了,罂粟花区的平衡就给打破了,机会来了。

陈炯民说:你的女儿也这么想的!她想趁乱捞一笔,你真打算让她在这个破地方待一辈子?

山羊有些无奈:那臭丫头喜欢这无法无天的地方,我能有什么办法?随她的便吧!

陈炯民的脑子中突然灵光一闪,脱口而出道:如果机器猫自己待不下去呢?机器猫只要成了罂粟花区的公敌,她走也得走,不走也得走。

山羊盯着面前这位年轻人:异想天开!什么都不怕的人最难办,她就是天不怕地不怕!我看你还是回国吧,回国更靠谱。

陈炯民说:我要上六王山。

山羊说:就算六王山联合荣军司令部和棋盘寨,但政府军如果站在无腿狮那边怎么办?靠机器猫和蛇女就能控制住政府决策?做梦!

此刻一个新计划在陈炯民脑子里形成了,但他不想现在就告诉山羊,他要搞清楚这个山羊到底是什么人。

没等陈炯民发问,山羊率先开口了:我不管你小子心里打的什么主意,但你给我听好,罂粟花区的普通人过的什么日子你也看到了,真正坏的也就是那几个。如果真闹得尸横遍野,你小子保证也不得好死。机器猫年轻,不懂事,你得想办法控制她。到今年九月你就二十八了,二十八不是吃屎的年龄了。

陈炯民猛然抓住山羊的手腕,将他拽了起来:你怎么知道我是九月的生日?

山羊冷笑着说:我是你爹。

陈炯民怒道:能不能别胡说八道?我爹死在老家了。

山羊狡猾地说:你的出生年月是刘树边告诉我的,既然要和你一起做事,总得搞清楚你小子是什么人吧?

陈炯民逼视着瘦脸上那双浑浊的眼睛,却什么都看不出,干脆提出了终极疑问:你到底是什么人?

山羊不动声色地说:你说的,我活着就是溜大药,我就是个大烟鬼。

这次轮到陈炯民冷笑了:我知道你是什么人,我能看出来。你以前保证是个卧底,搞不好你和刘树边他们早就认识呢。你在这里染上了烟瘾,你觉得丢人,你没办法回去了,只好在这里混日子。后来你碰上公象,你察觉到他也是个卧底,最后那点良心让你给公象提供了不少帮助,但你还是不愿意回去,你没法面对你以前的战友也没法面对你的家人!

山羊抄起酒瓶子猛地砸了下来,陈炯民则气沉丹田,血气上涌,啪的一声,酒瓶子粉碎,玻璃碴子溅到了山羊脸上,划开了好几道口子。

陈炯民晃晃脑袋:我练过开砖!

山羊愤怒地指着大门:滚,你给我滚!

陈炯民转身就要走。

山羊高声断喝道:站住。你小子给我记住,等事情办完了,马上离开这里,马上回去。能带走机器猫当然好,如果她实在不愿意走,你就别替她操心了,马上回去,回去!听到没有!说到最后,山羊的口气中竟然出现了哀求的意味。

陈炯民回头望着山羊的脸,这老家伙似乎是在为他担心,难道他担心自己也变成第二个山羊吗?

陈炯民走了,火化场陷入了死一般的沉寂。

雕塑似的山羊坐在焚化炉前发呆,焚化炉的黑色底板上落满灰色的渣子,那是残留的骨灰。忽然山羊伸出手指,照着控制板上的按钮狠狠点了一下,炉门咣地关上。从炉门上的玻璃望进去,炉壁两侧喷出两股小喷泉,接着熊熊的烈火便烧了起来!

山羊的脸逐渐红润了,眼睛也恢复了光泽!

五十三　第二次棋盘寨会议

三天后,树懒来到阑槛警察局,向政府当局报案,案情的内容是小麒麟被人暗杀,乌贼是犯罪嫌疑人,树懒希望政府当局主持公道。

警察局局长给吓坏了,这完全不是罂粟花区的行事风格!

局长自然清楚树懒背后站着的是玉麒麟,不敢独专,立刻向市长做了汇报。市长急忙召开了军队、政府部门的联席会议,商讨解决办法。会议开了一天也没个结果,市长干脆就把这件事向首都的中央政府做了汇报。

罂粟花区不可能也没有意愿与世隔绝,所以当代社会的很多文化现象都可以在这里找到映射，连机器猫的社团都叫作神奇动物联盟，其他的当代事物都有自己的土壤。没几天树懒去警察局报案的新闻便迅速传开了，政府本来希望把这件事压下来，大事化小，但阑槛当地的自媒体却不管那一套，他们率先将消息发了出去。没错，阑槛存在自媒体，基本上都在油管和脸书上发展，中国的微博、抖音也有部分用户。很快的，首都的电视媒体就得到了这个爆炸性的新闻。在中央政府还没反应过来的时候，所有的媒体就开始大肆宣扬了。个别媒体甚至做出了非常专业的分析，不少人认为罂粟花区的安定遇到了瓶颈。

可能是警察局信息泄露了，乌贼一直从东西联合军拿钱的消息也不胫而走，所有新闻的矛头开始直指无腿狮。首都的政治分析家干脆认为，罂粟花区的下一轮权力斗争即将开始，希望社会各界做好相关准备。

中央政府不得不急忙做出反应，他们的命令是，驻守在罂粟花区的部队严阵以待，不得出击，更不得与任何一方交火或勾结！

这个命令既可以理解为中立的信号，也可以理解为政府打算坐山观虎斗，等待时机成熟了再痛打落水虎。中央政府的算盘高明而简单，罂粟花区存在着四方势力，无论打掉了哪一方对政府来说都是利大于弊，所以最好是你们先打打看。

事情从来不会以人的意志为转移，政府的意志也不能，因为所有的权力之上都会有一只看不见的手。这只手可以翻云覆雨、颠倒乾坤，能将一切玩弄于股掌之间而又隐匿无形。

道可道，非常道。

中央政府在热烈期待，甚至在怂恿罂粟花区能尽快开战。六王山果然率先采取行动了，却不是军事行动，玉麒麟加入到舆论攻势，给升腾着的局势又添了一把火。首都的主要媒体集体对玉麒麟做了专访,玉麒麟在节目中声泪俱下地宣称自己如何尊重法律,相信法治,并向媒体展示,他的手下如何配合联合国替代种植办公室的工作,六王山是如何成为罂粟花区人间乐土的。也就因为这些他就成了某些犯罪集团的眼中钉,小麒麟被害的背景就是这样的。玉麒麟希望媒体和法律能发挥应有的作用,将凶手尽快绳之以法。

在罂粟花区的峥嵘岁月中,从来都是真刀真枪的。只要有利可图,今天把酒言欢,明天大家就能兵戎相见,仁义礼智信全是放屁,一言不合就大杀四方!但这一次六王山居然在动用社会舆论。随着自媒体的纷纷转发,仅仅两天的工夫东西联合军的名声就给搞臭了,照着这个趋势发展下去,用不了多久无腿狮便会成为全民公敌、国家首恶。

第二天,处于旋涡中心的黄钻俱乐部总经理蛇女不得不亲自出面,她也联系到了几家媒体,宣布:黄钻俱乐部与乌贼其人毫无关系,款项之说属于空穴来风,她本人会全力支持政府调查取证,相信法律能做出公正的裁决。

蛇女的表态可进可退,但显然是有备而来。事先蛇女的闺蜜机器猫告诉她,皮球必须踢给政府,同时等待无腿狮的反应。

一时间无论是阑槛还是首都,街头巷尾都在议论这件事,甚至连个别西方媒体都做了报道。由于舆论的压力太大,中央政府终于坐不住了,便责令阑槛市长鸭嘴兽和法院协调处理。

阑槛市长鸭嘴兽与中央政府的立场是有差距的,中央政府为了达到消灭毒枭的目的,可以忍受罂粟花区的暂时混乱。阑槛的市长却无法容忍,他们跑到罂粟花区任职的目的是发财,如果这里真的乱起来,不仅财路就此断绝,自己这个市长搞不好也会马革裹尸。

出于自身利益的考虑，市长大人亲自来到无腿狮的别墅，要求无腿狮马上和玉麒麟进行谈判解决纠纷。无腿狮则大呼冤枉，就算乌贼与东西联合军有些牵连，但他确实没有暗杀小麒麟，六王山是栽赃。

市长鸭嘴兽冷笑着说：谁能拿儿子的命来栽赃？何况玉麒麟只有一个儿子！如果六王山群龙无首，你是不是打算提兵北上？现在罂粟花区就数你的人马最多！

无腿狮万分震怒却无从辩解。

最后市长鸭嘴兽说：要么你就赶紧把乌贼交出来，总得有人背锅吧？你厚待乌贼的家人，乌贼来顶罪不就完了？

无腿狮生性狂妄且自视甚高，却从来没有面对过如此复杂的局面。在心里，他也认为找个背锅侠是最简单的办法，只得同意。无腿狮相信，只要找到乌贼事情就好办了，如果担心他乱咬人就直接把这小子干掉，然后编造些理由完全可以蒙混过关。到时候就算玉麒麟不答应又能怎么样呢？真的打起来，大家都没有好处。无腿狮给市长极大的面子，当面下令在全区域范围内寻找乌贼其人，生要见人，死要见尸。

利用媒体的力量，将这事做大，占据道德制高点就是陈炯民的主张。

罂粟花区的大佬们权势熏天，一言九鼎，却偏偏全是一群土包子。四大毒枭中只有玉麒麟的文化程度最高，但玉麒麟更喜欢古老的权力游戏，对当代社会的变化一知半解。至于无腿狮、山鬼等人，他们一直认为外面的烂事与罂粟花区无关，关起门来老子就是土皇帝！水蚺则相对开放些，与外界的接触也最多，可惜他的地盘最小，人马太少，人微言轻。

陈炯民的目的是借用媒体的力量约束政府行为，然后逼得大佬们相互残杀,当然,这种残杀最好不要发生在战场上。关于借用媒体力量的谋划,起初玉麒麟有些将信将疑,但从首都传回来的消息分析,效果几乎与陈炯民当初的预计完全一样,玉麒麟、癞皮狗都服气了。虽然玉麒麟对这个小伙子的能力刮目相看,但他依然认为陈炯民的锦囊妙计不过是中国的古来智慧之一,不战而屈人之兵。他并没有意识到,正是自媒体的发达才能让六王山的案件顷刻间就红遍天下,这代表着一种趋势。

至于蛇女的跟进表态则完全是机器猫的意思。

机器猫曾告诫蛇女说,保持一定的独立性对你来说至关重要。

这句话是陈炯民教给机器猫的,立刻就打动了蛇女的心,选择与东西联合军一荣俱荣、一损俱损,不属于蛇女的选项。关于未来,蛇女同样有自己的打算。

当初把蛇女送给无腿狮的时候,水蚺故作深沉地说:自古红颜多薄命,你就认了吧!

蛇女以泪洗面,楚楚可怜,心里却打定了主意。

认命从来不属于罂粟花区的传统,在这里认命的人早已死光了。

蛇女正如她的名字一样,平时盘桓在枝头或蜷缩在洞里,露出来的只有蛇芯子,蛇芯子是在测量风的走向,寻找猎物的方向,只要有机会这条蛇就会立起身子狠狠地咬你一口,无论是谁!

现在蛇女和机器猫组成了阑槛姐妹联盟,蛇女才不会将自己无原则地拴在无腿狮的战车上。

与陈炯民事先推演的差不多,罂粟花区风雨欲来烟满楼,各方都在积蓄力量,都在观望,都在等待,看谁会先打响第一枪。

肃杀的气氛烘托得差不多了,按照陈炯民的规划,玉麒麟向水蚺、山鬼和无腿狮发出了个人邀请，希望会面，约见的地点是水螅的棋盘寨，目的是破除当下的僵局。

第二次棋盘寨会议如期召开。

由于实力的差距，棋盘寨是各方都可以接受的谈判地点，水螅本人又以和事佬著称。玉麒麟还特地邀请了阑槛的市长鸭嘴兽和政府军的代表山魈。山魈来到罂粟花区已经很久了，入乡随俗，干脆给自己也起了一个绰号。据说那家伙曾去过非洲，对外表华丽、勇武狡猾的山魈情有独钟，这个名字颇有些自我标榜的意味。至于那位市长，鸭嘴兽的称呼仅仅局限于背后，他本人并不知道。这个绰号的由来早已无从查证了，但鸭嘴兽的确入木三分地刻画出他的特点。市长大人形象确实像只鸭子，行事也像，两只鸭蹼在水下拼命扑腾，水面之上则波澜不惊、神态自若。这家伙做事圆滑，身材也是圆滚滚的，颇有鸭嘴兽的风范。最后的特点是市长大人嘴甜而心狠，大家都说，如果信了他的话就等于中毒。这些特征活脱脱的就是一只鸭嘴兽，鸭嘴兽是唯一带毒的哺乳动物。

玉麒麟对外部世界的了解虽然早已落伍，但罂粟花区的任何变化都逃不过他的眼睛。玉麒麟曾提出，蛇女和机器猫是否可以列席，她们代表了罂粟花区的新兴力量。陈炯民则不希望机器猫过早暴露，以神奇动物联盟不过是散兵游勇、女人之流不成大器之类的理由表示反对。最终玉麒麟同意机器猫可以不出面，但蛇女一定要来，她也是当事人之一。

会议就定在三天之后。

三天是缓冲期，各派力量都希望利用这七十二小时做最终的摊牌准备。据说东西联合军将部队全部集中在阑槛之南，随时可以北上。

荣军司令部的山鬼也已经下达了动员令。而癞皮狗把六王山的全部力量调到了管界的西侧,那里与棋盘寨接壤,随时可以采取行动。

五十四　救命之恩

陈炯民在接风宴会上的表现堪称完美。

玉麒麟欣然接受了行动计划,树懒也暂时收敛了敌意,癞皮狗甚至表态说,如果陈炯民的计划能得到完美执行,我们不仅可以报仇雪恨,而且还能拿到阑槛以北的地区,六王山会得到空前发展。

会议即将结束时,癞皮狗突然盯着陈炯民说:白猪,我想给公象收个尸,但按照我们的规矩,尸体归报仇的人!

玉麒麟、树懒的四道目光从不同角度望向陈炯民,陈炯民在心里骂了一声:你们的规矩?什么狗屁规矩?

树懒见陈炯民不说话,便阴恻恻地添油架火:在我们这里仇人见面,你死我活,是规矩,没人会说什么。活下来的一方可以随意处置被干掉的一方,包括尸体,这也是规矩。五年前,狗爷杀过一个仇人!

癞皮狗高傲地仰着头说:是荣军司令部的,那小子敢跟我抢女人,那个小骚货居然还敢向着他。结果那小子被我弄死了,然后我就把那小子切成片,烤了,逼着那个骚货吃,那骚货吃得直打嗝!后来荣军司令部找我要尸体,我就给了他们一副骨架!

玉麒麟补充道:在我们这里,私人恩怨,私人解决,政府,还有我们这几个人,都不参与。

有仇必报的确是罂粟花区的通用法则,但他们同样认可兄弟如手足!人们尊重陈炯民报仇的权力,但癞皮狗和公象确实也存在兄弟情分,收尸的要求也在情理之中。但陈炯民担心的是,就算乌贼的尸体已经破烂不堪了,如果万一被癞皮狗看出那人不是公象,所有的计划就都灰飞烟灭。陈炯民不得不仔细看了看癞皮狗,这个丑八怪居然是玉麒麟的儿子!既然他已经提出要求了,总得给个答复。

陈炯民慢条斯理地说:在我们老家,人死之后,七七四十九天之内属于丧期!我想让公象在井里给我爹服丧四十九天。期满之后,你随意。

癞皮狗没怎么离开过罂粟花区,并不了解中国的习俗,只得眼巴巴地看着玉麒麟。

玉麒麟点着头说:七七之后事情也就结束了,到时候你再安葬他吧。

癞皮狗只得点头。

散会之后,离开议事厅的陈炯民望着漫天的星光长长地出了一口气。

明天树懒会去阑槛报警,玉麒麟也将发动舆论攻势,但愿天遂人意!

玉麒麟给陈炯民准备的客房就在不远处,走到客房门前,陈炯民忽然看到有条黑影在房后一晃,随即就钻进了后面的小竹林。由于担心被人监视,陈炯民假装要撒尿,房前房后地转了两圈,最终断定无人跟踪也悄悄地跟进了竹林。

南方竹林的茂盛程度可以用恐怖来形容,有些地方甚至密不透风。

陈炯民在竹林里艰难地推进了十几米,来到林中的小空地上,竟然与那条身影相遇了。

与陈炯民的判断一样,是明凤!

在矿洞外,山羊已经将明凤的事全盘托付给陈炯民了。明凤在丛林中听到了他们的谈话,知晓二人的底细,希望他们能帮忙把自己带出去。山羊则说:我不是卧底,我只是想把我女儿送出去,具体的事白猪说了算。明凤说:关于六王山的一切我都可以告诉你们,只求你们带我走。山羊不敢拒绝,只得告诉她白猪即将上山。这便是宴会上,明凤对陈炯民特别关注的原因。

夜色撩人,玉人在前,陈炯民嗓子里好像被人塞进了一块石头,半天都发不出声。明凤随身带着一股令人窒息的美!只要她面前的男人并非丧心病狂,并非禽兽不如,那就一定会为她赴汤蹈火,这其中甚至不会掺杂性欲的妄想!

陈炯民缓了好一会儿才道:长话短说,明白吗?

明凤使劲点头:明白,昨天他让树懒把所有的现金都换成欧元了。

陈炯民的金钱观念不强,晃了晃脑袋才明白欧元的面值大,美元面值小,如果随身携带大量现金当然是换成欧元更为方便。陈炯民意识到这个女人在充分展示着自己的价值,由此可见,明凤离开六王山的愿望异常迫切。

陈炯民说:他到底怎么打算的?

明凤说:我也搞不清楚。不过今天上午他们把军械库的武器全都发下去了,癞皮狗又新招了一百人,正在训练。

陈炯民说:他们的任何动静都要在第一时间告诉我,当然,你我最好不要单独见面,要想其他办法。同时你必须注意自身安全,明白吗?

明凤再次点头:明白。我想问问,如果他们真的打起来,你能单独带我走吗?

陈炯民望着她那近乎圣洁的面庞,艰难地说:单独带你穿越丛林会非常危险,我想其他办法。请你相信我,我和山羊,我们不会丢下你不管。

明凤猛地抓住陈炯民的手臂:只要能离开这里,我什么都可以做。

陈炯民从明凤的语气中听到了怂恿的意味,这女人几乎是在暗示,只要你带我离开我就可以陪你睡。但现在的陈炯民脑子里只有机器猫,他平静地说:我们有自己的计划。计划成功后,我一定想办法带你离开!

明凤忽然单手按着肚子,着急地说:时间长了就打不掉了。

陈炯民当然清楚明凤在说什么,山羊全都告诉他了。此刻陈炯民脑子里忽然闪现一个让他恐惧的念头,如果机器猫也怀孕了又该怎么办呢?

就在明凤纠缠不清时,陈炯民却听到竹林外传出了细碎的沙沙声,那人在踮着后脚跟走路,目的是安静,属于夜行术!陈炯民急忙用眼神制止明凤继续说下去,然后侧耳倾听。那脚步声又急又快,由远而近,没半分钟就从竹林边缘过去了,显然不是冲着他们来的。

什么人会在后半夜用夜行术在山寨里流窜?

陈炯民给明凤做了回去的手势,然后钻出竹林,踮着脚后跟,跟了上去。

夜行者一身黑衣,夜色和茂密的植被为他提供了良好的保护。那家伙沿着墙根,速度极快地在山寨中穿行着,看样子他对六王山的布局非常了解。陈炯民跟了一会儿，突然发现那家伙的目的地竟是玉麒麟的住所。

玉麒麟的小屋就在议事厅的后面，是个独立的小房子。玉麒麟好静，平时只有明凤、癞皮狗、树懒可以随便出入。由于小屋地处山寨的中心位置，平时并不设置卫兵。今天有宴会，大家忙得很晚，此刻小屋周边早已空无一人了。那家伙溜到玉麒麟小屋的后面，透过格子窗向里面观察。罂粟花区气候炎热，民宅大多采用通风透气的格子窗，也不用窗帘。

远远的陈炯民看到那家伙竟然从腰里摸出了一把手枪。

刺客！

陈炯民身上没有武器，由于距离并不太远，他俯身抄起一块圆形的鹅卵石，准备砸过去。结果他刚刚把石头抓起来，一只手便拽住了他的胳膊。陈炯民回手扣住对方的咽喉，手指接触到一片滑滑的皮肤。他急忙松手。原来抓住陈炯民胳膊的人是明凤。就在陈炯民全神贯注地追踪刺客的时候，明凤却偷偷跟到他身后。陈炯民本来要动手，明凤却死死地拽住他的胳膊，脑袋拨浪鼓一样地摆动着。

陈炯民完全理解，明凤的意思是别管，让他把玉麒麟打死就完了。玉麒麟死了，明凤便可以获得自由！

如果陈炯民仅仅是个复仇者，或者是怀着其他个人目的来到罂粟花区，那毒枭玉麒麟无论怎么死都无所谓，刺客愿意杀就让他杀呗。即便陈炯民上次来罂粟花区时碰上了这种事，也不可能插手。但这次的翻越边境是刘树边亲自把他送过来的，在车上刘树边叮嘱他说：虽然你已经退役了，你也得给我时刻记住，你曾经是缉毒战士，你要以战士的标准要求自己。陈炯民做过九年的缉毒战士，当然清楚这意味着什么。

世界各国的禁毒机构之所以耗费了大量的人力物力去抓捕引渡毒枭,而并非简单地进行肉体消灭,目的就是要给全世界的毒贩们立个榜样,干这行的永远没有好结果。实际上这种威慑作用不仅仅针对毒贩们,也是做给所有合法居民看的。陈炯民没有跟着公象一起回国,最大的心愿便是抓一个毒枭回去受审,以此弥补自己给缉毒支队带来的损失。

就在明凤拼命阻拦的时候,陈炯民眼睛的余光发现,小屋后的刺客已经对着格子窗举起了手枪。陈炯民猛然将鹅卵石换了个手,腰里发劲,嗖的一声,鹅卵石便打了出去。

刺客的手指扣住了扳机,就在开枪的刹那,冷不防一块石头打了过来,正好击在他的耳根子上,老远便能听到乓的一声!一股鲜血立时就喷了出来,人也横着被打了出去。由于刺客的注意力都在手上,在倒下去的同时他扣动了扳机,等于朝天空放了一枪。

明凤低声怒吼着:你!

陈炯民恶狠狠地说:走,赶紧走,不许误我的事!

明凤狠狠瞪了他一眼,转身隐入黑暗。

随着枪声,夜色被撕开了一条口子,无数的人影熙熙攘攘地聚拢过来,玉麒麟的房间里也亮起了灯光。

陈炯民走到刺客身旁,这家伙的头骨可能被打裂了,脑袋如同血葫芦一般,根本看不清面目。此时刺客的身体蜷成一团,四肢在抽搐,嘴里发出哦哦的声音,形象极为恐怖!

玉麒麟、癞皮狗和树懒分开人群走进来,有人捡起地上的手枪递给玉麒麟。玉麒麟看了看地上的刺客,扭脸瞥了树懒一眼。

树懒急忙叫道：马上去找医生，你们几个，抬到医院，抢救！

陈炯民脱口而出道：你们六王山有医院？

玉麒麟平静地说：六王山里老老少少住着上千人，难道不该请几名医生吗？

陈炯民想了想，倒也合乎情理，缉毒支队只有几百人，医务室的配置就是六个医护人员，玉麒麟请几名医生到六王山坐诊倒也正常。

癞皮狗怒道：怎么回事？

陈炯民将发现刺客的经过讲述了一遍，只是将与明凤会面的部分略去了，替换成他想在竹林边撒尿，无意中发现了刺客的形迹，跟踪而来，侥幸得手。

玉麒麟查看了陈炯民的藏身地和刺客的位置，癞皮狗也找到了那枚沾着鲜血的鹅卵石，与陈炯民描述的细节完全一致。

玉麒麟来到陈炯民面前，手指在他胸口上点了点：你成我的救命恩人了！

五十五　凛然机器猫

陈炯民宣称的侥幸得手赢得了玉麒麟的信任。

玉麒麟带着他来到简陋的医院，监督抢救过程。刺客伤势沉重，医生们手忙脚乱地折腾了好久也没见醒转。抢救室和观察室之间隔着巨大的玻璃，通过玻璃可以看到三名医护人员在给刺客做手术。

手术室是个红白相间的地方。手术台垂地的白布上鲜血淋漓，医生前胸、手套也是红色的，滴滴答答的血珠落到地板上很快便凝结成黑色固体。

恍然间陈炯民觉得手术室里那垂死的家伙与自己无关，那块石头也不是自己打出去的。自从来到罂粟花区，陈炯民体内隐藏的暴力基因被激发出来，很多在国内想都不敢想的事，在罂粟花区全做出来了，即使做了，后果也并不严重。

陈炯民大约已经想明白了，环境对人的影响就是同样的事会承担什么后果，什么样的后果就塑造什么样的环境。中国虽然环境安宁，但普通人不能触及的规矩太多，如同生活在囚笼中。这里的人随心所欲，这也是机器猫不愿意出去的根本原因。但环境真的就能决定人的选择吗？天堂中都是天使？地狱中难道全都是魔鬼？陈炯民从没听过路西法效应，更不清楚现在他自己连同机器猫都是现实中的路西法，是撒旦成为魔鬼之前使用过的躯壳。

身旁的玉麒麟被繁复的抢救过程搞得极不耐烦，扭脸问陈炯民：机器猫让你来六王山的目的你清楚吗？

陈炯民点头。

玉麒麟皱着眉说：你在做人质，人质为什么解救扣押他的人？

陈炯民说：如果您死了，谁能跟无腿狮抗衡？我答应过机器猫，帮她把阑槛拿下来。

这些话玉麒麟是相信的：然后呢？然后你作何打算？

陈炯民沉吟着说：没想好。

玉麒麟的口气变得语重心长，神色也安详了：拿一笔钱，走人！

陈炯民大为惊愕，这个老家伙难道是劝自己回国吗？

玉麒麟叹息着说：都是中国人，就跟你说几句掏心窝子的话。如果当年我留在国内,我会成为贩毒集团的头子吗?我会成为全人类的公敌吗?以我的才干,开创几家房地产公司不算什么难事,企业本质上就是组织行为,我管理着上千人,也算个大企业啦!当初,我要是把她接出去——

说到这儿,玉麒麟突然闭嘴了。

陈炯民大惑不解地望着他。

玉麒麟嘴角上挂着轻蔑的冷笑:我清楚我在做什么,但无腿狮、山鬼那些人不知道,他们认为活着就做这一行是天经地义的。我也清楚就算死后老天爷也不会放过我,但那些人永远不明白这一点,他们认为只要有了自己的人马,阎王爷碰上他们也得让路。

陈炯民尽量把语气放缓:但您还是这样活了一辈子!

玉麒麟不错眼珠地盯着陈炯民,他想弄清楚这个年轻人是不是在嘲讽自己。最后玉麒麟略带无奈地说:知道原因吗?

陈炯民做了个洗耳恭听的表情。

玉麒麟苦笑着说:女人!还能是什么,英雄难过美人关!

陈炯民吸了口气,没说什么。

玉麒麟饶有深意地研究着陈炯民的脸,眼神里出现了几分怜悯:拿一笔钱就走人,回去过日子。如果机器猫不愿意给,我给。回去吧,在国内做个正经人不难!别陷得太深,罂粟花区的女人啊,哼哼,她们身上好像有股子魔力,一旦好上她们就能变成你身体的一部分,永远甩不掉。

陈炯民忽然觉得这个情景太过滑稽,大毒枭玉麒麟居然在为自己设计正常人的未来,告诫他不要走自己的老路。此刻机器猫的影子在眼前晃来晃去,小麦色的机器猫似乎随时会冲过来给他两巴掌。

陈炯民不假思索地说：您后悔过吗？

玉麒麟的身体明显抖动了一下，然后狠狠地瞪了陈炯民一眼，不说话了。

二人陷入了尴尬，但刺客的手术依然遥遥无期，这时癞皮狗跑来了。这家伙将一支手枪递给玉麒麟，玉麒麟回手给了陈炯民。陈炯民接过来，那是一把老式的六四式手枪。

玉麒麟望着这位前缉毒战士：难道是中国的缉毒武警？

陈炯民使劲摇着头：不太可能，这种枪早就退出现役装备了，应该是早年流出来的。其次缉毒警察的职责不是暗杀，是把你们这些人送上法庭。暗杀你，对他们来说没有意义。

玉麒麟哼了一声：我们这些人？如果不听我的，早晚也包括你。

说完他扭脸望着癞皮狗。

癞皮狗急忙说：不是中国人，那家伙昏迷的时候说过几句缅语。

罂粟花区虽然地处三国交界，但大部分区域在缅甸境内。缅甸北部派别林立，民族众多，语言也是五花八门的。所谓的缅语是缅甸中南部缅族的语言，也是缅甸的官方语言。罂粟花区的土著平时不说缅语，他们有自己的方言。

玉麒麟眉头紧锁：缅语？给我查，看看是什么人想要我的命！

癞皮狗冲干爹眨了眨眼，玉麒麟会意，于是拽着癞皮狗来到走廊尽头，与陈炯民拉开了七八米的距离，之后二人密谈起来。

玉麒麟以老谋深算、深谋远虑著称，但他永远不会想到刘树边的士兵往往会掌握些看似无用的技能。表面上陈炯民在关注手术室里的动静，眼睛却通过玻璃窗的反光关注着玉麒麟和癞皮狗。通过唇读，玉麒麟和癞皮狗的对话，他大约能搞懂七八分。

六王山发动的舆论战让阑槛居民心痒难耐又人心惶惶，很多店铺的老板都在考虑歇业的问题。大家清楚，新一轮的洗牌即将开始，阑槛能否继续五年来的安定繁荣，只有天知道！

机器猫、蛇女和热带鱼同时出现在一户农家院。

这院子地处深山，幽静怡人。

三美聚会是机器猫的主意，热带鱼记仇，对三人见面一度非常抗拒，但最终她被机器猫的诚挚打动了。机器猫说：罂粟花区三个最重要的女人早就应该见见了。这话热带鱼听着顺耳，虽然她并不认可蛇女与自己同样重要。

农家院地处偏僻，主人夫妇是农民。整座院子已经被机器猫包了下来，主人夫妇准备了些吃食便上山采药了，偌大的庭院只有她们三个！

机器猫先干掉了一杯威士忌，然后故作神秘地说：罂粟花区最重要的三个女人总算碰到一起了，为这个就应该再喝一杯！

蛇女和热带鱼相互看了看。

热带鱼阴阳怪气地翻着眼睛：我怎么能和黄钻俱乐部的女老板相提并论呢？人家是罂粟花区的第一美人。

蛇女温和地笑道：热带鱼，现在罂粟花区的第一美人是六王山的明凤，我过气啦！

热带鱼不服气地哼了一声：都那么说，谁见过？

机器猫说：我见过，我上过六王山。

机器猫异常诚恳地望着二人：和她比起来，我们就是土鸡！

热带鱼端起酒杯猛地一饮而尽，郁闷，真郁闷！她一生的梦想就是能和蛇女争个长短,如今还未见分晓却又蹦出来一个明凤!热带鱼觉得肺都要被气炸了。

机器猫略带嘲讽地说:我爸爸是烧人的,罂粟花区的死人都归他烧!小时候我就听他唠叨什么什么红颜白骨、粉黛骷髅。

热带鱼虽然上过中文学校,但只是小学水平。

蛇女解释说:就是说无论多漂亮的女人最后也就是一堆白骨。

虽然蛇女也仅仅能理解字面含义,对于这三个女人来说,已经够了。

机器猫继续说:没错,我爸爸亲手烧过的漂亮女人都上千了。如果他能多活几年,咱们也会被他烧成灰!

热带鱼拍案而起:你说什么呢?

机器猫咬牙切齿地叫道:你能长生不死吗?你连永葆青春都做不到。

热带鱼扭脸看看蛇女,或许蛇女早就领教过机器猫的奇谈怪论,仅仅是嘴角微微动了下。

机器猫突然怒吼起来:你看她做什么?她三十多了,那张漂亮的脸蛋还能支持几天?她的胸和屁股都下垂了,你也一样!你平时就不照镜子吗?咱们?咱们早晚都会变成白骨,变成骷髅!

热带鱼气急败坏却又无话可说,这些问题她也不是没想过,但她是不敢深想,想多了心里堵得慌,其后便六神无主,四肢乏力,唯一的念头便是溜大药。

机器猫呵呵冷笑着:等你们两个容颜不再,无腿狮、山鬼那些家伙自然去找年轻的,去找漂亮的,然后把你们甩到一边,顶多给你们几个小钱,让你们找个地方像老鼠一样地缩起来!你们剩下的日子就是坐吃等死！我们女人？我们女人难道就是一块抹布？我们女人凭什么就是他们的附属品？一枪能打死咱们，但一枪同样能打死他们！是人都活不成！

说着机器猫掏出手枪狠狠拍在桌子上。

此刻机器猫浑身上下充溢着凛然之气，高高隆起的额头上青筋暴露，强硬的鼻翅棱角分明，机器猫强健胳膊上暴起的血管则鼓成了无数条被热血浸透的山脉，小麦色的皮肤已经变成了红紫色。

机器猫明澈的眼神中弥漫着灿烂的杀气！

五十六 游戏规则

如果在人类社会的维度之上真的存在神明，这个神明一定是超级的游戏爱好者或者是设计师。他竟然在同一颗星球上为我们设计了不同的游戏规则，设置了不同的游戏现场。罂粟花区便是其中最为独特的一个。在这颗星球上，大神级的游戏玩家，往往会在规则边缘不断地试探。试探的结果，要么凄厉地死掉要么成为所在这款游戏的大神。

机器猫的目标便是成为罂粟花区的大神！

在这里，自古以来女人就是男人的附属物，传统的男权思维在罂粟花区占有绝对的统治地位。近代以来，平权运动在全世界兴起，罂粟花区却走出了一条截然相反的路。毒品的种植、加工和交易成为这里的主业之后，罂粟花区越发暴力横行、血流遍野，因此男人的统治地位竟然大大加强了。

成文的规则是法律，大家都认可并自觉遵循的都是潜规则，道德也是潜规则的一种，但潜规则是否属于正式的游戏规则，这个问题向来难以确定。火化场里长大的机器猫不信邪，她的计划是团结罂粟花区最有权势的两个女人大干一场。在机器猫的鼓动下，热带鱼和蛇女心旌动摇，跃跃欲试。

热带鱼追问她到底要干什么？

机器猫说：六王山已经动手了，如果小麒麟真的是无腿狮杀的，以后呢？

热带鱼当然清楚黄钻俱乐部和东西联合军的关系，她盯着蛇女的面孔，不怀好意地说：山鬼说过，当初四方是签过字画过押的，白纸黑字，如果无腿狮这么做就等于是跟大家翻脸了。山鬼还说，玉麒麟真不愧是罂粟花区的老鬼，已经把舆论调动起来了，这就等于把政府也给绑架了。如果无腿狮不给出个像样的交代，打起来，至少不会有人帮他。

蛇女微笑着说：山鬼还说了什么？

热带鱼虽然爱慕虚荣，脑子却不傻。热带鱼顿了一下，回想着是不是哪句话说错了，最终断定自己的复述没有问题。于是说：难道山鬼的话有问题吗？

机器猫严肃地说：如果你们打算和我做朋友，大家就不要勾心斗角，女人之间的那点烂心眼先放一放吧！

蛇女说：那你说说，你到底怎么打算的。

机器猫说：三天后，玉麒麟、水蚺、无腿狮和山鬼会在棋盘寨开会，听说鸭嘴兽和山魈也参加。

蛇女平静地说：我也接到水蚺的邀请函了。

听到蛇女居然能够参加大佬们的谈判，热带鱼的怒火又烧起来了，但看到机器猫近乎滴水的表情，只得忍住。

机器猫说：搞不好会上他们就得打起来，至少各方态度都可以摆到桌面上。蛇女，你负责向我传递会议的消息，如果手机不能带入现场，你就拿着这个。

说着机器猫将一个电子手环交给蛇女：这东西能随时和我保持联络，玉麒麟、山鬼那些人都是土包子，他们搞不懂。如果别人问起来，你就说是记录健康信息的。

蛇女点点头，将手环收下。

热带鱼有点急了：你们到底要干什么？

机器猫说：如果他们打起来了就会出现混乱。他们在前面打，我们就在后面动手，先把东西联合军的地盘拿下来。我有人，你们两个有钱、有人脉。我的人正在准备，你热带鱼的任务是搞定山鬼，让他在关键时刻帮我们一把。事成之后表面上你代替山鬼入股，实际上你是我们的三当家。将来一旦山鬼出事，咱们就可以把他的地盘拿下来。你也是荣军的后代，我们可以推你做荣军司令。事情成了，罂粟花区的一多半就在我们手里了。

热带鱼战战兢兢地说：你！你！你溜大药啦？

机器猫气愤地说：你才溜大药了呢？

热带鱼惊叫着：无腿狮手里有两千多人，他们有炮兵，有装甲车，还有无人机，几年前六王山就打不过他们了，就算加上水蚺也不行。无腿狮的别墅，你最清楚！热带鱼的最后一句是对着蛇女说的。

蛇女点头：他的别墅就是一座堡垒。

热带鱼继续叫嚷着说：山鬼说过，如果无腿狮带着人躲在别墅里，外面的人就算攻三年都拿不下来。再说无腿狮手里也有钱，如果他答应给钱，山鬼那边我也搞不定。

突然热带鱼意识到蛇女就是无腿狮的钱袋子，猛地闭嘴了。

蛇女坦然地说：外人以为无腿狮的钱多得花不完，其实也不一定。哼，那个断腿的混蛋在外面早就有人了。听说他正在物色人选想接替我。如果现在不动手，我连街上那家俱乐部都保不住。

蛇女和无腿狮各怀鬼胎的传闻，热带鱼早就有所耳闻。她曾得意地认为没有了无腿狮的支持，蛇女仅仅就是一条烂蛇。传闻中，东西联合军的财政大权一直握在黄钻俱乐部手里，其原因是俱乐部地处阑槛，有着天然的金融优势。这两年无腿狮一直抱怨俱乐部交来的钱太少了，怀疑蛇女从中做了手脚，几次派人突击查账，结果什么都没有发现。如今热带鱼算是明白了，那些传闻全是真的！蛇女确实做过手脚，不过是无腿狮没有找到而已。

此刻的热带鱼依然心有余悸，喃喃地说：如果失败了呢？

机器猫说：失败了，你继续做你的六姨太，至少现在还没人能动得了山鬼。

蛇女微笑着：如果失败了我就跑路，大不了换个地方过日子。

热带鱼说：你有多少钱？

蛇女并没有正面回答热带鱼的提问，笑着说：我可以拿出一半的钱来武装机器猫的神奇动物联盟，黄钻俱乐部的股东也可以改成咱们三个。剩下的钱，我留着，预防万一。

热带鱼突然有点激动，眼巴巴地望着机器猫：你呢？

机器猫傲然地说：我在前面跟他们干，我没退路，如果失败了我就跟他们死磕到底，弄死一个算一个，我爸爸是烧人的，我是杀人的！

热带鱼瞬间便石化了。

三天后罂粟花区的所有大佬就要见面了,但东西联合军依然没找到乌贼的踪迹。无腿狮火冒三丈,当下就要处罚那帮只会吃饭的废物。

印度人长毛猩猩安慰他说:请大元帅少安毋躁,就算找不到乌贼也不是世界末日,玉麒麟他们既然张罗着开会,至少说明他们还没有和您直接翻脸的勇气。与大元帅您相比,那些人就是些毛虫,您才是天上的鸾凤。

无腿狮颇为受用,但空着手去棋盘寨,面子上终归无法交代。

东西联合军成立后无腿狮就没再把六王山放在眼里。玉麒麟依仗的仅仅是险要的地形和多年营造的军事工事,如果敢拉出来野战,东西联合军的攻势必然摧枯拉朽。荣军司令部的山鬼虽然是个厉害角色,手下人也确实能征惯战,但无腿狮早早地就打好了伏笔,荣军最大的问题是穷。这些年山鬼手下的中下层军官大多接受过无腿狮的贿赂,一旦翻了脸,这些家伙是否愿意参战是要打个问号的,何况东西联合军和六王山作战,并没有影响到荣军的利益。至于水蚺,那老东西不过是个小丑。无腿狮之所以还能容忍棋盘寨的存在,一来是受到四方协议的约束,二来水蚺颇为识趣,每年都会把棋盘寨收入的百分之二十作为朝贡送到别墅,缓解了东西联合军很大的财政困难。

无腿狮残忍狡猾,自负多疑,他在军事能力和控制人心这方面却很有一套。唯一欠缺的是理财能力,水蚺每年的供奉对缓解财政缺口颇有益处。如果干掉水蚺把自己的人派到棋盘寨,更大的概率可能是赔本赚吆喝。

东西联合军有弱点,财政问题是无腿狮最大的心病,其实任何社会组织的核心都是财政问题。无腿狮一直在怀疑蛇女利用俱乐部做假账，中饱私囊。但无腿狮也同样清楚，就算把蛇女的钱全部拿过来，也不见得就能解决问题。

东西联合军有两个固有的顽疾难以解决，其一是人太多了。为了维持对另外三个大佬表面上压倒性的优势，无腿狮的手下聚集着三千多名武装人员。人多的结果是开销就会成为天文数字，财政的入不敷出是常态。但如果削减武装人员，不仅无腿狮会缺乏安全感，其他派别一眼就能看出他的虚弱。

其二便是无腿狮本人的问题，由于生性狂妄，无腿狮经常性的心血来潮。别墅的营造已经耗费了东西联合军的多年积累，无腿狮本人也是大手大脚、顾前不顾后的。前年无腿狮听信了一家泰国二手军火公司的蛊惑，斥巨资购买了四辆半新的美制坦克。直到坦克运过来之后才发现，偌大的罂粟花区能够通行这种坦克的桥梁只有一座，而且还是通往荣军营寨方向的。坦克属于进攻性武器，如果只能在自家门口转悠那就是废物。无腿狮找到军火商，要求退货。对方的条件是退货可以，但必须承担总费用百分之五十的损失，白白的几百万美元就这么扔了。无腿狮不能得罪军火商，东南亚所有的国家都没有完善的军事工业，东西联合军数千人的队伍需要他们。

如今六王山发动了舆论战，无腿狮却根本不放在心上，他更相信力量。

由于乌贼杳无音信，无腿狮突然冒出一个激进的想法：干脆就利用这次会议将其他三个大佬一网打尽，岂不是事半功倍？无论未来人们背后如何议论他，只要罂粟花区实打实地落到自己手里。嘴长在别人身上，愿意怎么说是他们的事，大不了一枪崩掉！

为此无腿狮找来长毛猩猩商量，无腿狮的计划是：秘密地将部队调到棋盘寨周围然后埋伏起来。一旦会议上出现不利于东西联合军的局面，就找个机会杀进去，干掉玉麒麟、水蚺甚至山鬼，同时答应给山魈、鸭嘴兽好处。趁着他们群龙无首的时机，一举就把罂粟花区拿下来。机会难得，所有大佬会聚一堂是多少年也碰不到一次的事！长毛猩猩双手赞成，同时在执行层面上提出了不少疑问，主要问题是大规模调动部队难保不被别人发现，如何做到隐秘。

无腿狮当下给长毛猩猩讲了吕子明白衣渡江的故事。

中国传统文化在罂粟花区的渗透无处不在。在四大名著中，三国、水浒的影响尤其显著，当年的坤沙便是个三国迷，为此半文盲的坤沙甚至连艰涩的中文都学了个大概其。无腿狮身边没有张苏泉这样的军师，不认识汉字，但同样从小就听人们讲述三国故事，整部《三国演义》基本烂熟于心。每次行动前，无腿狮总要从三国故事中找到行动依据，这也是他能够异军突起的原因之一。

无腿狮研究过吕蒙白衣渡江的案例，他从故事里找到了最大的机会点，关羽失败最重要的原因是关老爷没有预料到同盟之间会不宣而战。据说在吕蒙白衣渡江之前，在中国大地上，政治同盟即便反目之前也总要走个程序，让对方知晓，这属于君子风度也是诚信的问题。吕蒙成长于吴越的底层社会，奸诈的民风让这小子一手摧毁了延续了上千年的春秋传统！属于不宣而战！关老爷虽然熟读春秋，但整部春秋中却没有这样的案例。

无腿狮对吕蒙的欣赏如滔滔江水，现在也确实到了罂粟花区的渡江时刻。

长毛猩猩是印度人，不熟悉三国故事。无腿狮把故事讲完后，长毛猩猩竟然是一脸的蒙圈。无腿狮得意地琢磨着：你就是一头长毛猩猩，等着吧！

此后无腿狮宣布放弃寻找乌贼，全力备战！

五十七　孟工渡口

玉麒麟坚信传统的力量，他的思维方式也是典型中国式的，玉麒麟之所以能接受陈炯民的计划正是基于这一点。他们要利用社会舆论将无腿狮逼入墙角，然后聚集各派首脑开会，并邀请政府出面，目的就是将事情坐实。之后再集合所有力量对付东西联合军，这便是师出有名。

玉麒麟相信，一旦在会议上无腿狮无可抵赖，即便爆发战事，政府和民心的优势在自己的一边，政治上的胜利会让六王山立于不败之地，就是所谓的人和。至于选择在棋盘寨开会，因为他深知关键时刻水蚺一定会站到自己一侧。如果自己倒了，东西联合军和荣军一定会吃掉水蚺。这一点就是地利。其实玉麒麟还有其他打算，他早已厌倦了罂粟花区的岁月，离开之前要想办法让这里永远混乱下去！

会议召开的前两天，东西联合军正式地向其他派别递交了会议的组织纪要，内容包括参会各派的卫队人数、携带武器的情况、会场安全的控制、与会人数安排，在纪要中无腿狮主动提出会场的十五公里内，其他武装禁止入内，棋盘寨的队伍除外。同时提出各派联合设立卡子，联合执法等等。

收到纪要时，玉麒麟在棋盘寨与老弟水蚺喝茶，都有些出乎意料！看样子无腿狮诚意满满，这家伙不会以为开一场会六王山就能善罢甘休吧？

棋盘寨是临近小孟码头的一座傣家山寨，居民不超过三百人，一条潺潺的小河从寨边流过，形成了天然的护城河，寨子内大树参天、道路纵横。按说棋盘寨并不是水蚺辖区内最大的居民点，小孟码头便住着好几千人，与之相比，棋盘寨的规模就要小多了。

有人说水蚺找人算过这里的风水，也有人说水蚺喜欢这里的幽静，所以才选中棋盘寨作为大本营。初来者确实会痴迷于棋盘寨的静谧与恬适，几十座传统的傣族竹楼环绕着中心的四方街，错落有致地向四方分布，棕榈、椰子和芭蕉树点缀其间，树冠上沉甸甸的果实让整座山寨都洋溢着一股幸福感，古寨让人兴奋，也令人满怀遐思。四方街正北面黑白相间的三层竹楼便是寨子里最高的建筑，类似名堂，是祭祀和开会的场所。

水蚺的住处则是众多相似竹楼中的一座，外人难以察觉竹楼的差别。水蚺一再对外宣称说本人不求奢华，只想过安稳日子。实际上这个安排同样是一种安保措施，进入山寨的外人，没有当地人引领很难在类似的竹楼里定标他的位置。众多的对手中只有玉麒麟了解水蚺的想法，棋盘寨看似世外桃源，但如果用手摸摸支撑竹楼的毛竹竿便会发现，都是铁的！棋盘寨是水蚺精心布局、机关重重的堡垒。一旦开战，对手瞬间就将同时面对山寨中的几百个射击孔。

玉麒麟带着陈炯民过来，癞皮狗指挥着六王山的主力抵达了棋盘寨附近，在山里埋伏起来。玉麒麟打心眼里瞧不起东南亚人，认为他们脑子笨，但东南亚人的吃苦耐劳和耐性却是天下少有。就拿深山埋伏这种事来说，如果换作中国人或者欧美的白皮猪，不经过艰苦的长期训练，在热带丛林中熬上半天也就半死了。但东南亚人随便在丛林里睡几天都没事，似乎蚊虫也会避开他们。癞皮狗的部队是玉麒麟、陈炯民为这场会议准备的后手。如果需要，他们随时会冲进棋盘寨。

水蚺将无腿狮送来的文件交给玉麒麟过目，然后询问他的看法。

玉麒麟只说了四个字：做贼心虚。

水蚺试探着问：真的要撕破脸吗？

玉麒麟回头看了看陈炯民。

陈炯民说：这次不除掉他，大家早晚都倒霉。

对于无腿狮的冷酷和狡诈，水蚺心知肚明。无腿狮不仅抢走了他的心头肉蛇女，他每年还要交出不少现金的保护费。前年无腿狮居然以耕地不足为借口，强行要走了棋盘寨南侧的几百亩良田，致使水蚺集团失去了最后的种植基地。如此一来棋盘寨的生计只能靠小孟码头和戒毒药来维持。无腿狮的巧取豪夺让水蚺又是气愤又是无可奈何，谁让自己的力量最为弱小呢？水蚺一直盼着荣军、六王山和无腿狮打起来，如今这个机会总算来了，但水蚺却又因此胆战心惊！玉麒麟这个老混蛋，居然将会场选在棋盘寨，搞不好这里就会成为战场！当得知玉麒麟想在棋盘寨开会，水蚺曾出手制止。据说水蚺提议在阑槛开会的事被一个叫白猪的家伙搅黄了，那人当面说服鸭嘴兽，最终连政府都认为棋盘寨是最好的选择。

水蚺假装欣慰地说：心虚就好办。

玉麒麟笑道：谅他也不敢在你老兄这里动手啊！

水蚺清楚，说什么都没用，如今只能寄希望于所谓的联合执法了。于是水蚺当即挑选了三十名士兵，与六王山、荣军司令部、政府军和无腿狮的人组成了类似纠察队的组织。这百十人的队伍举着白旗在棋盘寨十五公里外设立哨卡，杜绝任何派别的渗透。

刘树边终于和从未曾谋面的山羊见上了，会面的地点选在横跨盘桓江的孟工渡口。

孟工渡口是江上的主要码头，是一座江心岛，一半属于中国，另一半属于罂粟花区的所在国。自古以来，双方的边民在这里展开贸易，边境管理也比较灵活。在孟工渡口，人们可以自由走动，很多毒品交易便是在这里发生的。

刘树边来到了预定地点，预定地点是大榕树下的简陋茶座。今天的刘树边身穿便服，头发也搞得乱七八糟的。他戴着墨镜，耳朵上居然挂着个大耳环。两名负责安全的战士持枪站在不远处，表面上是例行公事的边防武警，实际上是在保护领导的安全。

茶座上只有一个客人，那人眼睛浑浊，身材极为瘦削。一望便知，这人是个瘾君子。刘树边坐到瘾君子对面，仔细端详这位曾经功勋赫赫的前缉毒战士。山羊的过往刘树边完全清楚，每每想到这个人，他就会萌生出些许悲哀。一个功勋卓著、身经百战的战士同样无法控制毒瘾，毒品之危害可见一斑。与毒品相伴，就是与魔鬼共舞！

当然，刘树边也真心佩服这个男人，一个用生命维护最后尊严的人应该永远被尊敬。

刘树边小声说：为什么一定要见面？

山羊说：听说荣军司令部从美国进口了一套设备，他们在偷偷监控阑槛和中国内陆的联系，所以只能见面谈。

刘树边说：陈炯民让你来的？

山羊深情地望着江对面曲折起伏的地平线，悠悠地说：正好过来看看家乡，也想再见见你们。

刘树边有些震惊：什么意思？

山羊说：罂粟花区可能要乱，保不准以后会怎么样呢！

刘树边没说话，他当然清楚陈炯民回罂粟花区的目的是希望将功补过。其实无论组织上还是魏东来本人并没打算责怪他，是陈炯民的自尊心太重，这一点确实和山羊差不多。不过刘树边真没指望陈炯民能把罂粟花区搞个底朝天，这小子又不是孙悟空！能提供几个像样的交易情报已经很了不起了，刘树边甚至打算有机会就把陈炯民重新招进缉毒支队。

山羊将陈炯民的计划叙述一遍，最后说：今天早上，我在六王山的后山见到那小子了。他说，树懒准备把一大批货运到风口垭交易，是六王山的全部存货。

刘树边简直不敢相信自己的耳朵：全部存货？

山羊说：玉麒麟在打折出售，国内的买家图便宜，听说楚雄有个二当家要过来，他们约定在风口垭见面。

"风口垭！"刘树边大约能算出来六王山库存了多少毒品，但这么重要的消息陈炯民怎么知道的？其实也难怪刘树边会产生疑惑，玉麒麟则是到死也被蒙在鼓里。如此周密的计划，中国方面是怎么知道的？

说来可笑，这事是他自己说的。当初玉麒麟向癞皮狗交代风口垭计划的时候，陈炯民便在室内。虽然他们特意与陈炯民拉开了距离，声音也仅仅限于双方可以听到的范畴。但玉麒麟不清楚，陈炯民精通唇语。上一次他就是用这个方式与公象魏东来对话而瞒过众人的。也就是说玉麒麟是当面向陈炯民泄露了交易计划。两小时后陈炯民偷偷下了山,将情报交给了山羊。此后山羊便向中国方面发出了会面的通知。

同样的,有件事刘树边也是丈二的和尚摸不着头脑。风口垭地形崎岖,不适合进行大规模交易。实际上在罂粟花区根本没人愿意去风口垭,他们认为那破地方是地狱的入口。缉毒支队在风口垭的巡逻次数非常少,玉麒麟把交易地点选在这里,应该是看中了这里是盲区。但这个盲区确实不具备交易条件,他们难道有克服的办法吗?从中国境内到风口垭,勉强还可以走越野车。从罂粟花区方向抵达风口垭要艰难十倍,最后几公里几乎寸步难行,越野者空着手行走都可能出事。六王山靠什么来运输大量毒品?按山羊转述的陈炯民的说法,六王山准备交易的毒品至少有两吨,如此算来需要上百人搬运。如此庞大的队伍,又怎么能做到掩人耳目呢?再说六王山也没那么多人手啊!

刘树边把这个问题抛了出来。

山羊摇着头说:我不知道,反正陈炯民就是这么说的。

刘树边说:有备无患就是了。

山羊起身向江对面看了最后一眼,准备离开。

刘树边说:还是回来吧,你在那边二十多年了,高层领导了解你的情况,没人怪你。

山羊苦笑着:如果陈炯民能成功,也许我会回来的。

刘树边说:那事告诉他了吗?

山羊愣了一会儿:看机会吧!

说完山羊结账离开,消瘦的身影隐没在熙熙攘攘的人群中。

刘树边又独自坐了一会儿,凭感觉,他不相信山羊能回来,山羊是一只断了线的风筝。

刘树边在脑子里将获得的全部情报梳理了一遍。

忽然，一个可怕的念头冒了出来。玉麒麟在低价出售所有的存货，难道仅仅是为了和东西联合军一决高低吗？多年与毒枭们打交道的经验告诉刘树边，玉麒麟的内心世界极端自私和残忍，即便儿子死了，他也不见得真会做破釜沉舟的事！有证据显示，玉麒麟正在汇总和转移资金。这笔资金当然可以购买军火，支持战事，但当代的军械系统非常之复杂，使用者需要相当长的一段时间来消化、熟悉和练习，否则根本无法正确使用。就是说，现买来的武器派不上用场，除非是准备打持久战！但谁能相信毒枭们会进行持久战？

玉麒麟到底要干什么？

刘树边百思不得其解，最后他决定风口垭的事必须重视起来。于是下令，风口垭要严防死守，但绝对不得暴露！

五十八　白衣渡江

玉麒麟将精干部队调到丛林中埋伏属于秘密行动，无腿狮将自己的主力布置到棋盘寨附近则要大胆得多，这两代人的行事风格完全不同。

罂粟花区的所在国曾和印度同属一个联邦，当然，那是英国统治下的殖民地联邦。因此，所在国无论政府还是民间都与印度社会有着千丝万缕的联系。长毛猩猩便是印度人，在首都还颇有些人脉，与通过渔船贩运毒品的海上走私集团也有些联系，这个集团的主要业务来自棋盘寨。无腿狮要求长毛猩猩把走私集团的渔船全部包下来，开到南方的开阔水域，东西联合军的武装人员在那里上船，然后船队开到小孟码头附近待命。走私集团虽然与水蚺团伙保持着长期业务关系，但听说东西联合军打算对水蚺动手，立刻决定：抱大腿。在罂粟花区东西联合军的势力有目共睹，与其秩序重建后再建立往来，不如现在就沆瀣一气。

走私集团的渔船终归数量有限，能上船的部队不过三五百人。无腿狮便准备了第二套方案，他要求其他的部队化整为零，以割浆的名义携带武器，偷偷潜入棋盘寨周围的农田里，只等无腿狮一声令下就可采取行动。

割浆是鸦片种植区的农民收获鸦片膏的关键一步。

鸦片果即将成熟的时节，土地拥有者们便邀请一些刀匠来割浆，刀匠和曾经遍布全中国的麦收季节打短工的麦客差不多。中国杜绝鸦片种植后，这个手艺便跟着残军在罂粟花区继承下来。

割浆，就是用特制的小刀在鸦片果实上割出缺口，其后采集人员便用容器收集鸦片果中流出的膏状物质，这就是生烟土，被称为鸦片膏，至于吗啡、海洛因都是鸦片膏的深加工产品。刀匠就是负责割果取浆的掌刀手，其技术水平决定了整片大烟田的产量。技艺高超的刀匠一块地往往能割上四五个轮次，产量能提高百分之五十，反之则产量大跌。由于高水平的刀匠属于抢手工人，为了拿到更高的工钱，有些刀匠甚至发展出不同凡响的独门绝学，成为了这一行业的宗师，其手艺也是传子不传女的。

割浆是罂粟花区最为重要的短期职业，几乎每个人都会，有名的刀匠往往会自行组织一支团队，承包整片土地，短短两个月便可以拿到一笔高昂的酬金。

如果赶上鸦片成熟的季节，漫山遍野的割浆人群是罂粟花区一道独特的风景。

虽然棋盘寨的耕地早就被其他派别搜刮干净了，但与之相邻的东西联合军管界上却有着大片的鸦片田。如今正是收获季节，利用鸦片的收获季节隐藏兵力，对棋盘寨完成水陆两个方向的包围是作战计划的关键。一旦谈判不利就不宣而战，这便是无腿狮版的白衣渡江。

东西联合军完成了兵力部署后，无腿狮便胸有成竹地上路了。

玉麒麟进入棋盘寨是悄悄来的，没有惊动任何人。

无腿狮则唯恐别人不知道东西联合军的大元帅准备御驾亲征，这家伙吹吹打打，一路吆喝着直奔棋盘寨。离棋盘寨还有三公里，寨子里的居民便听到了远方的锣鼓喧天和大元帅武德充沛、战无不胜的阵阵呼喝声。水蚺不得不硬着头皮亲自出去迎接，玉麒麟则气得骂了人，简直跟马戏班子一样，什么东西？

当水蚺将无腿狮迎进棋盘寨时，无腿狮向寨子中沿途驻足的村民又是挥手又是鞠躬又是双手合十又是问候，似乎这家伙是来接管棋盘寨的，搞得旁边的水蚺好不尴尬。

玉麒麟站在四方街议事竹楼三层的会议室里，审视着无腿狮和他的卫队招摇过市的丑态，心里忽然生出个念头：无腿狮面色发青，身上有股子煞气，应该是离死不远了。

与此同时，山魈、蛇女、鸭嘴兽以及荣军司令山鬼也相继来到。

水蚺宣布，中午大排筵席，欢迎罂粟花区各界的头面人物。由于担心六王山和东西联合军一言不合动了手，宴会特地安排在两个房间里。玉麒麟、鸭嘴兽和山鬼以及随从人员在一桌，无腿狮、蛇女、山魈和他们的手下安排在另一个房间。水蚺本人两边应承着，颇为忙碌。

宴会上，代表政府的鸭嘴兽几次想探究玉麒麟的底牌，玉麒麟则做出一副高深莫测的样子，声称公道自在人心。满脸疤痕的荣军司令山鬼只喝酒不说话，倒是旁边的热带鱼叽叽喳喳地揪着陈炯民问这问那，正是他们俩的存在使得宴会才没有过分冷清。

但另一个房间的情形则完全不同了，无腿狮自始至终地咆哮着冤枉死了，本人太冤枉了，小麒麟的死和他的东西联合军毫无关系，天地良心，天诛地灭，我无腿狮从来不在背后下手等等。同桌的山魈、作陪的水蚺只得哼哼哈哈，不做表态。

最后无腿狮竟然有些动怒，指着蛇女说：你说，这件事是我干的吗？

蛇女说：我也不知道谁干的，他们都说是乌贼，还说乌贼从我这里拿过经费，但我根本不知情啊，搞不好是别人偷偷从我这里走账呢。

无腿狮说：你就没有查查吗？

蛇女说：俱乐部里三天两头地换人，好多经过手的人早就离开了。

无腿狮得到了蛇女的配合，大喜：你们看，我说这事不是我们干的吧？水老板，你说呢？

在罂粟花区，各派首领的称呼也各不相同。玉麒麟风流儒雅，喜欢大家称他为先生，玉先生的称呼就是这么来的。无腿狮尚武，一直宣称自己是大元帅，外人不愿意恭维但也不好得罪他，当面便叫他狮帅，背后依然叫他无腿狮。荣军一直有自己的传承，山鬼从开山之日起就被大家称为司令。水蚺的官称则比较平民，罂粟花区的人全叫他水老板。

水蚺赔着笑脸说：下午开会，有话在会上说。现在吃饭、喝酒，本人尽地主之谊，请！

宴会期间，陈炯民借机到外面转了几圈，他想观察观察另一个房间的情况。但由于房门一直关着，陈炯民什么都没看到，却意外地碰上了去卫生间的蛇女，蛇女阴冷地看了他一眼，点点头便过去了。

下午，会议如期在四方街的议事竹楼里举行，与会者差不多有二十个人。玉麒麟先介绍了小麒麟被暗杀的情况，然后明确指出乌贼就是刺杀小麒麟的最大嫌疑人，那支可以远距离狙击的步枪属于乌贼。

鸭嘴兽插嘴说：就算证明乌贼真的拥有一把PSG-1，也不能证明事情就是他做的。

陈炯民立刻将一沓厚厚的文件放在桌子上，平淡地说：这种枪的工艺非常复杂，价格昂贵，但实际的用途却不多，从商业角度上分析是一款失败的产品。除了少量的政府部门购买之外，私人的购买量非常小，只有几百支而已，现在已经停产了。这是我们拿到的数据，可能在罂粟花区出现的只有乌贼这一支，其他的枪都有据可查。

众人相互看了看。

山魈说：白猪的话有道理！

山魈是罂粟花区政府军的首脑，他这么说，别人也只能认了。其实在场的所有人心里都明白，在阑槛的管理上，政府军和东西联合军之间矛盾重重，所有人都认为政府军会站在六王山一边，至少会保持中立。

无腿狮则冷笑着：看来这事只有乌贼才能解释清楚啦？

玉麒麟逼视着他的眼睛：那就把乌贼交出来。

无腿狮摊开手：乌贼是你六王山的人啊！

陈炯民说：是别人派到我们六王山的卧底吧？乌贼每年都从黄钻

俱乐部拿钱，你怎么解释？

无腿狮扭脸看着蛇女：有这回事吗？

私下场合，蛇女可以凭借自己的妖娆强词夺理，故作不知，但今天是正式会议，如果继续强行推脱，可能会触犯众怒。蛇女仰望着陈炯民说：和机器猫打了一架就投靠六王山了，白猪可真会找靠山啊。

众人相视一笑。陈炯民则面无表情。蛇女表面上在挖苦陈炯民，实际上是在向大家告知，白猪已经和机器猫翻脸了。

蛇女继续说：大家扪心自问，在罂粟花区哪家没有自己的卧底呢？黄钻俱乐部确实给过乌贼一些钱，不过是在花钱买一点消息，做生意吗，消息就是钱。试问在座诸位，谁没这么干过？

众人嘴里不说话，心里却颇以为然。

蛇女会说话的眼睛扫过在场的每一个人，接着说：从乌贼手里买过消息，难道就能证明大元帅派乌贼暗杀了玉先生的公子吗？大元帅与玉先生、与六王山无冤无仇，也没打算破坏罂粟花区的安定，何苦来呢？

蛇女娓娓道来，声音极其动听。连玉麒麟都有些动摇。是啊，无腿狮何苦要杀死小麒麟呢？至少从近期看，这么做不会有明显好处。蛇女的话就是在追问动机，如果找不到杀人动机，那事情也就很难成立了。平心而论即便玉麒麟也有着同样的疑虑，就算小麒麟是乌贼打死的，就算他认定了无腿狮是幕后指使，但也确实找不到证据，而且连动机都不明显。就算是小麒麟死了，六王山一时半晌的也归不了无腿狮啊！

无腿狮如释重负地叫了起来：是啊，杀小麒麟有什么用？我当然想要玉先生的地盘，想要地盘直接跟六王山开战就完了，本来他们也不是我的对手。我就是担心动手的时候有人会背后下手,哼!

沉默寡言的山鬼司令噗嗤一声笑了出来。

所有的人都清楚,罂粟花区安定团结的局面来自于各方的相互掣肘,如果东西联合军贸然进攻六王山,棋盘寨、荣军司令部甚至可能包括政府军都可能对无腿狮下黑手,反之亦然。这几年的岁月静好来自竹竿打狼,两头害怕!

无腿狮当面把众人心里的秘密公然说了出来,置身事外的山鬼可以哑然失笑,但其他人,特别是政府的鸭嘴兽和山魈则多少有些尴尬。

阑槛市长鸭嘴兽只得站出来说:谁破坏罂粟花区的团结,谁就是历史的罪人。但是,我们需要确凿的证据,法律不会放过坏人,也不能冤枉好人。

无腿狮道:对呀对呀,市长的话非常对。如果拿不出证据,就是蓄意破坏和平局面,就是要挑动战端,谁这么干大家就一起动手分了他的地盘!

无腿狮的公然挑衅激怒了玉麒麟,他冷笑着说:难道是我把自己的儿子打死的吗?

无腿狮本来希望把怒火烧到玉麒麟的一方,但玉麒麟却有力地抓住了这件事最大的逻辑,小麒麟绝不可能是六王山的人害死的,如此一来会议再一次陷入僵局和相互指责中。

此刻陈炯民受到了蛇女的启发,事情可能真的没有自己设想的那么简单,无腿狮残忍暴躁,但确实不太像是幕后指使,那小麒麟到底是谁杀的呢?

争执一直在持续,到后来水蚺只得提出个折中方案,既然双方都拿不出证据,所以只有找到乌贼,当面对质才能彻底解决问题。鸭嘴兽和山魈站出来支持，他们的愿望是这件事尽快平息，免得耽误大家挣钱。

一直不说话的山鬼又发言了，他似笑非笑地说：如果一直找不到乌贼呢？

水蚺说：找遍罂粟花区，就算在泰国咱们也有人，不信乌贼能逃到天上去。

山鬼依然满脸笑意：如果他早就死了呢？

陈炯民眨巴着眼睛没有说话，隐约可以看到山鬼背后的热带鱼冲着自己笑了一下。会场再次陷入沉默，如果乌贼死了，这事就真的死无对证了。

此刻玉麒麟脸上的怒意越发明显了，他的嘴唇在颤抖，眼睛在充血，玉麒麟准备发作。大家清楚，虽然玉麒麟年事已高，但这头老掉的猛虎依然是满嘴钢牙，一旦发作起来肯定会咬死人。

忽然无腿狮拿出手机，按在耳朵上听了听，猛然脸色骤变。

无腿狮盯着玉麒麟说：玉先生把六王山的人埋伏在棋盘寨的后山做什么？

会场嗡的一声，炸开了。

五十九　进攻要塞

玉麒麟确实老了。

老，大多并不是体现在生理意义上的，老是一种生活态度，不接受、视而不见甚至蔑视新生事物是老态的标准体现。玉麒麟的军事观念来自经验，他认为部队悄无声息地藏在丛林中就难以觉察，极其稳当。但无腿狮把手机连接到了投影仪后，白色的墙面上竟然出现了俯视的连绵不绝的热带丛林。陈炯民立刻意识到这是无人机拍摄的画面，看来东西联合军绝非土包子。

暗算别人的人最大的顾虑就是避免先被别人暗算，无腿狮昨天开始就利用无人机在棋盘寨周边搜索，果不其然地发现了六王山的部队。当无人机出现在部队上空时，众人清晰地看到队伍中央站起来一名巨丑无比的指挥官。这家伙抬手一枪，画面顷刻间就变成了雪花。

指挥官的尊容早让他早成了罂粟花区的名人，无可辩驳，那家伙是癞皮狗。

无腿狮冷笑着说：玉先生命令癞皮狗埋伏在后山，意欲何为啊？

玉麒麟的难堪仅仅延续了半秒钟，这位历经风雨的老人就风轻云淡地说：东西联合军兵强马壮，有数千之众，阁下不仅有炮兵还装备了装甲车部队，没想到现在你们连空军都有啦！哈哈，本人只有区区这点兵力，让我的义子在附近接应也仅仅是为了自保。如果大元帅打算对老朽动手，老朽总不能束手就擒吧？

无腿狮说：会议的组织纪要里规定，各派武装不得进入棋盘寨十五公里的范围内，你越界了，怎么说？

玉麒麟扭脸看看陈炯民。

会议开始之前二人就有过默契，揭露秘密的事交给陈炯民。玉麒麟自恃是老一辈的人，不屑于与无腿狮这种货色逞口舌之利。让陈炯民与他们开撕，也有避免立即摊牌的意思。

陈炯民当即站了起来，朗声问：玉先生安排接应的兵力是为自保，大元帅在海上集结兵力又是为了什么呢？

这一来轮到无腿狮无言以对了。

实际上六王山的人也没有闲着，长毛猩猩在首都承包渔船的事他们早就摸清楚了。幸好海上集结的兵力只是无腿狮出动部队的一小部分，六王山并没有发现他的大队人马。

无腿狮开始了毫无风度的强词夺理的叫嚣：我怕玉先生把我杀了喂狗。

山鬼率先哈哈笑起来，各怀鬼胎本来就是罂粟花区的常态。大家从心眼里没把双方集结兵力当回事，即便真的动了手，政府的人和荣军司令部也可以安然撤退。在座人等里最为尴尬也最为气愤的是水蚺，他老早就判断出，众人一定会把棋盘寨当成最好捏的柿子。为了避免出现这种情况，水蚺曾派人暗杀玉麒麟。没错，陈炯民干掉的刺客是水蚺派出去的。水蚺在六王山住过几年，对那里的地形非常熟悉。如果玉麒麟死了，癞皮狗就会上位，癞皮狗自然没有心思为小麒麟报仇，如此一来棋盘寨会议也就不存在了。没想到精心挑选的刺客出师未捷身先死，水蚺最担心的局面就是六王山和无腿狮在棋盘寨摊牌，现在看来这事在所难免了。如今水蚺盘算着如何加强小孟码头的防卫，看来必须把主力派过去。

鸭嘴兽再次拍板说：既然如此，大家也不必纠结会议之外的事了。癞皮狗既然来了，干脆让他一起参加会议！大家能聚在一起不容易，这次我们一定要商量个长治久安的办法。

鸭嘴兽是代表政府的，他不愿意看到各方摊牌后的混乱。那样，大家的财路都会出问题。鸭嘴兽看到玉麒麟扬了扬眉毛，立刻补充说：要不把长毛猩猩也请过来？有我们在，政府可以保证所有人的安全。

此时树懒走进会场,在玉麒麟耳边小声说了几句。

玉麒麟轻松地说:这样也好,我们当然服从市长的安排。不过今天确实很晚了,大家都把人叫过来,明天继续,如何?

水蚺高声道:对,对,把癞皮狗和长毛猩猩都请过来,有什么话咱们就在这次会议上说开。至于玉先生公子的仙逝,我觉得这里面确实有蹊跷,还望玉先生敞开胸怀。

玉麒麟瞟了水蚺一眼,然后翻眼望着屋顶,再不吭声了。

鸭嘴兽宣布,暂时休会,明天上午继续!

水蚺迫不及待地跑了出去,必须加强小孟码头的力量。

机器猫讨厌孩子,同样的,也极其厌恶老人,机器猫认为所有活着的老人都是在浪费资源,所有没长大的孩子都是无用的累赘!

当然,山羊例外。

机器猫的想法与道德品行无关,爱心之类的玩意儿在罂粟花区本来就是奢侈品。在所有的贫困地区,厌老都是一种普遍的社会现象,书面的宣扬大多是为了粉饰。古代日本社会就是厌老的典型,由于资源短缺,土地狭小,在古代日本,人一旦活过了六十岁就自己进山等死,因为他们活着没用了。至于机器猫讨厌孩子完全是因为她没有孩子,无法理解传递基因是动物本能,也就是说这个开关她还没有开启呢。

如今机器猫携带着三个孩子、三名老人开着两辆破车,穿行在热浪袭人的丛林中。孩子的哭闹,老人的折磨让她苦不堪言,恨由心生。幸亏有四眼蛤蟆和另外几名神奇动物帮忙照顾着,否则机器猫早就崩溃了。

即便如此，机器猫依然产生了开枪射杀这些无用生物的欲望。三个吵闹不休、无端生事的小东西，三个行动缓慢、装聋作哑的老混蛋，早晚得死！

现在的机器猫只能忍耐，这六个生物是她的筹码，是神奇动物们延续神奇历程的关键。

机器猫和陈炯民相互阐述、互相补充了行动计划，但机器猫却隐瞒了自己计划中最关键的部分。按照机器猫和陈炯民的推断，如果把小麒麟被暗杀的悬念和乌贼的悬疑抛出来，六王山绝不可能善罢甘休。玉麒麟大概率会接受陈炯民动用舆论工具攻击无腿狮的计划，之后四方会议就很有可能会成为现实。如果最大的嫌疑人无腿狮洗不清干系，当然也不会坐以待毙，那么四方会议就会成为罂粟花区混乱的导火索。

当然，参会各派必然都会有所准备，只要他们能在棋盘寨开战，机器猫就可以采取行动。她的计划是劫持无腿狮的家人，进入阑槛之南东西联合军的别墅。然后控制这座坚不可摧的要塞，策反留在别墅中的东西联合军，在背后给无腿狮致命一击。

这里面有两个细节必须搞清楚。

其一是别墅的作用，无腿狮精心修建设计的别墅不仅是东西联合军的要塞，里面还存放着他们所有的资产、武器、弹药，可以说这座要塞就是无腿狮的命根子。一旦外人控制了这座要塞，失去财源和物资的无腿狮很可能也会失去对部下的控制。罂粟花区的人要么认钱，要么认枪！要塞里除了枪就是钱。

其二，罂粟花区的人们之所以习惯使用绰号，最大的原因就是他们不希望被外人掌握自己的出身和底细。人的底细就是破绽，人的出身便是软肋，一旦被对手抓住软肋攻击破绽，也就失去了还手之力。

无腿狮最大的软肋是什么？换言之，人最大的软肋是什么？是家人！

这一点，放之四海皆准。

机器猫老早便看准了这一点，她之所以能极其迅猛地与蛇女成为闺蜜，一方面是看中了蛇女的钱，另一方面就是打算摸清无腿狮的底细。蛇女知道无腿狮在怀疑自己，也清楚无腿狮一直在寻找代替自己的人选，二人一拍即合！

所有社会性的动物都极其注重家庭关系，人类也不例外。实际上人类是家庭关系最为亲密的社会性动物，罂粟花区同属人类社会，无腿狮也是人。

十三年前，无腿狮孑然一身地来到阑槛，之后便隔绝了家庭出身和背景，连亲信长毛猩猩都不清楚他是从哪儿来的。

这个事只有蛇女清楚。

有一次无腿狮酩酊大醉，房事之后唠里唠叨地全说了。醒来后这家伙竟然彻底断了片儿，根本就不记得。其后蛇女偷偷进行调查，事情居然跟无腿狮的酒后真言差不多。

六十　攻陷要塞

无腿狮是克钦人，克钦是本地的主体民族之一。无腿狮的家族本来是个小地主，日子也算过得不错。三十年前，世界头号毒枭坤沙发动了罂粟花区最后的也是规模空前的一场战役，在纷飞的战火中，无腿狮家族所在的寨子被毁了，父亲被流弹打死，土地也被其他的毒枭哄抢一空。无腿狮是在爷爷、奶奶和母亲抚养下长大的，成年后的无腿狮虽然娶了妻生了子，却穷得叮当响。

穷则思变，穷途末路的无腿狮便跑到阑槛混社团，虽然把两条腿给混没了名声却逐渐响亮起来，没过多久竟成了阑槛的灭霸一世。无腿狮深知罂粟花区的规则，如果正面干不过你，人家就会拿住你的命门来让你就范。发迹之后的无腿狮将三位老人和三个孩子全部送到了古都曼德勒，在那里买了房子，改了名字，孩子们也上了学，俨然成了当地富裕的中产家庭。当然，无腿狮绝不允许家人透露与自己的关系，在家庭问题上无腿狮甘愿做一个无名英雄。

至于无腿狮的夫人，他本人很少提及，偶尔的口风中似乎那女人曾做过对不起他的事。蛇女估摸着，搞不好那倒霉的女人早就被无腿狮杀了也不一定呢。

陈炯民奔赴六王山之后，机器猫则立刻买了两辆二手的越野车，然后带着四眼蛤蟆等人去了曼德勒，没有费多少周折他们便找到了无腿狮的家人。机器猫和神奇动物最大的问题是没钱，路费和买车的费用都是蛇女和热带鱼资助的。三个人密谋之后便决定，一定要改变罂粟花区阳盛阴衰的局面，机器猫担任冲锋陷阵的职责，蛇女和热带鱼躲在后面。

机器猫找到无腿狮的母亲，撒谎说无腿狮身受重伤，在一个非常秘密的地点等他们，希望能见到家人的最后一面，自己奉命接他们过去。

几位老人当下就傻了眼，后来三个上学的孩子回来了，大家决定跟机器猫进山。无腿狮最大的儿子也不过十三岁，如此推算，皮糙肉厚的无腿狮也只有三十几岁。在机器猫的再三催促下，一家人当天就跟着他们上路了。机器猫声称对手会监听电话，把一家人的手机全没收了。

一天后他们赶到了阑槛，此时棋盘寨会议已经开始了。

在阑槛，机器猫分别与蛇女和陈炯民取得了联系，没想到棋盘寨会议进展神速，东西联合军、六王山和棋盘寨已经打起来了。蛇女就在无腿狮身边，东西联合军正在全力进攻固守棋盘寨的癞皮狗。陈炯民则与癞皮狗在一起，帮助水蚺组织防御。机器猫决定马上采取行动，拿下无腿狮的命根子。

机器猫带着无腿狮的家人和四眼蛤蟆等人，赶到了位于阑槛城南的别墅，奇异博士等人早已埋伏在附近的丛林里等他们。机器猫做了必要交代后便带着老人、孩子上了山。

来到别墅的台阶下，就有东西联合军的士兵来阻拦，机器猫当下抬出了无腿狮的爷爷奶奶，号称是大元帅要把家人接过来。无腿狮家人在曼德勒当了几年的太平傻子，根本搞不清所谓的大元帅是谁，只得听任机器猫的摆布。士兵们见到无腿狮和长辈们的合影后不敢阻拦，机器猫等人顺利地进入别墅。

由于无腿狮和长毛猩猩都不在，留守在别墅的东西联合军无人做主，军纪涣散，事实上乌合之众的东西联合军本来就能力低下，智力不足，大多是来混饭吃的。机器猫当下就以迅雷不及掩耳的速度控制了议事大厅，并将无腿狮的一家六口全绑了起来。这时老人和孩子们才搞明白，机器猫根本就不是无腿狮的手下。

机器猫要求别墅中的东西联合军在院子中集合，当着他们的面与无腿狮进行视频通话，告诉大元帅，机器猫已经控制了他的家人，只要钱，不要命，让无腿狮命令别墅中的部下放下武器，不许抵抗。

此刻的无腿狮正与癞皮狗打得不可开交，战事刚好进展到最紧张的节点。这家伙得到消息后，大惊失色，不得不在视频中同意了机器猫的要求。于是留守别墅的人员放下武器，机器猫则彻底控制了别墅，之后她让四眼蛤蟆将这些人全部关进别墅底层的仓库。

当然，确实有个别联合军的士兵妄图逃走，但进出别墅只有一条毫无遮拦的长长的台阶，那数百级直上直下的台阶曾让陈炯民一筹莫展。当企图逃亡的士兵从台阶上往下冲时，埋伏在下面的奇异博士等人便开了枪，当场便有十几个人被打死，其余的人全部投降。

机器猫大怒，借口有逃兵在抵抗，指责无腿狮言而无信。在视频电话中，她一枪将无腿狮的爷爷爆了头，无腿狮的奶奶和母亲当下就被吓昏过去了。战场上的无腿狮差点摔倒，在视频中严令留守别墅的下属全部投降，如果家人再出事，将来就杀光这些人的全家。

要塞中所有的还残存着抵抗欲望的人立刻丧失了信念，机器猫彻底占领了罂粟花区中最为坚固的要塞。

陈炯民当过九年志愿兵，机器猫自幼便受到了山羊的熏染，山羊具有同样的军事背景。二人曾就这个计划进行过严密的推演。机器猫控制要塞之后，无腿狮会做什么？推演的结果是要塞太重要了，即使丢掉棋盘寨的部队，无腿狮也不可能放弃要塞。如果再加上爷爷、奶奶、母亲和孩子的筹码，无腿狮是无论如何都要赶回来救援的。他会利用山下的秘密通道进入，夺回他的要塞和家人。

洞悉要塞底细的蛇女早将几个出入口全部标明了，机器猫立刻通知陈炯民，要塞到手，半路截击！正在棋盘寨前线的陈炯民，立即向癞皮狗索要了几十名最精干的士兵，这事是他和玉麒麟事先商量好的。

部队到手，陈炯民便出发了。

机器猫的行动确实是按照她和陈炯民的策划实施的，唯一的出入是陈炯民仅仅是打算把无腿狮的家人当成诱饵，事后放掉也就完了。机器猫则心毒手狠，出手便将无腿狮的爷爷爆了头，那名老人今年正好八十岁。

机器猫认为杀几个人仅仅是细节问题，没必要也不值得商量。如今本能驱使着她在扩张势力范围，物理空间决定着动物的安全感，机器猫也是如此。

六王山和东西联合军都没有按照会议组织纪要部署部队，必须整改。鸭嘴兽宣布休会，同时也要求癞皮狗和长毛猩猩务必参加第二天的会议。

众人忐忑不安，谁也不能预料第二天会出现什么局面，不承想当天晚上事情就出现了更为重大的变故，乔装改扮的玉麒麟，混在树懒的随从人员中偷偷离开了棋盘寨。树懒要离开棋盘寨的事大家全知道，玉麒麟曾命令树懒去向癞皮狗传达进寨的命令。另外罂粟花区的人都清楚六王山杜绝所有的现代通信工具，树懒出去通知也就顺理成章了。

夜色深沉时，心思不宁的水蚺无法入睡。他希望找老朋友玉麒麟好好谈一谈，最好不要在棋盘寨动手。进入玉麒麟的卧室，他才发现这个老朋友已然不见了。

水蚺希望关键时刻政府能帮自己一把，立刻将这个消息通知了鸭嘴兽和山魈。山魈断定，玉麒麟正在准备对无腿狮发动突袭，虽然他的目标是无腿狮，但殃及池鱼的可能性不可低估，最安全的办法是其他人先行撤离。此时荣军的山鬼也得到了消息，众人竟然在寨子口碰上了，大家心照不宣离开了险地。

水蚺大骂政府人员贪生怕死，事已至此水蚺是无论如何都不能离开的，棋盘寨是水蚺的大本营啊。正在水蚺犹豫着是否通知无腿狮时，部下报告说东西联合军的部队在小孟码头登陆了，同时有上千全副武装的士兵从南面杀了过来。

无腿狮居然先动手了。

严格来说，玉麒麟和无腿狮的身份都是军阀，军阀的判断和直觉都差不多。在玉麒麟撤离棋盘寨的时候，无腿狮已经对长毛猩猩和混迹于割浆刀匠中的手下们发出了进攻的命令。无腿狮当然不会直接对鸭嘴兽和荣军司令部动手，但水蚺和玉麒麟难逃此劫。

无腿狮白衣渡江计划的目的便是一举消灭六王山和棋盘寨，留着政府人员吃瓜，放荣军司令部的山鬼走人，但玉麒麟和水蚺确实没有存在的必要。

六十一　扩张

人类的身高体重如果扩大五倍，结局必然是骨骼无法承担，人连站都站不起来。珠穆朗玛峰的高度如果增加一倍，自身的重力就能让山峰崩塌。历史上的很多大企业和超级富豪都是亡于过度扩张，而罂粟花区的东西联合军就是一个过度扩张的企业。

无腿狮为了控制地盘上的农民，要求每个家庭必须出一名士兵，这些人为他卖命的同时也起到了人质的作用。但结果却是武装力量的过度膨胀,这也是东西联合军财政问题的根源。这块土地的出产无法供养这么多武装人员,如果无腿狮无法保证士兵的待遇,无法维持手下人对财富的期盼,分崩离析只是瞬间的事。问题仅仅是这个时间节点何时到来。无腿狮清楚这一点,他和长毛猩猩几经商议,觉得唯一的对策就是继续扩张,只有拿下另外的三家才能满足手下人对财富的欲望,唯有扩张财源才能保证东西联合军的团结。

人聚财散,财聚人散!

这一次六王山玉先生主动跳出来挑事,无腿狮根本不怕,他认为正可以利用这个机会打他们个措手不及。如果东西联合军能把六王山和棋盘寨的力量一并消灭,无论是政府方面还是荣军司令部都不得不接受这个事实。

之后东西联合军就可以利用六王山的毒品加工能力、陆上通道,以及水蚺的小孟码头来大肆敛财。财源扩大后,他就可以继续对其他地区进行蚕食,事情成了,罂粟花区的下一个坤沙就是无腿狮!

无腿狮也估计到,六王山有可能会先发制人,抵达棋盘寨后他便派出无人机搜索,果然就抓住了玉麒麟的把柄,致使玉麒麟无法在会议上公然翻脸,逼得另外三方表态休会。无腿狮也预料到六王山会在今夜动手,于是便率先下达了进攻命令。进攻的目标是玉麒麟和水蚺的住所,只要能拿下这两个人,计划也就得逞了。

东西联合军从海上、陆上两个方向杀入棋盘寨。

棋盘寨的增援部队刚到小孟码头就被打了个措手不及,很快就崩盘了。码头失守,水蚺急忙组织残余力量进行抵抗。但实力悬殊,棋盘寨的队伍很快就被压缩到寨子的北侧,大部分寨子已经落到了无腿狮手里。无腿狮、蛇女带领着部下冲进了水蚺居住的竹楼,竹楼里却空无一人。接着长毛猩猩报告说，玉麒麟居住的竹楼也是空的，政府的鸭嘴兽和山鬼等人也全都不见了。

无腿狮大发雷霆，这些老奸巨猾的家伙原来全有准备。

开弓没有回头箭，既然动了手就不能停下来。无腿狮马上命令手下，全面控制小孟码头，先拿到棋盘寨的海洛因存货。同时他自己率领部队北上，全力消灭棋盘寨的残余力量。

此时蛇女无助地拉着无腿狮问：我呢？

无腿狮说：你先回阑槛，一定要把俱乐部死死地握在手里。我给你三十个人，带着枪回去，不成就动枪。

蛇女泪眼婆娑，再三叮嘱无腿狮要千万小心、注意安全之类，然后悲悲切切、不情不愿地走了。无腿狮望着暗夜中那女人婀娜摇曳、渐渐模糊的背影，哼了一声。无腿狮意识到这女人是在演戏，天下的女人都会演戏，干脆就让你多演几天。

无腿狮的部队刚刚冲到棋盘寨的北部，居然碰上了六王山的部队。癞皮狗率领数百部下与水蚺的下属会合了，他猛打猛冲，很快便占据了几座竹楼。在水蚺部下的指点下，六王山的人迅速地找到竹楼的射击据点，利用铁质竹楼组成的防御工事抗住了东西联合军的第一波攻击。

此刻，陈炯民就在癞皮狗身边。他体验到棋盘寨竹楼防御系统的威力，对水蚺的能力也刮目相看了，罂粟花区里果然没有尿人。

离开棋盘寨时，玉麒麟特地要带上陈炯民，或许有感于陈炯民的救命之恩，或许玉麒麟在计划中还有他的位置。

众人来到癞皮狗的埋伏地点，玉麒麟立刻给义子下达了抓捕无腿狮，报仇雪恨的命令。同时玉麒麟按照事先定好的方案命令陈炯民协助癞皮狗，并再三叮嘱义子，不仅要保护陈炯民的安全，还要满足白猪提出的一切要求。之后玉麒麟宣布，自己回六王山把剩余的力量全部调过来，准备和无腿狮决一死战。

癞皮狗早就把棋盘寨周围的地形勘测完毕，当下就带领部队冲向棋盘寨，刚刚抵达寨子外围就碰上了败退下来的水蚺等人。

水蚺气急败坏地咒骂无腿狮不宣而战，背后偷袭，简直就不是人。

陈炯民说：玉先生命令我们与您并肩作战。

水蚺心下了然，棋盘寨不是被六王山吞并就是被无腿狮彻底占领，事已至此只能先接受六王山的建议。双方兵和一处，总算挡住了东西联合军的进攻。

东西联合军的部队刚刚退下去，陈炯民便接到了机器猫的电话。机器猫已经拿下了无腿狮的别墅，并控制了要塞里所有的留守人员。陈炯民要求癞皮狗拨给他五十个人，有特殊任务。癞皮狗对父亲玉麒麟的命令向来不敢忤逆，何况六王山的增援部队天亮后便能到达。虽然是用人之际，癞皮狗依然忍痛将五十个人交给白猪。

陈炯民带着人马沿着棋盘寨的外围跑了。

癞皮狗惊诧不已，这个方向明明是去阑槛的！奇怪！

刚刚脱离战场，陈炯民听到身后再次传来了激烈的枪炮声，其间还夹杂着二十毫米快射炮的轰鸣。无腿狮把他的装甲车部队开了上去，这家伙是希望用重武器干掉那几座讨厌的竹楼。

陈炯民回头观察，那曾经恬静雅致的棋盘寨战火纷飞、硝烟四起，如今竟然成了一片火海！

当务之急是以最快的速度赶到预设地点。陈炯民清楚，癞皮狗这边的抵抗无足轻重，无腿狮马上就要回别墅了。

遵照山羊传递来的情报，刘树边的部下在风口垭果真大有收获，他们截获了六王山将近两吨的海洛因，同时还抓住了国内屈指可数的贩毒集团的二把手。这是缉毒支队成立以来最大的战果，几乎可以载入中国缉毒事业的史册了。

当装满毒品和罪犯的车辆开到支队基地时，有人甚至提出来要放鞭炮庆祝，却被刘树边狠狠呵斥了一顿。

刘树边脑子里呈现的是另一个问题：代价！

山羊和陈炯民提供了最高价值的情报，代价是什么？

物理专业毕业的刘树边清楚，能量守恒，作用力与反作用力是相等的。六王山遭受到如此巨大的损失，玉麒麟穷凶极恶的后续行动可想而知。现在山羊、陈炯民会面临极度危险，缉毒支队该怎么办呢？

刘树边如坐针毡，如果按照他的真实愿望，刘树边现在就打算把部队拉过边境，直接将山羊和陈炯民接回来，或者干脆就跟毒枭们干一仗。就算山羊不想回来，绑也要把他绑回来。但刘树边是缉毒支队的领导，是军人，他要为国家负责，为法律负责！

就在刘树边一筹莫展的时候，有人推开了他办公室的门。

刘树边大吃一惊，是魏东来。

魏东来的伤好了大半，但还没到出院的程度。刘树边估计，这家伙得到了缴获大量毒品的消息，是偷着跑回来摸底的。

果然魏东来当仁不让地说：我全都看到了，将近两吨的货，还抓了十几个人，他们怎么把货运到风口垭的？

刘树边苦笑说：六王山从深圳大疆采购了十几架送快递的无人机，东西是他们用无人机空运过来的。据说这办法是小麒麟从国内歌颂快递小哥的新闻里得到的灵感，被他爸爸继承了。

刘树边和魏东来清楚，罂粟花区贫穷但并不落伍，不过是各个派别关注的重点不一样。东西联合军的军事色彩更浓，所以装备了用于侦察的无人机。玉麒麟、水蚺具有典型生意人思维，购买新装备大多是为了提高交易效率。

魏东来问：他们的交易完成了吗？

刘树边说：没有，六王山的四个人也给抓回来了。

魏东来的意思非常简单，如果交易完成，六王山的人会带着钱回去复命，就算这批货被中国方面截获了，六王山也不会有什么反应，事不关己。如今既然把六王山的人都抓回来了，交易便没有完成，钱和货都打了水漂，玉麒麟那些人是绝不会善罢甘休的。

魏东来说：我去一趟。

刘树边问：你什么意思？

魏东来说：我熟悉那里的情况，我过去，想办法把他们都接回来，怎么也得接应一下吧？

刘树边痛心疾首地说：陈炯民野心太大。他想抓个毒枭回来，这不是做梦吗？

魏东来咬牙切齿：他要是犯倔我就把他打昏，把那小子直接背回来。

刘树边走过来，在他胳膊上狠狠拍了几巴掌。

魏东来说：伤没问题了。

刘树边大声道：都给我活着回来！

魏东来心满意足地离开副支队长的办公室，此刻他又想到了算命先生的预言，两个人去南方才会有成效，必须玩火，南方离火——

六十二　不同的计划不同的人生

当代的通信系统过于高效，其速度之快常常会让人无所适从。

棋盘寨开战了，这个消息没几分钟便传遍了整个罂粟花区。山羊比一般人得到消息的时间更早一些，他断定玉麒麟这次必然会豁出老命。按照山羊和陈炯民的计划，他的任务是看住六王山的留守人马，随时向陈炯民传递玉麒麟的动态。

军人出身的山羊清楚作战计划要随时调整，计划必须根据对手的变化，这就是他死死守在六王山的原因。但玉麒麟的反应却大大地出人意料了，这家伙在山上只待了一个小时，之后便集合了剩下的全部人马，开着十几辆崭新的越野车向盘桓江的方向去了。

完全错了，玉麒麟应该去棋盘寨支援癞皮狗啊，过了盘桓江东岸是老挝，南部是泰国，这老家伙要干什么？

六王山车队一辆接一辆地开走了，藏在丛林里的山羊忽然觉得晴空中打了个霹雳，脑子都给劈开了。

玉麒麟要跑！

机器猫、陈炯民还有山羊共同制订了促使六王山、东西联合军火并的计划。

机器猫给自己留下了很大的回旋空间，并没把真实内幕告诉别人，陈炯民也没有完全察觉机器猫的意图。玉麒麟接受了陈炯民的复仇方案，陈炯民也顺理成章地成了计划的执行者。但玉麒麟却和机器猫差不多，他更是另有打算。这一点无论山羊还是陈炯民同样都没有察觉到。

制订不同的计划并加以实施便意味着不同的人生走向！机器猫如此，玉麒麟也如此！

玉麒麟准备逃之夭夭，癞皮狗也包括陈炯民都是他的炮灰，是玉麒麟打出去的烟幕弹。

玉麒麟已过了花甲之年，来到罂粟花区也有四十五年了，在内心深处玉麒麟早就厌倦了。小麒麟的死固然让玉麒麟心如刀绞，但明凤的怀孕又给了他希望。玉麒麟决定，走人！表面上他把六王山的全部存货打折出售给中国的买家，名义上是要为部下购买军需，实际上玉麒麟是打算把所有的现金都带走。如今只有中国大陆和很少的发达国家实现了非现金支付，其他地区依然是现金为王。两个月来，玉麒麟将六王山所有的资金都换成了欧元，现在就剩这批存货了。

三年前，玉麒麟在中部非洲为自己圈定一块养老之地。之所以让小麒麟回六王山就是打算让儿子继承基业，自己找个地方享清福。没想到千辛万苦养大的儿子却被人杀了。玉麒麟的判断和陈炯民差不多，无腿狮的嫌疑最大。能报仇固然是上策，不能报仇又当如何？死在他玉麒麟手里的人同样成百上千计，如果全来报仇，他玉麒麟早就该死上几百回了，这一点玉麒麟想得通透。毒枭的退休向来都是艰难的，血雨腥风，血流成河。洞悉中国传统文化的玉麒麟决定明修栈道暗度陈仓，他利用自媒体把报仇的舆论造了出来，吸引了所有人的关注。之后他命令癞皮狗、陈炯民冲到前面，自己则选准时机带着明凤和钱走人。

去非洲，去那个遥远的黑色异国，去那个没有人知道他是谁的地方，然后落地生根，开枝散叶。或许他的后人将来可以回国，他相信，十年二十年后的中国必将是另一个汉唐盛世。

棋盘寨会议还没有进入高潮就出现了变故，六王山运往风口垭的存货居然被中国方面扣了，人也给抓了。玉麒麟大惊，这不仅仅是数千万资产的损失，这也说明六王山或者说就在他身边一定有对方卧底，卧底的能力之强简直是令人惊恐。玉麒麟毫不犹豫地怀疑这事是树懒或者癞皮狗干的，风口垭计划只有他们两个知情者。玉麒麟本来打算把树懒也带到非洲去，现在也开始后悔了。癞皮狗尊崇命令，向棋盘寨发动了疯狂的进攻，这个举动打消了玉麒麟对他的疑虑。回到六王山，玉麒麟先是命令手下将早已准备好的行李装车，然后将树懒叫到自己房间里。树懒如往常一样推门进来，玉麒麟抬手一枪便把这位跟随多年的助手给放倒了。树懒毫无痛苦毫无眷恋地死了。

玉麒麟从他的尸体上跨过去，召集手下马上出发。玉麒麟特地命令几名亲信，一定要保护明凤的安全。

一小时后，六王山的车队浩浩荡荡地出发了。

从六王山到盘桓江有百十公里，但罂粟花区的路况极差，到处都是坑，即便越野车走这段路也需要四五个小时。离开六王山不过十来公里，开路的越野车便爆胎了，玉麒麟下令更换轮胎。此时明凤提出了小解的要求，玉麒麟没有多想便同意了。周围是茫茫无边的热带雨林，一个女人还能跑了吗？

如果把玉麒麟换成刘树边，他是绝对不会相信汽车爆胎属于意外，因为刘树边是学物理的，物理世界里存在着因果定律。

汽车爆胎的原因是山羊做了手脚，而且他还偷偷地向明凤发出了信号，明凤便提出了小解的要求。

在丛林深处，山羊见到了六王山的少奶奶。明凤惊恐地将玉麒麟逃跑的计划告诉山羊，老家伙的目的地居然是赞比亚！山羊想了半天才意识到这个什么赞比亚可能在非洲。明凤还说山羊的车队大约携带着四千万欧元的现金，他们的第一站是盘桓江的南部渡口。玉麒麟打算渡江先到泰国，从泰国转道澳大利亚，再从澳大利亚去非洲。棋盘寨会议，实际上是玉麒麟版的白衣渡江。

丛林变成了灰色，天空也失去了色彩，山羊在整整十秒钟里没说话！

玉麒麟真的要跑！？

明凤拽住山羊的手：大叔，请您带我穿越丛林，咱们现在就去中国，然后我回吉隆坡，求求您了。

山羊苦笑着说：我可以带你穿越丛林，但回到吉隆坡你就安全啦？如果你敢打掉他的孩子，他会不会派人杀你全家？他是什么人你还不清楚？

明凤沉吟良久，狠狠地说：乌贼这个笨蛋，为什么不连他一起杀掉？

明凤这话是什么意思？山羊脑子里轰隆作响，难道这就是真相？

真相总是令人意外的，抽掉罂粟花区这座大厦第一根钉子的人是明凤！小麒麟是妻子明凤干掉的，或者说是明凤与乌贼合谋干掉的！明凤当然不能预料这样做的后果是成百上千人的横尸旷野，但她必须这么做。

丈夫是毒枭之子，也是未来的毒枭，这个噩梦让明凤寝食难安，度日如年。明凤想回家，但明凤清楚自己已经无法摆脱小麒麟了，索性就伙同乌贼干掉了小麒麟。至于乌贼为什么会听任明凤的摆布，没准仅仅是明凤以身相许的承诺，没准仅仅是梨花带雨的哀求。

明凤愤怒懊丧的表情让山羊大彻大悟，天下的女人就没有好相与的！来到罂粟花区二十多年了，山羊一直在等待机会，一个足以抵消毒瘾带来的羞耻的机会，现在这个机会近在咫尺了。然而策动这场惊天变故的竟然是一个外来的柔弱无助的女人！山羊激动得心脏狂跳，陈炯民来罂粟花区或许是老天的意志，他是肩负着使命来的！

陈炯民选定的设伏地点在一条山谷里，这是他结合了蛇女的情报和实地勘察的结果。穿过这条山谷便是无腿狮别墅的后山了，后山上有两条从山下进入别墅的秘密通道。机器猫赶到山谷时，陈炯民刚刚布置完毕，六王山的战士们按照陈炯民的部署控制了有利地形，现在就等无腿狮了。

机器猫来到陈炯民的简易指挥部，上上下下地打量他，那模样似乎是想把陈炯民一口吃掉。

陈炯民正要将人员的部署情况通知她，机器猫却猛然抱住他，一只手握住陈炯民的下体，小声说：想我了吗？

陈炯民当下便有了生理反应，他担心被别人看到，赶紧将机器猫推开：你比母猴都急。

机器猫说：我就是母猴，你是我的公猴。

陈炯民心道，机器猫很难区分爱情与性欲的区别，他急忙指着远处隐约可见的别墅建筑群说：谁让你离开的？你应该守在那里！

机器猫说：留着那地方也没什么用，里面的东西我已经让四眼蛤蟆他们全运走了。

陈炯民不解地说：至少在里面更安全，你跑到这里有什么用？

机器猫怒道：废话，谁说我没用，我是怕我的公猴让人家打死。

二人正说着一名武装人员跑了进来：白猪，无腿狮来了。

每次听到白猪的称呼，陈炯民都恨不得狠狠踹机器猫几脚。但此时他不能在这件事上纠结，立刻拿起望远镜观察。

一公里之外的山谷入口处，无腿狮的人马正在浩浩荡荡地进入山谷。无腿狮带来的是一支百人的贴身卫队，号称是不死连。所谓的不死自然是掩人耳目的胡说，但这些人确实是东西联合军精锐中的精锐，全部接受过严苛的训练，死一个就会补上一个。在外人眼里，这支卫队永远都是一百人，就跟不死一样。另外无腿狮给不死连的待遇也出奇的高，如果出现伤残，给家里抚恤金的数量相当可观，这些人自然愿意给他卖命，钱多，死了也值！

当无腿狮和他的不死连进入山谷后，陈炯民立刻下达了作战命令。

轰隆一声，无腿狮身后的山谷入口被预先埋置的炸药炸塌了，后路没了。接着，六王山的士兵从四面八方向山谷中射击，无腿狮的人当即就倒下了七八个。

指挥部中的机器猫大声叫好，嚷嚷着必须要把下面的人全干死！

陈炯民嘟囔着：投降就可以了。

无腿狮久经战阵，不死连装备精良，斗志昂扬。

经验丰富的无腿狮立刻依据地形，组织反击。六王山战士的训练水平显然不如不死连，没有十分钟，占据着有利地形的他们同样被打死了七八个。根据地形判断，无腿狮认定陈炯民、机器猫所在的位置可能是敌人的指挥部，于是率领手下向指挥部方向发起了集中攻击。六王山的战士措手不及，事先设置的两三道防线顷刻间就被冲垮了。

陈炯民没有料到东西联合军的战斗力如此强悍，百人不死连的战斗力不输缉毒支队。陈炯民紧急组织现有人手进行抵抗，同时要求机器猫把无腿狮在别墅的家属带过来，投鼠忌器，看他还敢不敢动手。

机器猫则轻松地打出一个电话，没有半分钟，大家头顶上的别墅就开始冒黑烟了，紧接着一股巨大的冲击波掠过山谷，所有人都被冲得摔倒在地，连同指挥部里没有防备的陈炯民。只有机器猫靠着大树，美滋滋地欣赏着自己的杰作。

众人顺着机器猫的目光望着，如同慢镜头一般，立于悬崖之上的巍峨别墅慢慢开始垮塌，最终随着轰隆一声巨响，偌大的别墅炸成了无数的碎片，顷刻间，整座山崖似乎都炸平了。

现场，无论是六王山还是无腿狮的部属全都吓傻了，无腿狮本人则痛不欲生，那座别墅花了他多少心血啊！

机器猫站在大树后，冲着不远处不死连的残余高声叫道：无腿狮，你奶奶你妈还有你的三个孩子全给炸成肉末啦，你留在别墅里的一百三十八个手下都在下面的仓库里，这会儿也全都给活埋了。如果投降，我们就留你一条命！你要是再敢抵抗，我让你们这些家伙全部死无葬身之地！

机器猫的叫声在山谷里回荡，所有的人都被镇住了。

六十三　孤军奋战

东西联合军的队伍中站出了一条高大的身影，是无腿狮。他指着机器猫隐藏的大树持续咒骂着。由于距离远，陈炯民听不清他在说什么。

机器猫则说：炸药是我亲手安装的，你的家人是我亲自抓来的，错不了。

无腿狮伟岸的身躯一头栽倒，显然是昏过去了。

陈炯民的头皮发麻，四肢瘫软，难道机器猫真的连人带别墅都给炸啦？那可是一百多条性命啊！

原来机器猫彻底控制了别墅后，便把无腿狮家属连同所有留守人员全部关进地下仓库。之后，奇异博士等人运来了一吨半的炸药，这是她用蛇女的钱购买的，蛇女的意思也是斩草就要除根！机器猫深以为然，于是便命令神奇动物们将炸药装在别墅的几个关键支撑点上，再之后她命令四眼蛤蟆等人运走了东西联合军库存的海洛因和财宝，准备完毕，机器猫便来到山谷帮助陈炯民共同御敌。这一切都在机器猫的计划之中。在无腿狮的攻势最为猛烈时，机器猫毫不犹豫地下达了炸毁别墅震慑敌人的命令。

在无腿狮昏倒之际，蛇女突然带领黄钻俱乐部的人从后面冲了过来，机器猫带领六王山和神奇动物联盟的残余人员从前面打过去。无腿狮昏倒，不死连群龙无首，再加上刚刚目睹别墅被炸的人间惨剧，不死连顿失斗志，集体投降了。

机器猫当下把昏迷不醒的无腿狮当成了战利品，并亲手将他的义肢除了下来，这一来无腿狮真的没有腿了。

抓捕了无腿狮，但陈炯民毫不兴奋，他揪住机器猫质问她为什么要炸毁别墅。

机器猫说：神奇动物的基地在阑槛，无腿狮的别墅对我来说没什么用，万一落到别人手里没准还是威胁呢。

陈炯民怒道：为什么要把里面的人全都杀死？三个孩子，最大的才十三岁！

机器猫则指着跪满山谷的东西联合军士兵说：这些人全能杀了我，如果不让他们彻底服气，这些家伙会老实吗？

陈炯民怒火中烧，拳头攥得叭叭响。此刻陈炯民脑子里闪出一个念头，必须狠狠地揍机器猫一顿，打服了她，打得她从此有所敬畏，打得她从此知道什么叫适可而止。就在陈炯民准备动手时，手机响了，电话是山羊打过来的。陈炯民接到了更令他震惊的消息，玉麒麟正在跑路。

山羊在电话里将事情和盘托出，陈炯民只得将机器猫的暴虐暂时抛到脑后，玉麒麟简直是狡猾至极！虽然罂粟花区四大毒枭都是缉毒支队的目标，但威胁最大、给国内造成过长期伤害的就有玉麒麟，其他人都属于间接威胁。如果能抓到玉麒麟并把他带回去，绝对是中国禁毒事业的一大胜利，对境内外毒贩的威慑作用也最为明显，所以陈炯民的真正目标是玉麒麟。让人泄气的是这老家伙居然置儿子被害的仇恨于不顾，给自己准备了一条退路，如今已经在路上了，陈炯民和癞皮狗都成了被他戏耍的对象。无论是出于陈炯民给自己规定的目标，还是自尊心，他都无法接受。

山羊想出一个可以阻止玉麒麟逃跑的方案，陈炯民在电话里表示反对，真那样山羊就等于是孤军奋战了，太危险。山羊则说：现在没人站出来，他就真的跑了！陈炯民沉吟了良久，最终不得不接受了山羊的方案，并提出了补充意见：其一必须利用高科技手段才能混淆玉麒麟的判断；其二，必须取得刘树边的配合，否则玉麒麟照跑不误。

山羊将刘树边的特殊联络方式告诉他，然后说：尽快过来，从你那里到盘桓江至少得走半天。

放下电话，教训机器猫的兴致烟消云散。

如今的机器猫正和蛇女相互拥抱着，欢呼着，两个女人热烈祝贺着她们联手干掉了无腿狮的伟大胜利，享受胜利是人类最简洁的快感。

陈炯民找来两名六王山的士兵，让他们把不到一百斤的无腿狮抬到山谷外。外面停着两辆越野车，是神奇动物们开来的。陈炯民让他们将无腿狮绑在后座上，然后对两名士兵说：你们回家吧，回家种地去。别跟着他们干了，无腿狮就是你们的下场。两名士兵满脸的惊诧，白猪这是什么意思？

陈炯民刚刚坐到车内，后面的无腿狮忽然咆哮起来：你这头白猪，你要把我带到什么地方？放了老子！

陈炯民回手一掌切中无腿狮的颈动脉，这家伙翻翻白眼便昏了过去。陈炯民发动越野车，机器猫却神鬼莫测地跳了上来。她端着手枪对着陈炯民的脑袋：干什么去？

陈炯民懒得理她，一脚油门便上路了。

机器猫怒道：你到底干什么去？

陈炯民说：玉麒麟要跑，我去帮帮山羊。

机器猫回头看看后面的无腿狮：然后呢？

陈炯民继续开车：我没心思琢磨然后的事，先活下来再说吧。你现在下去，我不愿意看见你。

机器猫冷冷地说：山羊是我爸，倒要看看你们想干什么！

为了避免引起玉麒麟的怀疑，山羊严令明凤回车队，叮嘱她必须想办法保护自己，必要时稳住玉麒麟。明凤问他有什么打算。山羊说：你只要跟着他们队伍走就可以了，其他的事交给我们。

明凤本来还想追问细节，却看到山羊拿出一个注射器，然后露出满是针眼的瘦骨嶙峋的胳膊，狠狠地扎了下去。

明凤厌恶地哼了一声，扭脸走了。明凤清楚山羊和陈炯民都是卧底，却万万没想到山羊是个瘾君子！如今的明凤别提多后悔了，她不相信一名瘾君子能把自己救出火坑，看来又是枉费了一番心思。

小麒麟当然是明凤干掉的，来到六王山后她就意识到自己唯一的武器是美貌！刚刚上山时，第一次见到明凤的乌贼便神魂颠倒了。从此乌贼的视线无时无刻不在围绕着明凤转动，明凤完全可以感觉到。不久乌贼便看出了问题，明凤不愿意留在六王山，她与小麒麟之间出现了不可调和的矛盾。乌贼利用明凤上厕所的机会缠住这个心爱的女人，号称只要明凤能跟自己走，他可以帮忙干掉小麒麟，可以帮她离开罂粟花区，还吹嘘说他枪法神准，如果能搞到一把远距离狙杀的狙击步枪，小麒麟保证活不到明天。明凤对六王山和毒贩子的厌恶无以复加，那个曾经她深爱过的男人回到家就成了小恶魔。如今明凤唯一的愿望是尽快脱离六王山，回家去。明凤清楚，只要小麒麟活着这事就不可能，在乌贼的鼓动下明凤真的动了杀心，她承诺说可以跟乌贼走，但小麒麟如果活着谁也走不成。色迷心窍的乌贼便到处找枪，最后还是明凤解决了问题。她想到了拿督之子，她知道拿督家里存着一把高精度的步枪。于是明凤给马来西亚的拿督打了电话，诉说凄惨遭遇，明言需要借用那把枪。拿督当然清楚明凤索要步枪的目的，他也打算给儿子报仇，于是就有了乌贼的清迈之行。

明凤的计划是利用小麒麟视察风口垭的机会将他射杀，然后找机会远走高飞。之所以刘树边查到那把步枪的主人是马来西亚拿督，也就是这个原因，而陈炯民将事情推到乌贼身上也确实没冤枉那家伙。至于明凤到风口垭祭奠小麒麟，原因是明凤必须露面，只有露了面，失踪的乌贼才可能与她取得联系。不想却在风口垭碰到了山羊和陈炯民，于是明凤又看到了另一个窗口。

明凤仅仅是想回家，仅仅想离开这个魔窟，摆脱那个把她带进深渊的男人，至于暗杀小麒麟的举动是否会掀起罂粟花区的滔天巨浪，这些后话是她和乌贼始料未及的，明凤仅仅是激发蝴蝶效应的第一只蝴蝶。

小麒麟死了，不久乌贼也莫名其妙地失踪了。明凤认为丈夫去世，自己留在六王山已经没有意义了。本打算找个机会请玉麒麟放自己回吉隆坡，没想到玉麒麟突发奇想，打算让她给胡家生一个继承人。明凤当然不敢反抗，于是就造成了今天的局面。彷徨无计时，明凤希望借着给小麒麟祭奠的机会，看看乌贼是否能给自己留下什么线索，结果阴错阳差地碰上了在丛林中争吵的山羊和陈炯民。如茫茫暗夜中看到了一缕曙光，明凤把所有的希望寄托到这两个中国人身上，不想山羊却是个抽大烟的，明凤的失望可想而知。

回到车上，明凤的眼泪忍不住了，扑簌簌地流了满脸。

玉麒麟认为这女人只是多愁善感，烦躁地说：我答应过你，孩子半岁以后你就可以回家。

明凤冷笑着说：就不怕我透露你的藏身地吗？

玉麒麟哈哈笑了几声：想要我的命，也没那么容易。

此时有个手下跑来报告，轮胎换好了。玉麒麟下令出发。

车队重新上路不过几分钟，突然出现的枪声再次打断了玉麒麟的逃亡进程，第一辆越野的司机被打死了。车队再次停下来，六王山人马向子弹打来的方向发射了几百发子弹。但枪林弹雨中，又有一辆越野车中弹了，居然还起了火。玉麒麟命令继续还击，士兵们用谩骂和子弹发泄着他们的愤怒。

玉麒麟却在漫天的叫骂声中听到一个清晰的声音：四班，堵住他们的路！话音刚落，车队的正前方果然出现了密集的枪声。由于搞不清对手的底细，玉麒麟急忙下令撤退。

蜷缩车内躲避枪弹的明凤大为惊愕，难道这场袭击是山羊发动的，那个大烟鬼要做什么？他只有一个人啊！

在玉麒麟的严令下，车队倒车，与对方迅速脱离接触。

最初的袭击确实是山羊发动的，他从车队的侧前方发动进攻，打出第一枪后立刻更换了射击点。这样做既是为了安全，也是为了营造对手人多势众的假象。第二轮射击又让一辆车着火了，山羊高叫着：四班，堵住他们的去路！这句话不仅吓退了玉麒麟，同样提醒了同盟者。

玉麒麟有些胆寒，他认为是中国的缉毒支队开过来了。国际法不允许国家力量越境执法，但中国与东南亚国家关系密切，出现内幕交易是完全可能的，事后双方一起否认就是了。前些年湄公河航线上爆出了毒贩残杀中国船员的恶性案件，结果促成了中国与沿河国家的联合执法，实际上只有中国人在认真执法，他们必须保护自己的船队。东南亚国家的管理能力不足，力量薄弱，一直被贩毒集团欺负和牵制着。首都的当权者把中国人的力量引进来，干一把，教训贩毒集团一下，然后撤走，绝对神不知鬼不觉！玉麒麟惊得浑身冒冷汗，他是中国籍,如果落到中国缉毒机关手里,一定会被他们带回去,等待他的结果也可想而知。

山羊的虚张声势带来了另一个后果,喊声刚落,车队的正前方竟然射来了一排子弹,将六王山的人彻底打蒙了。

车队退走之后,山羊急忙跑过去观察,一名矮胖男子从藏身的棕榈树后面站了出来。

山羊长出一口气,是公象!

魏东来带着伤向刘树边请命,发誓要把山羊和陈炯民接回来。

当天他便越过盘桓江,进入丛林。在罂粟花区卧底的五年,让魏东来熟悉了这里的山山水水。本来他正打算抄近路去阑槛,竟率先发现了一支鬼鬼祟祟的车队。魏东来久在六王山,当下便认出了车队里的几张熟面孔。

就在魏东来搞不清状况时,山羊发动了攻击。魏东来不知底细,不敢贸然行动。此时有人在林子里嚷嚷什么"四班,堵住他们",魏东来立刻辨认出那是山羊的声音。魏东来有丰富的战斗经验,他判断出山羊孤军奋战的目的是希望挡住六王山的车队,用中文叫嚷也不过是故意吓唬他们。

魏东来即刻加入战团,一顿扫射,不仅验证了山羊的呼叫,也让玉麒麟的胆彻底吓破了。

到罂粟花区不久魏东来就与山羊接触上了,山羊是他与缉毒支队的纽带,当初诱捕陈炯民也是山羊出面帮的忙。魏东来在心里早就把山羊当成战友了,但山羊却一再声称自己不过是个帮忙的,与战友之说扯不上半毛钱关系。

六十四　归去来兮

离开山谷的十分钟，陈炯民接到了癞皮狗的电话。原来长毛猩猩的进攻越发猛烈，六王山和水蚺都顶不住了，眼看着棋盘寨就要丢。癞皮狗迫切地希望得到无腿狮不利的消息以振作军心，瓦解敌人。陈炯民则告诉他：已经把无腿狮包围了，不过这家伙还在负隅顽抗，希望你们再坚持坚持。

机器猫回头看看后座上的无腿狮，冷笑着说：明明被你抓住了，什么意思？你想让他们自相残杀？哼，还怪我滥杀无辜，我看你也没好到哪儿去！

陈炯民一个不留神，越野车险些撞到山崖上。

机器猫怒道：停车，我来开！

二人调换了位置，机器猫开车。副座上的陈炯民一言不发，神色严肃。促成东西联合军和六王山、棋盘寨的自相残杀，确实是他和山羊的计划，杀伤敌人的有生力量属于最基本的军事原则！但机器猫的指责却触动了陈炯民的价值观，那些普通的武装人员难道不是无辜的？他们确实是贩毒集团的成员，虽然其中很多人是被胁迫的。如果他们都该死，那无腿狮的家人凭什么就不该死呢？如果自己因为这个就痛恨机器猫，难道不是双标吗？陈炯民的脑子乱成了一团麻，本来是非分明的事，被机器猫一句话就搅成了一锅馄饨！

被情绪左右是军人的禁忌，多愁善感的全是文艺兵。

机器猫开车，从烦恼中摆脱出的陈炯民开始做自己的事。他打开电脑，搜索六王山车队的行踪。电脑是他这次从国内特地带过来的，一直藏在乌贼在阑槛的小公寓里。罂粟花区有网络，当地人使用中国的网络信号，这也是玉麒麟不允许网络进入六王山的原因。

陈炯民在六王山只住了几天，但他将六王山的车号全记住了，提供给了刘树边，这就是侦察兵的基本能力。贩毒集团从不吝惜在车辆上花费重金，玉麒麟带出来的车都是新的，都具备自动驾驶和网络定位的功能。陈炯民利用网络远程打开越野车的定位功能，缉毒支队就可以跟踪这些车辆了，同时将卫星定位信号发给陈炯民。没一会儿陈炯民找到车队的位置，奇怪的是车队没有按照预定计划奔赴南部渡口。六王山车队正折而向北，沿着一条极其偏僻的路线行进着。

陈炯民激动地叫了声：山羊得手啦。

机器猫怒道：叫什么叫！吓我一跳。

陈炯民的激动来自于山羊冒险行动的成功。山羊在电话里告诉他，他要孤军奋战，发动阻击，让车队改道向北。只要玉麒麟无法在南部渡口上船，大家就有希望。

陈炯民焦急地操作着电脑，他打算进入六王山车辆的自动驾驶系统，试了几次都没有成功。陈炯民看到了旁边的机器猫，忽然觉得机器猫跟过来或许是上天特意安排的，她是罂粟花区最好的黑客！但陈炯民实在张不开嘴，场景颇为尴尬。

玉麒麟沉浸在侥幸的得意中，杀掉树懒绝对是明智的！如果说风口垭交易的情报被中国人截获，癞皮狗也有嫌疑的话，那逃亡路线被中国人掌握又如何解释呢？癞皮狗根本不清楚去非洲的计划。玉麒麟的计划是在南部渡口上船，顺流而下进入湄公河，在泰国上飞机走人。这事只有树懒清楚，如今中国人居然也知道了，树懒不是奸细又是谁？

车队几次打算冲破敌人的围堵，但由于目标太大，又有一辆车被击毁了。玉麒麟判断，对面是缉毒支队的小股部队，目标是阻止自己上船，或许他们的大部队正在路上。南部渡口距离中国边境有二百里，秘密出走没问题，但如今意图已经暴露，中国人和所在国的武装没准在那儿等着他呢。玉麒麟当机立断，命令手下对丛林进行地毯式扫射，然后让车队改道向北，从一个废弃的小码头上船，同时玉麒麟要求接应的船只赶到小码头。那段江面不与中国接壤，码头生意冷清，已经被废弃了很多年，连大多当地人都不清楚。领队向玉麒麟咨询路线，玉麒麟说了个大概，反正方向是对的。

由于路况过于恶劣，山羊和魏东来即便在丛林里跟踪，整支车队依然无法脱离他们的视线。魏东来在罂粟花区的时日尚短，但山羊却意识到玉麒麟的目标是那座废弃的码头，于是他再次给陈炯民打了电话。

陈炯民不再逞强了，他要机器猫停车，将电脑交给她。开车的同时陈炯民将控制六王山车队的办法告诉了机器猫。

交代完毕，后座上便传来了无腿狮的笑声：哈哈，也好，有玉麒麟给我做伴啦，好，哈哈哈！

机器猫怒道：你给我住嘴。

无腿狮狂笑着说：你们是什么人？

机器猫盯着陈炯民说：他是中国人！

"中国人！"无腿狮忽然腰中发力，人从后座上跃了起来，额头冲着陈炯民的后脑勺便撞了过去。路边就是断崖，如果陈炯民被无腿狮撞到，搞不好这辆车就会翻下去。陈炯民知道无腿狮过来了，只得死死握着方向盘。机器猫手疾眼快，回手一枪，无腿狮头部中弹，身体凌空落下，鲜血喷得满车都是。

陈炯民惊道：你干吗打死他？

机器猫冷冷地说：留着他有什么用？难道腌着吃吗？

在机器猫面前，陈炯民总有束手束脚的感觉，这女人似乎是他的克星。

袭击停止了，玉麒麟估计中国的小分队被甩掉了。此刻他拿出一张照片仔细端详，照片上是一座湖滨别墅，白色的别墅靠山临湖，据说那湖是非洲最大的内陆湖。玉麒麟还听说那地方的季节与北半球相反，那里的人也不吃中餐。这座别墅就是玉麒麟为自己选定的养老之地。当初买下来时，玉麒麟伤感了许久。越走越远了！他这辈子注定要做游子了！女怕嫁错郎，男怕入错行！

玉麒麟举着照片说：你要在这里住一段时间。

明凤淡然地说：我会把你的孙子生下来的。

玉麒麟赞许地笑了笑。

忽然玉麒麟惊叫了一声，小码头也被甩到后面去了，车队开过头了。玉麒麟大怒，命令车队立刻停车掉头。司机们刹车掉头，但所有的越野车全都不听使唤了，车队沿着小路飞奔，速度越来越快。大家叫嚷着，怒骂着，但车辆根本不听使唤，玉麒麟终于慌了。

此时不远处出现了所在国的边防哨卡，车队奔着哨卡冲过去了。无法控制的车辆就是标靶，几名沉不住气的家伙号叫着从车上跳了下去，撞在路边的岩石上血肉横飞。与其被边防军打死，不如拼死一搏，玉麒麟也产生了跳下去的冲动。玉麒麟刚刚站起身，明凤却抓住他的手，眼神里都是恐惧和哀求。玉麒麟猛然想起来，明凤肚子里有自己的孙子，冲到所在国又能怎么样，不一样是罂粟花区？

就在玉麒麟犹豫不决时，头车撞到木质栏杆，冲过去了。

边防站竟然空无一人，车队安好无损。

玉麒麟被一股不祥的感觉笼罩住，就在这时车队前面的越野车猛然停住了，越野车是自己停下来的，接着整个车队也停了，没人下车，没有人向玉麒麟汇报，蜿蜒的车队静谧得如一条将死的蛇。

玉麒麟大怒，推开车门便要骂人，但也就在推开车门的刹那，玉麒麟如同被孙悟空施了定身法的小妖，身体僵硬，连眼珠都不会转了。

车队的正前方，十几辆刷着数码迷彩的装甲车横亘着。装甲车顶端黑黝黝的炮口直直地对着车队，上百名全副武装的武警战士或蹲或站，控制了车队前进的所有方位。从头盔上的国旗可以判断，那是中国和所在国的武装部队。玉麒麟下意识地向树林里看看，没有看到人，但他相信丛林里全是狙击手。

忽然，两行热泪开始在玉麒麟的脸上奔流。

玉麒麟，哭了。

玉麒麟意识到，脚下是中国的土地。归去来兮，他玉麒麟终于等到了回国的一天。时隔三十多年，总算又能踏上祖先的土地了，这是他魂牵梦萦的土地，他一直深爱着的土地！但他是怎么回来的？这事难以理解！玉麒麟回头看看，哨卡上出现了所在国的士兵，看来他们是故意放车队过来的。

一名武警军官从人丛中站了出来，大声说：胡峰，下车投降吧！

胡峰正是玉麒麟的真实姓名，一个三十多年来从未使用过的名字，连玉麒麟本人听来都有些陌生。

玉麒麟坐回车内，拿起步话机说：投降可以，但我有个条件。

缉毒支队早已控制了车队步话机的通话频率，没一会儿步话机中便传出军官的声音：你无路可走了。胡峰，你没资格谈条件。

玉麒麟苦笑着说：我的命就是我的条件。说着他拔出手枪，对准了自己的心脏。继续说道：我的车是防弹的，你们的狙击手打不到我，如果我要自杀还是轻而易举的。我的条件你们必须答应，否则我现在就死。我死了，你们就没有办法公审我，震慑贩毒集团的效果会大打折扣。

对面的武警军官就是刘树边。

此刻的刘树边简直是哭笑不得，玉麒麟居然拿自己的命来谈条件，匪夷所思！反正他也跑不掉了，听听条件也无妨。

此时玉麒麟在步话机里问：这里是中国吗？

刘树边说：当然了。

步话机中传来玉麒麟的苦笑：我是怎么回来的？

这次轮到刘树边哑然失笑，玉麒麟想搞清楚自己如何进入了死局，这也算人之常情。刘树边说：车辆的自动驾驶功能被人锁住了，明白吗？

玉麒麟震惊地说：什么？谁干的？

刘树边说：利用网络，远距离地进入你们的车载系统，开启自动驾驶，定位目的地，然后锁住自动驾驶，你们就自投罗网了。

司机突然指着显示屏上的一个小点，小声说：玉先生，玉先生！

玉麒麟半晌未语。

仔细想想也就明白了，车队越过小码头之前便被控制了，之后一直在自动驾驶,也是在自投罗网。玉麒麟脑子里拉响了一颗炸雷,现代科技真是无孔不入!千万个小心,最终还是栽到了这件事上,时也命也!真不如刚才从车上跳下去,哪怕是摔死呢。

步话机中传来军官的声音:你的条件我已经满足了,可以投降了,抵抗是没有意义的。

玉麒麟扭脸看看明凤,近乎哀求地说:我死之后,能不能不把孩子打掉?那是我胡家的血脉,我求你了。明凤面无表情地看着他。玉麒麟干脆将手枪递给她:我知道你恨我,打死我,解解恨!

明凤将手枪拿了过来,按在玉麒麟胸口上毫不犹豫地开了枪。

玉麒麟中弹了。

随着枪声响起,玉麒麟恍惚地看到武警官兵们不顾一切地冲了过来,明凤则将手枪塞到玉麒麟手里,那热乎乎的嘴唇凑到了玉麒麟的脖子旁。

玉麒麟心道:难道这女人对自己有一份留恋?如果那样,胡家的血脉就可以保住!女人大多是心软的。

明凤在玉麒麟耳边小声说:小麒麟是我让乌贼干掉的,你去找他吧!

六十五　再不回头

哨卡就在前方,从旁边的丛林绕过去便是中国。

机器猫站定,冷笑着:看来玉麒麟真的被抓住了,他也有今天!

陈炯民透过哨卡望向远方，另一侧的路宽阔而平整，这一侧的路则荆棘密布、满是泥泞，仅仅从路面就可以感受到两个世界的区别。土路前方的不远处有个拐弯，视线到这里就被截住了。

机器猫从越野车后座上将无腿狮的尸体拽了下来，曾经高大威武的无腿狮被机器猫拖野狗似的拖到路边。机器猫狠踹一脚，无腿狮便栽进了路边的峡谷。

玉麒麟自投罗网，无腿狮死无对证，罂粟花区真的改朝换代了。

山羊的计划是逼迫玉麒麟改变逃亡路线，逼着他向北走。罂粟花区的北方就是中国，只要车队一路向北，陈炯民和机器猫便进入他们的车载定位系统，修改目的地的坐标，锁死自动驾驶，致使玉麒麟的车队自投罗网。同样在关注事态发展的刘树边发现玉麒麟改道，缉毒支队便上了直升机。抵达预定地点后，他们通知所在国的边防哨卡放行。中国与大多邻国的关系都不错，边防哨卡之间也经常走动，对方得知中国人要抓捕毒枭，所在国的哨卡干脆来了个乐见其成。玉麒麟果不其然掉进罗网，六王山最后的力量覆灭了。

刚才，绝望的癞皮狗在电话中咆哮过，他的部队已经被长毛猩猩指挥的东西联合军包围了，危在顷刻。癞皮狗找不到玉麒麟，便把怒火倾泻到陈炯民身上。陈炯民则在电话中怒斥癞皮狗胆小无能：玉先生的增援马上就到，你再坚持坚持！

放下电话，机器猫兴奋地说：那帮人全死光了才好呢！

陈炯民心道：全死光了你确实最开心。

陈炯民不愿意说话，继续追踪车队行踪，很快便找到了隐藏的界桩。

陈炯民茫然四顾，按照计划山羊应该现身了。他曾在电话里说，魏东来也过来了,会合地点就在哨卡附近,但周边显然没有任何人迹。

机器猫走到陈炯民面前,火辣辣的目光锁住了他的脸。陈炯民浑身不自在,难道机器猫想在这里做爱?光天化日的,万一山羊他们来了就尴尬了!

机器猫缓慢而坚定地说:蛇女和热带鱼跟我是一头的,就算长毛猩猩干掉了癞皮狗,山鬼也会帮着蛇女和我控制六王山。

陈炯民说:就在前几天,玉麒麟、无腿狮那些人多风光啊,在罂粟花区谁敢把他们怎么样?就几天的工夫,这些人全垮掉了,难道他们比你傻吗?

机器猫揪住陈炯民的领子:少废话,我不想听那些没用的。现在的罂粟花区是我们的,我们的,蛇女的,山鬼的,这个地方被我们瓜分了。政府不允许一家独大,我们就假装分成几家。我的神奇动物联盟控制阑槛和六王山,蛇女拿到棋盘寨和黄钻,山鬼接管无腿狮的地盘。

陈炯民被机器猫震慑住了,原来她的野心比玉麒麟大,机器猫打算搞垄断!陈炯民指着哨卡说:现在跟我过去,以前你的事就当全没发生。我可以帮你弄个身份,咱们在那边做两个正常人不好吗?

机器猫怒道:正常人有什么好?我倒希望让你留下来,如果你愿意当老大,我让给你,六王山和阑槛在咱们手里捏着,一旦有机会咱们就把山鬼也收拾了。咱们把热带鱼推上去,那样罂粟花区就全是咱们的了。

陈炯民鄙夷地说:想做老大我可以自己做,用不着你来让!

机器猫无奈地说:在我面前还是收起你的自尊心吧。留下,咱俩在一起!

陈炯民由衷地疲惫起来:你真的想在这地方过一辈子?

机器猫说：人只能活一辈子，在你们那边做个普通人有什么意思？柴米油盐，养儿育女，房贷车贷，这些事你以为我不知道？我就是觉得没劲，那么活着还不如死了呢。白猪，在我们这边，你可以发号施令，你可以为所欲为，罂粟花区是我们的天堂！跟你回去？你们那边的条条框框那么多，不得把人憋死吗？

机器猫浑身散发着热量，火一般的激情将她周围的空气都辐射得滚烫炽烈，陈炯民甚至能感觉到她身旁的空气在热流的作用下发生了变形。

此刻的陈炯民忽然悲从中来，双腿发软，几乎有点站不住了。陈炯民的心如蛋黄一般被磕在碗里，被筷子搅碎，与一群乱七八糟的调味品混在一处，下一步就是被油煎被火烤，被撕成碎片吃掉。

陈炯民艰难地说：不会有好结果的，真的不会有，跟我走吧。

机器猫拽住他的胳膊：结果出来了，现在我们就是罂粟花区的主人。你干吗要想几十年之后的事？没准我们根本活不到那一天。

陈炯民决绝地甩开机器猫的手，向丛林深处走去。

机器猫突然拔出手枪，对着陈炯民的后背：当初你想上六王山，说只要我帮了你，你就答应我做三件事。

陈炯民回头看着她：第一件，说。

机器猫咬牙切齿地说：给我留下来。

陈炯民说：第二件呢？

机器猫几乎在哀求了：第二件事也是留下来，第三件事还是留下来。

突然机器猫提高嗓门：你要是敢走我现在就毙了你。

陈炯民再也没有回头，毫不停留地钻进丛林，身后传来沉闷的枪声和机器猫歇斯底里的咒骂，子弹擦着陈炯民的耳朵飞过去了。

走了十几米，陈炯民就心软了，他回头眺望，茂密的林木遮挡了视线，机器猫和越野车好像根本就不存在。

陈炯民的心在滴血，或许这是他和机器猫的最后一次见面，自此天涯永别，人鬼一方。他和机器猫似乎就从没说过一句像样的情话，即便分手也是恶狠狠的，或许这就是罂粟花区的爱情！

走出丛林来到路上，陈炯民便遇到了成群结队负责警戒的武警战士、装甲车，以及不远处已经投降的六王山车队。陈炯民旁若无人地走着，两名战士跑过来询问，但立刻发现这位越境者竟是曾经的战友，战士们大吃一惊。陈炯民说，现在就要见刘树边。两名战士意识到，这位退役战友必定与整件事大有关联，于是指着不远处几十名战士组成的人群说：副支队长在那儿呢。

六王山车队的随行人员已经被带走了，车辆还在。

陈炯民看到了明凤，她正被两名战士看押着，明艳的形象在一群戎装战士中尤为醒目。明凤也看到陈炯民了，眉眼间充斥着如释重负。灵光一现，在明凤的注视下，陈炯民突然就把所有的线索都串到了一起，小麒麟是不是明凤干掉的？！这念头转瞬就成了脑海里的主旋律，同时也彻底粉碎了陈炯民刚刚获取的成就感。他本来认为罂粟花区的改朝换代是自己和山羊的不世功勋，但谁能想到，这场血雨腥风的原动力仅仅是一个女人希望能改变命运！陈炯民自顾自地嘟囔了一句：自命不凡！

走到人群之外，陈炯民大声说：副支队长，我来了！

围成一圈的战友们出现了短暂的骚动，很快大家闪出缺口，里面传出刘树边的声音：进来！

刘树边和魏东来蹲在场地中央,地上放着一副担架,面如死灰的山羊躺在担架上。

陈炯民惊叫道:山羊?

刘树边、魏东来抬头看着他,目光中的意味难以形容。

山羊在最后一次截击车队时被流弹击中,幸好玉麒麟下令更换上船地点,否则凭魏东来一个人无论如何也挡不住。

此后魏东来背着山羊在丛林中继续跟踪车队,穿越国境线。当他们赶到设伏地点时,玉麒麟已经死了,车队也投降了,刘树边他们正在核实明凤的身份。

子弹打穿了山羊的肝脏,刘树边要求随队医生施救,但山羊却断然拒绝,他宁愿死也不想成为别人心目中的反面典型。山羊唯一的要求是让魏东来给他打一针,一针大药,大药是他随身携带的。

陈炯民赶到时,山羊刚好断气。

陈炯民后悔没把机器猫带过来,他们是父女,他们应该见一面的!

刘树边站起身,郑重地说:他是你爹。

陈炯民根本没反应过来:这个暗号作废了!

刘树边说:他是你爹,他是你父亲,明白吗?

陈炯民如被雷击,这个枯瘦的男人,这个染上了毒瘾戒不掉的男人怎么会是自己的父亲?在内心深处,陈炯民确实觉得山羊与其他人不同,但他从没有想到这一层,不对啊,自己的父亲死在鱼米寨啊!如果山羊是父亲,死去的又是谁呢?

刘树边解释说:他姓陈,叫陈泰!老家在鱼米寨。

陈炯民脱口而出:二伯?

刘树边继续说：他就是你父亲！你两岁的时候他来到罂粟花区做卧底，任务的期限是一年。你爸爸完美地完成了任务却染上了毒瘾，不愿意面对国内的战友，在罂粟花区一待就是二十多年。你死去的父亲是你的三叔。名义上陈泰是你从没见过面的二伯，实际上他才是你的亲生父亲！

陈炯民蹲下来，仔细端详山羊干瘦粗糙的面孔，他和父亲陈康确实很像，那神态那轮廓至少八分相似，难道山羊真的是自己的父亲？

陈炯民的脑子一时转不过弯来，整个人似乎被钉在路面上，动不了了。

刘树边站直了，大声说：集合！

分立各处的几百名武警战士立刻齐刷刷地排成了队列，军姿威武，队伍整齐，便装的魏东来也站到了队伍中央。

刘树边立正站好：同志们，鸣枪为我们的战友陈泰送行！

魏东来高声指挥着：举枪！

几百个枪口对准了天空。

魏东来喝道：放！

震耳欲聋的枪声响彻山谷，无数的鸟儿腾空而起，沉寂的天空瞬间被扑啦啦的翅膀扇动声惊醒了。

数不尽的闪着光的流火在南方的湛蓝天空中呼啸、交叉、陨落，散落到茫茫的丛林里，隐于无形。

第三部完

后记

一个星期后，东南亚某国一个著名自媒体发布了震惊全球的消息，闻名世界的罂粟花区出现了短暂而激烈的火并。玉麒麟、无腿狮和水蚺等大佬不知所终，六王山的二号人物癞皮狗横尸战场，长毛猩猩则率领东西联合军的残部占据了棋盘寨，声名显赫的六王山更换了当家人，就是说罂粟花区再一次改朝换代了。

自媒体分析说，荣军司令的山鬼一跃成为罂粟花区的老大，一股来自阑槛的神秘的新生力量异军突起，为首者是个女毒枭，叫机器猫，她的组织还有个异常古怪的名字——神奇动物联盟。机器猫及下属控制了中心城市阑槛和六王山的部分地盘，如今的罂粟花区形成了三足鼎立的局面。政府军则作壁上观云云。

两星期之后，陈炯民在老家的县武装部报到了，从此他成了一名闲散的公务人员。当地人私下说，陈炯民是走了部队的后门，凭裙带关系搞到的事业编制。陈炯民懒得听更懒得解释，除了刘树边、魏东来，没人知道他在罂粟花区的遭遇。如果有鱼米寨的乡亲问起报仇的事，他只是说，罂粟花区太大，不仅没找到仇人，还白白花了不少钱。

陈炯民每每想到被炸成碎片的悬崖别墅，便会生出隐隐的不安，他不敢相信自己曾在罂粟花区杀过那么多的人，他不愿意回忆那历经生死又徒劳无功的历险生涯。每天夜里陈炯民都会梦到机器猫，梦到跟她吵架，梦到和她做爱，梦到机器猫来到鱼米寨做了一名村妇。

一个月后，武警总队召开表彰大会，刘树边的缉毒支队被授予集体一等功，陈泰被授予烈士称号。

两个月之后，回到鱼米寨相亲时，陈炯民接到了一段语音短信，有个神秘女人说：机器猫怀孕了，孩子是你的，你希望孩子在什么样的环境中成长？

几经辨认，陈炯民最终确定那个声音来自热带鱼。

陈炯民将手机扔到河里，第二天就换了一部。

罂粟花区的故事曲终人散了，那边的人依然会贩毒，这边的人照样要生活，什么环境不环境的，就那么回事！

完